现代国有企业治理研究

上海市经济管理干部学院
上海国有资本运营研究院　组织编写
王国平　主编
陈禹志　胡继灵　副主编

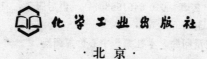

化学工业出版社

·北京·

本书主要围绕现代国有企业治理情况和问题进行阐述,并对现代国有企业治理的原则、治理结构的变革、治理状况的发展趋势进行了分析。

本书共分八章,第一章对现代国有企业治理的沿革、发展和趋势进行综述;第二章至第五章对现代国有企业治理结构的相关方,即出资人(股东方)、董事会、监事会、经理层各自的职责、相互关系,以及各自在公司治理中的作用进行分析;第六章、第七章则分别论述现代国有企业治理中具有重要作用的党组织和职工参与治理的新情况和新发展;第八章在分析现代国有企业治理机制的基础上,探索其发展的内在动力。

本书内容系统、全面,每章附有案例。可供公司制企业的董事、监事、经理和高级管理人员,企业经营管理人员、研究经济管理和企业管理的教研人员,大专院校经济和管理类专业学生及国家机构从事经济管理和国有资产管理的公务员阅读使用。

图书在版编目(CIP)数据

现代国有企业治理研究/上海市经济管理干部学院,
上海国有资本运营研究院组织编写 . —北京:化学工
业出版社,2011.12
ISBN 978-7-122-12649-8

Ⅰ. 现… Ⅱ.①上…②上… Ⅲ. 国有企业-企业管理-研究-中国 Ⅳ. F279.241

中国版本图书馆 CIP 数据核字(2011)第 215873 号

责任编辑:瞿 微 张 立　　　文字编辑:谢蓉蓉
责任校对:战河红　　　　　　　装帧设计:王晓宇

出版发行:化学工业出版社(北京市东城区青年湖南街13号　邮政编码100011)
印　　装:大厂聚鑫印刷有限责任公司
710mm×1000mm　1/16　印张16¾　字数328千字　2011年12月北京第1版第1次印刷

购书咨询:010-64518888(传真:010-64519686)　　售后服务:010-64518899
网　　址:http://www.cip.com.cn
凡购买本书,如有缺损质量问题,本社销售中心负责调换。

定　　价:45.00元

序　言

在经济全球化的当代，国家竞争优势主要体现于各国经济实力，而国家经济实力主要通过其本土主导企业的市场竞争力表现出来。对于中国来说，大中型国有企业一直是国民经济发展的重要基础和关键力量。因此，国有企业的竞争力直接关系到中国整个国家经济的盛衰和综合国力的高低。

在当前企业所有权与经营权普遍分离的条件下，现代企业制度是提升企业竞争力的基础，有效的公司治理结构是现代企业制度建设的重要方面。公司制度发挥作用的基础是建立有效的公司治理结构。公司治理结构的安排及其运作效率直接影响到企业的发展战略及其市场竞争力。

1993年，党的十四届三中全会提出"建立适应市场经济要求，产权清晰、权责明确、政企分开、管理科学的现代企业制度"。1998年，党的十五届四中全会指出："公司制是现代企业制度的一种有效形式。公司法人治理结构是公司制的核心。"2003年，十六届三中全会进一步提出了完善公司法人治理结构的任务，要求"按照现代企业制度的要求，规范股东会、董事会、监事会和经营管理者的权责"，"形成权力机构、决策机构、监督机构和经营管理者之间的制衡机制。企业党组织要发挥政治核心作用，并适应公司法人治理结构的要求，改进发挥作用的方式，支持股东会、董事会、监事会和经营管理者依法行使职权，参与企业重大问题的决策"。

自党的十四届三中全会提出建立现代企业制度以来，从中央到各地方都进行了大量的探索与实践，取得了宝贵经验，改革在不断深入。但是，国有企业的公司治理结构的制度建设还远未完成，在理论与实践上还面临着许多的挑战和困难，这仍然是当前国有企业改革与发展的重要议题。

作为研究国资国企改革与发展的专业机构，上海国有资本运营研究院也非常关注国有企业的公司治理研究。多年的国有大型企业的管理经历，使我体会到公司治理的重要性。作为公司基础制度框架的公司治理结构安排是公司有效运作的基础。在上海国有资产监督管理委员会的指导和支持下，我们与上海市经济管理干部学院共同开展相关的课题研究，并编写了这本《现代国有企业治理研究》。

公司治理，其实是一个一般性问题，它规范了公司所有权与经营权在内部的安排。其主要目的在于制衡相关力量，并且使各方主体激励相容，从而集中并有效应用公司内外部的资源，在开放竞争的市场经济环境中创造持续竞争优势，为包括股东在内的公司主要利益相关方创造持续的、最大化的利益。

近年来，公司治理一直是国内外企业研究的重要课题，尤其是一些西方国家自2000年爆出一系列公司丑闻以来。但是，公司治理其实并没有定则，因为它与企业自身的情况及其所在国家文化传统密切相关，像美国模式就明显不同于欧洲模式，也不同于日本模式。尽管如此，不同的公司治理模式都遵循了企业内部权力的制衡与协作。而且，公司治理模式也是随着社会经济环境的变化而调整。

具体落实到中国的国有企业，公司治理结构表现出它的特殊性。这种特殊性，主要表现在两个方面，一是国有企业，二是中国国有企业。前者对于私人企业来说具有的特性，即多层次的委托-代理，导致国有企业的法人财产虽然有最终的所有权人，即全体人民，但是没有直接的所有权人，所以国有企业只有出资人代表，而没有出资人或股东。后者却是中国特色，包括党组织的领导、国有企业的多样形式和广泛分布。这是由中国特色社会主义经济制度和社会主义初级阶段所决定的。

如果要经营好中国的国有企业，提升企业竞争力和国家竞争优势，就必须结合公司治理的普适价值观和其理论，以及中国特色的要求。既不能不顾中国的实际而死搬国外的理论及其实践，也不能因为过分强调中国特色而忽视公司治理的基本原则。所以，就需要进行因地制宜的创新，探索适合中国国情的国有企业的公司治理理论，并进而指导企业实践。本书是在这方面进行创新的尝试，希望为中国国有企业的进一步改革与发展提供参考。

上海国有资本运营研究院院长　施德容
2011 年 8 月 8 日

前　言

当前，在经济全球化的背景下，国家层面的竞争，越来越多地体现为企业间的竞争。国有企业作为中国经济社会的重要力量，责无旁贷地担负起提高国家竞争力的责任。近年来，随着国企改革的不断深入，法人治理结构的不断完善，国有企业竞争力的不断增强，对现代国有企业的治理能力和水平提出了更高的要求。如何使现代国有企业治理健全并完善？如何确保治理结构各方协调有效运作？是编写本书的初衷。

公司治理是公司制度的核心，完善国有企业治理是保持我国国有经济活力、控制力和影响力的核心环节。改革开放以来，上海国有企业按照现代企业制度建设要求，在公司法人治理建设上进行了不断探索与实践，取得了一些突破。如，党政领导"双向进入"、不同企业"分类设置治理结构"、企业内部"分层分类"，以及选派经资质认定的"外部董事"、"外派监事"进入企业董事会、监事会等，为促进国有企业在市场经济条件下持续健康快速的发展提供了保证。

进入新世纪后，上海国资国企改革发展进入了一个新的阶段，法人治理建设也迈上了一个新台阶。2008年，上海市委、市政府印发《关于进一步推进上海国资国企改革发展的若干意见》，明确提出要以贯彻《中华人民共和国公司法》为重点，加强董事会建设，完善法人治理结构，促进现代企业制度建设不断深化。按照市委、市政府的要求，市委组织部、市国资委先后制发《关于进一步加强市管国有企业董事会工作的指导意见》、《关于进一步加强市管国有企业监事会工作的指导意见》、《外部董事管理办法》、《关于市管国有企业董事会选聘经理班子副职成员的实施细则》等一系列文件和制度，进一步明确了董事会、监事会组织体制、权利义务和职责定位。

2009年，以国有企业董事会试点工作为抓手，上海国有企业法人治理建设从重视治理结构组成部分的单向纵深突破，开始向治理机制内涵和内外环境建设的综合配套整体推进转变；从追求"形似"上的完备，逐步向推进"神似"上的有效转变。如市委组织部、市国资委共同成立独立的外部董事、监事资格认定委员会，建立由263人组成的外部董事、监事候补人才库。2010年，市国资委又制发《董事会试点企业治理指引》、《规范董事会建设工作方案》、《试点企业董事会年度工作报告实施意见（试行）》等一系列制度，基本覆盖外部董事选派、考核，董事会和董事的职责以及决策程序、议事规则等各个环节。截至目前，共有三批12家企业进行试点工作，43名经过资格认定推荐的外部董事、10名外派监事进入12家董事会试点单位。值得肯定的是，董事会试点企业在现代公司治理方面进一步完善。

近年来，上海市国资委依法履职、积极探索、科学推进企业法人治理建设，初步理顺市国资委与董事会、董事会与经理层、监事会和党委会之间的关系。董事会面向未来，重点抓好企业的战略规划、重大决策和风险控制等；经理层立足当前，按照董事会决策，重点抓好企业生产经营和日常管理；监事会重在监督，主要抓好经营业绩真实性、经营过程规范性、经营者责任心的检查和评估；党委会按照"参与决策，带头执行，有效监督"的要求，发挥党组织政治核心作用，管好干部任用标准和后备干部建设。实践证明，试点企业董事会的科学决策、选人用人，以及对经营人员的规范考核和薪酬分配；监事会对年度战略执行、重大投融资等进行专项检查、评估，提出改进措施和建议，都取得了明显成效。

依照市委、市政府的要求，"十二五"期间，上海国资国企改革发展将以"优化布局结构和转变发展方式"为主线，不断优化国资布局结构、集团经营结构、企业产权结构、管理组织结构、经济增长结构，使上海国有企业成为市场化程度高、创新能力强的企业群体，使上海国资成为证券化程度高、盈利能力强的优质资产，使上海国资监管形成透明化程度高、监管能力强的出资人体制，从总体上提高国有经济的整体素质，增强国有经济的控制力、影响力和带动力。

在这样的时代背景下，由上海市经济管理干部学院和上海国有资本运营研究院共同组织编写了本书。

本书的编写是在 2010 年时任上海市国有资产监督管理委员会副巡视员陈禹志同志主持的"现代国有企业治理研究"总课题基础上，2011 年组织了由院校、党政机关、企业集团的相关成员构成的撰写团队，并通过集体探索研究和分组讨论撰写相结合的方式，几易其稿，历时一年终于付梓出版。

上海市国资委领导对本书的编写十分关心，刘燮副主任参与了"现代国有企业治理研究"的课题探讨。上海市经济管理干部学院党委书记、院长王国平教授担任了本书的主编，前后参加了书稿的策划、修改和定稿工作。副主编陈禹志（上海国有资本运营研究院副院长）和胡继灵（上海市经济管理干部学院副院长）根据编写的分工，分别主持和参与了编写工作的全过程。此外，副主编陈禹志、宝钢集团有限公司李南山专职监事和上海市经济管理干部学院刘震伟教授为本书的编辑、统稿及改写付出了艰辛的劳动。上海市经济管理干部学院教务处周建华处长承担了全书撰写的协调工作。

本书共分 8 章，每章由 3～4 人的团队共同完成，并实行主笔责任制。各章主笔如下：第一章上海市经济管理干部学院施春来副教授；第二章上海市委组织部企业干部管理办公室张波赫副调研员；第三章上海市经济管理干部学院杨丽伟博士；第四章上海市经济管理干部学院刘震伟教授；第五章上海市经济管理干部学院刘震伟教授、张桂芳副教授；第六章上海医药集团党群部殷勤燮部长；第七章上海汽车集团工会陈寿龙副主席；第八章上海市经济管理干部学院张正博副教授、邵安菊副教授。参与各章撰写的其他人员有：何继军、张骏、罗新宇、马东、沈公坚、赵达、贺伟跃、俞禅、朱平、童锐志、赵金生、张君飞、陆建东、虞国卫、蒋学伟、丁利剑、施晴、施菡、金雷、钟卫星、沈寒秋、乔晓丹、洪运等。

国有企业公司治理的核心问题是通过系统的公司制度建设，有效配置各种经济要素，不断提升企业竞争力，实现国有资产的保值增值。研究中国特色现代国有企业法人治理的新发展，对实现党的"十七大"提出的"完善国有企业权力运行制衡机制"和"增强国有经济活力、影响力和控制力"的目标是一件十分有意义的事，本书的宗旨是形成一项具有前瞻性、针对性和探索性的研究成果，提供一本源于实践而高于实践的学习和培训教材。因编者的水平有限，书中疏漏和不足在所难免，欢迎读者提出批评和建设性的意见。

编者

2011 年 8 月

目　　录

国有企业改革和转型
——公司治理的视角

■ 建立现代企业制度是中国国有企业商业化→公司化→公众化改革路线图中的必由之路，没有现代企业制度的真正建立，国有企业的改革与转型就失去基本内涵和方向。

■ 市场主体的本性回归是实现国有企业治理转型的基本路径，国有企业治理应遵循公司治理的普适性原则，同时亦要汲取具有国情基因的传承。

■ 探索建立中国特色的公司治理制度是国有企业改革追求的目标，也是中国市场化改革与经济体制转型的基本标志。国有企业治理的共性与个性可以彰显出现代国有企业治理的中国化符号和元素。

一、国有企业改革的方向：建立和完善现代企业制度

（一）企业制度沿革和现代企业特征

企业是人类社会发展到一定阶段才出现的协作性组织形式。现代企业理论认为，企业是由一系列契约关系所构成的联合体，企业的本质是各种生产要素所有者之间契约的集束，企业是所有这些契约的建立过程和执行过程的总和。在市场经济体制中，现代企业是国民经济的细胞，是社会生产、建设和商品流通的主要承担者，也是社会生产力发展和技术进步的主体。

1. 企业组织形态的演变

企业的治理问题和企业的组织形态有直接的关联。市场经济经历几百年的发展过程，企业组织形态大体经历了三个阶段。第一个阶段称为古典企业，也就是业主制企业和合伙制企业。它的特点是规模很小，由自然人组成。这些企业的投资者，既是经营者，又是管理者，也是监督者。投资者对企业承担无限责任，在生产方式不是很发达的时代，企业主要是以这种组织形态存在。

到了 16、17 世纪，地中海一带商贸活动活跃，原来的古典企业组织形态已不能满足市场需求，于是出现了第二阶段即有限公司的组织形态，典型的例子就是 1642 年荷兰东印度公司的诞生。随着社会化大生产的发展，又出现了股份公司。有限公司和股份公司的出现，表明企业的组织形态进入了现代企业阶段。这类企业在欧洲、美洲和全世界的扩展相当迅速，但最初还只是停留在商业领域，要使人们认识到它在生产领域的优越性并大力推广却要复杂得多，因为生产领域从投资到获利所经历的周期长，市场多变，风险更多，其制度的构建难度也大。只要股份公司没有进入生产领域并逐步推广开来，就不能说企业形态完成了从古

典的制度到现代企业制度的转变。这一转变的过程是漫长的，直到 19 世纪下半期，股份公司制度才在制造业中得到大规模推广，规范的现代企业制度在工商领域的出现与成长是 1840 年以后的事情❶。股份公司制度从产生到确立，是一个逐步演进的过程。这个过程的实质就是公司利益相关者之间权力与利益的均衡过程。它的发生一部分是由当事人自发调整，一部分是由法律的变动使其得以调整。

现代企业的特点在于它不仅是单个企业，而且规模很大，是一个控股型的或者是一种跨国性的企业；特点之二，它不仅有自然人出资，而且还有法人出资。随着市场经济的发展，法人出资出现了一个很重要的特点，那就是机构投资者的存在，如基金、保险基金、证券公司等；特点之三，有些股份公司的股东以他们的投入为限对公司承担有限责任；特点之四，古典企业的所有权和经营权是合一的，但是现代企业的所有权、经营权开始分离。

现代企业的股东人数逐渐增多，如果股东们都要来经营企业、管理企业，势必产生很大的磨合成本，因此出现了职业经理人来打理这些企业。职业经理人第一，不拥有公司股份；第二，经理人受过高等教育；第三，他们有企业管理经验，或者有专业技术，通过对公司的管理，使得公司不断发展壮大、企业效益不断提高。在这类企业中，股东一般不直接经营企业，他们主要按照股份份额来获得收益，通过选择合适的管理者来贯彻股东的意志，进而实现企业的正常运作。在股东的责任方面，加强对职业经理人的监督管理成为了重点，实现股东对公司的目标要求和战略发展要求成为了现代企业治理的最终目的。

第三阶段组织形态被称为后现代企业（网络企业）。随着知识经济和网络时代的发展，有研究学者提出并认为已经出现后现代企业。当前全球经济学界与管理学界中许多学者都开始关注后现代企业理论并发表了各自的观点。所谓后现代企业是指，在后现代社会和经济条件下出现的一种产权模式、组织结构、经营模式、企业哲学或文化等与现代企业完全不同的企业。它不仅在企业性质方面与现代企业有所不同，更重要的是它带来了一场世界范围内的经营管理和制度创新的革命。后现代企业的产权模式表现为，企业管理者与普通员工分享部分企业剩余并占有一定股份，采用虚拟一体化组织，从而使得企业与市场之间的界限趋于模糊化。后现代企业采用模拟经营模式，从而可以实现低成本的高速发展。可见，后现代企业的出现标志着一场彻底的经营观念和经营范式的革命，而并非只是产业或技术方面的变革。

典型的后现代企业的形式就是网络企业，后现代的网络企业对企业治理模式提出了新的要求。网络企业的特点表现在，其组织形态、经营过程、盈利模式都是一种网络结构式的，它的整个管理、运作都依赖于信息技术及互联网。网络企业还有一个显著特点就是经营者逐步拥有企业的股份。以上这些网络企业的特点，在网络企业的治理过程中带来了新问题，也引发了新的讨论。首先，现代企业组织形态中的职业经理人一般不拥有企业股份，而现在国内外的许多大企业、

---

❶ ［美］小艾尔弗雷德·钱德勒 . 看得见的手 . 北京：商务印书馆，1987：3.

大集团包括上市公司都设置了针对内部经理人的股权激励机制，经营者开始拥有公司股份，这类人员的多重身份如何与传统治理结构协调是个值得思考的问题。其次，在一些科技类公司或生产型服务类公司中，科技和人力资本的影响力逐步显现，非实物资本在企业资本结构中的地位越发重要，这些非实物资本持有者的意志怎样与实物资本持有者的意志协调起来，对于后现代企业的治理也是挑战。

现阶段中国国企主要按照现代企业制度在运作，因此本书研究现代国有企业治理将基于现代企业制度的分析框架。

2. 现代企业的最基本特征：委托代理

公司治理问题产生的条件有两个：一是代理问题，即企业组织成员（包括所有者、管理者、员工或消费者）之间存在利益冲突；二是现实中产生的交易费用非常大，使得代理问题不可能通过合约完全解决。假设在信息充分的情况下，股东一般能合理地设计职业经理人的雇佣合约。但是现实世界的信息往往是不充分和不对称的，股东并不完全了解企业的管理活动与投资机会，作为代理人的经理阶层比作为委托人的所有者更了解企业生产、收益和成本等方面的信息，因此经理阶层可能采取偏离股东财富最大化的决策而使自身利益最大化，同时股东也就必须承受由经理人员最大化自身利益行为所引致的代理成本，这种情况通常被称为代理问题。对于不同类型的公司而言，不同种类的代理问题对其造成影响的程度不同，可以将代理问题归纳为以下四类。

（1）努力程度问题

劳动经济学家詹森和迈克林（1976）的研究证明，经理人员拥有的公司股份越少，他们在工作中偷懒的动机就越大。对于给定水平的偷懒程度而言，经理人员自身遭受的成本会随着他们持有股权份额的增大而增加。持有更少的股权可能使经理人员偷懒的动机更强，这可能会使股东价值遭受更大的潜在损失。由于偷懒程度是不能直接加以量化的，因此该领域中的实证研究集中于观察经理人员的可见行为并以此作为偷懒问题发生的证据。研究者们检验了经理人员的外部行为是出于最大化股东财富的考虑，还是因为经理人员对收入、特权或个人名誉的追求。沃特（1994）发现，当一个公司的经理人员被聘为另一个公司董事的消息发布时，公司的股价趋于下降。

（2）任期问题

相对于有一定任期的经理人员来说，公司有更长的生命期间，股东们关心的是未来期间的现金流。而经理人员在任职期间的要求权在很大程度上取决于当期的现金流。经理人员可能偏好投资于具有较低成本和能够更快取得成效的项目，而放弃更具获利性但是成本较高且需长期见效的项目。经验表明，当经理人员接近退休时，研发费的支出随之减少。

（3）不同风险偏好问题

一般而言，当经理人员的报酬中很大一部分由固定工资组成时，经理人员的风险偏好可能更接近于债权人，而不是股东。为了获得他们的风险偏好，经理人员会利用公司的投资与财务政策减少公司所面临的全部风险。近来对美国市场的实证研究表明，在相同的行业中，多样化经营公司的股东收益小于非多样化经营公司的收益。这些研究表明，经理人员可能做出自身利益最大化并以牺牲股东利益为代价的投资决策，他们可以从公司多样化战略中获取较多的利益。

（4）资产使用问题

公司资产的不正确使用与用于个人消费也会带来代理成本。在职消费可以使公司吸引具有丰富经验的经理人员。经理人员仅仅负担此类支出成本的一部分，但是却获得了全部的利益，所以他们有强烈的动机进行比股东所希望的更多的在职消费。詹森（1986）指出，经理人员具有过度投资的动机是非常明显的，通过此种方式他们可以获取超额现金流。他还指出最可能产生超额自由现金流的公司是具有有限增长机会的盈利公司。

在所有权分散的现代公司中，同所有权与控制权分离相关的所有问题的解决，最终都与代理问题的解决有关，这就是现代公司治理的监督制衡机制要解决的问题。

根据我国的公司法规定，股东会委托董事会进行经营决策，董事会委托经理层执行董事会的决议，同时股东会又委托监事会实施监督。虽然各国的公司治理结构不一样，但是委托代理制的特点是一致的。在我国，国家是国有企业的出资人，但是国家并不经营国有企业。在国有独资公司中，行使股东会责任的是国有资产监督管理委员会（以下简称国资委），但是国资委并不经营企业，实际上国资委也要委托董事会经营企业。这是现代企业制度的基本特征，正因为有这些基本特征，所以说现代企业需要完善治理制度，解决委托代理引出的一系列问题。这些问题主要包括以下几个方面。

首先是信息不对称问题。所有者和经营者之间，委托人和代理人之间的信息是不对称的，实际上这个问题普遍存在，并且比较难以解决。

其次是信息不对称形成的逆向选择和道德风险问题。逆向选择问题反映的是受委托者是一个利益集体，在经营中，经营者的道德问题层出不穷，比如对股东实施欺诈、提供虚假报表、转移利润、监守自盗等。还有一个问题就是经营者总是设法自己给自己加工资，抬高代理成本，导致经理人薪酬居高不下，这是一个世界性的难题。现在对中国国有企业领导干部的薪酬问题大家都很关注，为了应对这样的呼声，财政部对金融类国有企业的经理人薪酬有相关限定，人力资源与社会保障部对国有企业领导人员薪酬也有规定，但这仅仅是从政府监控的层面上实施的行为，归根到底，国有企业经营者的薪酬应当是由董事会来定。现在国有企业经营者的薪酬从市场经济运作角度来看，明显缺乏治理制度的约束，所以道德风险上产生的问题是屡见不鲜的。

第三是"内部人控制"问题。日本学者青木昌彦针对20世纪前苏联、东欧等国家从计划经济向市场经济转换过程中出现的各种案例，提出了"内部人控制"的概念。他认为在市场经济条件下，实际上是企业负责人在经营公司，如果国有出资者的监督不到位，就会出现内部人控制。所以，内部人控制特指经营管理者拥有公司控制权，但既不能代表股东的利益，也不能代表企业的利益，且为个人谋取利益，甚至造成公司破产的情况。

第四是代理成本和监督成本问题。国有企业委托代理链条太长，国家是国有企业名义上的出资者，国家再委托各级政府管理国有资产，各级政府则委托各级国有资产监督管理机构行使相应职权，各级国有资产监督管理机构再委托各个国企集团的董事会代为行使职权。在中国的现实中还存在一种情况，那就是国企集团管理着分属多个层级的子公司，很多国有企业改制中出现的情况往往是先有子公司，再有集团公司，这种现象有人将其比喻为"先有儿子、再有老子"。通过不断的改革重组，国有企业的层级越来越多，委托代理链条也越来越冗长，这样不仅损耗了代理效率，而且增加了国有企业代理和监督的成本。

3. 现代企业的管理与治理

准确区分企业的治理和管理，是现代企业区别于传统企业的又一个基本特征。《公司治理》杂志的首任主编 Robert I. Tricker 教授认为，企业治理不同于企业管理，管理解决的是效率的问题，治理解决的是公平的问题。企业治理包括权力安排、投融资以及价值评估等方面，企业治理与企业深层次的结构和本质有关，是确保企业运营处于正确轨道的手段。企业管理则是运营公司，包括组织、控制、监督、指挥、协调企业的各个行为主体，达成预期目标的活动。企业治理包括为了解决企业管理问题而采取的针对性管理模式、管理方式方法以及管理规制等内容。企业治理是针对已出现的管理漏洞而做出的调整改善。企业管理则是按企业发展的内在要求去实施行为、带动企业。从现代企业发展面临的环境要求和企业成长过程来看，企业治理改善是现代企业管理的前提和保障，通过改善企业公司治理，可以有效促进企业科学管理和科学发展。厘清现代企业治理和管理的概念和内涵，是现代企业经营决策权和管理执行权必须分设的重要理论依据，也是治理结构分权制衡的重要理论基础之一。

（二）现代企业制度和现代国有企业

1. 现代企业制度是国有企业适应市场化改革的必由之路

中国国有企业的市场化改革是随着经济体制改革的不断深入而递进的。国有企业的名称，在中国经济制度的变革中，经历了国营企业、国有企业、国家出资企业等变化（本书在研究中，按照习惯统一采用"国有企业"这一名词）。从国有企业名称的演变中，也可以看出中国国有企业在建立和完善现代企业制度中的实践与探索。图 1-1 是对这一历程的概括性描述。

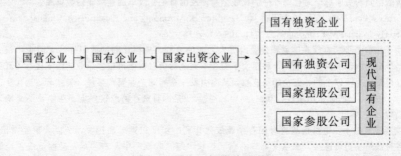

图 1-1　国企名称演变图

自 1978 年改革开放到 20 世纪 80 年代末，政府对国营企业的管理试行"放权让利"的政策性改革，其中 1983～1987 年实行的"利改税"政策和 1985 年实施的"拨改贷"举措为弱化国有企业的行政控制，并终结传统政府治理企业的模式提供了保证。"利改税"在一定程度上规范了国有企业与政府的关系，政府对企业缴纳税收后留存的利润不再享有索取权，国有企业开始寻求建立税金额度之外的多元化利益机制，统收统包的政府-国企治理模式一去不复返。1985 年开始实行的"拨改贷"政策同样也激发了国营企业的生产积极性，"拨改贷"主要是将国营企业投资从原来财政拨款的形式改为银行贷款，其意图在于扭转国营企业吃财政"大锅饭"的行为，将财政软约束变为银行硬约束，使得国营企业告别了对国家财政体制的依赖，逐步迈上市场化道路。

应当看到，"放权让利"、"利改税"和"拨改贷"等政策多管齐下，对改革开放初期释放国营企业的活力、提高资源配置效率具有正向的刺激作用。尽管这种刺激在 20 世纪 80 年代末被削弱，但仍可以从中国社会科学院经济所的一项调查研究[1]中了解到这些政策带来的积极影响。格洛夫斯（Groves）等利用这项调查研究的数据测算了 10 年来样本国营企业的全要素生产率的变化，发现 1980～1989 年国营企业的全要素生产率的年均增长率为 4.5%，远高于改革开放之前的 0.4%。格洛夫斯等（1994）发现企业的边际留利和产出自主权对于奖金有着强烈的影响，而奖金率和合同工人比例又对国有企业生产率具有显著的积极作用，但企业自主权或边际留利对于全要素生产率并无直接的显著影响[2]。这表明国营企业在脱离政府治理模式后，留利自主权通过迂回方式发挥了解放生产要素的功效，进而也提出了提高全要素生产率和资本配置效率的改革要求。

尽管多种形式的"放权让利"、"利改税"和"拨改贷"政策在短期内对增强国有企业活力起到了一定的促进作用，但从长期看，都未能保持持久的效率和积极性。到 20 世纪 80 年代末，政策刺激的疲态以及国有企业内部人控制[3]等治理问题逐渐显露出来，加之外部环境恶化、市场需求疲软，以及宏观政策的不稳定[4]，国营企业改革似乎很难适应迅速变化的市场经济，经济效益开始出现全面滑坡（参见图 1-2）。到 1990 年，国有企业的亏损额和利润总额几乎相等，显

---

[1] 这项调查通过问卷的形式采集了从 1980～1989 年共 800 家国有企业连续 10 年的经济数据，这是迄今为止所能得到的关于那个时代的唯一的比较全面涉及国有企业改革的连续年份数据库。

[2] Groves T, Hong Y., McMillan J, Naughton B. Autonomy and Incentives in Chinese State Enterprises. Quarterly Journal of Economics, 1994, 109 (1)：183-209.

[3] 由于国有企业所有权在国家和企业内部人之间的分割，放权让利的改革导致了国企产权关系的混乱和相当严重的内部人控制问题，这种事实上的、不完全的所有权使得很多企业的法定代表人开始试图将这种所有权转化为法律上的、完全的所有权，从而引发一系列的企业腐败案件（吴敬琏. 当代中国经济改革 [M]. 上海：上海远东出版社，2004：144），其实质是国有资产的产权界定不明晰，不是缺乏激励就是激励错位。

[4] 宏观政策的不稳定是指政府对国有企业放权让利的程度很难准确把握，所以政策经常出现变化，以探索各种改革是否可持续。事实上，政府在"扩权"与"收权"中左右为难，反而造成了经济秩序的混乱。

示政府在国有企业经营权层面的改革陷入了瓶颈，必须为国有企业寻求新的制度改革才能适应市场化变革的趋势。

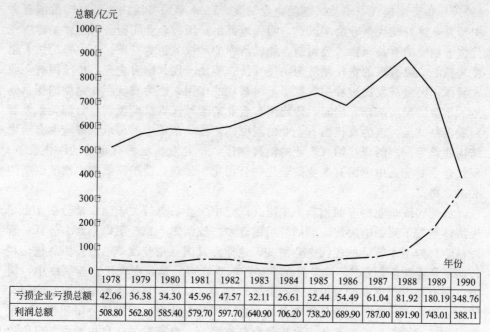

图 1-2 国有独立核算工业企业主要财务指标

数据来源：《中国统计年鉴》1998 年

	1978	1979	1980	1981	1982	1983	1984	1985	1986	1987	1988	1989	1990
亏损企业亏损总额	42.06	36.38	34.30	45.96	47.57	32.11	26.61	32.44	54.49	61.04	81.92	180.19	348.76
利润总额	508.80	562.80	585.40	579.70	597.70	640.90	706.20	738.20	689.90	787.00	891.90	743.01	388.11

中国共产党十二届三中全会以后，城市经济体制改革成为重点，企业改革成为经济体制改革的中心环节。在向市场经济转型的过程中，"有计划的商品经济"被政府提出并随着市场经济规模的扩大而深入人心。在"国家调节市场，市场引导企业"方针的指引下，国有企业改革的重点转向通过实现两权分离来转换企业内部的经营机制，特别是实现国企内部人权力关系的调整。同时，以 1986 年颁布的《中华人民共和国破产法》（以下简称《破产法》）和 1988 年颁布的《中华人民共和国企业法》（以下简称《企业法》）等一系列法律法规的出台为标志，国有企业转型和国有资本的自主性增长的体制性障碍得到基本的清除。1992 年 10 月，中国共产党的十四大报告将惯用的"国营企业"改为"国有企业"，表明国有经济中所有权和经营权分离的时代已经来临。

1993 年中国共产党十四届三中全会《关于建立社会主义市场经济体制若干问题的决定》提出："十几年来，扩大国有企业经营自主权、改革经营方式等措施增强了企业活力，为企业进入市场奠定了初步基础。继续深化企业改革，必须解决深层次矛盾，着力进行企业制度的创新，进一步解放和发展生产力，充分发挥社会主义制度的优越性。"国有企业如果继续停留于传统的国家所有制形态，不触及产权体制改革，就无法真正成为市场经济的行为主体。

国有企业微观层面的改革方向和必由之路是：建立现代企业制度。这意味着由政府主导的放权让利改革模式的终结，建立现代企业制度改革新阶段的开启。现代企业制度将所有权、经营权、监督权分设，以分权来达到均衡，是与厂长（经理）负责制模式有本质区别的企业制度。1994年国务院决定选择一批国有大中型企业进行现代企业制度试点，明确地提出：国有企业实行公司制，是建立现代企业制度的有益探索。公司制企业以清晰的产权关系为基础，以完善的法人制度为核心，以有限的责任制度为主要特征。相比于现代国有企业，传统国有企业在我国国民经济发展过程中发挥了不可替代的作用，也为现代企业制度的探索创造了重要的经济基础。同时，传统国有企业的改革探索从调整利益分配关系发展到股份制试点，也为现代国有企业的制度创新提供了重要的传承，以董事会治理结构建设为核心的现代国有企业的治理制度，也是对传统国有企业的深化改革。现代企业制度是中国国有企业商业化—公司化—公众化改革路线图中制度创新的必由之路。

如何实现企业制度的创新？中国共产党中央委员会《关于建立社会主义市场经济体制若干问题的决定》的回答是建立"产权清晰、权责明确、政企分开、管理科学"为基本特征的现代企业制度，这标志着国有企业改革的思路由放权让利转向了企业制度创新❶。与先前改革有着本质区别的是，在现代企业制度中，国家以国有资产出资人的身份将国有资产转化为可以享有与投资额相应权益的国有股，而不再直接参与企业具体事务的制定，国有企业以有限责任公司和股份有限公司的形式组织生产，并朝着真正具有自主经营、自我发展、自我约束和自负盈亏的法人实体方向转型。

现代企业制度在国有企业内部的建立，尤其是公司制和股份制在国有企业内的确立，为进一步解放生产力开辟了道路。首先，现代企业制度需要规范的公司法人治理结构，股东（大）会、董事会、监事会和经理层各司其职，根据分权制衡的原则相互配合、相互制约。在公司制改革背景下，对国有资产的管理转变为国家作为出资人寻求国有股权的保值增值，国家是企业"出资人"的提法，强调国家对国有企业的权利行使，只能在公司法规定股东法定权利和公司章程规定的股东或股东大会权利范围内进行，这在制度设计层面上最大限度地降低了行政权对企业经营的干预，从而有效避免了由于政企不分而导致的资本配置效率低下的问题。其次，采取改革改组的方法打破了国有资本"铁板一块"的垄断局面，引入市场竞争机制，并且有选择地将国有资本从竞争性行业和资本配置效率低下的行业中撤出来，完善市场进入退出机制，以实现国有资本"有所为和有所不为"。对于包含某些具有自然垄断性质的行业，尽量把垄断经营限制在最为必要的范围之内，同时使这类企业的运营处在严格的资本监管之下。

建立现代企业制度的核心环节是完善的法人治理结构。始于2005年的中央企业董事会试点，是我国国有企业完善公司法人治理结构的重要实践。规范建设的董事会制度中引入了外部董事制度，避免董事与经理人员的高度重合，保证董

---

❶ 吴敬琏. 当代中国经济改革［M］. 上海：上海远东出版社，2004：145.

事会能做出独立于经理层的判断与选择。外部董事是从发达国家引进的一种董事制度。普华永道曾经对美国的 1000 家大公司做过调查，在 1000 家大公司中，如果董事是 11 名的话，其中就有 10 名或者 9 名是外部聘请的，也就是说外部董事占绝大多数，有利于决策权和执行权的分开。现代国有企业开始了由过去实际上的"一套班子"领导体制和"一把手负责制"，转向董事会集体决策、经理层执行、监事会监督的规范的治理制度建设。

2. 国有企业是我国国有经济和经济社会的"顶梁柱"

改革开放以来，通过不断的改革和调整，国有企业的布局结构、公司治理、监管机制得到了优化，从 1978 年到 2007 年，国有经济在整个国民经济中的比重逐年下降，但国有企业的利润总额却增长了 25.5 倍，资产总额增长了 48 倍，主营业务收入增长了 28.5 倍（现代国有企业基本概况见表 1-1）。现代国有企业市场化程度和竞争力不断提高，在经济社会发展中发挥了越来越重要的作用，为国民经济的平稳运行创造了良好的经济环境，积极落实国家能源资源战略，有力地维护国家经济安全；坚持公有制经济的主体地位，强化了国家的宏观调控能力；现代国有企业作为国有经济的主体，增强了国有经济对国民经济的控制力、影响力，为社会可持续发展奠定了坚实的经济基础。同时，现代国有企业也履行道德、法律、环境资源和慈善等社会责任。中国社会科学院《企业社会责任蓝皮书（2010）》显示，国有企业的社会责任指数领先于民营企业和外资企业。在重大自然灾害面前，国有企业积极参加各种抢险救灾活动，积极捐款捐物等。在经济全球化的背景下，国有企业的发展还有力地节制了跨国垄断资本，维护了国家经济安全。现代国有企业通过积极开展对外投资、开拓国外市场、深化同世界各国的经贸战略合作、推动政治互信，有力地促进了我国经济的发展和国际地位的提高。

表 1-1 现代国有企业的基本概况

项　目	1995 年/1998 年	2002 年/2003 年	2008 年
全国国有及国有控股工业企业户数	7.76 万户/—	4.19 万户/—	2.13 万户
全国国有及国有控股企业户数	—/23.8 万户	—/14.6 万户	11.5 万户
中央企业及其下属子企业的公司制股份制改制比例	—/—	30.4%/—	70%
中央企业整体上市情况（截至 2010 年底）	中央企业为实际控制人且持股比例在 20% 以上的上市公司共有 322 家，其中境内上市公司 228 家，境外上市公司 94 家（含 27 家 A＋H 股公司），中央企业共从资本市场募集资金 10282.52 亿元。石油石化、航空、电信、建材等行业的中央企业，已全部实现整体上市；建筑、冶金、机械制造业的大部分中央企业也已实现整体上市；中央企业已有 43 家实现了主营业务整体上市		

注：表中前三项数据来源于 2009 年国务院国资委汇总统计。

3. 市场化改革是建立和完善现代企业制度的基础性条件

现代企业是建立和完善社会主义市场经济体制的微观基础，面临新的历史发展阶段，国有企业改革和发展的目标十分明确，就是要适应经济体制与经济增长方式两个根本性转变和扩大对外开放的要求，基本完成战略性调整和改组，形成比较合理的国有经济布局和结构，真正建立起完善的现代企业制度，经济效益明显提高，科技开发能力、市场竞争能力和抗御风险能力明显增强，使得国有经济在国民经济中更好地发挥主导作用。

国有企业要建立和完善现代企业制度，必须适应市场经济的要求，切实解决发展中各种突出矛盾和问题，这不仅关系到国有企业改革的成败，也关系到我国经济体制改革的成败。搞好国有企业改革和发展，有利于提高国有经济的整体素质和经济效益，有利于推动国民经济真正走上速度较快、效益较好、健康发展的道路，也有利于整个社会的安定团结和国家的长治久安。

以建立现代企业制度作为国有企业改革的目标，早在 20 世纪 90 年代就已经明确，但是在实现目标的过程中，往往注重治理结构的变化，追求组织形态上与国际公司治理的共性规制，如形成股东（大）会、董事会、经理层等组成的治理机构，建立国有资本的管理机构等，而容易忽略作为其基础的市场的作用。离开了资本等要素市场，产权边界的确定、股东（出资人）作用的发挥、对经理阶层的约束和监督、经营业绩的科学评价标准等都难以得到根本性的解决。以产权问题为例，如果缺少资本市场上的"交易"，资产的价格将无从确定，产权的价值边界也不可能清晰；其次，在治理结构中资本人格化的代表缺位，资产保值增值的责任难以真正落实，出资人（股东）的权益就没有制度保障；再有，在缺乏经理人市场的条件下，企业领导人员管理体制的"封闭性"和"行政化"、经营者"优胜劣汰"的市场择优机制就无从发挥，职业经理人才没有了成长的园地，企业经营者的市场价值和激励制度也失去了评价的客观依据。因此，在国有企业转型发展中，建立现代企业制度实践中长期困扰人们的产权边界、企业组织结构和规范治理等方面的诸多难题，只有在经济体制结构性改革的条件下，才能得以彻底的解决（可能需要其他条件的配合，如政府在市场经济中的定位和职能转变），但若没有资本市场的作用，这些难题肯定是无法解决的。由此可见，伴随着我国基本经济制度的不断完善，国有企业体制转轨必将要突破现有的形式，发生一个质的进步，才能真正建立起比较完善的现代企业制度。

2005 年以来，以规范董事会制度为主要内容的企业制度改革，是现阶段国务院国资委和地方国资管理机构推进国有企业建立现代企业制度的又一重大实践，除了 30 多家中央企业以外，地方国资管理机构也加大了推进的力度。以国资重镇上海为例，在全国各省、直辖市、计划单列市的国资委出资企业国资总量和营业收入中，上海分别占 1/8 左右，利润总额占 1/7 左右。截至 2010 年 12 月 31 日，上海 71 家国有控股上市公司市值为 13225 亿元。2008 年以来，上海国有企业努力在市场化改革下，同步完善现代企业制度建设，共完成现金融资 893 亿元，685 亿元国有资产实现证券化，资产证券化率从 17.6% 提升到了 2010 年的

30.5%。截至 2010 年底，上海已有 11 家产业类企业集团实行了规范董事会制度建设、监事会团队化管理。

（三）公司治理和国有企业治理

1. 公司治理定义与公司治理结构

英国是全球现代公司治理运动的主要发源地。以三个相继成立的非官方委员会的主席名字命名的研究报告，即 1992 年 12 月的《凯德伯瑞报告》、1996 年 7 月的《格林博瑞报告》和 1998 年的《汉姆玻勒报告》，成为迄今为止英国现代公司治理改革过程的三部曲。它们为建立制度化的、自律基础上的现代公司治理机制奠定了初步基础。

在美国，关于公司治理结构的定义，较早可以追溯到 20 世纪 80 年代美国公司董事协会所做的界定：公司治理结构是确保企业长期战略目标和计划得以确定，确保整个管理机构能够按部就班地实现这些目标和计划的制度安排。这一定义将公司治理结构的争论聚焦在公司目标，而非董事会。

1995 年，美国学者布莱尔从狭义和广义两方面给公司治理结构做了定义。狭义地讲，公司治理结构是指有关公司董事会的功能、结构和股东权利等方面的制度安排；广义地讲，公司治理结构是指公司剩余控制权和剩余索取权分配的一套法律、文化和制度安排，它决定着公司目标，决定谁在什么状态下实施控制，如何进行控制，风险与收益如何在不同成员之间分配的问题。布莱尔认为公司治理是指有关公司控制权或剩余索取权分配的一整套法律、文化和制度性安排，这些安排决定公司的目标，谁拥有公司，如何控制公司，风险和收益如何在公司的一系列组成人员，包括股东、债权人、职工、用户、供应商以及公司所有的社区之间分配等一系列问题。以上学者对公司治理的阐述把利益相关者放在与股东相同的位置上，因而他们提倡"利益相关者治理模式"。

伯利和米恩斯（Berle，Means，1932）以及詹森和梅克林（Jensen，Meckling，1976）认为公司治理应致力于解决所有者与经营者之间的关系，公司治理的焦点在于使所有者与经营者的利益相一致。

法玛和詹森（Fama，Jensen，1983）进一步提出，公司治理研究的是所有权与经营权分离情况下的代理人问题，其中心问题是如何降低代理成本。

施莱佛和维什尼（Shleifer，Vishny，1997）认为公司治理要处理的是公司的资本供给者如何确保自己可以得到投资回报的途径问题，认为公司治理的中心课题是要保证资本供给者（包括股东和债权人）的利益。上述学者对公司治理内涵的界定偏重于所有者（一般情况下即为股东）的利益，因此他们信奉"股东治理模式"。

科克伦和沃提克（Cochran，Wartick，1988）认为，公司治理要解决的是高级管理人员、股东、董事会和公司的其他相关利益者相互作用产生的诸多特定问题。

费方域认为公司治理是一种关系合同，是一套制度安排，它给出公司各相关利益者之间的关系框架，对公司目标、总的原则、遇到情况时的决策办法、谁拥有剩余决策权和剩余索取权等规则，用于代表和服务于出资者（或利益相关者）利益，其主要内容是设计解决内部人控制问题的机制。

李维安认为公司治理的目标是保证股东利益最大化；防止经营者对所有者利益的背离。公司治理要解决的两个基本问题：①如何保证投资者的投资回报；②企业各相关利益集团的关系协调。

钱颖一提出，公司治理结构是用以处理不同利益相关者即股东、贷款人、管理人员和职工之间关系，以实现经济目标的一整套制度安排。它包括：①如何配置和行使控制权；②如何监督和评价董事会、经理人员和职工；③如何设计和实施激励机制。

林毅夫指出，所谓的公司治理结构，是指所有者对一个企业的经营管理和绩效进行监督和控制的一整套安排。

张维迎则认为公司治理结构是这样一种解决股份公司内部各种代理问题的机制：它规定着企业内部不同要素所有者的关系，特别是通过显性和隐性合同对剩余索取权和控制权进行分配，从而影响企业家和资本家的关系。

尽管专家学者对公司治理的内涵有诸多不同的表述，但归纳起来具有共性的内容大概有两点，一是关于委托和代理方之间关于权利和义务的制度安排；二是围绕公司所创造的价值在利益相关者之间协调关系的过程。

公司治理结构（corporate governance，又译法人治理结构、公司治理）通常是一种对公司进行管理和控制的体系。它不仅规定了公司的各个参与者，例如，董事会、经理层、股东和其他利益相关者的责任和权利分布，而且明确了决策公司事务时所应遵循的规则和程序。公司治理的核心是在所有权和经营权分离的条件下，由于所有者和经营者的利益不一致而产生的委托-代理关系。公司治理的目标是降低代理成本，使所有者不干预公司的日常经营，同时又保证经理层能以股东的利益和公司的利润最大化为目标。

2. 公司治理和现代国有企业治理

公司治理的内部结构通常由四个界面组成：股东（出资人机构）拥有最终控制权；董事会及其所属的专门委员会拥有实际的控制权；监事会拥有监督权；经理层则拥有企业经营权，从而形成既相互制衡又相互协调、责权利一致的公司治理结构和运行制度。

现代国有企业治理具有一般公司治理的共同特点：从企业属性角度看，它们都是市场主体，自主经营、自负盈亏、自我发展；以企业良好的运营管理为治理的基础；企业发展要素具有和利益相关主体的相似性。因此，公司治理的共性和基本规则，适用于所有具有公司治理需求的企业类别，包括国有企业，主要是现代国有企业，即国有独资公司、国有控股公司和国有参股公司。

然而现代国有企业治理又具有其个性：首先公司治理具有不同股权结构的所有公司型企业的普适性特征，国有企业治理又有其自身的治理特征，并且其股权类型特殊（独资或一股独大），治理范围有限；其次，现代国有企业对监事会监督机构制衡作用的运用程度较高；第三，中国现阶段国有企业的治理，具有一些独特的制度特征，如出资人机构履行股东职权的特殊性、中国共产党基层组织在国有企业中的政治核心作用、职工民主管理及法定的要求员工参与企业治理的积极作用，以及全社会对国企的利益诉求等。

3. 中外国有企业的特征比较分析

中国国有资产管理体制在理论上形成三个层次的管理体制：第一层是中央和地方政府设立的国资委，性质上属于政府特设机构，代表国家行使对国有资产出资人的权力；第二层是国资委出资的企业，如国资经营公司，或企业集团的母公司；第三层是国资委监管的企业出资的，从事生产经营的企业法人。在这三层架构下实现了三个职能分开：政府作为全社会管理者的职能和作为国有资产所有者的职能分开；政府对国有企业的行政管理职能和国有资产的运作职能分开；国有企业的所有权和经营权分开。

以下就这些特点与国外的国有企业进行五方面的比较分析。

（1）国有部门的规模比较

世界上一些国家的国有企业，在各自的国民经济中都占有一定的比重。如瑞典有 59 家国有企业，占全国 GDP 比重约 7%，占总就业人数的 5%。新加坡淡马锡控股公司拥有 20 家大型"与政府有联系的企业"的股份，占新加坡 GDP 的 12%，其中有 12 家企业在新加坡股票交易所上市，约占市值总额的 20%。新西兰的 16 家国有企业约占其 GDP 的 12%。韩国公共企业占全国 GDP 比重的 9.4%，占总就业人数的 2.5%。只要有能力防止有害事态的发展，一些国家的政府总是倾向于在战略性企业中持有少数股份，让私人持有多数股份。

（2）国有企业的目标比较

具体表现为：①最好的国有企业的目标在于资本使用效率，尤其是资本的回报；②国有企业应承担界定明确的社会责任。新西兰根据 1986 年的《国有企业法》，提出国有企业应实现三个目标：一是在利润和效率方面可以与私营部门企业相比较；二是做一个"好雇主"；三是关注当地社区的需求和利益，表现出社会责任感。

（3）监管层持股方面比较

具体表现为：①在经营良好的国有企业体制框架中，一般都明确区分政府监管经济活动和控制国有资本配置的权利与责任，以及国有企业董事和管理层对企业本身的权利与责任；②在政府监管权和持股权与股东权利和责任的集中之间有明确的区分，但在"第一层"国家持股的组织结构方面则有所不同；③股东代表要行使有效的治理，并将管理层、雇员绩效与他们的报酬挂钩，需要认真制定战略性经营计划以及现金流量预测，并建立定期报告制度。

（4）国有企业的法律身份及治理比较

国有企业、企业集团和控股公司采用公司制的形式已经成为全球最普遍的做法。具体表现为：①国家股东需要灵活修改国有企业的公司制形式，以实现不断变化的企业目标；②国有企业董事会治理结构的形式往往采用非国有公司的模式；③一个强有力的董事会可以便于进行国有企业改革，而软弱的董事会会使国有企业易受各种有害的政治干预的影响；④在独立性和与国家股东之间取得适当平衡的董事会构成是国有企业治理的一个重要方面；⑤为了鼓励国有企业董事会有自己独立的观点，可以尝试各种方式使国有企业的董事会免受政治干预的影响。

（5）"第二层"股东（如持股基金、集团总公司、资产管理公司）的特殊问题

具体表现为：①国家持股基金应慎重考虑任何一项允许国有持股基金控制和将现金储备再投资于企业，或借出、借入，或延长为企业提供举债筹资担保的提议；②企业集团以市场为基础的投资、合并和收购比行政管理更容易建立成功的企业集团；③资产管理公司有许多国有资产管理公司的事例，它们的建立是为了解决不良贷款问题和管理抵押资产，如房地产，在特殊情况下，这类资产管理公司在资金稳定和解决某些资产问题方面可能发挥有益作用，但是，它们却不适合经营公司的重组。

4. 全球公司治理的变化趋势

从全球角度而言，公司治理模式分别经历了古典的私人股东主导的公司治理模式、职业经理人主导的公司治理模式阶段、投资者主导的公司治理模式和创业型经济中的风险资本治理模式。创新是影响现代公司治理演进的主要因素，一系列技术、组织和制度创新推动形成公司治理的制度基础，公司治理模式要致力于建立适合于创新的组织和制度、协调体制、信息处理模式，创新与公司治理模式有互相适应性，比如日本企业就强调管理人员和车间工作人员在创新中的现场合作，由于这类企业的创新也主要以生产技术创新和工艺创新为主，因此其治理模式为利益相关者共同治理。而美国则强调高级管理人员和企业的专业化技术人才对创新的贡献，忽视对工人的技术投资，创新以产品创新为主，管理层与普通工人距离较远，由此产生对高层管理人员和核心技术人员的高额股票期权激励，而忽视工人的福利和奖励（拉让尼克，2005）。

当前国际上各种公司治理模式出现了以下一些新趋势。

① 美国公司治理中的新变化。美国放松了对金融机构从事证券业务的限制，银行、养老基金等机构投资者积极参与公司治理（万俊毅，2004）。由此公司治理开始关注利益相关者的利益。作为外部治理机制的接管对经理人的威胁减少，公司日益重视内部治理的作用。机构投资者发展壮大，持股比例有所增加，并开始在公司治理中发挥主要作用（贾生华，2003）。

② 日德公司治理中的新变化。日本和德国的法人交叉持股率下降，银行与企业的联系出现松散的变化。同时，鼓励机构投资者在公司治理中发挥作用。

③ 各国公司治理模式演变的共同特征。随着政府对保险基金、养老金、金融机构进入股市的限制的降低，机构投资者拥有的企业股份增多，在公司治理中的作用增加。对上市公司信息披露要求提高，要求公司提供准确真实的会计信息。强调股东利益保护原则。经济全球化导致的外国投资者对本国公司治理的影响越来越大。

　　现代企业制度是中国国企重构现代公司治理结构的必然选择，既要参照具有全球共同认可基础的公司治理准则，如经济合作与发展组织（OECD，以下简称经合组织）的五大基本治理原则和公司治理新趋势带来的启示，也要结合中国的国情和社会经济基本制度的实际情况，不断地实践创新。正如中国人民银行行长周小川所说的"公司治理准则，我们一直说既有国际的也有国内的，每个国家的公司治理都有自己的特点，但我们也应该考虑国际上能够接受的交集，即各种不同的东西所具有的共同特征"。

二　国有企业治理转型轨迹：从政府管控到公司治理

（一）国有企业改革转型：从非市场主体到市场主体

　　经过30多年的改革实践，中国经济改革亟须制度性的突破。以"分权制衡"为基本原则的董事会治理结构的变革，对中国传统的企业领导制度和企业文化起到很大的冲击作用。中国传统的企业文化并不适应分权制度和权力制衡。中国社会长期以来的集权制度，形成了浓郁的集权文化，喜欢统权，不喜欢分权；习惯行权，不习惯制衡。改革是权力和利益的调整与重新分配。国有企业一直面对着的难题是：管理国有企业的权利配置如何有利于生产力的发展和资源利用效率的提高？

　　国有企业的改革，涉及普通大众、政府、企业领导、企业普通员工等众多利益群体，改革中所产生的动力、遇到的阻力，均来自各个利益方的选择。企业制度创新和治理制度完善，就是要找到一种方式，来达到各方主体权利和利益的均衡，让国有企业能够在制度化、法治化的轨道上运行，真正成为市场主体。然而，国有企业转型的探索实践证明了产权制度是完善治理结构的前提条件，而政府在市场经济体系中的功能定位，则是国有企业改革和治理转型重要的主导因素。

　　1. 政府直接主导下国有企业经营权改革的探索

　　由政府作为直接主导方的国有企业改革大致有两个阶段。

　　（1）放权让利阶段

　　1978年全国开始进行"扩大企业自主权"的试点。在增产节约的基础上，企业可以提取一定数额的利润留成，职工个人可以得到一定数额的奖金。这种做法调动了企业和职工的积极性。

　　（2）承包制阶段

　　1981年，中央政府决定采取能够让财政利益首先得到保障的工业经济责任制。工业经济责任制的主要内容有两个，一是在财政与企业利益分配方面，采取利润留成、盈亏包干、以税代利等办法；二是在企业内部实行超产奖、浮动工资等。承包制必然要求突出厂长的地位。但是，经营者的短期行为，对生产资料的破坏性使用，包赢不包亏等，都显示出弊端。为了限制厂长的权利，后来提出实行"党委（书记）领导下的厂长负责制"。承包制虽悄悄逝去，而承包制的遗产，导致了企业从"政府说了算"转向"厂长一人说了算"，成为中国企业改革中

"一把手"文化的顽疾。

2. 政府主导资本资源配置的公司制改制实践

实行国有企业公司化改制，进行产权层面的改革，引入资本制度和公司治理，组织形式上架设起公司治理机构，也有两个阶段。

(1) 改革深入到所有制层面

1992年召开的中国共产党第十四次全国代表大会（以下简称为中共十四大）正式提出建立社会主义市场经济体制。在1991年之前，部分国企已经进行了股份制试点，截至当年年底，全国有3000家以上的国有企业进行了股份制试点，其中大部分是职工内部持股。1992年，股份制成为中国国有企业改革方向，表现出股份合作制、员工持股、中外合资、相互参股等多种形式。1994年中国颁布了《中华人民共和国公司法》（以下简称为《公司法》），国有企业公司制改革实践大量涌现，资本市场的创设使得上市公司成为公司治理架设的标杆，一大批优质国有企业以资本资源配置的方式，成为国有控股的上市公司。但是，相当数量的国有企业仅仅是把股票上市作为融资的手段，公司治理徒有形式而并无实质性的变化，因此市场主体地位还难以真正确立。

(2) 国有企业改革重点从企业微观层面转向以国有资产管理体制

2003年3月，国有资产管理体制改革正式启动，其主要内容是：设立国务院国有资产监督管理委员会。196户中央所属（非金融类）国有企业划归国务院国资委，国务院由国资委代表国家行使国有资产出资人职能。成立国资委，有效改变了国有资本资源分散管理的体制，是国有资产管理体制改革的重大举措。国务院国资委成立以后，首先推动所属企业的调整重组，中央企业户数从196家减少到120家左右。同时，收缩战线后的中央企业，资本向关键领域和重点行业、优势大企业集中，中央企业的资产总量和竞争力大幅度提高。但是，让国有企业真正成为市场竞争主体，仍然有待于企业制度的不断完善。

3. 国有企业改革转型成功的标志是真正成为市场主体

国企治理转型成功的关键，首先是要正确定位国有企业治理中的政府管控边界。政府管控边界正确定位的实质在于明晰政府在国有企业治理中的职能范围、责任分担与权利分配，及其对国有企业权、责、利划分产生效应的界限。

在现行的经济体制下，国有企业既没有必要亦不可能根据其自身的利益函数与市场竞争位势，做出资源最优配置的决策，而是纵向从属于既掌握所有权又作为社会经济调节职能主体的政府权力机关。作为一种制度变迁，国有企业的改革转型，实质上是权利与责任在各种利益相关主体之间重新划分与再分配的过程。对政府而言，体现为伴随着市场经济体制的逐步建立与完善，其原有的一部分权力和利益将受到削弱、冲击、调整或边际修正。因此，政府培育市场主体的过程，在某种程度上就是削弱其对企业的直接管理或干预。这无疑需要政府具有进行权利边际变革和职能转变的勇气与决心。对国有企业治理改革而言，政府既是权利与职能被调整的对象，同时，又是主导与实施各种改革方案与措施的关键主体。

　　建立以公司治理结构为主要内容的现代企业制度，是国有企业治理改革的重要目标，政企分开则是这一重要目标得以有效实现的充分必要条件。政企分开的实质在于政府对其在国有企业治理及改革中的权、责、利或治理边界进行重新定位与正确定位，其要义在于政府从直接管理国有企业的主体，调整为依法管理国有资产的特定代理人，同时作为市场竞争规则的制定者和维护人，有责任为国有企业的治理及其改革培育创造良好的制度环境，将国有企业本应享有的经营管理与相关利益分配等权利，依照公司法和企业国有资产法等规定还给国有企业，唯有如此，国企的改革转型才有可能具备良好的外部环境和内在的动力机制，最后成为真正的独立自主、合法经营的市场主体。通过建立有限责任公司和股份有限公司为主要形式的现代企业制度，把国有财产转化为享有与投资额相应权益的国有股权，出资人机构依法管理国有股权资本，国有企业独立营运全部法人财产，真正成为具有自主经营、自我发展、自我约束和自我盈亏的法人实体。

（二）治理原则与实践：公司治理准则的引入和应用

1. 经合组织公司治理五项原则

　　在市场经济条件下，公司治理是全球各国政府和企业共同关注的热点问题。1999 年经合组织提出了五项治理原则。其目的是对经合组织和非经合组织国家政府在努力评估和改善本国公司治理的相关法律、规章制度框架等方面提供帮助，为交易所、投资者、企业和利益相关者提供指导和建议。所以，这个治理原则可以说具备了如周小川所言的"公司治理交集"的特征。

　　原则一，确保股东的权益。公司治理结构应当保护和促进股东权利的行使。基本的股东权利应该包括以下几个方面：①所有权注册的安全方法；②转让和交易股票；③及时、定期地从企业得到相关、真实的信息资料；④参加股东大会和参与投票表决；⑤选举和撤换董事会成员；⑥分享企业利润。股东还应该具有参与权、充分告知权、有关企业重大改变的决策权等。

　　原则二，股东权益平等。不仅要保护大股东利益，也要保护中小股东利益，当中小股东利益受到侵害的时候要进行补偿机制。我国 2007 年股权分置改革实际上是验证了这条原则，原来股权分置改革是不流动的，股份制改革是不平等的，经过改革股东权益达成了基本一致，它是公司治理发展和证券市场健康发展的基础。

　　原则三，利益相关者的合法利益。这个原则对中国的国有企业更为重要。什么是利益相关者？股东是利益相关者，经营者是利益相关者，职工是利益相关者，企业的债权人、客户、供应商包括政府都是利益相关者，所有企业都要为利益相关者的利益考虑，不能够违反利益相关者的合法利益，如果公司治理出现问题，企业肯定不能够实现持续发展。过去的说法是，企业是以盈利为目的的经济组织，在经合组织公司治理原则下，企业是利益相关者的契约体，利益相关者通过公司的载体实现相应的权益。

　　原则四，信息公开披露。为了解决信息不对称的问题，公司治理中间一个重要的原则就是信息公开披露，比如公司的财务信息、经营状态、股权状况等，这也是公司治理发展的方向。如果现有国有企业要逐步成为上市的公众公司，那么完备的信息披露是不可缺少的环节。

原则五，股东委托方，即董事、监事对股东会负责，对公司负责，应当加强对经营者的监管。

2004 年经合组织又制定了《国有企业的公司治理原则》，在 2005 年 5 月发布的序言中明确提出，《国有企业的公司治理原则》中"国有企业"是指国家掌握多数所有权或重要的少数所有权，并实现重要控制权的企业（包括国有参股），这和我国"国家出资企业"的定义基本吻合。该原则的第二章规定了国家在和国有企业的关系上，是"作为一个所有者行事"，清晰地指出了政府在国有企业治理制度建设中的准确定位，并指出政府不应该陷入国有企业的日常管理等。该治理原则的作用，诚如经合组织公司治理工作组主席 Veronique Ingram 所说："尽管各国间存在不同的现状、不同的体系和不同的模式，但我们都在试图得到相同的结果，即透明度、有效的问责机制、平等保护各利益相关方的合理利益诉求，亦即普适性的公司治理准则，从而在世界范围内构建公正有效的市场经济，促进各国人民的福祉。"截至目前，这两份指引文件已成为国际范围内公司治理的黄金标准，为世界银行、国际货币基金组织、金融稳定论坛以及各国政府所广泛采纳，包括发达国家和发展中国家，并成为衡量和评估企业乃至整个国家和地区公司治理水平的基本工具。

Veronique Ingram 主席特别指出：以中国为例，中国的特色是存在众多国有企业，国有企业在国民经济中居主导地位，因此同其他国家相比，中国在公司治理方面有自己独特的问题、挑战和机遇。我们特别关注中国国有企业的公司治理。具体议题包括如何确保董事会的独立性以及独立董事的作用等。此外，可能还会涉及国有企业的政策导向等问题。从这个角度而言，在中国实施有效的公司治理，可能需要同其他国家不同的监督和制衡机制。Veronique Ingram 还指出：在这两份文件中，制定了相当高的公司治理标准，同时在具体实施方式方面也预留一定弹性，方便各国根据本国具体情况灵活应对。这彰显了两份文件"推广普适，兼顾特色"的特点，也为我国国有企业治理建设走有中国特色的道路提供了很好的指引。

2. 国有企业公司治理分析

按照主要市场经济国家公司治理的实践，根据公司股权结构、股权性质的不同，一般来说，要想将公司经营好，需要解决的具体问题有：一是在股权分散的情况下，如何防范经营者损害股东的利益；二是在股权集中情况下，如何防范经营者损害股东的利益，以及防范大股东损害小股东的利益；三是在国有股"一股独大"的情况下，如何防范经营者损害股东的利益，大股东损害小股东的利益，以及大股东代表损害大股东的利益。

我国国企公司治理存在并要解决的带有普遍性意义的主要问题来自两个方面。一是由于历史的原因，我国公司制企业中大部分都是由国有企业改制过来的国有控股或相对控股的公司（下称国家控制的公司），其股权结构类型主要有国有股和职工股、国有股和社会公众投资股、国有股和私人资本或外国资本股，在这些股权结构类型中，大多数情况下，国有股都处于控股地位，也就是说，国有股在投资者协议（契约）中都处于优势地位，这就难以避免会产生大股东损害小股东利益的问题，其实际典型表现为上市公司大股东侵害中小股东（社会公众投资）的利益，这里需要贯彻普适性原则的难点在于所有股东利益如何得到平等保护，以及国家如何作为一个国有股权的所有者规范行权。二是由国家控制的公司自上而下存在着多层次的委托代理关系，分别是：①人民与国家之间；②国家与政府之间；③政府与（准）行政主管部门、投资性机构、企业之间（简称投资单位）；④投资单位与其被委派到经营性公司的国有股股东代表（简称国有股代表）、董事会的董事（简称国有股董事）、经理层之间；⑤国有股代表与其委派到经营性公司董事会的董事之间（简称国有股董事）；⑥国有股董事与其委派（聘任）到经营性公司的经理层之间。这里需要贯彻普适性原则的难点在于如何有效提高多层级委托代理链的效率，如何降低或控制过高的代理成本，如何在各层级委托代理关系中保持高标准的透明度，如何形成信息对称的财务和非财务信息的披露机制。

我国国企公司治理存在并要解决的带有特殊性意义的主要问题来自以下五个方面。一是政府在经济体制转型过程中，由原来直接决定和管理国有企业负责经营活动的"人"（企业领导干部）和"事"（资金和收益），如何转变为受全国人大的委托，代表国有股权的所有者，"作为一个所有者行事"。这对于我国现行的国有资产管理体系的改革深化提出了新的挑战，包括对政府特设机构国有资产的各级管理机关"管人、管事、管资产"的运行模式也提出了挑战，既要遵循公司治理普适性的原则，又要结合科学发展的需要实践创新，着力解决内部人控制问题和大量经营性国有资产的保值增值问题。二是在国家控制的公司里还设置了自上而下的中国共产党基层组织系统，在国有企业领导体系中，基层党组织从过去"领导一切"的地位，转变为"政治核心"作用。基层党组织如何通过创造性地开展思想政治工作，支持公司治理各机构行使职权，为经营活动服务，既是国有企业思想政治工作的生命力和价值所在，也是国企公司治理建设必须面对的新挑战。三是国有企业的终级所有者是国家，国家作为"虚拟化的所有权主体"只能委托其授权投资的机构或授权的部门来代理其作为权力机关行使股东会的部分职权，这就出现了公司决策行为外部化的问题。由于股权过分集中导致非效率的治理结构，以致董事会职权还未完全落实，董事会作用还存在一定程度的重形式轻内容的现象。随着规范董事会制度实践的展开，大量合格、忠实的国有资本代理人即外部董事们的来源问题值得关注，如何准确评价国有企业董事们的勤勉履职和价值创造过程的绩效也是重要问题。四是国有股东与董事会、董事会与经理人员以及国有股东与监事会之间皆存在委托、代理关系。工作的难点在于委托人如何有效监控代理人的行为，考核代理人的业绩，并有效防止代理人的行为偏离委托人的目标利益，如何有效监管委托代理人的机会主义行为。五是监事会制度是中国公司制企业的特色之一，但是，国有企业监事会无论是体制和机制上，都难以有效地履行监督工作，主要问题有获取信息成本太大、监督成本过高，没有明确的法律保障。在大多数情况下，所有者的监督很难转化为市场选择行为，而更多地显示出行政管理行为的特性。

3. 治理的创新点：现代国企治理是公司治理普适性和特殊性的融合

针对国企存在的治理问题，国企公司治理制度创新的内容包括：治理结构制度创新；决策（包括监督）架构及其规则的创新；经营管理者的评价、激励和动力机制的创新等。

（1）分类建立国企比较完备的公司治理制度

根据不同的公司类型和公司发展的不同阶段，分类设置与之相适应的法人治理结构，产业类公司应全面建立规范的董事会，实行外部董事制度和专业委员会制度，强化公司资产营运的独立决策权和决策责任。强化监事会监督，并建立由外派监事会主席任主任委员的监事会审计委员会，确立监事会在公司监督体系中的核心地位，强化公司治理的监督机制。整体上市的公司应按照证券监督管理委员会（以下简称证监会）要求健全法人治理结构，定期开展和公布对治理情况的评价。

（2）国有独资公司应该明确出资人机构将部分股东会的权力授予公司董事会，完善授权机制

国资委应当以发布公司治理指引的形式，按照《公司法》、《中华人民共和国企业国有资产法》（以下简称《企业国有资产法》）的规定，明确国资委与董事会的事权关系，全面落实董事会职权，包括董事会对总经理的选聘权，授予国有独资公司董事会部分股东会职权。围绕优化国资布局、收缩管理层级、开放性市场重组、提高资产证券化率水平、解决历史遗留问题等方面，进一步明确董事会的职责和工作重点，修订公司章程，并依据章程行使职权，充分发挥董事会在公司治理中的核心作用。

（3）形成完备的监管体系，形成企业价值创造的导向机制

国资委重点履行好出资人职责，主要依法享有对公司资产的收益权、参与重大决策和选择管理者等出资人权利。除法律规定必须由国资委履行的程序性规定外，董事会可以按公司章程行使董事会职权及国资管理机构授予的部分股东会职权。应当明确国资委的职责定位，形成董事会对国资委负责、向国资委报告的工作机制。建立经理层向董事会汇报的工作机制，完善董事会对执行机构的日常监督。实现监事会制度和公司治理建设工作的紧密结合，明确行使股东（出资人机构）授予的监督权，形成对决策和执行权的同步监督，突出以出资人权益相关的重大事项为监督重点，在监督机制上实行标准化、程序化和制度化。

（4）形成规范运行机制，加强公司的法治化

董事会要根据公司章程行使职权，建立和完善相应的董事会决策制度、会议制度和报告制度，健全和完善董事会专门委员会运行的制度，围绕董事独立决策和决策责任，建立和完善可操作的管理程序和工作流程。通过法人治理信息系统的信息化手段，促进并完善公司内控制度和流程再造，建立企业的公司治理文

化、形成用制度管人、按程序办事的治理秩序。董事会要对自身运行的规范性和有效性予以自我评价，选举或委任机构要加强对董事和董事会的绩效考核和评价。

（5）形成科学的激励约束机制，激发公司制度的内驱动力

按照目标明确、依法监管、激励约束到位的股东导向，有效行使出资人权利，不断加大公司经理层和高管团队的市场化配置力度。明确董事会为股东创造价值的任期目标，建立董事长（董事）的绩效考核制度。落实董事会决定经理班子成员经营业绩考核和薪酬管理的职权，由董事会决定经理班子成员的年度与任期经营业绩目标，并负责其考核。由董事会决定兑现经理班子成员的薪酬水平。对实行董事会聘任的公司经理和高级管理人员，由董事会与其签订委托代理合同，决定其任免。完善董事会对经理和高级管理人员的激励约束机制，使公司治理形成内生动力机制。

（6）建立健全经理人市场评价机制，改善公司外部治理环境

改革国有企业经理人员的选拔、任用机制，增加人员任用的透明度和市场化程度，增加经营管理者的道德风险成本，弱化经理人阶层的不良动机，改善公司外部治理环境，强化公司法治化运行的环境和利益相关者治理，特别是强化债权人治理力度。

国有企业治理原则与结构、机制、行为的内在关系如图1-3所示。

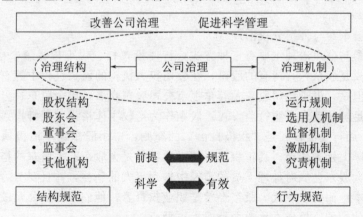

图1-3　治理原则-结构-机制-行为内在关系

（三）国有企业公司治理的实质：分权制衡、协调发展

1. 分权制衡是公司治理的基本原则

分权制衡原则是指公司有效运转的制度安排与实现，是以对公司各种权力合理分配、相互制衡为出发点而进行配置的结果。分权制衡会形成权责分明、管理科学、激励和约束相结合的内部管理体制。坚持分权制衡原则就要对公司内部应该存在哪些权力和权力的适当分配进行分析和界定，对各种权力的制衡运作进行制度构建。分权制衡是从权力层面认识《公司法》的基本原则，是利益均衡原则在制度层面的直接体现。公司实行权责分明、管理科学、激励和制约相结合的内

部管理体制，这充分体现了分权制衡的原则。首先，将不同的权力分配给不同的机构：股东（大）会是公司的权力机构，依法享有选举董事、监事，以及投资收益和重大事项的议决权，股东和公司的实际控制人不得滥用股东权。董事会对股东（大）会负责，行使法人财产的经营决策权，董事和董事会的行权行为受股东监督。公司经营管理权由公司业务执行机构行使，经理人负责公司日常经营管理，受董事会和股东的双重监督。公司股东的监督检查权，由专司监督的监事（会）行使，监事会对公司股东（大）会负责。公司的决策、执行和监督三种权力分别由三种机构独立行使，权力分设与内部制衡一道形成了企业的内在约束。其次，在制度层面明确规定股东及股东（大）会与董事会（执行董事）之间、董事会和经理、监事（会）和董事会之间的制衡关系，为不同机构采取制衡措施提供明确的法律依据，避免公司内部权力的不当集中和滥用。另外，《公司法》还明确要求公司依照法律、行政法规建立公司的财务、会计制度，建立清算和破产的财产处理程序等，体现了立法者利用市场机制和外部约束因素对公司分设的职权进行责任规范和权力制约过程。这类规定在事实上也属于对权力的分配，也是制衡措施的一种。

　　分权制衡、协调发展是现代企业制度的核心理念。从理论上说，各种利益相关者都具有参与公司治理的动力。实际上，无论是股东至上原则，还是利益相关者至上原则，他们在实践中的执行效果取决于公司治理中具体制度要素的执行效果。

　　（1）股东参与公司分权治理

　　股东参与公司治理主要有三种方式：行使投票权、代理权竞争、接管机制。行使投票权是股东凭其持有的股份，在公司权力机构的议决过程中拥有发言权和表决权。但是，由于公司股东尤其是上市公司股东众多，单个股东、分散的小股东并没有足够的动力来履行监督权。股东作为产权主体恪守"用脚投票"是"消极自由"，而行使监督权是"积极自由"的原则，中小股东除了消极地"用脚投票"外实际上别无选择。真正积极行使投票权的是大股东。大股东的搭便车概率比较小，大股东会从对经理人员的监控中得到更大的利益，并且要努力超出他们的持股成本。而且，现代大股东经常是职业投资者，他们在评价公司绩效时更加专业化，他们的监控成本比单个持股者更低。

　　大股东在公司治理中的作用不仅体现在行使投票权上，而且还体现在另一重要的公司治理机制——代理权竞争中。代理权竞争是指股东中持异议集团对公司控制权的争夺企图。尽管从技术上讲，代理权竞争大多并不成功，但总体上是利于公司股东的，因为这样可以在一定程度上约束目前的经营管理者，使其更加努力地为股东利益最大化服务。公司的大股东倡导代理权竞争，这是因为其持有公司的控制权份额较大，更换经营管理层相对更容易一些，这样就可以彻底改组公司控制层的分权治理体系。

　　（2）债权人参与公司分权治理

　　债务可以构成对经营管理层的硬性约束。债权对企业经营者是一种"硬约束"，它对企业经营者的不当经营行为具有制约作用，也使经理人员面临更多的市场监控。当企业债务水平升高时，较低的利润与有限的现金流会使企业不能偿付到期债务，从而陷入财务危机，这时债权人（如银行）会在治理结构中发挥作用，替换绩效较差的经理人员。如果说股东对经营者是一种匿名的软约束，那么债权人对经营者则是看得见的硬约束。我国公司治理中的债权人对国企公司治理的制衡作用没有得到有效发挥，与银行自身的国有性质和治理成熟度不高有关。

（3）经营管理层参与公司分权治理

美国经济学家法玛（1980）认为，一个企业内部经理人员之间以及上下级之间存在相互监督的动机，但由于等级制并未赋予这些经理人员制约其他经理人员和撤换最高管理层的权力，因而监督制衡乏力。此时，董事会作为制衡最高层有效机制的作用尤为突出。一般来讲，董事会的主要职责包括批准或同意主要的管理决策，并监控这些决策的执行，聘用和解雇经理人员以及为他们制定报酬水平。由于外部市场竞争和声誉可以确保外部董事独立、公正和客观地监督、评价执行董事的行为，因此可以考虑在董事会中引入外部董事，其任务是降低经理人员之间共谋的可能性。我国中央企业实行的外部董事多于内部董事就是一种重要的分权制衡形式。

（4）职工参与公司分权治理

职工与公司存在一定的利益关系，这为他们参与或影响公司治理提供了可能。公司治理制度的设计应给予职工充分的地位，为其合法权益的保护提供制度保障。职工董事的做法主要体现于德国和日本公司的董事会中。在德国的共同治理公司中有明文规定，职工与股东以相同的比例进入董事会，但这也要视企业规模的大小来定。在日本公司中长期以来形成了一种约定俗成的规定，职工可以通过内部晋升的竞争来加入董事会。英美公司目前也试图通过职工持股的做法，使部分公司职工成为股东，为其参与董事会议奠定法律基础。

分权制衡是公司治理制度设计的规则要求，不是终极目标，在治理科学合理制衡的同时，需要体现协调发展的实质性结果。

2. 协调发展是国有企业治理的核心理念

以公有制为主体是坚持社会主义基本制度的内在要求，即必须要有一批现代国有企业来巩固社会主义经济基础。中国共产党十六届三中全会关于股份制是公有制的主要实现形式的论述为国有企业治理实施分权制衡提供了理论依据，国有经济要控制的行业和领域除了可以通过国有独资企业，还可以通过国有控股来实现。对此，构成国有经济控制力的要素主要有：①国有经济在国民经济中的比重；②国有经济在关系国民经济命脉的重要行业和关键领域中的比重。

根据表 1-2，全国国有及国有控股工业增加值占全国工业企业的比重由 1998 年的 70.8% 下降到 2007 年的 40.6%，但还处于较高的水平。国有及国有控股工业总资产占全国工业企业的比重由 1998 年的 76.7% 下降到 2008 年的 50.1%，但国有及国有控股工业总资产仍占到一半以上。

表 1-2　全国工业企业的主要指标　　　　　　　单位：亿元

项　目	工业增加值		总资产	
	1998 年	2007 年	1998 年	2008 年
国有及国有控股	11076.90	39970.46	74916.27	188811.37
私营	509.63	26382.18	1486.98	75879.59
外商与中国港澳台	4055.07	32129.72	21326.95	112145.01
合计	15641.6	98482.36	97730.2	376835.97

注：资料来源于中国统计年鉴（2009 年）。

　　根据表 1-3 和表 1-4，在全国工业企业的重要行业和关键领域中，国有及国有控股工业总产值占 44.3%、总资产占 61.2%，说明国有经济在工业的重要行业和关键领域中有着较强的控制力，也意味着对整个工业有着较强的控制力。若把具有垄断特征的国有及国有控股的铁路运输业、航空运输业、邮政业、电信和其他信息传输服务业、金融业考虑进去，毫无疑问，国有经济在关系国民经济命脉的重要行业和关键领域中的比重是相当大的，足以保证社会主义经济基础的巩固。

表 1-3　全国工业企业重要行业和关键领域的工业总产值① （2008 年）

单位：亿元

项　目	采矿	烟草	石油、化学加工	金属冶炼及压延加工	交运设备、电气电子	电力、燃气、水生产	合计
国有及国有控股	20548.30	4458.92	24198.53	24784.78	29057.82	28916.45	131964.80
私营	6829.73	4.38	12453.81	16116.41	31607.82	408.91	67421.06
外商与中国港澳台	1601.24	4.74	12145.02	9788.97	71609.68	3281.84	98431.49

① 依据中共十五届四中全会决定中关于重要行业和关键领域的提法，这里选择了采矿等若干类行业。
注：资料来源于中国统计年鉴（2009 年）。

表 1-4　全国工业企业重要行业和关键领域的总资产（2008 年）

单位：亿元

项　目	采矿	烟草	石油、化学加工	金属冶炼及压延加工	交运设备、电气电子	电力、燃气、水生产	合计
国有及国有控股	29584.64	4389.77	17295.64	27304.43	33940.96	60518.02	173033.46
私营	4077.26	9.57	6967.31	6916.71	19247.11	1135.05	38353.01
外商与中国港澳台	1509.20	9.63	9501.00	6366.83	47084.44	6951.71	71422.81

注：资料来源于中国统计年鉴（2009 年）。

　　以国有经济比较集中的上海地区公有制经济的相关数据为例，依然可以得到相同的结论。

　　表 1-5 显示，上海公有制经济 GDP 占全市 GDP 的比重在逐年下降，但到 2008 年仍保持 54.3% 的比重，这一比例既包括上海地方国有经济，还包括在沪中央国有经济以及集体经济在内。表 1-6 显示，这几年来上海地方国有经济占

GDP 的比重维持在 24% 左右。上海是老工业基地，一直是地方国有经济比较强势的地区，可以推想中国其他比较发达省市国有经济占当地 GDP 比重也大多不会超过 24%。根据中华人民共和国财政部企业司公布的 2009 年 1～12 月全国国有及国有控股企业（非金融类）经济运行情况的有关数据来看，中央企业在全国国有及国有控股企业的营业收入中占据 63.7%，在利税中占据 74.0%，可见中央企业在整个国有经济中的重要地位。

表 1-5　上海公有制经济 GDP 占全市 GDP 的历年比重　　　　单位：%

年份	1978 年	1990 年	2000 年	2003 年	2005 年	2007 年	2008 年
占 GDP 比重	99.0	95.4	71.4	62.3	57.6	54.9	54.3

注：资料来源于上海统计年鉴（2006 年、2009 年）。

表 1-6　上海地方国有经济① GDP 占全市 GDP 的历年比重　　　　单位：%

年份	2003 年	2004 年	2005 年	2006 年	2007 年	2008 年
占 GDP 比重	24.54	26.54	22.89	23.61	25.86	23.68

① 当数据来源于《上海国有资产统计年鉴》时，它反映上海地方国有及国有控股企业情况；当数据来源于《上海统计年鉴》时，它反映包括一些中央企业在内的整个在上海的国有及国有控股企业情况。

注：资料来源于上海国有资产统计年鉴（2008 年）。

根据表 1-7，在上海全市重点发展工业行业中，上海地方国有企业的资产占 39.6%。假设以在沪中央企业（简称央企）中的工业企业资产占上海规模以上工业企业资产的比重为影响权数，则根据上海统计年鉴（2009 年）提供的数据计算后可知该系数为 0.27，假设在上海全市重点发展的工业行业中央企的影响权数与其一致，扣除在沪央企的影响后，在上海全市重点发展的工业行业中，上海地方国有企业的资产占到整个地方国有资产比重的 54.2%［= 5396.44/(13643.21×0.73)］，是非常重要的经济力量。

表 1-7　2008 年上海地方国有占全市重点发展工业行业的资产情况

单位：亿元

项　目	化学原料及制品	医药	通用及交运设备	电气装备	通信、计算机等	金属冶炼及压延	合计
地方国有	471.50	258.10	3758.96	531.65	305.33	70.9	5396.44
上海规模以上	1752.87	366.88	5377.39	1285.95	2685.35	2174.77	13643.21

注：资料来源于上海国有资产统计年鉴（2008 年）；上海统计年鉴（2009 年）。

从以上数据看出，在国有单一股权或国有控股股权的条件下，国有企业对国民经济比较好地发挥了控制力、影响力。随着国有企业的形态越来越多地以国家出资企业出现，以及在国企股权结构多元化、国资管理证券化、国企治理规范化的新形势下，现代国企更加需要贯彻以分权制衡为基本原则的公司治理精神，更好地发挥公司治理对国企的制度"溢价"，增强现代国企在市场经济体制中可持续发展的动力机制，进而持续有效地发挥国有经济主导作用和保障我国国民经济健康发展的基础性作用。

三、 国有企业治理转型的目标：建设有中国特色的公司治理制度

（一）现代公司治理的不同模式及共性特征

1. 现代公司治理的国际模式

中国国企治理遵循现代公司治理的普适性治理原则是前提，其次才是汲取具有国情基因的国企特殊性传承内容。依据制度关联理论，公司治理模式与一国的法律、文化、金融等制度具有互补性，公司治理制度不能脱离与之相关联的其他制度而孤立、静止地存在。国际上比较有代表性的治理模式有以下几种。

（1）市场导向型的英美模式

追根溯源，英美公司治理结构模式起源于18世纪末。那时，两国证券市场业已非常发达，大量企业以股份公司的形式存在，其股权高度分散并容易流通。公司股东依托庞大发达的自由资本市场，根据公司股票的涨落，在通过股票买卖的方式或"用脚投票"的机制而实现对公司影响的同时，促进公司控制权市场的活跃，并以此对代理人形成间接约束。外部发达的资本市场及其作用机制无疑是英美公司治理结构模式得以根植并在发展中得到强化的力量。

（2）银行导向型的日德模式

组织控制型的公司治理结构模式在德国、瑞士、奥地利与荷兰等诸多欧陆国家和东亚日本得到了极好的发展，组织内在控制是日德模式的典型特征：其一，银行等金融机构通过持有公司巨额股份或给公司贷以巨款对公司及代理人进行实际控制；其二，公司及代理人决策受到基于公司之间环形持股的法人组织的支配。

（3）政府主导的转轨经济模式

该模式主要存在于俄罗斯、中东欧和中国等转轨经济国家。在这些国家的经济体制、法律制度处于转型的时期，经济中存在数量众多、规模庞大、需要通过资本运营实现所有制形式改变和活力再现的国有企业，公司治理的矛盾问题表现为内部人控制问题，即在法律体系缺乏和执行力度微弱的情况下，经理层利用计划经济解体后留下的真空对企业实行强有力的控制，在某种程度上成为实际的企业所有者，国有股权虚置。

以上三种模式除了差异性外，在企业社会责任、股东权利、董事会决策、监督权和职工参与方面等公司治理方面都有共同之处。

2. 现代国企治理符合治理准则的共性特征

按照经合组织治理原则，国家作为出资者、股东，要以股东的身份参与制度，遵循市场运作的法律法规。我国的《公司法》在治理结构上引用的是和日本相近的组织控制型的公司治理结构模式，在监督制度上专设监事会行使股东委托的监督权力。与治理指引和各国治理模式相比，现代国企在公司治理上有以下五大共性特征：

（1）股东不能滥用权利

在《公司法》修改中，加强了股东依法行权的规定：公司股东应当遵守法律、行政法规和公司章程，依法行使股东权利，不得滥用股东权利损害公司或者其他股东的利益；不得滥用公司法人独立地位和股东有限责任损害公司债权人的利益。公司股东滥用公司法人独立地位和股东有限责任、逃避债务，严重损害公司债权人利益的，应当对公司债务承担连带责任。通过对"揭破公司面纱"制度的引入，法律对控制公司的国有股东行为进行了严格的制约，股东凡是有抽逃公司财产、低价转让或无偿转让公司财产、隐匿公司财产、私分公司财产、故意不接受应收账款或故意不主张自己的债权、个人财产与公司财产混同等行为，就证明股东具有"滥用公司法人独立地位和股东有限责任，逃避债务，严重损害公司债权人利益"的恶意。在这种情况下，股东应当对公司债务承担连带责任。也就是说，债权人如果能找到债务人的股东具有以上行为的证据，则这些股东要对公司债务承担连带责任，并且法院可以强制执行股东的财产等。

（2）董事会集体决策

原有《公司法》明确规定董事长是公司法定代表人，修改后的《公司法》规定法定代表人可以是董事长，可以是执行董事，也可以是经理，只要公司经营活动有需要，则可以在章程中明确规定。其次，原来法律规定，董事长负责主持股东大会理事会，而现在的法律规定，如董事长不能履责，则由副董事长主持，当副董事长不能主持时，由董事会内占比1/2的董事推介一位董事主持。法律还明确提出，董事会的决议实行票决制，每位董事各有一票。相比传统国企实际上实行的一把手负责制，这些规定发生了深刻的变化，体现了董事会实行民主议决的原则，也比较符合国际惯例。

（3）监事会专司监督

专设监事会制度是股东监督权的日常化，和日本、德国的公司治理模式比较相近，监事会监督的主要特点是：①监事会行使股东授予的监督权，可以提议主持临时股东大会，当董事会不能够依法履行职责的时候，由监事会主持股东大会；②监事会可以在股东大会上提出提案，监事会的主张和要求可以在股东大会上提出；③对董事、经理和高管执行监督，对违反法律侵害公司的行为进行制止，对违反法律法规的董事、经理和高管提出罢免建议；④对董事会的决议可以提出意见和建议，可以对提案进行质询；⑤有派生诉讼权，一旦董事、经理和高管的职务行为违反法律法规，给公司或股东利益造成损害，股东如果要进行诉讼，可以委托监事会进行诉讼。

（4）企业应承担相应社会责任

国有企业日常的社会责任实际上就是尊重利益相关者的合法利益。企业贯彻科学发展观、建设环境友好型、资源节约型社会，也是重视利益相关者合法利益的行为。保护利益相关者合法利益是国有企业基本的商业道德和应尽的社会责任，国有企业和其他所有制企业一样，都应该重视履行保护相关者利益的社会责任。

（5）注重职工参与制度

我国《公司法》明确规定，具有国有股权的公司，应有职工代表进入公司董事会和监事会，设立职工董事和职工监事制度。职工董事在董事会议中独立行使其权利，对公司所有重大事项都享有参与决策的权利。《公司法》还规定，股份有限公司设监事会，其成员不得少于 3 人。监事会由股东代表和适当比例的职工代表组成，监事会中的职工代表的比例不得低于 3 人，职工代表由公司职工代表大会或者其他民主方式选举产生。法律还规定，国有独资公司监事会成员不得少于 5 人，其中职工代表的比例不得低于 1/3。职工董事和职工监事制度的相关规定，不仅扩大了职工民主管理在公司治理制度的参与渠道，也很好地贯彻了国际通行的"劳资共治"的治理理念。

（二）现代国有企业公司治理的个性特征

我国现代国企治理的个性特征，主要体现在国有资产管理体制和框架、基层党组织、职工民主管理和参与治理等各方面。

1. 政府专设国资管理机构

国有企业的出资人和国有股权的行权主体，是各级政府专设的国资管理机构，国资管理机构依照有关法律和行政法规履行出资人职责，主要负责指导推进国有企业改革和重组；通过法定程序对企业负责人进行任免、考核并根据其经营业绩进行奖惩；通过统计、稽核对所管国有资产的保值增值情况进行监管；拟订国有资产管理的法律、行政法规和制定规章制度，承办国务院或地方政府交办的其他事项。

由此可见，国资管理机构不仅仅作为一个"所有者"行事，也承担政府赋予的国资监管职责，有的还带有政府管理国有企业的关联职责，并非是一个纯粹的"出资人"。

2. 基层党组织在国企的政治核心作用

这一特点在《公司法》和《中国共产党章程》（以下简称《党章》）里面都已经做了明确规定。企业党组织发挥核心作用是由党组织的性质决定的，《党章》规定在国有企业设立党务组织，保证党的方针政策的贯彻落实。中共中央召开的国企党建会议，把基层党组织在国企的作用归纳成三句话：第一，参与决策；第二，带头执行；第三，有效监督。国有企业治理实践中要解决的问题是：如何把国企基层党组织政治核心作用的政治优势，转化为规范治理的优势和市场竞争力的优势。

3. 职工民主管理是现代国企的优良传统

职工民主管理是国企劳动者群体优势的具体体现，公司治理体现的科学性、民主性和职工民主管理是高度吻合的。国企职工参与管理的特点也可以概括为三句话：积极参与、依法进入、确保利益。职工是公司最重要的利益相关者，经理人组织贯彻落实董事会的决策，依靠的就是广大员工的创造性劳动。职工民主管理是公司发展的重要动力，公司经营目标的实现途径必然是来源于职工群众的参与。

4. 职工代表参与治理

职工民主管理在现代企业制度下的新发展，体现在职工代表参与治理制度的完善和规范。职工参与治理的重要方式是职工董事制度、职工监事制度，这两个岗位都是职工通过职工代表大会等民主方式产生的。在实践中，职工代表如何完整履职，如何解决既参与治理机构的工作，又代表职工群众的利益。解决这些问题很少有现成的模式和经验，实践中职工参与治理的效果也不明显。

20 世纪 90 年代末，主流观点认为公司不再仅仅是管理者与股东之间的信托关系，而是利益相关方面的利益共同体。与之相适应的公司治理机制也不仅局限于以治理结构为基础的内部治理，而是利益相关者通过一系列的内部、外部机制来实施共同治理。共同治理的理论基础是利益相关者理论。该理论认为，公司拥有包括股东、顾客、员工、供应商、合作伙伴、社区、舆论影响者和其他人在内的利益相关者群体。所有的利益相关者都是拥有专用性资本的主体，他们分别向企业提供自己的专用性资本，拥有企业专用性资本的利益相关者同时也成为企业的所有者，股东不是企业的唯一所有者。企业则是这些提供专用性资本的利益相关者缔结的一种合约形式，是治理和管理这些专用性资本的一种制度安排。公司的治理和管理应当平衡不同利益相关者的利益，各利益相关者应广泛参与公司的治理。

现代国企治理的变革，既要结合发达国家的经验，更应该考虑到中国国企的具体实际。现代国企公司治理改革转型，要从以股东为中心的治理结构转向利益相关者参与的共同治理模式。现代国企的发展，不仅是出资者的资本投入，也不仅是经营者的智力投入，还有国企职工的投入。把国企治理的共性和个性有机的融合起来，就构成了中国现代企业治理的基本特点，也是相关主体在市场化改革中不断探索和完善国有企业公司治理的基本任务。

（三）创新实践：探索中国特色的现代国企治理制度

探索完善中国特色的公司治理制度是国企治理追求的目标，也是国企完成改革与转型的基本标志。创新实践的探索，有待于中国市场经济体制改革日趋成熟，有待于对国企公司治理规律的认识有实质性突破。因此，创新实践的探索过程，绝不可能一蹴而就，必将是艰辛曲折和复杂的。中国特色的国企公司治理探索体系如图 1-4 所示。

公司治理制度是一系列权责制度的集合。国有企业要建立和完善有中国特色的公司治理制度，也需要在相应的出资人（股东）制度、董事会制度、监事会制度、经理制度、基础党组织和职工民主管理等制度，以及与这些制度紧密关联的治理动力机制等方面的实践创新。

1. 完善国家出资人制度

国资管理机构作为履行国家出资企业的责任机关，代表国家和政府行使出资人职责。《企业国有资产法》已明确，除国资委作为履行职责的机构以外，政府可以授予其他的机构和部门行使出资人职责。所谓国家出资企业，一是国有独资企业，二是国有独资公司，三是国家控股公司，四是国家参股公司。四种类型的

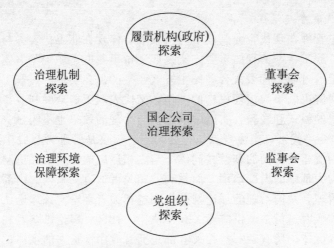

图 1-4　中国特色的国企公司治理探索体系

出资人，或者主要出资人，或者股份出资人，一定是履行出资人的职责机构。国资管理机构受政府委托，对国家出资企业行使出资人职责，这里所指的出资人责任就是股东的责任，或者是股东会的责任。

履行出资人职责机构要依法履职，忠实代表政府依法、正确行使权利。现在国资管理机构实际上承担的是双重责任，除了履行出资人职责机构以外，还有一个行政性的国资监管责任。履行出资人职责要做以下三件事情。首先，参与重大决策。国家出资企业的股权调整、改革重组以及分拆整合等业务，应当由国资管理机构决定，要通过公司章程的修改，把股东参与重大决策的途径在章程中明确下来。其次，享有资产收益。出资人通过制定预算、清理资产、财务监督等形式，可以依法享有相关收益。第三，选择管理者。《企业国有资产法》明确规定，国有独资企业的厂长经理由国资管理机构选择，国有独资公司的管理者指董事长、董事、监事会主席和监事。决定公司高管的人事权力由董事会行使，这和现行党管干部的原则有很大差异，在董事会试点的实践中也还没有解决这个问题。加强董事会、监事会建设是履行出资人职责机构的一项重要职责。履行出资人职责要行使出资人的责任，在重要人事制度的改革创新方面，包括董事、监事的选择、委派、聘免、考核、绩效评价和激励等方面，必须要有新的思路和方法。

2. 规范董事会制度

现代企业的董事会与出资人（股东）是一种委托代理关系，董事会要充分代表股东和其他利益相关者的利益，要忠实代表出资人的意志进行决策，作为股东产权的人格化代表，忠实勤勉地为股东创造价值。出资人（股东）将企业经营决策权委托给董事会，董事会要按照出资人委托事项和代理权限发挥作用，它在公司治理中负有信托责任，包括执行股东大会决议、实施公司战略决策、选聘公司经理班子、强化风险防范管理。

首先需要探索发挥国有企业董事会在治理中的核心作用，具体体现在以下几个方面。①董事会是决策中枢。董事会受国资委履职机构（下同）委托，在《公司法》和公司章程规定的职责范围内，行使其决策权。在公司战略方向的确定、经营者选聘、公司治理等方面发挥决策中枢作用。②董事会是治理核心。董事会在法人治理中处于中心地位，董事会应根据公司章程明确和经理层的分工和权限，研究公司外部环境，把握公司运行态势和发展方向，决定对外披露的方式和内容，指导和监督经理人落实董事会的决策。③董事会是责任主体。董事会要按照公司章程对决策事项负责，董事会接受国资委委托，对国资委负责，确保国有资产保值增值目标的实现。同时，董事会还承担对股东、债权人、员工、社会大众等利益关系者的责任。

其次，需要探索法人治理的配置方式，如董事长、内部董事实行委任制，职工董事实行选任制，外部董事实行聘任制。董事会应设立专门委员会，其中薪酬考核委员会、审计与风险控制委员会中的外部董事应占多数，并由外部董事担任委员会的主任委员。

第三，探索、完善、规范董事会建设（如组织建设、制度建设、能力建设）。优化董事会组织结构和董事长配置，规范出资人行为，正确行使股东权利，依法落实董事会职权，健全董事会评价制度，加强对董事会行使职权的监督。按照双向契约关系，对企业总经理进行市场化选聘，促进职业经理人市场发育和完善。发挥董事会专门委员会的预审作用，优化队伍结构，提高他们的履职能力，提高外部董事队伍建设。

3. 完善有效的监事会制度

监事会是出资人监督的重要方式，国有企业的监事会是国资监管工作的有机组成部分，也是行使股东监督权的常设机构。监事会主席、专职监事实行外派制，内部监事实行委任制，职工监事实行选任制。符合条件的单位党组织应按《党章》规定进行选举，职工董事、监事应由职工代表大会按有关规定经民主选举产生。探索建立有效监督制度的实践内容主要有以下几个方面。

（1）探索落实监事会职责

①出资监督。监事会要依法监督，有效监督。监督内容要具体，监督程序要明示，监督结果要可追溯。切实加强过程性监督，不断提高监督水平，使监事会在法人治理中真正发挥好治理监督的作用。②依法检查。监事会要立足于出资人的立场，对可能影响出资人战略目标实现和保值增值要求的问题，按照程序以书面方式向董事会和国资委出资机构做出报告，并提出建议。如发生违法或重大事项，要及时向国资委报告。③督促整改。要正确认识和处理好监事会与董事会、经理层的监督与被监督关系，保证董事会、经理层能够充分行使自己的职权，同时，通过监事会的督促检查，确保贯彻落实出资人对企业发展的战略性要求。

（2）探索提高国有企业监事会有效履职的保障措施

监事会要加强"财务监督和公司领导人员经营行为监督"，重点关注好五个方面（重大决策执行、审计整改的评估、监督好企业财务的真实性、经营的规范性、经营者的责任心）的运行情况，要对董事会规范有效运行予以评价，向派出机构报告年度工作。建立信息沟通机制，形成监督合力。研究外派监事团队管理的新机制，建设一支"素质优、业务强、水平高"的监事会队伍。充分利用现代化信息技术手段，增强监督的科技含量。

4. 发挥党组织的政治核心作用

企业党组织如何在国企治理中发挥政治优势和治理价值功能，是国企治理的中国特色最鲜明的内容。国有企业基层党组织"参与决策、带头执行、有效监督"的定位，需要更多的实践探索，以求符合分权制衡、协调发展的治理理念。需要探索党组织在国企治理中的工作途径，包括党组织参与决策的途径与方法、党组织带头执行的途径与方法、党组织有效监督的途径与方法。需要探索党组织在国企法人治理中的组织保证，包括党委干部在企业治理中的配置原则、方法和要求，党委机构在国企治理中的合理设置等。

5. 探索职业经理人制度

企业之间的竞争，归根到底是人才的竞争。传统体制下的国有企业中，很难说存在真正意义的企业家。何况在国有企业现代公司制改造过程中，由于人事制度改革滞后等原因，企业家的出现与成长也面临不少困难。古人云："有制之兵，无能之将，不可胜也；无制之兵，有能之将，不可败也。"企业家是企业的核心和灵魂，是率领企业在市场经济大潮中乘风破浪的"有能之将"。他们推动着企业发展，推动着社会进步。现代国企治理要建立完善的经理人制度，有两方面的问题需要解决。一是聘任机制的建立。要改变传统国企管理干部封闭的管理模式，引入和建立以市场机制为导向的人才机制。人才聘任机制的核心是价格机制，也就是职业经理人的市场定价问题。从公司外部条件来说，需要形成公开、公平竞争的职业经理人市场。它既为那些有特殊管理才能的人提供了一个实现自身价值的机会，也为企业的发展带来了动力。二是完善国企经理人业绩评价体系的科学性。对国有企业来说，企业的最终所有者是国家，而其所有权又是由政府的特设机构来行使，所以绩效评价的标准最终是由政府的资产管理部门来确定的。应当由任命经理的企业决策机构将公司价值评价的标准，细化为对经理评价的关键绩效指标。在此过程中，政府作为所有者既要了解企业总体经营业绩，又要了解董事会对其执行者的任用效果，这样对企业的内外监督自然就会增强。所以，职业经理人制度的逐步形成，关键还在于政府部门管理国有企业方式的转变，要把对职业经理的定价功能让给市场，把业绩评价的权力赋予政府的代理人——董事会。如果职业经理人不能由市场定价，国有企业就会产生人才流失，国家作为所有者也就不能通过人才的竞争得到大批素质较好的企业管理人。如果对经理人业绩评价的功能不留给董事会，意味着决策机构放弃了对经营目标的实际控制权，国有资产就会流失。

6. 完善国企治理机制

良好的国企治理结构，需要有完善国企治理体系，增强国企公司治理内在活力。具体包括国企治理的考核评价机制、激励约束机制、发展动力机制等内容，这些构成了现代国企持续发展的内生动力。因此，需要探索国企治理对公司价值创造的导向性，探索国企治理对决策层、经营层考核与评价的导向性，探索国企激励、约束路径及利益平衡的有效性，探索国企治理发展动力来源的持续性。要正确认识并遵循国企治理的客观规律，国企内部治理机制完善也是国企承担社会责任的基本保证。

7. 优化国企治理的外部环境

现代国企公司治理制度的建立和完善离不开外部环境的营造和优化，尤其是政府需要改良对国企管控的理念、方式和手段。坚持"有进有退，有所为、有所不为"。从战略上调整国有经济的整体布局，合理配置股权，优化股权结构是完善国有企业治理结构的关键环节。要以政府自身的机构改革与职能转换为重点，切实推进国有企业治理工作的深化，政府转型的实质即在于重新定位与明确政府的治理边界。市场体系和监督机制不完善，往往会使所有者和经营者的利益取向不一致，所以政府应以建立宏观调控体系为重点，培育并引导市场体系的成熟与完善，以加强市场治理机制的激励与约束功能。以健全与优化的社会保障体系为重点，为国企治理的改革与发展创造良好的环境。进一步促进与完善国企经营者选择与聘任的市场化，提高国企领导人员的基本价值观、行为道德准则和诚信度，并以此作为国企制度创新与管理创新的重要源泉。完善国家相关法律手段，不断完善对现行国企治理相关法规的调整和梳理。

总之，现代国企公司治理是一个动态发展、不断探索的过程，关键是国企公司治理最终能不能推动现代国企的科学发展，在完善中国特色现代国企治理结构的前提下，不断提高国有企业对我国国民经济发展、社会进步、民生改善的贡献。

案例："在新加坡，没有人认为国有企业搞不好"——新加坡淡马锡控股有限公司

"淡马锡"三个字是马来语"Temasek"的音译。新加坡淡马锡控股有限公司（以下简称淡马锡）成立于1974年，是一家由新加坡财政部负责监管、以私人名义注册的控股公司。为了不影响企业的发展，确保国有资产不流失，并能实现增值，新加坡政府于1974年决定由财政部投资司负责组建一家专门经营和管理各类国联企业中国家资本的资产经营和管理公司。根据当时政府的委托，新加坡开发银行等36家国联企业的股权（总额达3.45亿新元，约合7000多万美元），被授权由淡马锡负责经营。政府赋予它的宗旨是：通过有效的监督和商业性战略投资来培育世界级公司，从而为新加坡的经济发展做出贡献。淡马锡投资公司管理的国有企业无一亏损，普遍经营良好，三十多年来的平均投资回报率超过18%，新加坡管理淡马锡的经验也被誉为"淡马锡模式"。

淡马锡的主要业务是国有资产的经营和管理，集中于资本投资和财务管理领域。目前总公司仅有150人，大部分业务人员为具有海外留学经历，以及硕士以上学位的专业人士。公司在中国香港、马来西亚设有办事处。公司一直坚持人员精干、高效率的原则。公司执行董事兼CEO由现任新加坡总理李显龙的妻子何晶女士担任。公司董事会目前共由10名董事组成。其中4名为政府公务员，另

外 6 名为企业界人士。根据公司章程规定，公司高层领导（董事长、总裁）的任命需经财政部复审，并经总统批准。

董事会内设两个重要的常设委员会，负责董事会重大决策的实施。一是执行委员会，其职责是检查所有国联企业的重大项目投资事项，同时在财政权限内，对其投资或将其实现私有化（公开上市）；另外一个为财政委员会，主要监督淡马锡在股票和资本市场的投资活动。上述业务活动的具体实施与管理应当向执行委员会以及董事会报告，并由公司的总裁（首席执行官）率领 75 名专业人士组成的公司中、高级管理人员具体操作。

拥有淡马锡 100% 所有权的财政部在淡马锡内部起的作用很小。财政部负责任命淡马锡董事会的主席和董事。淡马锡每年提交经过审计的财务报告供财政部审阅。财政部部长时常召集包括淡马锡或由其管理的相关联公司参与会议，讨论公司的绩效和计划。除此之外，财政部只在影响淡马锡在某个关联企业股份的并购和出售问题出现时才参与进来。

政府对淡马锡监管通过四种方式进行：一是直接派人参加董事会；二是通过财务报告和项目审批制度，对公司重大决策进行监管；三是不定期派人到公司或其子公司调查了解情况；四是通过舆论监督。

淡马锡的内部监督主要是从制度上建立防范机制。公司没有专门设立监事会，其内部监督职能由董事会直接承担。董事会内设审计委员会，专门负责公司的财务审计。在有关公司内部业务运营和项目投资的制度方面，制定相关政策和规定，以确保公正，并接受政府的监管。面对一些特大型的项目，如果因本公司资金有限而需要政府注入新的资本时，还要报请财政部审批。很显然，采取这样的审批制度，就是为了确保公司所授权经营的国有资产的管理和运营严格处于总公司和政府的监控之下，从而尽量避免发生重大项目投资决策的失误。

淡马锡对集团的管控模式按关联公司的性质不同大体划分为两大类，对不同类型的企业采取不同的监管方式。一类是 A 类企业，主要包括关系国家重要资源和公共政策目标的企业，如供水、能源、煤气网、机场和港口等企业以及博彩业、大众传媒机构、医疗、教育、住宅类企业。对于这些企业，淡马锡在其中所占股份为 100% 或持有多数股份，行使新加坡政府对这类企业的管理和控制权。一类是 B 类企业，主要是那些有潜力在本区域或国际市场发展的企业。淡马锡控股支持这类企业以合并、整合、收购以及整体出售等方式，或通过发行新股以减少原有股份的办法，推动企业向国际市场发展。

淡马锡对旗下子公司（即国联企业）的监督主要包括以下几个方面。①子公司重要领导者的任免由总公司审批。公司规定，子公司的董事长、首席执行官（总裁）和总经理必须报总公司批准，任期不超过 6 年。董事长与首席执行官（总裁）的职位原则上分设，子公司的董事会规模大小由公司确定（一般设 12 人左右），并要求每家子公司必须保留一定比例的外部董事，鼓励他们从全球范围内物色优秀的管理经营专家加盟。②实行子公司业务范畴控制制度。淡马锡要求所属企业在开拓新的业务时，必须经过充分的论证和总公司的审核批准，否则，将被视为违纪。③建立业绩考核制度。业绩考核指标因行业不同，有所区别。具体到某一国联企业当年指标的确定，则由该公司提出一个基本比率，然后与总公司协商确定。④开展定期业绩分析制度。淡马锡根据企业的财务报告，每年至少进行两次业绩分析，并要进行实地抽查。对那些业绩好的企业，要奖励相关经营者；对于那些业绩差的企业，总公司要帮助他们分析原因、提出对策，如集中核心业务、调换高层管理人员或调整业绩考核指标等。

参考文献

[1] 刘震伟．挑战　责任　途径：深化国资国有企业改革的创新与战略 [M]．上海：上海远东出版社，2010.

[2] 中共上海市委组织部，上海市国有资产监督管理委员会．上海市市管国有企业董事会建设指导意见（试行），沪国资委董监事 [2009] 124 号．

[3] 关于印发《董事会试点企业治理指引》的通知．沪国资委董监事 [2010] 431 号．

[4] 中共上海市委组织部，上海市国有资产监督管理委员会．关于印发《上海市市管国有企业外部董事管理办法（试行）》的通知．沪委组 [2009] 发字 23 号．

[5] 陆一．OECD 公司治理（2004 版）[EB/OL]．[2005-02-20]．http://www.dajunzk.com/oecdrule.htm.

[6] 王建丰．公司治理的历史演进与发展趋势 [J]．商业时代，2010 (1)：46-47.

[7] 严若森：政府治理边界与国有企业改革 [EB/OL]．[2006-04-05]．http://finance.sina.com.cn.

[8] 韩晶．公司治理模式差异的制度系统性分析 [M]．北京：时事出版社，2010.

[9] 沈天鹰．国有企业治理结构畸形化及其矫正对策研究 [M]．北京：人民出版社，2004.

[10] 曹均伟，李南山．探索国有资产监管的创新之路 [M]．上海：上海财经大学出版社，2005.

[11] 曹均伟，李南山，赖洪文，王杰，陈禹志等．现代企业法律事务管理 [M]．上海：上海人民出版社，格致出版社，2007.

[12] 吴进宇．公司治理构筑永续发展的制度根基 [N]．金融时报，2011-3-3 (8)．

[13] 王海峰．国有企业内部人控制及制度创新 [J]．人民论坛，2010 (26)：280-281.

[14] 徐丽萍，陈道江．我国企业内部人控制的理论分析及对策研究 [J]．山东经济，2003 (1)：57-59.

[15] 杨利．我国国企公司治理结构中"内部人控制"研究综述 [J]．现代管理科学，2003 (3)：46-47.

[16] 张维迎．企业的企业家——契约理论 [M]．上海：上海三联书店和上海人民出版社，1995.

[17] 汪新波．对企业性质的重新思考——现代股份公司的启示 [J]．经济研究，1992 (9)：74-81.

[18] 周其仁．市场里的企业：一个人力资本与非人力资本的特别合约 [J]．经济研究，1996 (6)：71-80.

国有资产管理体制变革
——出资人制度的规范与实践

■ 国有资产管理体制是国家管理企业国有资产的制度化体现。中国国有资产管理体制改革的目的，是为了解决企业国有资产的出资人问题，其核心是处理好政府与企业之间的关系。

■ 建立和完善企业国有资产出资人制度的关键，在于定位国有资产监督管理机构为"干净的"出资人，坚持"市场化"、"专业化"、"透明化"和"法治化"的改革方向和实现路径。

■ 企业国有资产出资人应遵循资本运营的法则，以提高企业国有资本的资产价值和营运效率为目标，建立和完善国有资本经营预算等基础制度体系，加快实现三个转变，规范行使重大决策参与权、管理者选择权和资产收益权。

一、 国有资产管理体制变革：出资人机构及制度规范

（一）政府管理国有企业的体制演化

国有资产管理体制是指"国家为了实现对国有资产的有效管理而设置的管理组织、管理机构，是由管理和监管体系、运营或使用机构、相关的中介组织及有关的法律法规体系等组成的一个复杂系统，是这些组织和机构的职能及其内部各个层次、各个环节之间责权利的划分，以及适应经济发展需要而建立的国有资产管理的种种制度和管理方法的总称"[1]。

由于中国将相当一部分的国有资产，特别是生产经营性国有资产投入到了国有企业中，因而本章研究的国有资产管理体制，主要针对国有生产经营性企业而言。一般认为，国有资产管理体制主要通过法律、条例和规章制度等体现出来，包含了宏观层面和微观层面两个方面，前者反映国家内部所有者权能关系，后者反映政府与企业之间的产权关系。国有资产管理体制改革的核心是理顺产权关系，前提是实行政府的社会经济管理职能与国有资产管理职能的分离，并在此基础上实现政企职责分开，实行所有权与经营权分离，关键是落实国有企业独立的法人财产权。

按照经济合作组织（OECD）的观点，国有企业是指国家通过持有全部、多数或重要的少数所有权而掌握重要控制权的企业。那么，国有企业中的国有资产，就是以国家作为出资人，通过对企业各种形式的出资所形成的、并在法律上得以确认的权益。这种权益，属于国家所有，即全民所有，是全社会人民的共同

❶ 张银杰．公司治理——现代企业制度新论［M］．上海：上海财经大学出版社，2010：325．

财富。在国家所有或全民所有而非自然人所有的名义下，国有资产的所有权与经营权必然是分离的，存在"谁来行使国有资产的所有权"问题。陈清泰认为，国家所有权需要通过一系列委托代理关系才能实现。例如，国家（全国人民代表大会）委托中央政府（国务院）；中央政府（国务院）委托地方政府；中央政府（国务院）和地方政府分别委托设立的出资人机构运营国有资本。由于资产数量庞大、涉及复杂的利益关系、委托代理的链条很长，需要建立一套严格的法律制度和财务制度，分层明确国有资产的委托主体和受托主体、明确委托财产的边界、明确双方的责任和权力，形成有法律保障、可追溯产权责任的委托代理关系。周其仁认为，中国的国有企业名义上有无数的机构或者个人似乎是国有资产的所有者，但仔细推敲都是代理人，而不是承担财产责任的最后委托人❶。因此，建立科学有效的国有资产管理体制，其核心在于从所有权关系上对国家（政府）与企业之间的关系做出清晰而完整的界定，进而解决"谁来行使国有资产所有权"这一关键性问题。

新中国成立 60 多年来，以 1978 年中国共产党十一届三中全会提出改革开放为界，前 30 年和后 30 年实行了截然不同的两种国有资产管理体制模式，前者是政府经营式的国有资产管理体制模式，后者则是实行出资人监管式的国有资产管理体制模式。

1. 政企不分：政府经营式的国有资产管理体制模式

解放后至改革开放以前的 30 年，为了解决经济发展起点落后的现实问题以及推动重工业优先发展战略目标的实现，中国一直实行高度集中的计划经济体制。在这种经济体制下，国有企业从诞生之日起就属政府领导的行政隶属关系，企业的建立及其规模取决于政府的发展需求。政府既是企业所有权主体，又是企业经营权主体，政府以国有资产的所有者和经营者的双重身份控制企业，对企业承担无限责任，并采取直接的行政指令进行指挥和干预。企业则是政府的附属物，是执行政府指令性计划的生产管理单位，没有经营自主权，没有独立的法人财产权，不能独立地支配和处理企业资产，也不能享有使用资产获得的收益。企业的领导人也是由政府任命并管理的具有相应行政级别的干部。

这种政企不分的国有资产管理体制模式，有其内在的形成逻辑。因为那时把市场经济下的市场竞争视为资本主义制度的产物，认为社会主义国家政府必须通过计划经济实现国有资产的安全与效率两个目标，所以政府不仅要掌握资源的配置方向，还要对生产剩余加以控制，并承担所有的财务结果。在这种政府经营式的国有资产管理体制模式下，林毅夫等认为，"自然会进一步剥夺企业在人、财、物以及产、供、销方面的经营自主权，最大限度地减少国有资产被侵蚀和企业剩余流失的可能，是一种成本最低的制度安排"❷。在脱离了市场这一中介后，政

---

❶ 吴刚梁.国资迷局［M］.北京：中国人民大学出版社，2010：7.

❷ 林毅夫，蔡昉，李周.充分信息与国有企业改革［M］.上海：上海三联书店，上海人民出版社，1997：25.

府与企业的关系也就不存在法律规范，只能是行政式的命令与服从，束缚了企业的手脚，抑制了企业的活力，导致国有企业的生产经营效率低下，随着时间的推移越来越难以维持下去。社会经济的发展需要生产力的发展来推动，由此引发了20世纪70年代末针对国有企业缺乏经营自主权所开始的改革。

2. 放权让利：政府与企业在分配层面上的改革调整

1978～1992年，在注意到国有企业缺乏经营自主权的弊端后，围绕"以权利换效率"为中心展开的"放权让利"、"利改税"、"承包经营责任制"等一系列改革先后出台。国有企业开始由政府机构的附属物向具有一定的自主权和相对独立利益的经济实体转变。政府与企业之间的关系在分配问题上首先取得重大突破，开始了以明确的法律关系替代随意的行政控制的尝试。企业在执行政府计划的同时，减少了政府对企业的直接干预。首先，国务院于1978年制定了《关于扩大国营工业企业经营管理自主权的若干规定》、《关于国有企业实行利润留成的规定》等5个文件；其次，1983年4月，国务院批准财政部提出的《关于国营企业利改税的推行办法》，开始了历时4年的"利改税"改革；接着，1986年12月，国务院颁布《关于深化企业改革，增强企业活力的若干规定》，继而又分别于1988年和1992年先后下发了《全民所有制工业企业法》、《全民所有制工业企业承包经营责任制暂行条例》和《全民所有制企业转换经营机制条例》。自此，国有企业拥有了生产经营决策权、产品劳务定价权、产品销售权、物资采购权、工资奖金分配权、留用资金支配权、内部机构设置权等14项自主权。

总体而言，1978～1992年这段时期的改革，主要是国家对企业单向让渡权利的过程，政企关系开始向"政府调节市场，市场引导企业"的方向变革，但这些都局限于政府和企业之间的利益分配调整上，"属于在政府统收、统支和统配的计划经济框架下的行政性分权，政府与企业之间仍然是行政意义上的上下级关系，企业依然没有独立的法人财产权"❶。从实际结果来看，放权让利式的改革，弱化了政府对国企所有权的控制。按照现代经济学的观点，由于国有资产的委托人（政府）在与国有资产的代理人（企业）在一对一的谈判中处于信息劣势，往往既要承认盈利企业的既得利益，也要承认亏损企业的既得利益，最终难以保障的反而是国家利益。人们注意到，国家是企业的所有者，而企业的经理人员却不是，那些拥有信息优势的经理人员作为企业的经营者，与国家的利益并不总是一致的，如果缺乏配套合理的国有资产管理体制，没有明确清晰的国有资产产权关系，改革目标是无法实现的。

值得一提的是，在放权让利改革阶段的后期，政府已经开始考虑从体制上建立国有资产管理的新模式，国务院于1988年成立的国有资产管理局便是一次尝试。但是，这种尝试并未进入到建立一个国有股东权利集中机构的层面，而是力图建立一个相互约束、相互监督的国有资产管理体制。因此，在这一思路下，出资人权利被分散给国有资产管理局、财政部、大型企业工作委员会、经济贸易委

---

❶ 柳华平. 中国政府与国有企业关系的重构［M］. 成都：西南财经大学出版社，2005：140-142.

员会、计划委员会、中国共产党中央委员会组织部、主管部局等部门，形成"五龙治水"的局面。在实际运作中，由于与国有资产有关的各个部门都没有放权，多个部门都可以对同一个企业发号施令，却又不需要承担国有资产经营结果的全部责任。国有资产管理形成了渠道多头、监管分散、缺乏协调的格局，国有资产管理局只能做一些国有资产的界定、登记、价值评估、交易确认、产权纠纷处理等工作，相当于国有资产的"账房先生"，未能发挥国有资产主管机构的真正职责。

3. 产权变革：现代企业制度下对国有资产组织方式的调整

1993 年 11 月，中国共产党十四届三中全会通过了《关于建立社会主义市场经济体制若干问题的决定》，提出建立"产权明晰、权责分明、政企分开、管理科学"的现代企业制度是中国国有企业改革的方向。从 1993～2002 年，围绕建立和完善现代企业制度，中国以产权改革为中心、大力推行国有企业公司化改造，在调整国有资产管理的组织方式上做了一些探索。一是通过并颁布实施了《公司法》，从法律形式上对国家拥有的出资者所有权与企业的法人财产权做出了界定与区分。出资者所有权以出资者投入的资本额为限，通过放弃对该项资产的直接支配，转而享有资产收益权、参与重大决策权和选择管理者等权利，具有外在性的一种价值形态的归属关系。法人财产权是企业作为法人独立享有包括出资者投入的资产在内、连同负债形成的全部法人财产的占有、使用、支配和处置权，是一种内化的实物形态的归属关系。张银杰认为，从两者的统一性上看，出资者所有权是确立公司法人财产权的前提条件，而公司法人财产权是出资者所有权实现的保证❶。出资者所有权与法人财产权的分离，找准了政企不分的症结所在，对于明晰国有企业产权，进而明确出资者与企业法人之间的责权利关系以及他们之间平等的民事主体关系提供了重要的法律基础与理论依据。二是根据《公司法》确立的法律原则，在全国范围内确定和部署了 100 家国有企业建立现代企业制度改革的试点工作，截止到 1997 年底，试点工作全部结束。绝大多数试点企业完成了公司制改造，企业法人治理结构的框架基本搭建完成。然而，试点工作集中暴露出政府职能转变滞后、政府的社会经济管理职能和国有资产所有者职能难以分开、体制配套改革滞后等问题，而且在股东（大）会、董事会、监事会和经理层之间也难以形成各负其责、协调运转、有效制衡的机制。为此，中国共产党第十五次全国代表大会（以下简称中共十五大）报告进一步提出"国有企业实行股份制改造"的新办法，制定了国有资产归国家所有、分级管理、授权经营、分工监督的国资管理方针。1999 年 9 月，中国共产党十五届四中全会通过《中共中央关于国有企业改革和发展若干重大问题的决定》，在十五大报告的基础上，明确指出：积极探索国有资产管理的有效形式，逐步建立国有资产管理、监督、营运体系和机制，确保出资人到位。同时，允许和鼓励地方试点，探索建立国有资产管理的具体方式。

---

❶ 张银杰. 公司治理——现代企业制度新论［M］. 上海：上海财经大学出版社，2010：59.

应该说，1993～2002 年这一阶段，中国在国有资产管理体制改革上的主要亮点在于确立了现代企业制度的改革方向，颁布并实施了《公司法》，使改革"由国有资产的经营方式调整转入到对国有资产的组织方式调整"❶，是一种更深层次的改革。政府与企业的关系也"由单一的行政关系转变为法律、行政并存的双元关系，总体上呈现出一种半市场、半行政、半法律、半依赖型的关系"❷。在这种关系下，由于"政"、"资"难以分开，国有资产的出资人依然是缺失的，还造成了政企之间责权利的不明确、不对称，政府受计划经济体制的惯性影响，依然沿用行政的管理模式，直接干预国有企业的工资、分红、高层经营人员的任免、国有资产的处置等。企业也会利用信息的不对称，借助执行政府经济发展战略目标，履行保证职工就业等协助政府维持社会安定的职能，在企业制度改革、资产评估、兼并重组中，得到更多的收益和超经济的行政保护，这些现象也反映出国有资产管理体制改革的艰巨性和复杂性。

4. 设立国资监督管理机构：出资人制度的建立与实施

2002 年 11 月，中国共产党第十六次全国代表大会（以下简称中共十六大）明确提出：建立由中央政府和地方政府分别代表国家履行出资人职责，享受所有者权益，权利、义务和责任相统一，管资产和管人、管事相结合的国有资产管理体制。2003 年 4 月 6 日，国务院国有资产管理监督委员会正式挂牌成立，标志着国有资产管理体制改革进入一个崭新的阶段，也标志着具有充分独立地位的国有资产管理专司机构的起步，国有资产管理体制开始向着市场化、法治化的方向迈进。随后，省、市两级地方政府也先后都设立了国资委，专门代表政府履行出资人职责。在工商、税务等企业登记资料上，吴刚梁指出，"各级国资委都是明确的出资人或股东，国有企业从此都有了自己的'老板'，从法律形式上解决了所有者缺位的问题"❸。

中共十六大依据国情和国有资产管理的现状，描述了社会主义市场经济下新型国有资产管理体制的基本框架："继续调整国有经济的布局和结构，改革国有资产管理体制，是深化经济体制改革的重大任务。在坚持国家所有的前提下，充分发挥中央和地方两个积极性。国家要制定法律法规，建立中央政府和地方政府分别代表国家履行出资人职责，享有所有者权益，权利、义务和责任相统一，管资产和管人、管事相结合的国有资产管理体制。关系国民经济命脉和国家安全的大型国有企业、基础设施和重要自然资源等，由中央政府代表国家履行出资人职责。其他国有资产由地方政府代表国家履行出资人职责。中央政府和省、市（地）两级地方政府设立国有资产管理机构。继续探索有效的国有资产经营体制和方式。各级政府要严格执行国有资产管理法律法规，坚持政企分开，实行所有权和经营权分离，使企业自主经营、自负盈亏，实现国有资产保值增值。"

---

❶ 张银杰. 公司治理——现代企业制度新论 [M]. 上海：上海财经大学出版社，2010：78.

❷ 柳华平. 中国政府与国有企业关系的重构 [M]. 成都：西南财经大学出版社，2005：148.

❸ 吴刚梁. 国资迷局 [M]. 北京：中国人民大学出版社，2010：6.

2003 年以后，国务院国资委针对国有资产管理中的一些亟待解决的问题进行了突破，主要运用制度创新来实现管人、管事、管资产，使国有资产管理体制的法律基础逐步完善。2003 年 5 月，《企业国有资产监督管理暂行条例》（以下简称《条例》）公布实施。该《条例》确定国资监管机构是履行企业国有资产出资人权利的唯一机构，政府其他部门不履行企业国有资产出资人职责，从而用产权管理的排他性保障了国有资产管理的有效性和提高国有资产运作的效率。《条例》明确了国资委与所出资企业的关系，是出资人所有权与企业法人财产权的关系。国资委除履行出资人职能外，不得直接干预企业的生产经营活动，不得直接对企业所投资的企业履行出资人职责。《条例》明确了国资委与政府有关部门的关系，是履行国有资产出资人职责与行使社会公共管理职能的关系。国资委专门履行出资人职责，不承担政府的社会公共管理职能。《条例》还确立了国务院国资委与省、市两级地方国资委之间的"分级代表、分级监管"模式，为地方国资监管机构履行自己的出资人权利提供了法律保障。

随后，在 2003~2007 年的 5 年中，国务院国资委针对企业改制、产权转让、资产评估、业绩考核、财务监督等发布了一系列的规章和规范性文件，如《国有企业清产核资办法》、《中央企业负责人经营业绩考核暂行办法》、《关于规范国有企业改制工作的意见》、《企业国有产权转让管理暂行办法》等，地方国资委也制定了 1200 多件地方规章和规范性文件，使得国有资产管理工作有法可依、有章可循，为国资机构履行自己的出资人权利提供了法律保障。2005 年 10 月，全国人民代表大会常务委员会通过了新修订的《公司法》和《中华人民共和国证券法》（以下简称《证券法》），并于 2006 年 1 月同时实施。新《公司法》明确了国资监管机构的法律地位，确立了国资委的法律人格。作为出资人，国资委在国有公司内的地位和权利完全等同于一般公司的股东，只能在《公司法》规定的股东法定权利和公司章程规定的股东或股东会的权利范围内行使权利。新《证券法》则为国有企业的所有权或国有股权在市场中的顺畅流转提供了法律依据。

2009 年 5 月 1 日，经第十一届全国人民代表大会常务委员会第五次会议审议通过，《企业国有资产法》正式实施。"《企业国有资产法》的诞生建立在总结过去国资国企改革实践的基础之上，尤其是对国资委成立六年来的国有资产监督管理体制改革实践进行了很好的总结，很多条款反映了今后相当长的一段时期的国资国企改革的总体思路，标志着国有资产管理体制进入一个相对稳定的历史时期。"❶ 该法律明确规定，"国有资产属于国家所有即全民所有。国务院代表国家行使国有资产所有权"（《企业国有资产法》第三条）。"国务院和地方人民政府依照法律、行政法规的规定，分别代表国家对国家出资企业履行出资人职责，享有出资人权益。国务院确定的关系国民经济命脉和国家安全的大型国家出资企业、重要基础设施和重要自然资源等领域的国家出资企业，由国务院代表国家履行出

---

❶ 刘震伟．挑战　责任　途径：深化国资国企改革的创新与战略［M］．上海：上海远东出版社，2010：39-40．

资人职责。其他的国家出资企业，由地方政府代表国家履行出资人职责"（《企业国有资产法》第四条）。"国务院国有资产监督管理机构和地方人民政府按照国务院的规定设立的国有资产监督管理机构，根据本级人民政府的授权，代表本级人民政府对国家出资企业履行出资人职责。国务院和地方人民政府根据需要，可以授权其他部门、机构代表本级人民政府对国家出资企业履行出资人职责。代表本级人民政府履行出资人职责的机构、部门，以下统称履行出资人职责的机构"（《企业国有资产法》第十一条）。结合以上条文规定，可以看出，国有资产的"所有权代表"由国务院单独行使，"出资人代表"则由国务院和地方政府分别担任，而出资人代表的具体工作是由各级国资委或经政府授权的其他机构、部门来行使的，这统称为"履行出资人职责的机构"。这种"三个代表"形成了国有资产的委托人整体，他们都在代理并管理着国有资产，只不过角色分工不同，权力大小各异。另外，《企业国有资产法》还明确规定，其调整的企业主体是国家出资企业，即国家直接出资设立的一级企业，其组织形式包括按照《企业法》设立的国家独资企业、按照《公司法》设立的国有独资公司，以及国有资本控股公司、国有资本参股公司。这些规定对于最终厘清国有资产管理中的委托代理关系，理顺政府与企业之间的关系，推进国有资产出资人制度的法制化、规范化具有重要意义。

总之，中国国有资产管理体制改革经历了一个不断探索、不断深化的过程，遵循了一条由"探索路径"至"明确目标"再到"完善体制"的演进过程。尽管当前出资人监管式的国有资产管理体制新模式还处于框架阶段，系统性的制度变迁还处于缓慢的变革之中，但已形成了不可逆转的制度性成果。

（二）建立和完善国有资产出资人制度的理论与实践

中共十六大明确提出，中国国有资产管理体制改革的核心内容是建立一种既适合国情，又符合市场经济规律；既保证国家对资产的所有权，又能让国有资产运营充满活力的国有资产管理模式和出资人制度，实现"三统一、三结合、三分开"的目标。三统一，是指权利、义务和责任相统一；三结合，是指管资产和管人、管事相结合；三分开，是指政企分开、政资分开和所有权与经营权分开。2003年国资委的成立以及《企业国有资产监督管理暂行条例》的颁布，改变了国有资产所有权的割裂状态，国资委作为承担出资人代表（即国务院和地方政府）具体工作的专门机构，以"履行出资人职责的机构"定位，基本实现了出资人职能的一体化和集中化，一定程度上解决了"所有者缺位"的问题。而2009年《企业国有资产法》的出台实施，则在出资人制度的设计上取得了重要突破，特别是对国资委等履行出资人职责的机构及其权利义务和责任关系在法律上予以了明确，为构建"统一所有、分别代表、委托授权、分级管理"的新的国有资产管理体制模式框架创造了条件。

然而，出资人制度的建立和完善仅仅停留在法律层面的立法意图上是远远不够的，还需要大力推进理论与实践的有机结合，进而在实践工作中体现法律效力。尽管国资委自成立之日起，就开展了大量"极具挑战性、极具探索性、极具风险性的工作"，政府、企业和理论界也一直在进行不懈的理论研讨与实践探索。但时至今日，政企不分、政资不分的矛盾依然存在，政府更多地依赖行政手段的情况还没有得到根本性的扭转。这些年来，针对包括国资委的职能定位、法律人格、控制模式和行权方式等问题在内的国有资产出资人制度的批判与重构一直是社会各界争论、质疑和关注的焦点，理论与实践之间始终存在偏差，而且更多的是实践中经常遇到两难选择的问题。归纳起来，主要有以下三个方面。

1. 国资管理机构定位："老板"（出资人）还是"婆婆"（监管者）？

按照《企业国有资产监督管理暂行条例》规定，国资监督管理机构是代表国务院和地方本级政府履行出资人职责、负责监督管理企业国有资产的直属特设机构。按照所监督管理的职能分解一下，国资监督管理机构事实上被赋予了"老板＋婆婆"的两种职能。一方面，"履行出资人职责"就是作为国有资产出资人代表，根据政府授权行使国有资产所有者职能，享有出资人权益，意味着能够行使国有股东权。而另一方面，"监督管理企业国有资产"则意味着自上而下的行政监管，行使公权力性质的监管权。因此，《企业国有资产监督管理暂行条例》对国资委的定位本身是既是"老板"又是"婆婆"的双重职能。

在实践中，国资监督管理机构虽然也意识到自身的定位应当是"老板"而非"婆婆"，但认为出资人职责也包含监管内容，强调"国资委对企业是管理他们的经营活动，是内部的监管，并不是外界所说的那种外围'监管'，不是像银监会、工商、税务、审计等部门的那种行业监管"。[1] 但是，由于传统习惯、履职能力和风险偏好等多种主客观因素的影响，多年来各级国资监督管理机构始终处于来自履行出资人职责的"推力"与行政监管职能的"张力"的挤压之中，在出资人和监管者两种角色之间摇摆不定，时而以"老板"的面目示人，时而又以"婆婆"的身份讲话，并或多或少、或主动或被动地承担了一些非出资人职能。对此，有的学者认为，国资监督管理机构的双重职能是"我国国有资产管理体制改革过渡阶段的特殊性所决定的，在我国这样一个政府职能还未完全转变、行政干预还很大的条件下，借助一定的行政权力可以使国资委的相关政策得以顺利推行，有利于国资委行使国有资产的管理职能"。[2] 有的学者指出，造成国资监督管理机构职能定位的模糊和紊乱的起因，"实际上是由于没有清晰区分国有资产的公共监管、资产监管和出资监管三种监管方式，而国资委又集多种监管职能和监管方式于一身"。[3]

按照《企业国有资产法》第十二条规定和第十四条规定："履行出资人职责的机构代表本级人民政府对国家出资企业依法享有资产收益、参与重大决策和选择管理者等出资人权利"；"履行出资人职责的机构应当依照法律、行政法规以及企业章程履行出资人职责"；"履行出资人职责的机构应当维护企业作为市场主体

❶ 吴刚梁. 国资迷局 [M]. 北京：中国人民大学出版社，2010：26.

❷ 郑国洪. 国有资产管理体制问题研究 [M]. 北京：中国检察出版社，2010：219.

❸ 刘震伟. 挑战　责任　途径：深化国资国企改革的创新与战略 [M]. 上海：上海远东出版社，2010：38.

依法享有的权利，除依法履行出资人职责外，不得干预企业经营活动"。所以，从国资管理体制改革发展趋势分析，国资委今后的职能定位应当是做"干净的"出资人，其在国家出资企业法人治理框架内的地位和权利完全等同于一般公司制企业的股东。国资委对国家出资企业行使权利也只能在《公司法》规定的股东法定权利和公司章程规定的股东或行使股东会的权利范围内进行。只有这样，才能真正实现政企分开、所有权与经营权的分离。

2. 国资委的法律地位：民事主体还是行政主体？

按照《企业国有资产监督管理暂行条例》，国资委是代表政府履行出资人职责的直属特设机构。《企业国有资产法》第十二条中规定："履行出资人职责的机构代表本级人民政府对国家出资企业依法享有资产收益、参与重大决策和选择管理者等出资人权利。"这一规定与《公司法》第四条对股东的三项权利规定是一致的，无论是《公司法》还是《企业国有资产法》都规定，国资监督管理机构与国家出资企业之间是平等的民事主体之间的民事关系，而不是行政管理机关与被管理企业之间的行政关系。换言之，国资监督管理机构既不是政府，也不是行政机构，更不是企业，而应是国有股权的股东方，其对国家出资企业的监督权也是由股东权利派生出来的。那么，国资监督管理机构作为政府的特设机构，如果与其他市场主体因利益纠纷而涉及法律诉讼，其法律主体地位到底如何确定，是民事主体还是行政主体，如何承担相应的法律责任，则是一个无法回避且必须解决的现实问题。

2006 年 1 月，黑龙江省哈尔滨市广丰汽车维修有限公司和广进汽车配件经销中心向北京市第一中级人民法院提起行政诉讼，以"严重不当和非法的具体行政行为"为由，要求撤销国资委办公厅所发的《关于哈尔滨市广来汽车配件公司和哈尔滨市丰田纯牌零件特约经销中心产权界定意见的函》。法院裁决不予"受理"，其理由是，国资委只履行出资人的职责，并不履行政府的社会公共管理职能，依据行政法上所界定的"行政"概念，国资委不具备行政主体资格，不属于法院行政审判权限范围。而另一个截然相反的"姐妹案例"则发生在 2006 年 2 月。当时，中国长城资产管理公司济南办事处向山东省高级人民法院提起民事诉讼，要求青岛市国资委在出资不到位的范围内承担民事赔偿责任。在一审中，山东省高级人民法院驳回了原告对国资委的诉讼请求，原告不服，又向最高人民法院提出了上诉。在二审过程中，原告又主动提出了撤诉，一审判决生效。上述两个不同案例无疑具有一定的典型性，似乎使国资委成为了具有司法豁免权的法律上的"特设"机构，可以既不受《中华人民共和国行政诉讼法》（以下简称为《行政诉讼法》）约束，也不用承担民事责任，因为如果判决国资委败诉，将会产生严重后果。一方面会导致类似的案件快速增加；另一方面，表明政府的改革措施不具有合法性。此外，国资委与一般的民事股东不同，其经费主要来源于公共财政，即使判决国资委赔偿经济损失，它也几乎没有独立的财产用来承担民事责任。据此，有的专家感叹，"现在的国资委，不是企业法人，不是事业法人，也不是行政单位，改革竟然诞生了一个游离于法治之外的机构，令人吃惊。如果不承担任何责任，国资委将什么事都能干，而且别人告都没法告"。❶ 可见，履行出资人职责的机构要专事股东权利，还需进一步强化其民商法主体意识和行为能力，从厘清国资委的民事主体还是行政主体的法律层面倒逼国资委的定位清晰，加速其演化成一个具有完善治理结构的法人。

3. 国资管理机构控制权配置：二层次架构还是三层次架构？

国资监督管理机构的设立，在宏观层面实现了政资分开，即政府代理国有资产所有权职能的机构与社会经济管理职能机构的分离。那么，如何依据委托代理理论，从政府授予国资委的国有资产委托人的角度出发，深化和完善出资人制度，把出资人落实到具体的经营实体上，实现国有资产的保值增值目标。这就要求以国资监督管理机构的设立为起点，建立一个以国有资本的产权关系为纽带的、自上而下的管理层次架构，解决国资委对国有资产的控制权配置问题。

所谓控制权，学者张多中给出的定义是："狭义上可理解为资本控制，是一种依据资本所有权，运用市场的、法律规定的或企业章程所确立的各种方式，对企业组织本身及其领导人员的行为加以监督、引导，以使之符合资本所有者的预期目标的各种机制。"❷ 学者张涵认为，控制权与所有权的关系在于，"两者属于不同的权能，但所有权的实现依赖于控制权的运用是否得当"❸，其核心问题就是委托代理的有效性。由此，在国资委和国有企业之间，如何合理配置国有资本的控制权，有效地行使好企业中的国有产权，提高国有资产的管理和经营效率，成为建立新型国有资产管理体制的一种必然要求。

当前，理论与实践的主流观点是：应当建立由国资监督管理机构——国有资本运营机构（也有些学者称之为"国有资产经营公司"或"国有控股公司"）实行现代企业制度的国有企业三层次管理主体构成的国有资产管理架构，以实现国有资本的所有权管理、国有资产的产权经营管理和国有企业生产经营管理的纵向结合。持这种观点的理由是：为了真正实现政企分开，缓冲政府对企业的干预，国资监督管理机构只适合在宏观上执行国有资产出资人职能，而不适合直接去从事具体的国有资产运作。因此，在国资监督管理机构和实体国有企业之间必须要构建一座桥梁，形成中间层次的隔离带，即通过"建立符合资本经济运作，符合价值形态管理的国有资本运营机构，由国资委委托授权其对实体企业进行资本的经营管理，使国有资产的管理进入价值形态，从一般的产权形态进入到股权形态"❹。这样，国资管理机构将国有资产授予专门的国有资本运营机构，一方面是利用社会分工和专业化的优势，使国有资产经营更加专业化，适应现代市场经济对资产流动性的要求，实现国有资产的最大市场价值，另一方面增加一个管理层次，可以降低管理幅度，把庞大的国有资产置于有效的监控下，实现管理能力

❶ 吴刚梁. 国资迷局 [M]. 北京：中国人民大学出版社，2010：28-31.

❷ 张多中. 国有控股公司控制体系研究 [M]. 北京：中国经济出版社，2006：22.

❸ 张涵. 国有控股公司控制权配置研究 [M]. 北京：经济科学出版社，2008：48.

❹ 郑海航，戚聿东，吴冬梅等. 国有资产管理体制与国有控股公司研究 [M]. 北京：经济管理出版社，2010：5.

与管理层次的最佳搭配，提高管理效率。

　　然而，这一观点存在着根本缺陷。这种让国有资本运营机构成为国资委管理国有资产的工具，并以"授权经营"方式代替国资委充当实体国有企业的国有股东，要求对"授权经营"这一概念做出规范性界定，即国有资产监督管理机构与国有资本运营机构之间签署授权经营协议，建立一种明确的契约关系，将国有资本运营机构的国资经营职能与实业经营职能相分离，防止国有资本运营机构演变成生产经营企业的可能。有的学者提出，可参照国外的特殊法人主体制度，明确国有资本运营机构这一中间层次的定位为"特殊目的公司 SPV"，对其进行特殊规定。然而，张多中的结论是："到目前为止，我国还没有正式的法规（如《企业国有资产授权经营管理办法》），对国有资产授权经营中双方的责、权、利的条款给予明确说明。"❶ 那么，能否干脆取消国有资本运营机构这一中间层次，直接采取国资委——实行现代企业制度的国家出资企业二层次管理架构呢？支持这种观点的理论界和企业界的人士也有不少。其实，仔细分析《公司法》和《企业国有资产法》的条款规定，这种二层次管理架构不仅更加符合法理，实践中的可行性也更强。首先，从出资人的角度分析，《企业国有资产法》提出了"国家出资企业"的概念，国家出资企业的出资人是国资监督管理机构，国有资本运营机构也是国家出资企业，国有资本运营机构只不过是承担某种特殊职责的国家出资企业。从两者的组织形态角度分析，国家出资企业包括按照《企业法》设立的国家独资企业，也包括按照《公司法》设立的国有独资公司，以及国有资本控股公司、国有资本参股公司等四种形态，而上述观点中的国有资本运营机构虽是企业，却要放入国资监督管理机构的职能可又不是真正的企业。正是组织形态界定上的缺失，造成国有资本运营机构的地位尴尬，在无法依据其组织形态建立规范和完善的法人治理结构条件下，其作为中间层次的隔离带作用也变得可有可无。因为作为出资人，国资监督管理机构的定位与其他类型的股东享有同等的权利，并无特殊性。其次，国资监督管理机构直接持有上市公司的股权并没有法律上的障碍。随着资本市场的发展，国家出资企业从自身长远发展的需要考虑，本身就有一个整体上市的问题。在实际中，国有资产监督管理机构直接持有股权多元化的整体上市公司股份的情况也已经存在，一些地方国有资产管理机构已经开始以出资股东的身份直接持有所出资国有企业股份的改革实践。对此，上海一家投资咨询有限公司的董事长认为："阳光是最好的杀毒剂，国资委作为政府代表来直接持股上市公司，有成千上万的股民来帮助国资委监督这些国有资产，国有资产就能成为真正的公众资产，让更多的利益主体包括中小投资者、证券监管部门、中介机构、新闻媒体等通过规范、透明的渠道参与国家出资企业的治理，通过外部的制衡力量推动国资委向出资人的方向移动，这是最大的好处。"❷ 当然，国资监督管理机构直接持有上市公司股权时，它不仅需要处理自己与企业法人治理

---

❶ 张多中. 国有控股公司控制体系研究［M］. 北京：中国经济出版社，2006：148.

❷ 熊晓辉. 沪国资委拟直接持股上市公司［N］. 东方早报，2011-01-14（34）.

结构的关系，还必须面对其他股东，包括非国有股东，它如何与这些股东在公司治理的规则下进行互动和博弈，如何应对可能会遇到的一些风险，特别是法律风险，则完全是一个全新的课题。第三，国家出资企业出资设立的下一层级的国有企业，其国有资产的出资人并非国资监督管理机构，而是国家出资企业。因为只有使国有资本的国家所有者具体化，同时使出资人直面化才能使国家所有者到位。2009年，中国国家社会科学基金项目的《国有资产管理体制与国有控股公司研究》课题组在调研中发现："之所以国有资本出资人不到位，是因为国有资本所有者在传统理论上被遥远化，遥远化的结果就是国家所有，但离企业的母子公司链条太远，难以对国家投资的保值增值负责。所以必须把出资人和所有人区别开来，即国家投资所有人是一个，但出资人可按母子公司投资链层层构建，即层层都设出资人，上一层即为下一层出资人，使出资人直面化。"❶

由此可见，国资监督管理机构到底应该通过建立二层次架构，还是三层次架构，以实现对国有资产的控制权配置，是国资监督管理机构在行使出资人职责时无法回避且必须解决的问题。

二、出资人机构的职能定位：以股东身份参与国企治理

（一）出资人机构职责定位的理想模式

《企业国有资产法》对国有资产监督管理机构的定位十分清楚，就是作为国家出资企业的出资人机构。而出资人机构的概念在法律上是等同于所有者的概念的，在企业治理结构中则等同于股东的概念。国外的经验也表明，出资人机构拥有统一的所有权职能，对于提高国有企业的商业化运营程度、提高经济效益和改善公司治理有着重要意义。那么，在深化企业国有资产管理体制的改革中，首先要解决的就是人们对国资管理机构是出资人机构还是监管机构的困惑。

如果定位为出资人机构，对于国资管理机构而言，要求专注于国有资产的商业化管理，强化出资人机构的权利和责任并尽可能多地减少行政监管色彩，这对国资管理机构会带来如下影响。

一是国资管理机构作为国家出资企业的股东，与社会投资人一样，享有《公司法》、《中华人民共和国民法通则》（以下简称《民法通则》）等法律所赋予的权利和义务。包括国资管理机构与其他社会投资人一样，以资本所有者身份参与所投资企业章程的制定、重大事项的决策、管理者的选择、管理者薪酬的确定、收益的分配等；国资管理机构作为资本所有者，按照两权分离原则，不直接经营管理企业，而是委托所出资企业的董事会经营管理企业，董事会保障股东权益；国资管理机构作为资本所有者，以国有资本增值为目标，并通过董事会对国有资本实施战略性调整，以求优化国有资本的投资结构、提高国有资本运营效率。

二是国资管理机构作为国有资产的第一层级代理人，必须遵守有关国有资产

---

❶ 郑海航，戚聿东，吴冬梅等.国有资产管理体制与国有控股公司研究［M］.北京：经济管理出版社，2010：157.

产权管理、监督、营运的法律法规和规章，包括国资委对企业管理者的选择是在坚持"党管干部"的原则下进行的；国有企业改制、资产重组、产权转让等应该进行资产评估，评估结果必须经国资委核准或备案；国有资产产权转让必须在省级以上政府指定的产权交易所公开交易。因此，国资委必须明确出资人定位，不仅要遵守对一般投资人的制度约束，还要遵守对国有股东的特别约束，依法履行监管职能。

三是国资委要建立基于完善国有企业公司治理结构为重点的管控模式，理顺国有资产各相关主体的权责界面和行权方式，围绕法律赋予出资人机构的享有资产收益、参与重大决策、选择管理者等三大权利充分行权。

1. 加强国有资本管理，维护出资人的资产收益权

既然国家出资企业的基本目标之一是获取利润，国资监督管理机构当然要理直气壮地为公众获取国有资本收益。加强国有资本管理的基本工作包括：①对企业国有资产进行清理，通过清产核资，摸清国有资产家底，解决历史遗留问题，分清国有资产产权与非国有资产产权、出资人所有权与法人财产权，核实企业的国有资本金，落实企业法人财产权；②重点监督企业实现国有资产保值增值，防止国有资产流失。在落实企业资本金的基础上，根据企业的不同情况，确定资本回报率，对所出资企业的国有资产收益依法履行出资人职责，获取投资回报。

2. 重视公司章程的制定和修改，维护出资人的重大事项决策权

国资监督管理机构依照《企业国有资产法》的规定，依法维护出资人在所出资企业的权利，并在制定和修改公司章程中可以直接使用法定的标准契约条款。《公司法》、《企业国有资产法》中有的规定比较具有原则性，国有资产监督管理机构应与所出资企业其他股东一起结合企业情况进行细化。例如，《公司法》第十六条规定，公司章程对投资或者担保的总额及单项投资或者担保的数额有限额规定的，不得超过规定的限额；第四十九条规定，董事会的议事方式和表决程序，除本法有规定的外，由公司章程规定；第七十二条规定，公司章程对股权转让另有规定的，从其规定。国资委都应要求所出资企业在公司章程中进行细化约定，以充分体现国资委的权利主张。国资委应重视公司章程的制定和修改，明确与企业董事会、监事会、经理的职权划分、运转规则程序及责任追究办法等。既可在法律、法规保护不足的条件下，维护国资委的股东权益，也可约束国资委在法律、法规和公司章程的范围内行使股东权，从而实现国资委对出资企业的监管由垂直的行政管理转变为双向的契约关系。

3. 改革企业领导人管理制度，维护出资人的管理者选择权

管理者的选择权，是出资人的又一项基本权利。要逐层落实出资人或股东对所出资企业管理者的选聘、考核和奖惩的职权。理论上，国家出资企业的董事会、监事会成员应由国资委以出资人或股东角色行使有关职权，但由于目前国有企业主管部门的传统管理和直接介入，产生了与现代企业管理原则不相符的权责不对等问题。为解决出资人在出资企业人事任免上存在权责不对等的管理问题，实践中可逐步改革为由组织部对国资委任免一定范围内企业董事会、监事会成员

的程序、标准和评估情况进行监督，由国资委实施关于人选、评估和任免的具体操作。通过国有企业领导干部管理制度的改革，从而将党管干部原则更多地体现在制定干部选用、管理的程序和办法上，以及把握干部选用的范围、标准和要求，培养推荐后备干部和优秀人才等方面，把党管干部原则和出资人选择管理者的权利更好地结合起来。

（二）探索完善国有资产出资人制度的改革路径

按照国资委要作为干净出资人的定位，国资监督管理机构应当是一个独立的民商事法律主体，对国家出资企业的国有资产行使股东权利，并严格按照《公司法》等法律法规享有收益权、参与决策权、选择代表权、起诉权，承担出资范围内国有资产保值增值的责任。同时，通过完善国家出资企业的法人治理结构，科学合理界定国家出资企业法人治理的事权关系，依靠一个有效的董事会来管理国家出资企业。具体来说，应重点把握"专业化、市场化、透明化、法治化"的方向，探索国有出资人制度体系完善的改革路径。

1. 专业化

要强调国资监督管理机构正确行使其作为所有者的权利，国资委作为出资人机构应该以"足够的专业性及效力程度"为要求，制定一个清晰、稳定的所有权政策。也就是说，要清晰、透明地界定国家出资企业利益相关者的职权范围、角色和责任，将国家的所有权职能与行业监管、产业政策等职能分离，将国有资产运作的政策制定和监督职能与商业经营职能分离，确保国有资产监督管理机构通过专业化的组织和人员，依照专业化标准，按国有企业的股东职责进行国有资产管理。在国资监督管理机构人员构成和内部职能部门的设置上，探索变革自身的组织运行机制，从工作规则、组织结构、流程管理、行为方式上，应符合"股东"定位，胜任"股东"角色，完成"股东"使命。

2. 市场化

要强调国资监督管理机构促使国家出资企业按照市场法则和市场化的要求进行运作，不干预国家出资企业的日常管理，保证国家出资企业享有充分的经营自主权以实现它们申明的目标。其核心内容有以下三个方面。

① 管理者的选聘机制市场化。应建立公开、透明、统一、科学的国家出资企业董事、监事的推荐与提名程序，主动披露推荐和提名情况，自觉接受各级人大机构和社会的监督，确保推荐的董事具有出色的专业能力、职业操守和工作绩效，能适应国家出资企业的业务状况和面临的挑战。

② 国有资本监督机制的市场化。例如建立有效的外部监督（包括控制权市场、机构投资者和债权人、媒体监督等）和内部监督（如内部审计、内控制度）机制，确保经理人能最大程度地努力为委托人利益工作。当前应特别强调舆论监督的作用，各级人大代表、普通公众应有权旁听出席国家出资企业的股东大会，并对企业运营和信息披露情况进行监督。

③ 控制权转移的市场化。国有资本的转让应充分运用资本市场，尽量按照证券市场的基本规则来进行，鼓励国家出资企业实现整体或主业资产的上市。通

过合并、分立、重组、改制等营运方式，提高国有资产的运作效率。

3. 透明化

这是保护国有机构股东权利、确保国家出资企业利益的最佳手段之一。国家所有权机构和国有企业公开所有权政策以及国有企业经营管理情况等信息是国际上通行的基本制度，国有资产监督管理机构应充分借鉴《OECD 国有企业公司治理指引》中的有关规定和做法，明确披露国家出资企业的战略目标、经营指标、财务报表、所有者与投票权分布情况、任何可能的风险因素，及关联交易情况等。这些公开信息的要求应不亚于上市公司信息公开的水准（信息公开的具体内容可有所不同）。这样做符合国资委和国家出资企业向企业真正的股东——全国人民提供信息的原则，有利于国资委和企业提高效率、防止腐败，更加有利于各种所有制企业间的公平竞争。同时，国有资产监督管理机构还应建立一个报告汇总系统，使公众更全面深入地了解国家出资企业的政策和运营状况。

4. 法治化

法治化要求国有企业治理由倚重行政控制、行政干预完全转变为依法规范和依法监管，包括建立有效的治理机制，从程序上保障股东和其他利益相关者的权益，从而将纸面上的法律真正变成实践中的准则，彻底避免有法不依的现象，最终在全社会范围内形成"违规必定受到应有惩处"的稳定预期，促进对法规文本的自觉遵行，逐渐形成成熟的法治文化与公司治理文化，确保国有资产管理有法可依，有章可循。

三、规范行使出资人权利：提高国有资本营运效率和资产质量

《企业国有资产法》确定了"履行出资人职责的机构代表本级人民政府对国家出资企业依法享有资产收益、参与重大决策和选择管理者等出资人权利"，实现了与《公司法》第四条中对股东三项基本权利规定的有机衔接。国有资产监督管理机构代表国有资产的出资人，在国家出资企业内的地位和权利完全等同于一般公司的股东，也只能在《公司法》规定股东法定权利和公司章程规定的股东或股东会的权利范围内，规范享有和行使资产收益、参与重大决策和选择管理者等三项基本权利。

出资人机构规范行使三项基本权利，可以进一步贯彻"政企分开"的原则，出资人机构应该是政府与企业之间的"隔离带"。对于政府，它是资本经营监督管理的责任主体；对于企业，它是"老板"，即出资人代表，履行股东的三项主要权利。这样既可以解决长期以来政企不分的难题，有效确保了政府不再插手国有企业的具体经营事务，还可以保证进入国有企业的出资人代表按市场规律和职业判断进行资产保值增值的运行。

（一）健全国有资本基础管理制度，实现国有资本价值最大化

1. 完善国有资本经营预算制度体系，切实维护出资人利益

国有资本经营预算是国家以所有者身份依法取得国有资本收益，并对所得收益进行分配而发生的各项收支预算，是国资监督管理机构履行出资人职责的重要

方式，也是调整国有经济布局和结构的重要工具。2007 年 9 月，国务院发布了《国务院关于试行国有资本经营预算的意见》（国发〔2007〕26 号）。同年 12 月，财政部和国务院国资委联合发布了《中央企业国有资本收益收取管理办法》，作为国有资本经营预算的配套措施，要求国家出资企业向出资人上缴利润分红，结束了中央企业 13 年不向出资人分红的历史。

汪平等认为：国有资本经营预算的设立，在预算制度方面将国家作为国有资本所有者所拥有的权力与作为社会管理者所拥有的行政权力相分离，明确国资委作为出资人机构是预算的一级编制主体，不仅负责整个预算编制的组织工作，还要落实检查预算的执行情况，不只是简单地将国家出资企业的财务预算加以汇总，更重要的是还要根据所辖范围国有经济的长远发展需要和实际掌握财力的大小，权衡轻重缓急发挥应有的宏观调控作用。❶ 其中，国资委行使好资产收益权利的关键是对国家出资企业的国有资本进行成本估算，界定国家出资企业对于国有股东机构的理财责任，在此基础上合理确定利润分红比例，实现国有股东财富的最大化。

自 2008 年起，中央企业上缴利润红利已有 3 年。据公开数据显示，中央企业 2008 年、2009 年上缴红利分别为 547.8 亿元、873.6 亿元。2010 年，根据国务院常务会议 11 月 3 日做出的决定，中央企业中的资源类企业国有资本收益收取比例将由 10％提高到 15％，一般竞争类企业由 5％提高到 10％，军工科研类企业收取比例维持 5％，预计上缴红利约为 630 亿元。对照中央企业的利润，2009 年为 9445.4 亿元，2010 年超过 1 万亿元。也就是说，中央企业上缴红利的三年总额，仅是其一年利润的 20％左右。且不说上缴红利的数量如此之少，单是这种按照预先确定的比例从企业的利润中取得红利的做法，弱化了出资人对国家出资企业占用国有资本的报酬要求，这不利于国有资本预算管理政策的有效实施，不可避免地导致生产资源的极大浪费和资本运行效率的低下，最多是一种临时性的、过渡性的措施，绝非一种科学、合理的国有企业分红制度。

出资人机构代表国家履行出资人职责，首先要完善国有资本经营预算体系。编制资本经营预算既是完善国有资本绩效考核的必要基础，也是强化对国有企业监督管理的有效方式。在国有资本经营预算的编制级次上，应由中央和地方政府分别编制中央和地方预算，两级预算的内容相同，但中央预算要包括地方预算，以便全国人民代表大会了解全国国有资本的整体运营情况，并通过预算的形式控制整个国有资本的运营，达到资源的合理配置和调控国有经济的目的。

完善国有资本经营预算体系要达到以下目的：①加强对国有资本的整体规划和调控，进一步规范国有资本管理、监督、营运主体之间的关系，实现国有资本价值和收益的最大化；②进一步明确和落实国有资本出资人的收益权，完善收益分配的管理程序，维护国有资本出资者的合法权益；③强化国有资本营运的过程监控，重视反映国有资本经营过程、结果以及经营效率的财务指标，加强国有资

---

❶ 汪平．基于价值管理的国有企业分红制度研究〔M〕．北京：经济管理出版社，2011：331.

本经营收益的管理，提高资本营运质量；④形成一套既符合国有资本管理需要，又能体现国有资本运营机构内部规范化运作的制度及程序。

进一步完善国有资本经营预算体系，要创新国有资本管理模式，关键是要处理好两个关系。一是财政预算与国有资本预算的关系，财政预算是收支预算，国有资本预算是经营预算，也就是说应该通过国有资本的预算制度，明确出资人机构对职权范围内国有资本的监管责任。二是所有者财务预算与经营者财务预算的关系，所有者财务预算是对其全部所监督管理的国有资产的投资、营运、调整、退出等进行全面预算，由出资人机构编制，出资人机构的委托机关进行决算的审核和管理；而经营者预算是指国有企业本身的资产、负债、收入、费用、利润以及现金流量的预算，由出资人机构选择的代表进入国有企业治理机构，按照治理程序编制，由出资人机构或者股东（大）会进行决算的审核和管理。

在进一步完善资本预算及其相关制度体系的过程中，一要加强立法和修法。在国家法律层面，抓紧国有资本预算条例的制定和修订；在部门规章层面，抓紧出台中央企业资本预算管理办法，进一步修订和完善相关收入、支出、执行和监督等工作全流程的系列制度规范，做到各项工作有章可循。二要以市场原则规范资本预算管理行为。在对公司制国有企业、股份制国有企业的资本预算管理中，按照《公司法》规定履行相关程序，出资人机构通过派出的股东代表人选与相关股东进行协商并取得一致意见，确保国有权益落到实处。三要进一步健全资本预算工作机制。进一步加强与财政等有关部门的沟通与协调，加强机构内各个职能部门间的协同配合，不断改进资本预算管理机制，完善资本预算编制程序。

2. 构建现代国企价值创造理念，推行价值导向的评价标准

出资人机构在对国家出资企业行使资产收益权时，要深刻理解出资人对价值创造实现形式的要求，塑造国家出资企业财富追求的动力机制，以及实现国有资本保值增值的有效方式。具体包括：①如何估算国有资本的成本，如何找出影响和制约这一成本水平的因素；②如何确定一个与投入国有资本风险相称的利润分红比例，如何兼顾所得利润分红与企业未来发展的关系；③国有企业作为国有资本的经营实体，如何为出资人创造高于资本成本的财富，如何激励国有企业创造高于机会成本的资本收益。

为此，出资人机构要激发国家出资企业追求财富创造的内在动力，确立国有资本使用的成本意识，以经济增加值为企业创造价值的主要评价指标，其实现的基本途径大致有如下几种。

① 出资人机构要了解各个行业的平均投资报酬率水平，这是确定出资人要求国有资本报酬率的市场化参照标准。行业政策是国家宏观经济政策的主体内容之一，按照行业制定有关的投资政策也是国家国有资本管理的主要内容。国有资本投入到某一行业的国家出资企业中，其所带来的报酬应当足以抵补相同数额的国有资本在相同行业类似企业中进行投资所带来的报酬。

② 出资人机构要在分析各行业平均投资报酬率的基础上，估算各个国家出

资企业的国有资本成本水平。相对于国有控股的上市公司而言，国家出资企业的资本成本估算面临着一个重大的困难，就是财务信息是否完整而准确。否则，出资人机构将难以对国家出资企业的未来现金流量及其风险程度予以合理的判断和界定，企业价值的创造也处于模糊之中。首先，应当参照同类上市公司的标准，严格规范国家出资企业的财务会计活动，不断丰富财务信息的数量，提高财务信息的质量；其次，可在国有资本预算体系中要求国家出资企业在向出资人提交经营数据的同时，提交其未来投资项目可行性报告，再由出资人根据不同的行业，对企业提交的资本投资项目可行性报告进行分析，并估算不同企业的平均资本成本。

③ 根据国家不同的行业政策，出资人机构要对所要求的国有资本报酬率水平进行调整。出资人对国有企业的经营效绩评价，应根据企业的不同情况进行调整。企业效绩评价指标的选择取决于一系列因素，企业约束机制健全与否、被评价者的特征和工作性质、企业所处的生命周期、企业的规模、所处行业等都会影响评价指标的选择。因此，国有资产的效绩评价指标体系在具体应用的过程中应根据不同企业的情况进行调整和选择。但为了保证各个国有企业之间效绩的可比性，评价指标和权重选择的差异也不能太大。因此在评价国有资产绩效时的基本指标及权重应固定不变，而价值指标、财务指标中的修正指标及权重以及非财务指标及权重则可以根据企业的不同情况进行调整。

调整时应当遵守的基本原则有以下三个方面。一是对于身处鼓励发展型行业国家出资企业，可以适当降低要求的报酬率水平，将较多的税后利润留存在国家出资企业中，以更大的力度推动此类企业的发展。在企业获利水平既定的前提下，利润支付率越低，留存的税后净利越多，企业的可持续发展能力就越强，未来价值就越大。这样，有利于促进国有资本向重点行业和关键领域集中，向具有较强竞争力的大公司、大企业集团集中，向核心业务集中，向能够提供更高报酬率水平的企业集中。二是对于处在限制发展型行业的国家出资企业，可以适当提高要求的报酬率水平，将较多的税后利润收归国家统一进行调配，从而制约此类国家出资企业的增长。留存利润的减少会增强企业的融资压力，降低企业的发展潜力。这样，经营良好的国家出资企业可以留存更多的利润，不断补充股权资本，提升竞争力。经营不好的国家出资企业则必然面临着资金的窘迫，处于竞争链条中的下游，最终被淘汰出局。三是对于某些特殊行业的国家出资企业，比如军工企业、特殊金属类企业等，可以通过调整利润分红比例的方式，来对其生产经营进行调控，满足特定时期对这些国家出资企业发展的需要。对于某些特定行业，在特定时期，采取100％的支付率或者采取零支付率，都会产生一定的综合调控效应。

④ 出资人机构要充分考虑国有资本的收益与成本，合理确定国家出资企业的利润分红比例。要实现出资人的价值最大化这一目标，必须兼顾所得利润分红和企业未来发展。一味地索取无异于杀鸡取卵，扰乱企业发展进程。相反，一味地退让则不利于提高资金在全社会范围内的使用效率，不能充分发挥国有企业资

源在国计民生方面的基础配置作用。由于利润分红额取决于出资人所要求的国有资产报酬率水平、国家出资企业的投资机会与当年的获利情况，因此合理确定利润分红比例，需要出资人和董事会两方面的共同努力。在其他因素相同的情况下，投资机会越多，用以分红的净利润越少；投资机会越少，满足投资需求后用以分红的利润也就越多。如果企业有比较多的、净现值为正值的投资项目，董事会可以把较多的利润留存在企业内部。相反，如果企业的投资机会较少，董事会就应当把较多的利润分派给出资人，让出资人自行安排再投资。

出资人机构在国有企业推行以经济增加值为企业创造价值的主要评价指标，可以引导国有企业科学决策、控制投资风险、提升价值创造能力。逐步改变国有企业历来重投资、轻产出，重规模、轻效益，重速度、轻质量的现象，有效遏制盲目投资、盲目索取资源的冲动，逐步树立减少资源占用和提高资源利用效率的现代经营理念和发展动力机制。出资人机构应当在以下四个方面发挥资本管理的引导作用。一是引导国有企业注重资本使用效率，提高发展质量。既能保持必要的发展速度，又能注重资本回报和发展质量，围绕提高资本使用效率，牢固树立资本成本意识，不仅要重视生产经营成本，更要考虑资本使用成本，实现真正意义上的全成本核算，保证为出资人提供更多的回报和利益。二是引导国有企业更加注重做强主业，调整优化结构。围绕做强主业和实现主业收益最大化，下大力气剥离非主业资产、清理低效资产、出售非核心业务，通过结构调整，实现产业升级，抢占经济发展的制高点。三是引导国有企业更加注重风险防控，实现平稳较快发展。四是引导国有企业更加注重可持续发展，增强国际竞争力。

（二）推行契约化管理，规范行使重大决策参与权和管理者选择权

出资人对所出资企业的重大决策参与权，主要包括公司章程的制定权和股东（大）会会议的参加权、提案权和表决权，以保证所出资企业的重大事务按照出资人的意志执行。其中，公司章程是出资人行使各种权利的形成基础，是实施公司治理的最高准则，也是履行出资人职责机构行使出资人权利，实现出资人权益最直接的制度安排和保障。"凡事预则立，不预则废"，如果把国家出资企业的其他重大事项决策权看作是国资委在面临具体事项时的决断权，那么制定和修改公司章程就是国资委为国家出资企业经营管理活动中可能遇到的所有重大事项预先进行的规划和设定，是一种未雨绸缪的制度安排。当前乃至今后的很长一段时间内，国资委要以《公司法》、《企业国有资产法》作为标准契约条款，在制定出台《国家出资企业公司治理指引》的基础上，采用"一对一"的契约化管理方式，加强对国家出资企业的投资担保事项、国有股权转让和管理、重大决策事项的审议程序等方面的管理。

另外，国资委在制定和修改国家出资企业公司章程时，还应把选择管理者的权利充分考虑在内。因为，企业的经营业绩主要取决于管理者的直接行为，如果选人不当，出资人不仅无法获得利益的最大化，还很有可能因此遭受损失。如何选择优秀的管理者是一门学问，选择了管理者后如何分配其职权和进行管理与监督更是一门艺术。

1. 将股东（出资人）控制权转化为董事会中的话语权

出资人机构与其选任的董事、高管之间一般认为是委托代理关系。但是这种委托代理关系同纯粹民法上的委托代理关系有所不同。第一，民法上的代理人要以委托人的名义进行民事行为，但董事在进入董事会行使权力的时候是以个人的名义。第二，民法上代理人行为的后果，无论是权利还是义务，都由委托人承担；但董事行为失职而造成的损失由其自己承担，其行为带来的利益在名义上也并非直接由选派其的股东享有。第三，民法上委托人与代理人之间的关系是法律明示的，但股东与其选派董事之间的关系并非明示，董事在名义上代表的是所有股东而非选派他的股东，但是事实上，董事和选派他的股东之间的委托代理关系还是存在的。赵增海、姜涛就认为："董事的意思表示必然是根据选派他们的股东的意思表示做出的，董事行为的后果（除个人原因造成的失职行为）也是由该股东间接承受的，董事行为所产生的利益也必然是为该股东所享有的。"❶ 因为股东利用自己的控制权选举董事，该董事人选必然是其所信任并对其忠实的，如果丧失了信任和忠实基础，该董事将面临被撤换的结局。因此，国资委应当事先在公司章程中进行合法的防范性规定，尽可能地保持自己在董事会中的话语权。

出资人机构要继续推进规范董事会建设，完善国有企业法人治理结构和经营者管理模式，加大中长期激励力度；完善国资监管体制，强化国资监管工作；通过统计、稽核对所监管国有资产的保值增值情况进行监管；建立和完善国有资产保值增值指标体系，维护国有资产出资人的权益。出资人机构要通过法定程序对企业负责人进行任免、考核，并根据其经营业绩进行奖惩；建立符合社会主义市场经济体制和现代企业制度要求的选人、用人机制，完善经营者激励和约束制度。

2. 建立健全国有资本营运主体的评价激励制度体系

出资人机构要按照国有资本运营的不同责任主体，细化营运责任和多层次的评价激励制度体系，主要包括对国有资本代表者即国有资产管理机构人员的评价激励机制、对出资人机构派出代表出任国有企业董事和监事的评价激励机制、对国有企业经营者的评价激励机制三个层次。各层次评价激励机制的建立所要解决的就是每一层次中委托人与代理人之间的委托代理问题。因此这些层次之间的激励机制是环环相扣、紧密相关的，只有做好了上一层次的评价激励机制才能使下一层次的评价激励机制有效实施。

（1）国有资本代表者（出资人或股东代表）评价激励机制的建立

这一层次的评价激励机制设计的目的就是要求国有资本的代表者的工作目标能与其出资人机构履行的职责目标相一致。作为国有资产代表者的国资委本身并不是国有资产的真正所有者，它只是代表政府行使所有者的权利，因此需要对国资委的管理人员进行职务行为的评价激励，只有行使的职责与委托者利益目标高

---

❶ 赵曾海，姜涛. 股东的权利［M］. 北京：法律出版社，2007：134.

度一致时，才能实现对国有资本运营的监管责任。国资委中的管理人员薪酬标准是否要受到政府序列中公务员薪酬标准的限制？如何通过利益吸收社会各类专业人士出任出资人机构的代表？对于在国有资产监管中有突出表现的管理人员是否可以给予额外的奖励？履职人员的薪酬、尽职程度如何与国有资本的运营情况相联系？对于以上这些问题的准确回答都有利于评价激励制度设计的破题。

（2）派出董事和监事评价激励机制的建立

通过国有资产管理机构向国有企业和国有控股企业指派而产生的董事和监事，进入国有企业治理结构营运或监管国有资本，但这些董事和监事只是作为出资人机构的代理人履行对本企业国有资本运营的经营或监督责任，因此需要建立有效评价激励机制才能使派出董事和监事与国有资产管理机构的目标一致。对董事的激励应包括固定报酬、绩效报酬、职务消费和福利等几方面的内容，其中董事的固定报酬比例可根据董事是否全职等因素来确定。独资企业和独资公司的董事、监事一般是直接委派的，而国有控股或参股的有限责任公司和股份有限责任公司因为存在股东会和股东大会，出资人机构一般推荐合适人选出任董事或者监事，针对这些特定人群都要分别制定不同的绩效评价和激励约束机制。董事的绩效评价和报酬主要根据国有资本效绩评价体系的评价结果来设计。由于监事职能是监督企业的经营管理状况和财务状况，防止企业的违规行为，因此监事在国有企业中应保持相对的独立性，其激励报酬体系不宜与企业的经营绩效相挂钩。对监事的薪酬应主要以固定报酬和职务消费为主。合理的董事和监事的评价激励机制对于改善国有企业的治理状况，选择优秀的经营者，最终为国有资本运营效率的提高提供了可靠的优秀人力资源保证。

（3）国有和国有控股企业经营者激励机制的建立

这一层次的评价激励机制设计的目的是使企业经营者的目标与董事会的决策目标保持一致。这个层次的激励机制对国有资本的有效运营最为重要。因为国有企业的经营者直接控制国有资本的实际运营，只有充分激励和约束国有企业经营者的行为才能提高国有资本的运营效率和安全性。国有企业经营者激励机制设计的关键在于使国有企业经营者的激励报酬与企业的经营绩效挂钩。期望理论认为人们采取某种行为方式是因为他们认为这种方式将产生有价值的回报，报酬的安排只有使经营者感到自己的工作与报酬有着必然的紧密的联系才能起到预期的效果。

3. 建立和实施股权、期权计划等中长期激励机制

所有的股东都承认，优秀的管理者能够为股东持续地创造价值。首先，在战略层面上，正确的公司战略方针能够维持国家出资企业长期的竞争优势，并在长期过程中不断显现其重要性；其次，在技术层面上，管理者良好的执行能力能够用最少的代价实现公司最大的目标，并通过具体事项的执行表现出来；第三，在协调层面上，国家出资企业内部的团结和共同理念的形成有赖于具有良好组织能力的董事长，通过董事长的协调能使公司上下一心，共同为公司的发展贡献自己的才智和力量。为此，建立并实施管理者股权、期权计划，其目的在于留住优秀

的管理者，一方面防止管理者的短期行为，另一方面实现管理者与出资人利益的一致。

4. 确保出资人知情权，防止管理者"暗箱操作"

出资人的知情权是行使其他权利的基础，知情权的内容包括国家出资企业基本情况和日常经营情况，没有必要的信息，就无法做出正确的判断和行为。公司基本情况主要包括公司章程、股东名册记载情况和其他股东股权变动情况等；日常经营情况主要包括股东（大）会会议记录、董事会会议记录、监事会会议记录、财务会计报表、公司年报和中期报告等。为此，国资委要充分利用监事会和外部审计，具体体现为委托会计师事务所对国家出资企业年度财务会计报告进行审计，委托监事会监督财务会计的真实性、经营过程的合法合规性、董事与经理等高级管理人员履职的责任心，进而有效履行出资人监督职责。另外，国资委还应加强对企业的战略、重大投资、资产变更和财务情况的监督。

5. 规范行使质询权和建议权，督促国企高管规范行权

质询权是指出资人对有关国家出资企业经营管理、人事任免、财务等事项要求企业相关管理者对其具体行为做出必要解释和说明的权利。通过行使质询权，国资委可以参与到国家出资企业的经营管理中来。为此，国资委在制定和修改公司章程中，有必要对出资人质询权行使的事项范围、行使的条件和程序进行详细的规定，使之更加具有操作性。另外，对于出资人的建议权，虽然是一种宣示性的权利，但是通过国资委对建议权的积极行使，将有利于管理者吸取更多方面的意见，并且能够对管理者的行为产生影响。

（三）规范行使出资人职责：加快实现"三个转变"

1. 转变管理方式：出资人职责的定位和真正到位

根据中国共产党十六届三中全会提出的"归属清晰、权责明确、保护严格、流转顺畅"十六字要求，出资人机构主要有以下几个职责：①代表国家股东一体化行使股东各项权利；②监督管理国有资产；③研究和调整国有经济的战略发展规划和布局，以及国有资产进退的法律制度和机制；④引进和借鉴国际先进管理经验，推进现代企业制度和公司治理的规范建设；⑤指导监督地方国资委的工作。国资委的成立标志着国家股东利益有了一个实实在在的出资人机构。但是，出资人机构到位，并不意味着出资人职责到位。要实现出资人职责到位，必须从宏观到微观、从整体到局部、从决策到执行全面调整工作思路。从一定意义上讲，出资人职责是否到位，是关系到这场国有资产管理体制改革成败的关键问题。

作为政府特设的出资人机构，国有资本出资人不同于政府，它是一个出资主体，而不是一个行政主体，相应地应按其资本运行的规则而非行政规则去运行国有资本。然而，国有资本出资人也不同于国有资本经营者，它是以出资作为其基本行为的，不直接从事生产经营活动，相应地有其独立的财务运行机制。

在市场经济条件下，资本运行的规则是指资本必须谋求保值、增值，为达成这一目的，资本必须按照等价交换的法则进入资本市场运行，这不仅表现在一种

资本与另一种资本的关系上，而且也表现在资本与经营者或企业的关系上。

按照市场经济和资本运行的规则，作为国有资产的出资人，其基本行为主要有以下三个方面。一是投出资本，这是一种典型的对外投资行为。通过对外投资，形成或建立了出资者与受资者的资本关系。这种资本关系无疑是一种投资与被投资的行为，但是在实践中，大批国有企业是现有企业的总资产，以及再有国有资本的出资人。因此，依法出资的投资行为主要体现在增量资产的布局和存量资产的调整活动之中。二是监管经营者或国有企业有效经营和运作国有资本，以确保资本保全与资本增值。出资者通过制定各种财务与会计标准，行使监管权力，并规范出资者与经营者的资本收益分配关系。三是调整资本结构。资本结构的调整要采用资本营运的方式，而不是用行政的手段。也就是说要把资本作为商品在资本市场上进行评价和流动，运用新的方式去调整全部国有资本的布局和结构，从而从整体上带动产业结构的调整。不管是采用出售，还是兼并、收购，调整资本结构就是改变资本财产的法律关系。

所谓出资人职责到位，就是指上述的核心职能真正发挥了作用。据某省市国资管理机构对自己现行三十六项监管职能做的实例分析，结果是仅有三分之一的职能是属于出资人的职责，其余三分之二属于政府机关的职能，由此可见，真正出资人职责到位可能就是学者称之为"干净的"出资人或"纯粹的"出资人。

2. 调整国有资本结构：优化布局和提高资本报酬率

调整国有资本，促使国有经济布局结构进一步优化，是出资人的重要职责。国有资本的出资人要通过规范履职，坚持以发展为导向，推进开放性、市场化重组；充分利用资本市场，加快资产资本化、资本证券化的步伐；促进行业布局的调整和产权结构的调整，切实转变经济发展方式。

中国国有经济调整的基本出发点，是通过国有资本的流动和重组，使国有资产向重点行业集中，向大企业及企业集团集中，以更好地发挥国有经济在国民经济中的主导作用，促进国民经济持续、稳定、健康发展。国有资本的流动和国有股权转让是实现国有经济布局和结构调整的一种重要方式。中国共产党十六届三中全会颁布的《中共中央关于完善社会主义市场经济体制若干问题的决定》提出，国有经济更多地布局在涉及国家安全、国家经济命脉的领域和行业，其他领域和行业的国有企业应当通过重组改制、结构调整，在市场中公平竞争、优胜劣汰。因此，出资人必须把研究、调整国有经济布局，研究建立国有资本合理有效进退机制当作一项长期和关键的任务。

国有资产证券化是借助资本市场增强国有资本流动性的主要工具，也是出资人完成调控国有经济布局任务，推动国有经济有进有退的重要工具。推进国有资产证券化存在三个方面的问题：①出资人必须有一定的资产支撑来发行证券，且其未来的收入流可预期；②资产的所有者必须将资产出售给 SPV（在证券行业，SPV 指特殊目的的载体，也称为特殊目的机构或公司），通过建立一种风险隔离机制，在该资产与发行人之间筑起一道防火墙；③必须建立一种风险隔离机制，将该资产与 SPV 的资产隔离开来，以避免该资产受到 SPV 破产的威胁。其目的在于减少资产的风险，提高该资产支撑证券的信用等级，降低融资成本，同时有力地保护投资者的利益。由此可见，国有资产证券化的运作和市场机制的应用，必然要求出资人拥有独立的财产、具有完全的民商事行为能力，并真正成为市场化运营的经济实体。

3. 坚持有进有退：科学指导国有企业的改革和重组

出资人要加强国有资产的监督管理，推进国有企业的现代企业制度建设，完善治理结构，建设规范的董事会，健全监事会制度；要推动国有经济结构和布局的战略性调整，鼓励国有资产向关键领域和优势产业集中，形成主营收入在千亿级、百亿级和十亿级的大企业、大集团，在国际、国内等不同竞争层级上形成具有较强竞争优势的梯队式国有企业集群。出资人要在国有企业重大资产重组和产业整合项目取得突出成效的基础上，积极培育和发展大企业、大集团，以大企业、大集团带动形成大产业，推动国有企业在产业结构、产品结构和技术结构方面全面升级。

推动国有企业重组，要通过出资人代表的决策和营运，进一步压缩企业管理层级，缩短资产管理链条，完善国有资产有进有退、合理流动的机制，完成非主业资产和低效资产的清理退出任务，做到应退尽退。要推进国有经济进入高端引领、创新驱动、科学发展的轨道。要坚持国有资本有进有退、有所为有所不为的原则，加快推进产业高端发展，加快从低端、低效、低附加值的产业中退出。对于连续亏损、资不抵债、扭亏无望，或没有规模效益、没有发展前景、处于竞争劣势的企业要调整退出，使监管企业的国有资产质量在整体上有明显改善，国有经济效益得以提高，国有资产保值增值能力和国有资本功能作用进一步增强。要以骨干企业为龙头，推进一级企业重组整合，支持跨地区、跨行业的兼并重组，积极实施走出去战略，做强和做大优势企业和自主品牌，培育一批具有行业优势的大企业大集团。要围绕重要子企业，大力推进重点产业的分拆式重组，整合不同企业的同类资源，提升国有资本专业化运作水平，完善重点产业链条，形成有竞争力的产业集群。通过加快国有资本结构和布局调整，促进国有经济发展规模和结构更加合理，优势产业的特色更加突出；通过实施国有企业名牌战略和加快技术创新步伐，提升企业的核心竞争力；通过调整和优化企业产品结构、采用新技术、开发新产品，实现企业扩大生产经营规模，增强国有企业可持续发展能力。

综上所述，出资人在市场经济的运行环境中，要规范履行国有资本的出资人职责，要推动改革者面临无可回避的自我改革，出资人制度就必须加快实现三个转变。一是出资人职责从"混同"转变为"干净"。非出资人监管的职责应该逐步分离或消除，规范按照《公司法》、《企业国有资产法》的要求行使股东的三大基本权利。二是出资人和国有企业的权利边界从混沌转变为清晰。规范董事会建设和治理结构的完善，要求清晰各治理机构之间的职权关系，尤其是出资人机构和董事会的关系，由此形成严格的、可追溯的资本资产经营责任体系。三是国家代理人的职能从混合转向专一。通过规范委托代理关系明确委托和代理各方的责权利，出资人机构从直接管理企业转向依法监管国有资本权益，从直接派会（董事会、监事会）转向依照国有企业股权结构分类管理，平等保护和尊重其他股东的权利，出资人机构参与治理的主要形式将成为派员（股东代表、董事或监事人选），出资人应该真正定位为纯粹的出资人，而非监管者。

案例：深圳市国资委如何有效行使出资人权利

一、强化国有资产收益权

2004 年深圳市国资委成立后，对深圳市国有企业管理原有的"三层次"体制进行调整，撤销了资产经营公司。调整后，深圳国有资产监管体制的显著特点是：市国资委始终以出资人职能为核心，淡化行政色彩，在履职范围、履职程序方面都努力贯彻《公司法》和《企业国有资产监督管理暂行条例》的要求，充分体现"管资产与管人、管事相结合"，直接行使国有资产收益权，并设置了操作性平台公司，承担部分市国资委暂不能行使或不便行使的出资人职能。

2005 年，深圳市政府转发了《深圳市属国有资产收益管理暂行规定》，确立了新体制下的国有资产收益预算管理制度。主要特点包括：在政府层面实现了国有资产收益预算与公共预算分开；市国资委统一行使收益管理权，负责国有资产收益的收缴、使用和管理以及预决算工作的组织实施；健全了国有资产收益预算报告制度和编制审批制度；实现企业分红的依法收缴和集中使用。市国资委通过法定程序获取企业分红和收缴独资公司利润，国有资产收益主要集中用于做强和做大国有企业，以及推进企业改革等重要工作。深圳市国资委从 2006 年起在全部直管企业中推行全面预算管理，狠抓企业生产经营，全面提高企业管理水平。通过科学编制预算方案，加强预算执行检查，强化预算执行分析，完善业绩考核办法，将预算管理考核纳入业绩考核体系，对企业加强经营管理、降低管理成本、提高竞争力产生了重要作用。

二、形成具有深圳特色的产业布局

经过多年的改革发展，深圳市国资委根据深圳市自身特点，形成了具有深圳特色的产业布局。国有经济逐步形成了自己的鲜明特点。一是资产分布比较合理。国有资本主要集中在基础设施、公用事业和关系到国计民生的重要领域。二是功能比较特殊。市属国有经济充分发挥了对全市经济社会发展的支撑、带动和服务作用，在完善城市功能、改善居民生活方面发挥了不可替代的作用。市属国有企业目前承担了特区内 90% 以上的供水业务及 99% 的污水处理业务、全市 100% 的管道气、特区内 50% 的公交大巴以及全市 60% 的长途客运业务。机场、港口等国有经济的快速发展，带动了全市经济社会的快速发展。三是资产质量较好、活力和竞争力较强，部分企业进入全国同行业前列。如燃气集团、水务集团和巴士集团的营业收入分别列全国同行业第 2 位、第 3 位和第 5 位；深圳机场的货邮吞吐量、客运吞吐量分别列全国同行业第 4 位和 5 位；盐田港集团、大铲湾公司等国有企业参与建设和运营的深圳港已经跃居世界第四大集装箱港。

三、以制度保证履职的有效性

近年来，深圳市国资委先后出台了 20 多项监管制度，这套制度较充分地体现了出资人管理的特点。在履职范围方面，重点通过制定战略规划、健全全面预算管理制度管住企业的经营方向和目标，通过完善企业领导人员选拔任用、收益管理、投资管理、产权变动监管、资产损失核销管理等制度管住重大决策权。在履职程序方面，主要通过国资委委派（或推荐）的国有产权代表（公司制企业为董事，国有独资企业为总经理）对重大决策事项以个人名义向国资委报告，国有产权代表根据国资委意见在企业决策程序中发表意见和行使表决权。在国企收益、全面预算、监事制度建设和财务总监制度等方面，形成了深圳自己的特点。在制度出台的方式上，没有采取政府规范性文件的形式，而是采取出资人内部管理制度的方式，淡化了行政色彩。

为提高制度的执行力，有效体现出资人监管意图，深圳市国资委依据《公司法》，全面开展了公司章程和议事规则的修订工作，将监管制度的内容在公司章程中充分体现，合理界定股东（大）会-董事会-经理层之间的权责划分，有效促进了制度在法律和操作层面落实到位，为国资委进一步完善履职模式奠定了基础。

四、加快整体上市有效行使股东权利

为规范市国资委的行权方式实现依法行权，提高下属企业的证券化率，深圳市国资委积极推进下属企业的优质资产整体上市，由国资委直接持有上市公司的股权，使得国资委能够更直接地行使股东权利。同时，上市公司规范透明的运作要求，对国资委作为国有股东依法有效行使股东权利更加有利，有效地规范了国有股东的行为。深圳国资委直接持股的上市公司主要有农产品（持股 25.47%）、深长城（持股 29.76%）、深振业（持股 20.44%）和深天健（持股 33.35%）等。国资委直接持股后，国资委办公会议做出大股东的决议，之后就可以提交股东大会在资本市场卖出股份或者增持股份，不再像以前那样需要通过中间层公司下达指令来操作。国资委直接持股后，国有资产的流动性和变现性更强，可以在市场上进退自如，想进的时候进、想退的时候退，淘汰的行业去市场卖掉、急需要发展的行业到市场去买。国资委在资产的流动中实现了国有资产布局的调整。例如，国资委可以对某个独资企业用 40% 的股权加以控制，然后把卖掉的 60% 的股权腾出来投到其他的产业中去，如果需要加强该企业的股权控制的话，又可以从市场购买股份增持。国资委更多地参与资本市场，有助于国资委修正自己的行为，这对国资委未来定位的影响将是深远的。

参考文献

[1] 张银杰. 公司治理——现代企业制度新论 [M]. 上海：上海财经大学出版社，2010.

[2] 吴刚梁. 国资迷局 [M]. 北京：中国人民大学出版社，2010.

[3] 林毅夫，蔡昉，李周. 充分信息与国有企业改革 [M]. 上海：上海三联书店，上海人民出版社，1997.

[4] 柳华平. 中国政府与国有企业关系的重构 [M]. 成都：西南财经大学出版社，2005.

[5] 刘震伟. 挑战　责任　途径：深化国资国企改革的创新与战略 [M]. 上海：上海远东出版社，2010.

[6] 郑国洪. 国有资产管理体制问题研究 [M]. 北京：中国检察出版社，2010.

[7] 张多中. 国有控股公司控制体系研究 [M]. 北京：中国经济出版社，2006.

[8] 张涵. 国有控股公司控制权配置研究 [M]. 北京：经济科学出版社，2008.

[9] 郑海航，戚聿东，吴冬梅. 国有资产管理体制与国有控股公司研究 [M]. 北京：经济管理出版社，2010.

[10] 熊晓辉. 沪国资委拟直接持股上市公司 [N]. 东方早报，2011-01-14（34）.

[11] 汪平. 基于价值管理的国有企业分红制度研究 [M]. 北京：经济管理出版社，2011.

[12] 赵曾海，姜涛. 股东的权利 [M]. 北京：法律出版社，2007.

落实代理责任
——发挥董事会在国企治理中的核心作用

■ 出资人（股东）将企业经营权委托给董事会，董事会应代表出资人的利益，履行代理人的承诺，根据出资人的委托事项和代理权发挥作用。

■ 国企董事会作为国家出资人信托责任的主体，承担着法人财产和国有资产保值增值的责任，董事会的信托责任主要体现为执行股东大会决议、决策战略事项、选聘经理层以及强化风险防范管理等。

■ 董事会评价以决策机构整体的运行状况为对象，评价的目的是提高运作的规范性与有效性，形成对董事会及其成员的信誉约束、规范董事行为、建设职业董事市场，提高董事会决策的科学性、有效性。

■ 正确处理国有企业董事会内外治理关系，是加快国有企业治理步伐，规范建设董事会制度的紧迫和必需的研究课题。

一、治理核心：董事会在国企治理中的信托责任

（一）董事会与出资人（股东）的委托代理关系

1. 公司法人治理结构中主要的委托代理关系

现代企业制度的一个重要特征是所有权和经营权的分离，由此产生了委托代理关系。迈克尔·詹森（Michael Jensen）和威廉·麦克林（William Meckling）把委托代理关系定义为一种契约，"在这种契约下，一个人或更多的人（即委托人）聘用另一个人（即代理人）代表他们来履行某些服务，包括把名义决策权付给代理人"。委托代理理论认为，现代公司制度的本质是委托代理关系。在公司制的法人治理结构中纵向主要有两层委托代理关系。

一是出资人（股东）与董事会的委托代理关系。出资人（股东）将企业经营权委托给董事会，董事会就是股东的代理人。出资人在做出委托后，并不干涉代理人行使权力，董事会必须代表出资人的利益，履行代理人的承诺，根据出资人的委托事项和代理权发挥作用。

二是董事会与经理层的委托代理关系。董事会通过选聘经理层确定企业日常经营管理的组织者，董事会将自己决定的事项委托给经理层组织实施，因此执行公司业务的经理层对董事会负责。

在上述两层委托代理关系中，董事会负责以出资者代理人的名义行使公司重大事项的决策权，决定企业战略、谋划企业布局、实施风险规避和管理控制，并向出资人全面负责；而经理层只是向董事会负责。因此，董事会应该充分运用代

理权，有效地发挥自身在公司治理中的核心作用，成为连接股东和企业经理层及其他相关方面的关键环节，而这种核心作用是其他治理机构所不能替代的。

2. 董事会代表出资人经营企业，为股东创造价值

董事会代表出资人经营企业，为股东创造价值，是股东利益的忠实代表，是保护股东合法权益、体现股东意志的制度依托。股东会或股东大会委托董事会，由董事会行使公司重大经营决策权，董事会的决策是对股东会或股东大会决议的执行。董事会要维护出资人权益，是公司法人的经营决策和执行业务的常设机构。董事会的重要职能主要体现在对公司的发展目标和重大经营活动做出决策，即董事会通过企业经营战略的决定，确定企业重要决策的目标和方向，确保企业决策计划程序的到位，确保能够实现较为满意的决策方案。

董事会根据股东的期望确定公司的经营目标，并努力为股东实现这些目标，同时将这一目标交付经理层完成。董事会对企业进行战略性监控，并负责选聘、评价、考核、激励经理人员，是企业内部深化改革、加强管理、提高效率的重要保证，是企业市场竞争力的制度基础。董事会对经理层的政策指导越清晰，高级经理充分发挥自己的才能和技巧来实现既定目标的自由度也就越高，不用征求董事会的意见而快速采取行动的能力也就越强。当然，这种行动要在董事会授权的范围内。董事会必须监督经营决策的实施情况，检查决策是否按照计划在财务预算范围内进行、是否能够得到满意的结果。

与此密切相关的一个问题是董事会决策时的价值标准设定问题。就国有独资企业而言，鉴于其在国家社会经济生活中的突出重要地位，许多关系到国计民生的重要行业和部门均在各大国有独资企业的经营范围内。在对事关国家和社会整体与长远利益的相关决策进行审议时，不能仅仅从企业本身发展和绩效来判断决策的科学程度，更重要的，应该充分考虑这些决策事项在整个国家层面的战略意义，充分考虑决策事项对中国整个社会经济的长远影响。

3. 董事会是出资者与经营者之间的桥梁

董事会是出资者与经营者之间的桥梁，在公司法人治理结构中处于核心地位、关键环节，发挥着重要作用。一方面，董事会承载股东意志，维护股东权益，是实现出资人职责到位的最终体现。出资人（股东）将企业经营权委托给董事会后，董事会代表出资人的利益，履行代理人的承诺，根据出资人的委托事项和代理权发挥作用，对出资人负责。另一方面，董事会通过监督经理层贯彻执行股东会、董事会的决策，促使企业深化内部改革，加强内部控制，防范经营风险，优化基础管理，不断提高企业的市场竞争能力。董事会通过选聘经理确定企业日常经营管理的组织者，并将自己决定的事项委托给经理层组织实施。经理层是公司的经营管理主体，是具体负责公司经营管理活动的一个执行机构，对董事会负责，在董事会授权范围内，拥有对公司事务的管理权和代理权。董事会通过激励经理层，为出资人（股东）创造更大价值。

国务院和地方的国资委成立后，作为各级下属特设机构代表政府履行出资人职责，负责监督管理企业国有资产。由于国有资产规模巨大，并存在于众多的企

业之中，国资委不可能直接经营管理国有资产，因此国资委下面又成立各种类型的国有资产运营机构（如中央企业和地方的大型国企集团公司）具体经营数量庞大的国有资产；同时，国资委作为股东对其直接出资的企业可选派董事进入董事会，由董事会代表国资委进行决策和监督执行。按照《公司法》的规定，国资委行使出资人的有关权能，履行出资人职责，享有所有者权益，承担相应的法定义务和法律责任，不干预企业的具体经营活动。而企业作为市场主体和法人实体，依法自主经营、自负盈亏，努力提高经济效益，履行代理人职责，实现委托人要求。

中央企业进行董事会试点已经有五年多的时间，取得了较为显著的效果，如在企业的决策组织中形成了制衡的机制，决策更加科学、决策质量明显提高。但与此同时也存在着国资委与董事会事权划分不明确等问题，如董事会的投资决策权、选人用人权、考核奖惩权等尚未完全落实，这就意味着国有独资公司的董事会与出资人之间的委托代理关系尚需进一步明晰。为此，可以借鉴一下淡马锡的经验。

4. 新加坡国有企业委托代理的特点

淡马锡控股有限公司（简称"淡马锡"）是新加坡政府最大的国有控股公司，隶属于新加坡财政部。该公司成立于1974年，其创设宗旨是掌握新加坡政府对企业的投资，管理新加坡所有的政府关联企业。它代表国家行使出资人权力，以追求盈利和股东利益最大化为目标，采取积极的投资策略和灵活的资本退出机制，实现国有资产保值增值。无论是新加坡财政部对淡马锡，还是淡马锡对其下属企业（以下按习惯简称"淡联企业"），均是一种委托代理关系，股东直接管理的范围很小，而对董事会予以充分的授权。

新加坡国有资产的监管关系如图3-1所示。

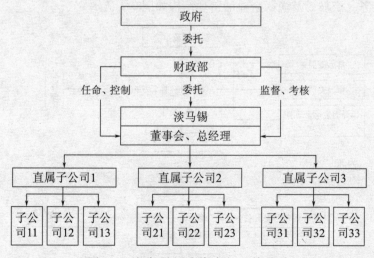

图 3-1 新加坡国有资产的监管关系

淡马锡治理的特点包括以下几个方面。首先，在股东治理层面上，政府（股东）与公司（董事会）之间是一种委托代理关系，政府（股东）对公司（董事会）的监管严格按照所有权与经营权分离的原则进行，政府（股东）有效贯彻了无为而治的治理理念，成功分清了控股责任和管理责任，真正做到了政企分开、市场化运作。新加坡财政部虽然是一个 100% 的"控股者"，但其在淡马锡治理框架中所起到的作用十分有限，对淡马锡的管理主要体现在两个方面：一是向政府和总统推荐董事会成员和总裁的人选，最后由总统批准任免；二是与总统一起批准动用储备金（即决定是否变动上一届政府留下的资产）。纵观全球，能够像淡马锡一样成功处理好企业与政府关系的国有企业凤毛麟角。正如淡马锡前总裁何晶所评价的那样，淡马锡之所以能够茁壮成长，是因为政府刻意地实行无为而治政策，不干预这些公司在营运或商业上的种种决定。

其次，在与其下属企业治理的层面上，淡马锡确立了"积极股东、一臂之距"的原则。淡马锡与淡联企业的关系，简单地说，就是股东与所出资企业的关系，同样也是一种委托代理关系，遵循所有权与经营权分离的原则。淡马锡不直接介入淡联企业的日常经营活动，保证淡联企业享有充分的经营自主权，完全按照商业化原则进行运作。正如淡马锡前总裁何晶所表示的那样，淡马锡作为一名积极的股东，认为真正能够帮助旗下企业的最好办法便是为他们组成高素质、深具商业经验、包含多方面经验的董事会，来配合表现突出的企业管理层和全心投入企业的员工。

第三，在董事会治理机制层面上，淡马锡实行董事会决策、总裁执行、董事会主要由外部董事构成的模式。董事会由 9 名董事组成，除 2 名执行董事（含总裁）外，其余都是外部董事（其中一人为财政部常务秘书）。董事会下设常务、审核、领导力发展和薪酬委员会共 3 个委员会，董事长由外部董事担任。董事会负责公司重大决策、评估总裁的表现、制定董事和总裁的继承计划等，总裁负责执行性事务。淡马锡及淡联企业的治理结构如图 3-2 所示。

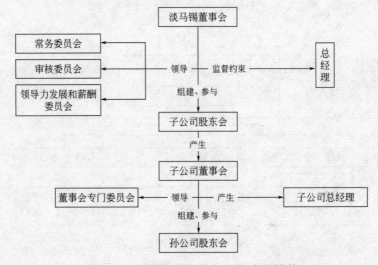

图 3-2　淡马锡及淡联企业的治理结构

（二）董事会在公司治理中的信托责任

信托是指委托人基于对受托人的信任，将其财产权委托给受托人，由受托人按委托人的意愿以自己的名义，为受益人的利益或者特定目的，进行管理或者处分的行为。一般情况下，委托人和受益人是同一方。

信托责任是指受托人对委托人或受益人负有的、严格按委托人的意愿（而不是受托人）进行财产管理的责任。一旦委托人和受托人之间的信托关系成立，受托人就负有信托责任。信托关系由委托人、受托人、受益人三方面的权利义务构成，这种权利义务关系围绕信托财产的管理和分配而展开。在管理和分配的过程当中，受托人不得使自己的利益与其责任相冲突，不得以受托人的地位谋取利益（除非委托人同意）。在社会关系中，例如公司管理人对公司股东、管理人股东对非管理人股东和资产管理公司，以及信托公司对投资者都负有信托责任。信托责任也是一种将受托人和受托资产载体，与委托人和转移资产人，以及其指定的受益人三者联系在一起的纽带。

在国有企业，董事会作为出资人信托责任的主体，承担着法人财产和国有资产保值增值的责任，担负着公司战略决策、经理层选聘等关系公司生存发展的一系列重要职责，对企业的生存与发展起着至关重要的作用。董事会在公司治理中的信托责任主要体现在以下几方面。

1. 执行股东大会决议

董事会是股东会这一权力机关的业务执行机关，负责企业业务经营活动的指挥与管理，对股东负责并报告工作。董事会是股东利益的"代表人"，应尊重并维护股东的合法权益，股东会所做的关于企业重大事项的决定，董事会必须执行。董事会要处理好与股东的相互关系，加强与股东之间的沟通与交流，做好投资者关系管理工作。国有企业的董事会应对国资委负责，执行国资委的决定，接受国资委的指导和监督，保障公司和董事会的运作对国资委具有透明度，按照国资委关于公司董事会年度工作报告的有关规定向国资委报告工作。

2. 进行公司战略决策

战略决策是董事会履行职责的重点，股东的权益是依靠董事会对公司重大事项的正确决策而加以保证的。国资委明确了公司主业内的投资审批权由董事会决定，董事会就应加强战略规划，通过全面预算管理，按预算管控投资，推动资源向主业集中，集中资源做强主业，提升企业的核心价值和核心竞争力。董事会要用好主业投资决定权，集中精力抓好主业发展，促进资产的结构优化、整合，推进开放性市场化重组和资产证券化。董事会要抓好全面预算管理，在对经理层的绩效考核中，要把预算执行情况作为考核的重要内容，以契约形式加以明确。董事会要对公司财务真实性负责，组织好财务决算审计和对财务决算真实性的评估，及时处理财务决算审核中发现的问题，确保财务决算的真实性。

3. 选聘公司经理层

选聘公司经理层是董事会的头等大事，我国《公司法》第四十七条规定董事会有权决定聘任或解聘公司经理及其报酬事项，并根据经理的提名，决定聘任或者解聘公司副经理、财务负责人及其报酬事项。2008 年 10 月，在中国共产党中央委员会组织部（以下简称中组部）和国务院国资委联合下发的《关于董事会试点中央企业董事会选聘高级管理人员工作的指导意见》中，第一次将高级管理人员的选聘权交给了董事会。文件指出，董事会试点中央企业在外部董事过半和董事会选聘经理的制度与程序经过批准的前提下，可以依法聘任经理。这一规定赋予国有独资中央企业董事会更大的权限和独立性。

4. 强化风险防范管理

董事会是全面风险管理的最终责任承担者，董事会在全面风险管理中处于战略核心地位。董事会在坚持对企业重大项目、收购兼并、投资融资等具有战略意义的重大事项进行集体研究、集体决策的同时，应针对企业关键问题、关键业务，以对重大风险、重大事项的管理和重要流程的内部控制为重点，积极建立和完善内控体系，加强全面风险管理体系建设。

国有独资公司董事会的职权与一般有限责任公司的职权相同，因此应当依照《公司法》第四十七条的规定依法行使职权。但国有独资公司董事会的职权范围比一般有限责任公司董事会的职权更宽泛，因为其可以根据国有资产监督管理的授权行使公司股东会的部分职权。因此，国有独资公司的董事会除按第四十七条的规定依法行使其本身职权外，还可以依据第六十七条的规定行使股东会的部分职权，如决定公司的经营方针和投资计划；审议批准公司的年度财务预算方案、决算方案等。

（三）董事会在公司治理中的核心作用

董事会在公司治理中的核心作用，主要体现在完善公司治理、行使决策权和承担受托责任等三个方面，其主要的特征如下。

1. 董事会是公司的治理中心

所谓治理中心，是指董事会在法人治理结构的体制中处于核心地位，在构筑公司治理的运行机制中发挥主导作用。企业是一个严密的系统，各种承担不同功能的条线组织构成相互依存、相互作用、相互制衡的整体。所谓企业治理过程，从一定意义上说，就是通过制度设计使企业各种治理组织要素协调与高效运作。在现代企业制度的框架下，董事会在法人治理结构中，居于一种承上启下的委托代理者的角色。对股东大会而言，董事会是公司重大决策的代理人；而对于高层管理来说，董事会又是重大决策实施方案的委托人。董事会这种枢纽式的委托代理关系角色，决定着董事会处于法人治理结构的核心地位，应该在构筑规范有效的公司治理运行机制体系的过程中发挥主导作用。

作为治理中心，董事会有义务主动处理好与出资人、股东会的关系。代理人对委托人并不是被动的。除了按规定向国资委和股东（大）会报告年度工作，企业发展中许多事关长远全局的战略性问题董事会也应该主动向出资人和股东方报告，征得同意和批准。市场变化多端，董事会也需要及时地与出资人沟通汇报。简而言之，董事会有责任和义务，主动地保障公司和董事会的运作对国资委和股东（大）会具有透明度，从而使国资委和股东（大）会信任董事会充分发挥核心作用。

作为治理中心，董事会在处理与经理层的关系中应该发挥主导作用。能否选聘一个好的经理班子，本身就是衡量董事会是否居于核心地位、是否具有核心作用的一个主要标志，在确定经理班子以后，董事会一方面要主动按照《公司法》的要求，明晰董事会与经理层的职责边界，充分授权与支持经理层的工作；另一方面，又需要从监督制衡、激励约束、风险防控等方面关注、支持、导向经理层行使职权，从而保障董事会的决策成果有效地转化为企业的经营成果。

作为治理中心，董事会还有义务主动处理好与监事会的关系。从股东委托的角度讲，董事会与监事会是并列的，都由股东（大）会决定产生，都直接向股东（大）会负责。但是，董事会在构筑公司的监督制衡机制方面，亦应接受监事会的监督，主动向监事会提供有关的情况和资料，支持监事会履行职责，督导经理层落实监事会要求纠正和改进的问题。

2. 董事会是公司的决策中枢

所谓决策中枢，是指董事会作为公司的经营决策机构，在公司经营活动的大系统中处于中枢神经地位，对公司的发展目标和重大经营活动做出决策。企业发展说到底是一个资源配置与市场环境的对接问题。在此过程中，企业需要对战略发展、资本运作、企业经营等一系列重大问题做出科学、有效的判断和决策。从企业管理的角度看，董事会并不负责对各类具体业务性、经营性、技术性等的问题进行决策，它只负责对全局性、战略性、关键性的重大事项进行决策（包括对公司总经理及高级管理人员的选聘、评价等）。企业运营的方方面面、各个环节、各种岗位都充满了各自职权范围内的决策问题，而唯有董事会的决策才对企业所有具体的业务性、经营性、技术性等问题的决策产生影响和作用。董事会要在《公司法》和公司章程规定的职责范围内，根据企业实际情况，选择决定有利于企业发展的运作模式和机构设置；在出资人和股东方的授权范围内高效合理地配置资源，并根据公司的性质和市场环境，确定自己的发展战略和方向。

董事会处于企业经营管理各类重要信息的交汇点上，处于决策中枢位置，其做出的各种决策牵一发而动全身。有效地发挥董事会的决策中枢功能，才能充分体现董事会为企业创造价值的作用。

3. 董事会是公司的责任主体

董事会作为承担出资人委托责任的主体，势必对企业合法合规和经营结果负有主体责任。按照《公司法》，经理层的职责是经营管理的具体执行，由董事会负责选聘，对董事会负责；而董事会则直接接受股东（大）会的委托，对股东（大）会负责。董事会虽不直接承担具体的经营管理活动，但由于其决策机构的地位和选聘高级管理人员的权力，决定了由股东委托而产生的经营法人财产的法律责任。所谓法律责任主要指违反了法定义务或契约义务，或不当行使法律权利、权力所产生的后果，必须承担相应的处罚或制约。《公司法》对董事违反忠实义务和勤勉义务、损害公司和股东利益的行为，规定了赔偿责任，并给予股东提起诉讼的权利。

二、探索实践：国有企业规范董事会制度建设

对国有资产管理机构来讲，董事会建设既是国有资产管理的一项重要工作，也是一项现代企业制度建设的实践探索。从 2005 年开始，国务院国资委在中央企业推行规范董事会建设工作以来，先后在组织结构、制度建设、运作方式等方面进行了一系列实践探索，其成效在国有资产管理和国有企业改革发展中发挥了重要的作用。

（一）国有企业规范董事会建设的作用和意义

中央企业规范董事会建设的探索实践，使人们越来越认识到建设规范的董事会是非常重要的，能为国有企业长期稳定发展提供一个科学的、合理的制度基础。董事会建设的作用和意义主要体现在以下两方面。

1. 董事会的"票决制"改变了传统的"一把手"负责制

董事会是一个决策机构。在规范的董事会制度中实行"票决制"，董事长仅是会议的召集者与主持者，与其他董事没有上下级关系。每位董事对于会议决议均有一票的表决权，是民主议决集体决策的行为。而"一把手"负责制是执行组织的规则，实际上是行政首长负责制，因为内部有上下级关系。

传统的国有企业领导体制下，企业的决策组织和执行组织是合一的，由于企业领导班子中有上下级关系，结果是内部很难产生制衡的机制，重大问题往往是一把手个人决策。人们常常看到，一些企业进行重大决策的时候，虽然名义也是集体决策的形式，比如说党政联席会议、总经理办公会议等，但实质上还是一把手说了算，副职即使有不同意见，也不好说、不便说，或者不敢说、不想说。所以，用企业内部具有上下级关系的组织体系进行决策，一把手说了算，在大多数情况下是必然的结果。

这种体制造成两方面的后果：一是决策不科学、容易出现失误；二是企业的发展在体制上过度地依靠个人。一把手状态好、头脑清醒的时候，可能对未来的把握比较准；一把手状态不好、头脑发热的时候，就可能对未来的把握出问题，甚至出现大的挫折。把一个大企业的长期稳定发展维系在一个人的素质或者能力上，不是一个科学的、合理的体制。国务院国资委推动规范董事会建设的一个重要出发点，就是要改革一把手负责制治理大企业的缺陷。

从 2005 年国务院国资委开始推行董事会试点建设工作以来，其中非常重要的收获就是在国有企业的董事会决策组织中形成了制衡的机制，通过建立外部董事制度，根本上改变了以前决策一言堂、一个人说了算的情况。原先国有企业决策时，由于都是领导班子内部人，决策过程简单，一把手讲了，副职一般都拥护，决策程序就完成了。外部董事进入之后，他们的独立性改变了原董事会内的上下级关系，对所有的重大决策要进行充分的评估和论证，不同的声音增强了，决策质量也明显提高了。每一户试点的中央企业几乎都有重大决策被否决或缓议的情况，这已是很普遍的现象。如果完全由企业内部人决策，在错综复杂的人际关系、利益关系的背景下这是很难想象的。对于一个决策组织，如果其中大多数

人能够说实话、说真话，决策的质量必然会提高，出现重大决策失误的可能性必然会降低。

2. 董事会选聘经理，促成经理人的职业化与市场化

国务院国资委推行规范董事会建设，不仅是要建立起科学的决策机制，而且还要切实落实董事会聘总经理、副总经理的职责。董事会以经营管理知识、经验和价值创造能力为标准，自主选择和任命适合本企业的职业经理人，而该经理人作为董事会的代理人，在董事会的授权范围内从事企业的经营管理，并接受董事会的监督。对董事会业绩的考核，很重要的一点就是看董事会能不能选择一个好经理，他能不能有效贯彻董事会决策，带领全体员工不断增加企业的价值，国有企业能否通过优胜劣汰的机制拥有能持续创造资产价值的优秀经理人，这就需要经理人的职业化与市场化。

（二）国有企业规范董事会建设的实践

国有企业规范董事会建设是一个持续的过程，也是一个逐步探索和逐步积累的过程。自宝钢集团有限公司（以下简称宝钢集团）2005年10月率先试点董事会建设以来，在各级国有资产管理机构的推动下，一大批国有企业纷纷致力于规范董事会建设，主要进行了以下几方面的探索实践。

1. 加强组织建设，优化董事会组织结构

国资管理机构或股东（大）会根据国资布局和产业发展的要求，以及公司发展的任务和目标，配置和优化董事会的结构和规模。董事会成员的构成应当合理，既要最大限度地体现各方利益，又要高效精干、便于组织协调；既要有多元文化背景，又要有一定的专业化背景，具有独立的专业判断能力。

（1）建立外部董事制度

国务院国资委推行规范的董事会建设最主要的内容是外部董事制度，试行外部董事制度是加强董事会建设、发挥董事会作用的关键。国务院国资委选聘外部董事进入董事会，并且占多数，可有效减少董事会与经理层的交叉，实现企业决策组织和执行组织的分离。

外部董事制度是主要在英美等国家实行的单一董事会制度，即由公司外部人员担任公司董事，并在董事会中占据主要比例和主导地位。1992年对美国制造业的调查表明：在94％的公司董事会中外部董事占多数，而在1989年只有86％，在1972年为71％。1991年，英国Cadbil委员会在其报告中建议，应该要求董事会至少要有3名非执行董事，其中的两名必须是独立的。该委员会于1992年提出了关于上市公司的《最佳行为准则》，建议"董事会应该包括具有足够才能、足够数量、其观点能对董事会决策起重大影响的非执行董事"。

外部董事制度本意在于避免董事成员与经理人员的身份重叠和角色冲突，保证董事会独立于管理层进行公司决策和价值判断，更好地维护股东和公司利益。股东大会是否能成功地履行对股东的信托义务，取决于是否具有一个职业化的、被广泛赞誉的外部董事的核心集团。在某种程度上，如果董事会全部由全职的内部董事构成，它可能就是无效的。外部董事进入企业后，不在公司担任除董事以外的其他职务，不参与执行层的管理事务，不在执行层兼职，薪酬也不与公司的经营情况和经济效益挂钩，因而能够为企业董事会决策提供独立、专业的意见，对提高董事会决策的独立性、科学性起到了积极的作用。同时，外部董事的进入也完善了企业决策层的知识结构，外部董事一般都具有良好的专业技术水平、经营管理经验和职业道德，如国资委选派的外部董事都是资深专家或国资企业的退任领导，他们不仅有丰富的公司治理经验和阅历，而且在企业管理、法律、财务、金融等方面具有较高水平，在专业领域有一定影响，对公司重大事务有较好的判断力和较强的决策能力。

（2）发挥董事会专门委员会的作用

外部董事到位后，试点企业的董事会结合自身实际，普遍加强了董事会的组织建设，董事会的专门工作机构得到进一步落实。根据企业情况，董事会分别设立了战略投资、提名、薪酬与考核、审计与风险控制等专门委员会，同时专门委员会还设立工作支撑部门。董事会专门委员会要做到专业化、独立性，有效运作，为董事会决策提供支撑保障。每个委员会一般由3~5名董事组成，其中提名、薪酬与考核、审计与风险委员会中外部董事占多数，薪酬与考核、审计与风险委员会均由具备相关专业背景的外部董事担任主任委员，并且确定了对口支持各专门委员会的工作部门。

（3）试行外部董事担任董事长

外部董事制度是国务院国资委推进董事会试点工作的重要突破口，而外部董事担任董事长更是这项制度的破冰之举。根据中央企业规范董事会建设的实践，国务院国资委把外部董事担任董事长作为推进董事会建设工作的重要举措。2005年12月27日，国务院国资委聘任64岁的苗耕书担任中国对外贸易运输集团总公司（以下简称中外运）的外部董事、董事长，苗耕书由此成为我国中央企业外部董事任董事长的第一人。从中外运试点以来的探索与实践看，一方面由外部董事担任董事长更加有利于充分发挥外部董事制度的作用，因为董事长本人就是外部董事，所以他更加了解外部董事的需求，可以指导公司提供充分、有效、客观的信息，协助外部董事科学决策；另一方面还可以促进董事长和总经理职权的实质性分开，由于外部董事长一般不任法人代表，可以使他更专注于董事会建设，同时限制了他干预总经理日常工作的冲动，可以更好地发挥总经理的能动性。

（4）试行专职外部董事制度

设立外部董事对于加强董事会建设起到了积极作用，但是兼职的外部董事对保障国有企业健康发展的作用还是有一定局限性的。据调查情况看，一些企业的外部董事尚不能认真履行职责，其中，审议重大事项时态度不认真的有之，不能按时参加董事会议的有之，很少参加董事会议的有之，几乎不参加董事会决议的亦有之……2009年10月13日国务院国资委颁发了《董事会试点中央企业专职外部董事管理办法（试行）》（以下简称《办法》），这个文件的制定是完善中央企业董事会制度深化中央企业改革的一项重大举措，它的实施对于促进董事会试点的中央企业健康发展起到了积极的作用。

《办法》全文 7 章 25 条，涉及了对专职外部董事管理的主要内容。设置外部董事在董事会试点工作中至关重要，对规范中央企业治理结构、提高决策的科学性、防范重大风险有着重要的作用。《办法》只适用于国务院国资委履行出资人职责的董事会试点中央企业，没有把适用范围进一步扩大到董事会试点的中央企业的子公司。

必须强调的是专职外部董事的关键就在于一个"专"字，这一点与兼职外部董事有很大区别。《办法》第三条规定："本办法所称专职外部董事，是指国资委任命、聘用的在董事会试点企业专门担任外部董事的人员。"《办法》特别指出："专职外部董事在任期内，不在任职企业担任其他职务，不在任职企业以外的其他单位任职。"这就是专职外部董事与兼职外部董事的区别所在。兼职外部董事仅仅是不在担任董事的企业内部任职，也不在有利益相关的企业或单位任职，但是，不排除在其他的机构或单位任职。一些经济学家、高校教授、资深学者或社会名流等，往往被企业聘为所谓外部董事，但是他们一般都是在科研机构、高等院校或服务组织中有自己领取薪酬的职业，兼职外部董事的局限就在于其"兼"而不"专"。从知识结构、业务领域等方面来说，兼职外部董事可能也是比较"专业"的，但是，因其"职"的兼就可能造成对任董事的企业不够"专"心了。另外，有的公司为了应付设立"外部董事"的规定，于是就把公司退下来的老领导、老同事、各种老关系聘请回来担任外部董事，这种情况的外部董事肯定是难以"独立"表达意见的，更谈不上"专"了。特别是，这些外部董事在公司内部享受着各种待遇，在拿人钱财替人消灾、吃人嘴短等世俗伦理作祟下，其"独立"作用是很难得到保障的。

设置专职外部董事是贯彻国家对中央企业发展战略，保障中央企业健康和可持续发展的客观要求。从源头上说，专职外部董事是由国资委任命或聘用的，兼职外部董事一般是由公司根据法律法规和公司章程聘任的；专职外部董事仅限于在国资委监管的董事会试点的中央企业，而不是广泛用于其他国有企业；再者，专职外部董事是不在任何企事业单位有任职的，甚至也不应当有除任职董事的中央企业之外的任何企事业单位的虚任职务。对于专职外部董事要"专业、专管、专职、专用"，其薪酬由国资委专门支付，在制度设计上就考虑到了破除兼职外部董事作用的"局限"性。

《办法》规定：中央企业专职外部董事职务列入国资委党委管理的企业领导人员职务名称表，按照现职中央企业负责人进行管理，在阅读文件、参加相关会议和活动等方面享有与中央企业负责人相同的政治待遇，选聘、评价、激励、培训等由国资委负责。专职外部董事的日常管理和服务，由国资委委托有关机构负责，受委托机构设立专职外部董事工作部门，负责保障专职外部董事的办公条件、建立履职台账、管理工作档案、发放薪酬、办理社会保险、传递文件、组织党员活动等事项，并协助国资委有关厅局做好相关工作，建立专职外部董事报告工作制度。专职外部董事应当每半年向国资委报告一次工作，对于发生在任职单位的重大事项必须及时向国资委报告。《办法》的一个重要亮点还在于明确规定了专职外部董事的退出条件和程序，"不能切实履行其职责的专职外部董事必须依照本《办法》退出"。

（5）试行外部董事资格鉴定制度

国资管理机构选聘国有企业的外部董事都有任职资格要求。2008 年 11 月，上海国有企业外部董事选聘工作开始展开，其选聘机制的最大特点是"面向市场，独立选聘"，即明确所选外部董事应具备的条件，向社会公开选拔，并将选拔结果公开，接受社会监督。通过运用市场化选聘机制，解决外部董事的主动意愿问题，避免行政委派董事主观能动不足的态势。公告发出后，社会反响热烈，有 1000 多名人士报名参选。上海国资委成立了以原宝钢集团董事长谢企华领衔 11 名专家组成的"上海市市管国有企业外部董事、外派监事专业资格认定委员会"。经过两次会议讨论，有 117 名外部董事、外派监事人选通过了专业资格认定，进入上海市市管国企外部董事、外派监事人才库。

从上海和其他省市国资委外部董事聘任的特点来看：一是强调开放性，改变了过去选拔体制内的人来做董事的习惯性做法；二是强调专业性，对外部董事资格进行严格审定，改变了过去把外部董事、外派监事作为干部安排的现象；三是相对独立性，选聘的外部董事与所聘企业集团的"血缘"要相对远一些，"血缘"太近就没法起到外部董事的作用；四是强调出资人的选聘权，由出资人根据程序和需要自主选聘。

加强组织建设，优化董事会组织结构的实践不仅仅体现在上述五个方面，还包括在试点企业配备专职董事会秘书，设立董事会办公室作为董事会常设工作机构等方面。

2. 加强制度建设，提高董事会决策程序的科学化程度

董事会建设的试点企业普遍重视董事会的制度建设，根据《公司法》、国资委有关制度和公司章程，制定了董事会及各专门委员会的议事规则等制度，明确了董事会的决策范围、程序和方式，保证董事会能规范、有效、科学地运行。国资委推行董事会建设试点以来，可以看到董事会会议会前的准备工作更加充分，会议讨论的民主氛围明显加强。在董事会会议上，董事独立、谨慎地发表意见，在对议案表决时，弃权票、反对票、议案被暂缓审议、议案被否决等情况也时有出现。从决策内容看，董事会更加关注企业的风险防范和控制，更加关注宏观经济对企业发展的影响，更加关注投资项目的回报和主业的发展，更加关注事关企业发展的深层次问题。

董事会制度建设主要包括董事会的决策制度、会议制度、授权制度、报告制度、专门委员会的工作制度以及评价制度。

（1）决策制度

完善董事会决策制度要保证决策层的董事会成员享有同等的发言权、决定权。凡属重大决策、重要投资项目安排和大额度资金的使用等，都要经过董事会集体充分讨论才能做出决策，有的还要经专家和研究机构充分论证，广泛征求意见。要建立投票表决制度，形成会议决议。要实行决策前的论证制、决策中的票决制和决策后的责任制。各种决策的制定应有明确的程序，以改变凭经验拍脑袋决策的方法。建立把科学论证作为必经环节的决策程序，防止决策的随意性，要明确规定决策系统和其他系统的权力与责任，并使权力与责任相统一，决策职能与执行职能相分离，决策失误必须承担相应的责任等。

（2）会议制度

董事会是采取会议形式集体决策的机构，必须有规范化的会议制度，按照法定程序运作，如果违反会议制度就会直接影响董事会合法有效地行使职权，也影响董事会决议的效力。所以董事会必须制定切实可行的会议制度，对会议次数、会议通知、会议主持人、会议法定人数、会议决议、会议记录等做出明确规定和要求。

（3）授权制度

明确重大事项的集体决策制度和议事规则，特别注意的是授权制度，董事会应制定授权的管理制度，明确对董事长、总经理授权事项的具体范围、数量和时间界限，规定被授权人的职权、义务、责任和行使职权的具体程序，被授权人需定期向董事会报告行使授权结果。

（4）报告制度

为规范推进中央企业建立和完善董事会试点工作，实现对董事会试点企业履行股东职责的科学化、制度化、规范化，2007年国务院国资委根据《公司法》等有关法律法规的规定，制定了《董事会试点企业董事会年度工作报告制度实施意见（试行）》，具体内容包括建立试点企业董事会年度工作报告专题会议制度、年度工作报告的主要内容、报告年度工作的基本要求以及专题会议议程共四个方面。

（5）专门委员会的工作制度

规范董事会建设重要的内容之一是设立董事会领导下的专门委员会。董事会专门委员会制度是英美法系公司治理结构的核心，也是一元单层制董事会内部制约公司治理结构的特点。从各国关于董事会专门委员会的立法情况也可以看出，董事会专门委员会在设置种类、职能、组成以及议事规则方面具有理论和制度上的合理性。专门委员会的作用可以一言以蔽之：消解多元化经营的风险，并大大提高董事会的工作效率。作为董事会下属辅助工作机构，专门委员会的职责是对董事会重大控制内容进行专业化划分并通过有效利用公司外部专家资源及内部管理人员的经验参与沟通，为董事会提供决策依据，以保证董事会决策的科学性、准确性、合法性。专门委员会向董事会负责并汇报工作。为保证更好地开展工作，各专门委员会可以聘请专业评估师、独立财务顾问、法律顾问等中介机构为其提供专业意见。总之，设置董事会专门委员会制度是公司治理机制的现实需要，对于完善公司治理结构理论具有现实意义。

（6）评价制度

随着国有企业董事会改革的逐渐普及，对董事会评价的安排逐步被提上日程。董事会评价的出现有着多方面的原因和背景。从历史发展的角度看，随着

"股东大会中心主义"向"董事会中心主义"过渡与演变，以及机构投资者的大量涌现，"股东行动主义"的兴起，这些都强化了在公司内部建立正式的董事会和董事评估体系的要求。一个对董事会的正式评估过程将有利于公司治理效率的提高，并使董事的责任与权力更好地得到落实。从制度变迁的角度看，在公司治理结构中，董事会处于核心地位，承担着委托和代理的双重角色，它既是股东的代理人，又是经理的委托人，处于公司治理链条的枢纽地位，所以对董事会的评价与考核就显得十分重要。

董事会评价是以董事会整体的运行状况为评价对象，其目的是提高董事会运作的规范性与有效性，形成对董事会及其成员的声誉制约，规范董事会和职业董事市场建设，有利于国有独资公司科学决策机制的完善，加强风险防范，提高治理绩效。

3. 加强规范运作，提高董事的履职能力

提高董事的履职能力是董事会建设的一项重要而紧迫的任务，是董事有效履行岗位职能、拓展自身职业生涯的前提。董事应自觉学习有关知识，积极参加国资委、公司组织的有关培训，不断提高履职能力。董事专业知识培训的主要内容包括决策知识、法律知识、财务知识和其他知识。各企业董事会要把董事会自身学习和继续教育纳入董事会工作计划，要把董事的学习培训纳入董事会考核的内容。企业也要及时、完整、准确地向董事特别是外部董事提供公司经营情况，使董事具有履职所需要的各种信息，提高董事的履职能力。

三、规范建设：进一步完善国有企业董事会制度

从一把手负责制到董事会决策制是一个很大的跨越，各方面都有一个熟悉和接受的过程，也有一个引入治理原则与国情和企业情况相结合的不断完善的过程。总的看来，几年来各级国资管理机构推行规范董事会建设工作比较顺利，各个方面也比较理解、支持，但也存在一些突出的"瓶颈"问题需要解决，以下从几个方面来思考如何进一步完善国企董事会的规范建设。

（一）进一步落实董事会法定职权

落实董事会职权制度是确立委托代理关系的前提条件。我国《公司法》赋予董事会11项职权，可概括为三个方面：一是作为股东利益的"代表人"，董事会对股东会负责，执行股东会决议，向股东会报告工作；二是作为公司重大事项的"决策人"，董事会有权决定或制定公司"经营战略、投资计划、预算决算、利润分配、弥补亏损、资本变动、发行债券、合并分立、解散变更"的方案，并可决定公司内部管理机构的设置，制定公司的基本管理制度；三是作为公司经理层的"聘请人"，董事会有权决定聘任或者解聘公司经理人员、财务负责人员及其报酬事项。

目前，在国企公司治理实践中，有关董事会的上述职权，有些已经到位，有的还需假以时日，逐步完善。今后，应进一步明确国企公司董事会的职责定位，依法落实董事会职权，要用公司章程明确董事会在公司治理方面的责任和权利，

制定和完善制度体系，主要包括以下两个方面。

一是对董事会如何向国资委或公司股东（大）会负责，如何向国资委或股东（大）会报告工作，如何保障公司和董事会的运作对国资委或股东（大）会具有透明度等，应做出具体的规定。

二是根据国资委或股东（大）会的有关规定，对董事会如何选聘、考核经理层和高级管理人员，如何决定其薪酬，如何健全规范经理层和高级管理人员在大额资金使用、管人、办事等方面权力的制度体系等，应做出具体的规定。

董事会的关键职能是对总经理的任免、考核与薪酬的决定权，目前这些职权尚不落实，到位尚需要一个过程。在董事长和总经理同属上级部门任免和委派的情况下，总经理还难以按照《公司法》的规定对董事会负责，董事会对总经理还没有实际的人事控制权，需要创造条件加快落实董事会聘用总经理的权利。

（二）加大市场化选聘经理的力度

为更好地履行董事会与经理层的委托代理关系，应依据现代市场运行的客观规律，由董事会市场化选聘经理层，并负责经理层的业绩考核和薪酬分配等工作。

1. 市场化的选聘，形成双向契约关系

目前国有企业的总经理仍然是由上级组织任命的，故而是一种单向进入关系。有的虽然形式上由董事会来行使聘任程序，实际上仍然没有改变国有企业上级主管部门具有实际控制权的局面。因此，应寻找突破国有企业传统的领导干部管理体制的途径，加大实行市场化选聘的力度，构建双向契约关系形成职业经理人市场。

市场化选聘经理层，就是要明确和落实董事会选聘经理、副经理和高级管理者。市场化选聘经理层应制定合理可行的市场化选聘办法，规范经理层选用的方式、程序和准入评估流程要求，推进经理人市场配置程序化、规范化、制度化，提高配置的效率和效益。①明晰具体职位的工作职责、任职资格和特殊要求，建立国企经理层职位职责信息管理平台，为市场配置经理层时选择测评方式和测评标准提供依据。②配置的运作方式实行市场化。一是规定经理层必须通过准入评估进行市场化选聘，选才不分地域、所有制和身份，扩大来源，拓宽渠道；二是准入评估一般委托人才评价机构独立进行专业化运作，也可由董事会主导进行市场化运作；三是准入评估运用现代企业管理人才测评技术为主要手段；四是对聘用人员实行身份社会化和职责契约化管理。

2. 理顺董事会与党委会的选人用人权

从公司治理的原则而言，董事会是公司的"经营决策中心"，董事会有权聘任与解聘包括总经理在内的经理层人员，但这决不是所谓董事会领导下的经理负责制，而是一种委托代理制，他们之间分工不同，不存在上下级的"行政"关系。

从若干试点国有企业的探索来看，党管干部和党管人才是重要的原则，但是具体做法应有所改变。①转变管理方式，从行政管理过渡到依法管理。原来干部体制实施分级管理，培养、任命、考察、使用、奖惩都由党的组织部门一手操办，这种方法已经不符合当前《公司法》的要求，应该把总经理和经营班子的任命权还给公司的董事会，而企业党组织可以发挥其强大的政治和组织优势，对即将聘用和任命的干部进行事前的政治考察和群众意见的收集，为董事会选人用人把好关。②突破用人思维模式，从体制内部扩大到市场范围。基于过去党管人才、党管干部的惯性思维模式，对国有企业经理层人员的配置习惯在体制内部找，往往以行政任命为主，董事会建设应当加强市场化配置经理层的力度，放眼全球。

3. 董事会对经理人员的经营业绩考核

国务院国资委明确企业董事会全面负责企业经理人员的业绩考核和薪酬分配工作，董事会建设试点企业、外部董事占多数且董事会设立薪酬考核委员会的国有企业，由董事会自主决定经理人员薪酬分配。有关董事会的这一职权目前还在逐步探索阶段，今后需进一步落实和完善。

4. 理清董事会与经理层的职责划分

对于董事会和经理层的职责划分，虽然《公司法》和各试点企业的公司章程都有原则性的规定，但实际运行中董事长与总经理之间还有错位，董事会的决策作用和经理层的执行作用界面尚未完全划清。试点企业对哪些业务真正属于总经理职权范围内的日常经营管理，往往缺乏明确的界定，以至有些企业经常出现事权交叉，有些事大家都做、有些事又没有人去做的重叠纷争和真空并存的现象。今后在规范董事会建设的过程中，应进一步理清董事会与经理层的职责划分，真正做到各司其职。

（三）发挥董事会专门委员会的作用

在董事会中建立专门委员会，对董事做适当的分工，发挥各自的专长，为重大决策做好前期研究，保证决策的高效和科学，对提升董事会的工作质量有重要作用，有助于董事会更好地履行代理义务。近年来，我国采取了一系列措施加强董事会中专门委员会的工作，虽取得了明显的成效，但也还存在不少的问题需要进一步解决。如由于董事会选人用人权没有落实到位，致使提名委员会、薪酬考核委员会还缺乏有效运作的空间和条件，活动很少，提名委员会的工作职能如何发挥还需要探索。

针对部分国企董事会专门委员会设置不全、董事会专门委员会作用发挥不充分（有的专门委员会形同虚设）的情况，应尽快形成《董事会专门委员会工作细则》，以及向外部董事提供相关资料和信息的制度，促进董事会专门委员会运行规范性的提高，并使外部董事能尽快熟悉企业情况，发挥专门委员会的预审作用。

（四）建设高素质的外部董事队伍

目前，中央企业的董事会建设工作已从试点转入规范建设阶段，但要真正全面推行还有难度。这套制度的有效运转关键要有一批高素质的外部董事，而目前这方面的资源明显不足。

外部董事人选的问题由来已久，2004 年国资委下发董事会试点文件，但直到一年多后宝钢集团才首先正式试点。时有国资委高层这样解释："优秀的总经理不好找，优秀的董事、董事长更难找，这是我们搞董事会快不起来的一个很重要的原因。"

前几年为上市公司选拔独立董事的实践证明，以考试方式从大批报考人选中进行独立董事选拔，队伍虽然建立比较快，但其中不少人往往缺乏高层的经营管理经验，"董事不懂事"现象已备受舆论诟病。如果所有中央企业都要求外部董事数量超过内部董事，必须有几百名合格人才的储备。目前试点企业的外部董事来源，主要是"就近取水"，国资委聘请的外部董事主要是两种类型。①专职董事。专职董事都是中央企业一线刚退休的老同志，如果这些老同志在位的时候业绩很好，退休后身体还健康，而且又有继续工作的愿望，国资委将聘用这些老同志作为外部董事进入董事会。实践证明这一选择没有错，这些老同志一是有经验，他们真正搞过企业，有丰富的阅历，长期的经营实践赋予他们一种十分宝贵的商业直觉，对方案大体上能判断出企业有什么风险，有多大风险；二是有资格，这些老同志比现在在岗的同志高一个"辈分"，不会看着现任领导的脸色说话，在董事会发表意见时没有任何心理障碍；三是退休以后有时间，这些老同志从一线退下来都有一个适应期，做一些这种非全日制的工作最为合适，也是一种调节。②兼职董事。兼职董事大概是这么几方面的人士：有国际经验、国际视野的，包括从新加坡、我国香港聘请的企业家；一些金融、资本市场以及财务和法律方面的专家。他们在各自领域过去或现在面临的问题与思考，可以为兼职的董事会提供有益的看法，有很强的独立性和专业性。

董事会建设面临的挑战之一就是理想的外部董事资源匮乏。国资委可以进一步放开眼界，除了把现有的优秀企业家资源用起来，还可以建立外部董事职业化的选用体系。外部董事可以来自国企、民企或外企来，不论境内境外。境外来的董事可以发挥独特优势，尤其现在很多中央企业把战略架构向境外拓展，具有丰富的海外企业经验甚至人脉资源的境外董事恰好可以在这方面弥补国有企业的不足。

此外，建设高素质的外部董事队伍还应加强外部董事队伍能力建设，提升外部董事履职能力。为此，应加强对外部董事的培训，即使那些相对合格的人才，如果到外部董事的岗位上，也需要进行培训，毕竟是换了公司、角色和行业。对外部董事的培训主要是就外部董事如何掌握企业情况，如何与企业领导班子成员进行沟通等进行交流，及时有效地帮助外部董事获取国资委的工作重点和企业经营情况。

（五）健全董事会的评价制度

科学地评价董事会对公司治理制度的完善有引导作用。董事会评价体系作为一个"信号显示"机制，不仅能够为完善董事会提供可操作性的依据和指导，降低治理成本，而且也能够向社会提供董事会运作评价纪录，增强公司价值。同时，还能够及时反映政策环境的变化，形成社会共同治理的良好局面。

有关董事会评价制度的思考主要包括以下三个方面。

1. 科学评价考核董事会绩效的必要性

国务院国资委从 2004 年开始中央企业董事会试点工作，逐渐普及到地方国有独资企业的董事会试点建设。五年期间，董事会建设的工作渐入佳境——独立董事、外部董事、职工董事逐一到位，从组织结构到运作形式上体现了规范公司治理的基本要求。2009 年 10 月，国务院国资委颁布《董事会试点中央企业专职外部董事管理办法（试行）》，外部董事制度建设再次成为关注重点，甚至有声音质疑外部董事会否成为独立董事之后的又一个花瓶？因而，在满足董事会建设的组织形式层面的条件之后，董事会有效性评估与董事评价成为董事会建设的又一重要任务。

2. 国有企业董事会评价的现状

我国国有企业的董事会及其董事评价工作，当前面临着"观念上"和"行动上"的两难状况。评什么、谁来评、怎么评等诸多大政方针、锱铢细节均困扰着各级国资委、国资经营公司和各公司董事会。国务院国资委在 2006 年 6 月起草了《国有独资公司董事会试点企业董事会、董事评价办法（试行）》征求意见稿；2008 年颁布了《董事会试点中央企业董事会、董事评价办法（试行）》；江苏省在 2007 年率先出台了《省属国有独资公司董事会及董事评价办法（试行）》，随之其他一些省市也先后出台了相应的政策。

虽然制度建设日趋健全，但为数不少的企业对于董事的评价仅仅是应付监管要求，不乏一些走过场的行为，最后评价出皆大欢喜的结果，也鲜见有因为不够尽职而被撤聘的董事。当然，也有一些企业是真正想付诸实施的，但在实际操作中却陷入了疑惑，政策体现出的理念是可以理解的，在实施的细节中却发现还有许多问题值得商榷：一是由谁来对董事评价更有效，董事会、监事会，还是国资委；二是评价哪些内容，如何跳出现有评价内容"德能勤绩廉"的局限性；三是评价结果的应用与反馈机制，董事评价结果除了作为续聘与否的依据，是否还有其他更广泛的应用。

3. 进一步健全董事会评价制度

（1）董事会治理评价制度是一个由表及里、由局部到全面，逐步完善和提升的过程

随着公司治理评价定量研究的深入，世界各国官方组织及机构投资者对董事会的评价逐渐深入。官方评价标准有英国在 20 世纪 90 年代发布的凯德伯利报告、格林伯利报告及汉佩尔报告；公司标准有 1998 年美国标准普尔公司（S&P）以《OECD 公司治理准则》建立的一套公司治理评价体系指标，美国的《商业周刊》、戴米诺、欧洲的里昂证券亚洲分部的评价体系也广为流传；机构投资者标准有全美公司董事联合会、美国加州公务员退休基金等提出的公司治理原则。在这些公司治理评价准则中，无一不包含对董事会的规范与评价。

我国对董事会进行规范和评价开始于 2002 年，2002 年由中国证监会和国家

经贸委在《公司法》的基础上联合发布了《上市公司治理准则》，这项准则是第一个全面、系统地规范上市公司行为的重要文件，也是我国加入 WTO 后加快上市公司监管与国际接轨的重要措施。在该准则中，规范董事会和董事的共有 36 条细则，包括董事的选聘程序、董事的义务、董事会的构成和职责、董事会议事规则、独立董事制度、董事会专门委员会。2006 年 6 月，国务院国资委又起草了《国有独资公司董事会试点企业董事会、董事评价办法（试行）》征求意见稿。另外，国内的机构如南开大学公司治理研究中心推出过中国公司治理评价指标体系，这套体系以指数的形式通过对公司治理影响因素进行科学的量化，对中国上市公司的公司治理水平进行全面的测评，其中涉及测量董事与董事会的指标有 22 个。

国内董事会评价的发展步伐是缓慢的，即使有关部门强制推动，可以一下子就在"形式"上铺展开，但是其作用的实际到位还是路漫漫其修远兮。做好董事会评价工作的前提包括股权要分散、资本市场要成熟、董事会角色和董事职责要真正到位。

（2）国有企业董事会评价工作必须结合中国的国情、政情和企业情况，有计划、有步骤、分阶段地展开与推进

从内容和进程上看，在董事会完善和建设初期，董事会评价应重点关注对董事会组织建设和基本制度（包括基本治理制度和基本管理制度）建设的评价；在董事会组织规范、制度有效阶段，董事会评价则应更加关注对董事会本身绩效的评价；而在长期的董事会完善阶段，依据广义的董事会评价框架，建立健全董事会评价体系则应成为其重点关注所在。

就中国当前的国有企业来说，对董事会本身绩效的评价，显得越来越关键、越来越重要。这不仅是因为董事会处于公司治理与公司管理的战略核心位置，而且是因为董事会被新《公司法》赋予了更多的使命、更大的权责。在对董事会进行评价时，从定位上对董事会有个清晰、准确的认知是进行董事会评价最基础、最前提的任务。有了它，董事会的职能职责才好做界定，董事会的评价才有依据。

（3）董事会评价指标体系的设计应将西方的先进经验与我国国情密切结合

国外的董事会评价体系均是针对较为成熟的西方发达国家市场中的企业，这些评价体系都是基于完善的法规基础和董事会自身建设较为完善的基础上建立的，这些公司的治理环境和中国目前的市场经济环境有很大的不同。中国的公司是在长期计划经济制度的环境下成长起来的，由于其成长环境的特殊性，决定了我国公司结构无论是在宏观的经济、政治、法律环境上，还是微观的股权结构、人事安排以及关联交易等方面均表现出强烈的"路径依赖"，因此在我国进行董事会评价指标体系的设计时应将西方的先进经验与我国国情密切结合。

总而言之，董事会及其董事的评价虽是一项非常重要的工作，但同时也是一项繁杂的工作。通常情况下，国有企业如国有独资公司的评价组织实施工作是由国有资产监管机构来负责的。不过，从当前国内外公司的运作实践看，委托权威

的第三方机构来常年负责评价的组织实施，正逐步成为一种选择、一种趋势。我国国有企业的董事会评价非常具有中国特色，本身极具挑战性，在董事会建设过程中，国资委要肩负组织、实施评价的重任，并做到客观、公正、独立和科学。

四、发展经纬：国有企业董事会治理的关系研究

公司制度最核心的内容就是治理结构，以及理顺各方面的关系（吴敬琏，2005）。在法人治理结构中，董事会居于承上启下的委托代理者角色。对股东（大）会或出资人机构而言，董事会是公司重大决策的代理人；而对于经理（层）来说，董事会又是重大决策实施方案的委托人。董事会这种枢纽式的委托代理关系角色，决定着董事会是公司治理的中心，因此，董事会治理水平也成为整个公司治理水平的缩影。

所谓董事会治理，陈庆和安林认为："董事会治理是在公司治理的基础上，为保障董事会科学决策与监督、促成其高效运作而对董事会构成、权利、义务、运作、效率以及董事履行职责所做的机制设计和制度安排。"[1] 从 2005 年起，在国务院国资委的推动下，我国国有企业开展了董事会制度的规范建设，这是我国国有企业董事会治理的重大实践。七年多来，中央企业董事会规范建设数量仅占央企总数的三分之一，各省市国资管理机构推进的速度则更慢，究其主要原因有两个：一是规范建设的董事会需要通过实践理顺内部运行关系；二是董事会权利行使涉及到股东会（出资人机构）、经理、监事会、企业党组织、员工和其他利益相关者等各方关系，具有冲突的尖锐性、机制的磨合性和影响全局的关键性。所以，加强国有企业董事会内外治理关系的研究就显现其紧迫性和必要性。国有企业董事会内外治理关系主要有以下几个方面。

（一）导向发展目标：出资人机构（股东会）与董事会的关系

国际经验告诉我们，国有企业治理与其他企业相比更具有挑战性，这是因为，改善国有企业治理，首先是改善政府的公共治理。只有明确了企业的权利才能真正地承担企业的责任。只有明确了政府的责任，才能真正地运用好政府的权力。《OECD 国有企业公司治理指引》指出："国有企业董事会应对公司运营接受明确授权和最终责任。董事会应对所有者承担全部受托责任，为公司的最大利益工作。"出资人机构作为政府的特设机构，明确了其代理所有者的地位，国家越来越多地通过行使所有权而不是行政干预来对国有企业经营管理进行监督和制衡。

在国有企业规范董事会建设中，出资人机构要向董事会移交部分权力，不干预董事会独立地行使职权；同时，出资人机构又面临建立与董事会、董事新型治理关系的重要任务，还要面对新职责和新任务。既要明确出资人的部分职权授予规范的董事会行使，确保董事会行使选择、考核经理人员和决定经理人员薪酬的

---

❶ 陈庆，安林．中国国有企业董事会治理指南．北京：机械工业出版社，2007：7．

职权，还要探索建立出资人机构与董事会、董事之间及时沟通信息、交换意见的机制，确保董事会代表出资人的利益，确保企业经营对出资人的透明度。所以，业内人士所说的规范董事会建设工作是国资委的"生命线"这句话颇有道理。

董事会是出资人的代理人，国有独资公司出资人就是国资管理机构，国有控股或参股公司的出资人是股东会或股东大会。董事会治理要求出资人机构或股东（大）会从以下三个方面选择和处理委托代理关系。

1. 出资人选择什么类型的董事会？

董事会有不同的类型，不同类型的董事会决定不同的相互关系和不同的治理效果。董事会定位一般有四种：第一种，登记董事会（法律要求型），出资人出于对所投资公司的直接管控，设立董事会仅仅为了满足工商登记上的法律程序；第二种，内部董事会（橡皮图章型），董事会成员和执行层高管高度重合，决策和执行不分设，董事会、经理和党委会常以党政联席方式举行会议；第三种，监督董事会（看门职守型），检查预算计划、政策、战略的制定和执行情况，评价经理人员业绩，董事会主要起审批和事后控制的保障作用；第四种，决策董事会（战略领航型），负责制定公司战略目标与发展规划，授权经理人员实施公司战略并进行监督、适度干预和聘免管理，实时监控经营风险。

中央企业规范董事会建设选择了战略领航型董事会的目标模式，决定了出资人要做纯粹的老板，要在治理关系中扬弃监管人的职责，不再做"老板"加"婆婆"的角色。国资委要做一个干净的出资人，就要围绕出资人的角色设计和董事会之间的治理关系，把决策权利交给独立的董事会，避免事必躬亲和直接管理企业，陷于具体事务的状态，要通过选派国有产权的代表进入董事会，加强对代表国有产权董事的管理，体现国有出资人的利益要求。

2. 出资人选择什么样的人出任董事和组成董事会？

不同类型的董事会需要由不同类型的人选组成。出资人委派或选举的代表是国有资本人格化的经营管理者，所谓国有资本"人格化"的经营管理，就是在国资委所出资企业的董事会中，必须要有以自然人为标志的出资人代表，履行对所出资企业的资产管理责任。国有企业的董事实质上是国家利益的代表者，国有企业董事会应该由能够进行客观的、独立商业判断的成员组成。

在董事会治理实践中，根据战略领航型董事会模式的要求，出资人建立了外部董事制度。外部董事由国资委从企业之外聘任，直接代表出资人利益。外部董事来自四面八方，眼界更宽阔，政治素质好、业务水平高、决策能力强、工作经验丰富、熟悉企业经营管理，外部董事对职务没有依赖性，除了在董事会上的表决权外，在个人利益和权力上比较超脱，这将有助于董事会以市场化为导向，保证董事会的独立性。

决定外部董事和非外部董事的配比，也是出资人的重要选项。目前引入外部董事一般要求过半数，试点的中央企业外部与非外部董事数量比例基本是以7：6、6：5或5：4这三种形态过半数。安林认为，如果出现内外部相同数量的董事意见不同，那么，剩余的一位外部董事的态度将成为决定性的，如此做出的董事会决策存在巨大风险。建议可以进一步增加外部董事的比例。外部董事和非外部董事的组织配置，决定着出资人和董事会成员的管理和控制关系。

3．出资人以什么样的绩效标准导向董事会？

委托人和代理人之间，最主要的关系纽带是委托事项的标的。出资人以国有资产的保值增值为追求目标，将国有企业的法人财产经营权利授予给董事会后，必须明确董事会绩效指标体系和履职尽职的标准，这是委托代理关系中最主要最基本的内容。

出资人的地位和定位，决定了这种关系的表现形式：出资人如果没有摆脱政府直接管理企业旧轨道，那么政府对国有企业的导向指标就会显现出来，政府要追求 GDP 和财政收入，企业导向指标就会偏重生产规模、销售收入和利税等指标，国有企业必然出现投资冲动，追求规模扩张和粗放式增长模式。所以，科学地制定董事会的绩效导向指标体系，是出资人在处理董事会治理关系中必须解决好的问题。

关于公司治理实践中董事会的业绩评价问题，美国学者曾经用 9 个项目来评价，主要内容包括：①经营决策过程指标，如参与公司发展战略、重大投资决策及经营计划的制定与审批所花费的时间和精力，监评企业内部控制制度与风险政策的会议次数，对 CEO 及其高级管理团队的经营业绩与合法性的评估状况，制定 CEO 及高级管理层的薪酬安排与继任计划状况，董事业绩的自我评论与相互评价状况，定期审核与评估重大项目在实施过程中的技术、成本和进度状况，公司治理结构的改进措施等；②关键经营业绩指标，是指围绕组织的战略目标，以及体现或促进实现这些目标的关键因素所对应重要指标组成的业绩评价系统，如经济增加值（EVA）、现金净流量、董事报酬增长率、管理层与员工的报酬增长率、社会贡献（纳税额与社会公益性捐赠）等；③关键特质指标（KTI），主要是指董事履职的行为特征指标，应当围绕具体的工作内容建立一套胜任力的指标模型，该指标主要由关键行为指标（key behavior index，KBI）和关键心理指标（key mind index，KMI）组成。全美公司董事联合会蓝带委员会提出，董事会的业绩评估包括三个部分：董事会整体业绩、董事长业绩、董事个人业绩。

我国国有企业董事会治理这方面积累不多，尚处于起步阶段。李维安提出："通过建立符合国有公司实际特点的董事评价体系，可以对董事的行为进行引导、矫正和激励约束，提高董事履职能力和动态胜任能力，明确董事职责，使其行为合法、合规、合理，逐步形成职业董事市场。"[1] 国务院国资委从 2010 年起对中央企业施行有关经济增加值（EVA）考核办法，建立以利润与 EVA 考核指标为主的评价标准，把年度绩效评价和任期经营责任相结合，推行"战略＋价值"的二元导向模式，标志着董事会治理评价从传统的方法转向以价值创造为基础、以发展战略为导向的激励模式，体现出资人确立了以"股东价值的长期最大化"和

---

❶ 紫枫，郭大鹏，孙绍林，王芳．中国式治理：聚焦央企董事会试点改革［EB/OL］．［2008-01-15］．http://news. xinhuanet. com/fortune/2008-01/15/content _ 7425368 _ 7. htm.

"EVA 为战略导向"的治理关系，有利于增强国有资本代理人的股东回报意识和资本成本意识，也有利于提升国有企业的价值创造能力。

（二）捕捉发展机遇：董事会内部的沟通和协调关系

董事会是公司的决策机构，如何发挥其科学、高效的决策职能，不断捕捉企业发展的机遇，提升持续创造价值的能力，这是董事会治理的核心功能。这一核心功能的有效发挥，取决于董事会内部关系的协调、沟通，并保持高效率的运行。

1. 董事会和董事的关系

董事会是以会议形式进行集体决策的机构。作为一个整体，董事会成员应为企业带来与战略和经营相关知识的广度和深度，投入时间和精力，主动尽职地准备并参与各类会议。国有企业的董事主要有执行董事、非执行董事（通常也称为外部董事）、职工董事以及上市公司的独立董事，各类董事在履职过程中担任的角色不尽相同，获取的信息资料以及各人职业判断的能力都各不相同，在集体议决的过程中，既要充分发扬民主，集中集体的智慧，又要提高议决效率。因此必须在董事会内部形成一种以信息沟通和冲突协调为主要方式的新型程序及工作关系，以保持会议议决的高质量和高效率。

2. 董事长和董事会的关系

我国《公司法》第一百一十条规定：董事长召集、主持董事会会议；检查董事会决议的实施情况。董事会不是一个行政机构，而是施行集体议决的决策机构，各董事拥有平等的决议权。重大的经营管理决策，都必须通过董事会的决议，董事长无权代替董事会行使职权。这就决定了董事长和董事们之间没有上下级关系，也不是领导和被领导关系。

董事长与董事会关系的正确定位，也是董事会治理的关键之一。董事长权力过大，容易架空和制约董事会的权力。我国国有企业治理和企业党组织并行，董事长一般都是党委书记兼任，也就出现董事长、党委书记一身兼二职的情况，由此往往带出浓厚的官本位和"一把手最大"的惯性思维和色彩，违背董事会治理关系处理准则。因此，董事会运行效率和团队精神的形成，不仅需要董事长个人的魅力、眼界、魄力、胸怀与能力，更要发挥集体智慧和协作，这在很大程度上取决于董事长的角色定位和关系的处理。

3. 董事会和专门委员会的关系

董事会以有限会议的形式进行集体决策，这种工作方式决定了它无法仅靠几天或几次会议完成对经营管理重大事项的高质量决策。而且，随着企业生产经营的内外部环境的日益复杂化，董事会的决策越来越需要建立在专业基础上的深入细致的事前研究，才能最终在董事会会议上做出有效的审议和决策。这也是促使董事会各专门委员会诞生的一个根本的内在性因素。专门委员会能否真正帮助董事会把职责落地，关键在于董事会能不能用正确的理念、定位和制度来管理与规范，处理好董事会与各委员会履职行为之间的关系。公司治理结构发展的历史表明，董事会专门委员会的设置和有效运作，是做实董事会职责、提升董事会运作效率和质量的有效治理方式。中国国有企业在规范董事会建设中，也设置了多样性的董事会专门委员会，但是有的委员会没有真正发挥辅助决策的功能，主要原因就在于没有正确处理好董事会和专门委员会之间的关系。

4. 外部董事和执行董事的关系

执行董事，也称积极董事，是指在企业内部接受委任担当具体职务，并对该职务负有专业责任的董事。通常人们把董事会成员分为执行董事和非执行董事，执行董事也称内部董事，他们大多是公司高管，既参与董事会的决策，又在管理岗位上负责决策的执行；非执行董事也称外部董事，外部董事中的那些除大股东代表以外与公司没有实际利害关联的人士属于独立董事。外部董事由于精通财务、投资和法律等方面的专业知识，能对公司的战略规划提供专门知识和咨询。执行董事则会对公司的战略决策提供更多的内部信息，并有利于战略决策的执行。在监督职能上，必要信息主要由内部董事掌握和提供，但是为了保证独立性，监督职能一般由外部董事主导。合理的董事会人员组成和良好的内外部董事的工作关系，可以充分发挥各自在信息、知识、权力和积极性上的相对优势。外部董事制度下一步的发展趋向可能就是职业董事制度。这种制度安排，不但会极大地增加董事会的团队力量、增强董事会的独立程度，而且还会提高董事会的决策质量、提升董事会的监督水平。

（三）再塑发展动力：董事会与经理（层）的关系

在董事会治理模式中，董事会与经理之间并不存在领导与被领导关系，也不是上下级关系，完全是一种委托代理关系，准确地说应该是"董事会授权下的经理（负责）执行制"，实行决策和执行的分工。战略决策型的董事会，通过这一级委托代理关系中的激励机制设计，为企业发展汇集优秀管理人才，构建企业发展的第二级动力。

1. 董事会和经理是决策和执行的上下位机构关系

依照《公司法》的规定：董事会是决策机构，经理是执行机构，两个机构在法人治理结构中是上位和下位的关系。经理和董事会之间是聘用关系。董事会必须确定与战略目标相挂钩的5～10项关键衡量指标，并对每个指标设定相应的业绩目标。这些指标通常是资产价值、财务绩效、战略任务和能力素质等关键指标的综合。董事会的作用是确保业绩目标具有足够的挑战性，从而不断激励管理层。董事会应在每季度定期审核业绩结果，进行绩效对话、监督和质询管理层，并审批管理层所需采取的修正举措。监督经理层是董事会一项重要的职权。评价、挑选能把工作做好的经理人选，在他们不能做好工作时也有权解聘他们，从而保持经理层能够遵从董事会的意愿。董事会不仅需要评估和奖励现时的管理层，同时还要为下一代企业领导人制定合适的人员发展和接班人计划。通过定量（如资本报酬率、净资产收益率、股票价格的相对上升）和定性（如管理人员的培养、公司对就业者的吸引力排名）的指标，来衡量企业最高管理层的业绩，决定管理层的薪酬水平。这些评估结果需要转化成由基本年薪、绩效薪酬和长期激励机制所构成的薪酬组合，保持企业持续拥有行业内一流水平的优秀管理者团队，保持企业具有可持续发展的高端人力资源。

　　2. 董事长和经理既非"一二把手"，也非领导和被领导关系

　　董事长是董事会团队的领队者，董事长的职责在《公司法》中的明确表示就是开好董事会和检查董事会决议的执行情况。经理作为董事会选聘来的管理者，通过与董事会的契约关系获得授权。在大型企业中，为了保证战略决策的科学性和高效性，并形成相互制衡的机制，董事长代表资本市场的力量，经理代表经理人市场的力量，董事长与经理两个职务一般是分设的。由此可见，董事长和经理之间，既不是"一把手"和"二把手"的关系，也不存在领导和被领导关系，更不是上下级之间的关系。

　　在实际运作中，董事长和经理是否分开可视具体情况而定，一般情况下取决于公司的规模，以及资本市场（尤其是控制权市场）和职业经理人的发育程度。当公司规模较小时，两职合一可以提高营运效率，当资本市场和经理人市场发育成熟时，来自这两个市场的强大约束力量足以让同时担任董事长职务的经理实现自我约束。但是，即使两职是合一的，在行使职权时也必须明确当时所处的角色，这样可以保证董事会和经理层两个权力主体的协调与相互制衡。当公司规模较大时，董事长和经理则必须分开，因为此时二者代表的是更大的群体，二者合一会加大彼此的冲突。如果资本市场和经理人市场发育不成熟，由于来自这两个市场对经理人的约束力量偏弱，同时担任董事长的经理的权力就会被放大，或者说，经理侵害股东等利益相关者利益的可能性就会加大。因此，这时两个职务也必须分开。总之，董事长和经理是否兼任的原则是保证权责明确以及保证公司决策的科学性和效率性。

　　在董事会治理中，影响董事长和经理之间关系的另一个因素是法定代表人的确定。《公司法》规定，法定代表人可以由董事长、经理和执行董事中的一人担任，具体由公司章程确定。我国法律规定法定代表人对企业的经营管理活动承担法定责任。所以，在董事会治理实践中，出现两种董事长，一种董事长具备执行的职务，而且董事会授予的执行权限高于经理；另一种董事长由外部董事担任，没有执行职权。一般具有执行职权的董事长同时也是法定代表人，没有执行职权的董事长所在企业的法定代表人通常由经理担任。不管如何安排，董事长和经理之间，仍然既不是"一把手"和"二把手"的关系，也不存在领导和被领导的关系，更不是上下级之间的关系。

　　近些年接连发生的国有企业高管舞弊丑闻，究其制度原因很大程度上就是董事长和经理两个角色混同的结果，本来的监督和授权关系嬗变为利益共同体关系，或者经理和董事长合二为一，权力过大；或者在董事会中，经理、高管们占据多数席位，而董事长也自认为是职业经理人。在这种情况下，董事长显然就不再是出资人的代理人，而演变为典型的追求自身利益的经济人。

　　（四）防范发展风险：董事会与监事会的关系

　　《公司法》规定监事会是受股东委托的监督机构。通过检查公司财务，对董事、经理和高管的职务行为实施监督，防范公司利益受损和防范经营风险，为公

司经营目标的实现予以保障。董事会作为公司决策机构，负有全面监督公司整体运营风险及内控体系建设的责任。比如董事会设审计委员会、风险管理委员会、企业文化发展委员会等。这就构成了董事会和监事会之间，既有监督和被监督的治理关系，也存在着协同和合作的治理关系。

1. 董事会和监事会的监督与被监督关系

《公司法》规定股份有限公司监事会是必须设立的法定组织机构，具有唯一性和不可替代性。监事会由股东大会选举产生，对股东大会负责，是代表股东大会行使监督职权的公司法定监督机构。董事会和董事的公司职务行为，应该接受监事会代行的股东监督。监事会和董事会之间，监事会和董事之间是监督和被监督关系，董事和董事会应该主动配合监事会的检查监督：一是保持信息的高度对称，监事会监督检查需要的资料和信息，应当及时、准确、完整地报送；二是董事会的活动和会议，应及时邀请监事会列席；三是自觉依照程序规范行权，保持公司决策和重大事项的阳光运行；四是对监事会提出的监督意见和建议认真整改，把风险隐患消除于未然之时。值得注意的是，我国公司制企业董事会和监事会之间的监督被监督关系，不是德国监事会和董事会之间的上位机构和下位机构的关系，而是横向同位的民主平等的监督关系，处理这种横向同位、平等监督的治理关系，更需要树立准确的权力观和监督观，弘扬经济民主的监督文化。

2. 董事会和监事会在防范发展风险中的互动关系

董事会作为决策机构，对执行层的监督必不可少，而执行层的职务行为也属于监事会的监督范围，所以董事会和监事会必然存在防范发展风险中的协同互动关系。

（1）监督型专业委员会和监事会的互动

风险控制、合规管理是公司治理得以有效实施的基础性保障。公司董事会下设全面风险管理委员会，负责对公司的总体风险管理进行监督。应当建立自上而下的内部控制组织体系，建立囊括事前、事中和事后的内部控制监督检查机制，形成系统的内控工作考核体系。这种风险管控体系是建立在治理结构基础上的，所以，监事会在风险管控体系中具有重要的位置。监事可以利用各自的专业经验，积极参与监事会的各项工作，更好地发挥监事会对董事会、管理层的监督作用。监事会也可设治理监督委员会、风险与财务监督委员会等专业委员会，对公司治理、风险控制与财务检查等方面针对性地开展各项工作，使监事会的运作更为科学、专业。监事会定期通过调研、实地考察、听取各个部门的专题汇报等方式，切实履行监督职能并对公司的经营管理提出监督意见。监事会的各项建议通过书面方式向董事会、管理层进行通报，与董事会风险管理委员会、审计委员会之间建立起良好的互动关系。

（2）独立董事和监事会的互动

国有控股或参股的上市公司设有独立董事，独立董事和监事会作为公司内部的专门监督机构，在履行监督职责时，既存在职能交叉，又各有侧重，二者发挥工作合力，可以更好地构筑完善公司内部监督体系。一是实现资源共享，降低治理成本。建立独立董事与监事会信息与资源共享机制，相互交换信息、通报情况。独立董事可以调阅、使用监事会的财务检查报告；监事会在行使监督职能时，听取独立董事的意见和建议。建立独立董事与监事会的磋商机制。独立董事可以与监事会一起，聘请中介机构对公司的财务状况进行专项审计，有效参考、利用中介机构对公司的年度财务审计结果，提高工作效率。二是联合调研检查，形成监督合力。独立董事和监事会通过加强对公司决策、经营管理、财务活动等重大事项过程的日常监督、专项检查和年度检查，增强监督检查的实效性；组织专项检查，及时发现可能危害股东权益的经营行为、不合规的重大决策以及经营运作中的重大风险。三是提高监督水准，增强监督实效。独立董事要了解公司的真实经营状况，掌握第一手的调研、检查材料，在专业委员会和董事会的决策中体现出更高的专业水准。监事会要加强对股东大会、董事会决议执行情况、公司内控制度建设及执行情况、公司重大事项决策程序及决策行为的合法合规情况的监督检查，及时做出评价，提出任免、奖惩建议。

3. 监事会与企业内部审计监督的关系

国有企业过去的内部审计管理模式，事实上形成了以董事会或经理领导的审计监督与监事会监督共存的局面，客观上导致监事会的监督检查职能架空，使监事会形同虚设，其结果是弱化了公司法人治理结构中的股东监督功能，监督效果往往不理想，权力制衡机制不能有效完善。理顺公司董事会、经理与监事会的权责和治理关系，可以将内部审计机构归属监事会领导并向其报告工作，统一企业内部监督检查力量，确立监事会在企业监督体系中的核心地位，是避免政出多头和理顺内部监督管理制度的需要。现在金融上市公司已经推行监事会领导下的公司内部审计管理模式。确立监事会在企业内部监督体系中的核心地位，这是加强国有企业风险防控体系，降低监督成本，理顺监事会和董事会之间治理关系的有益实践。

（五）引领发展思想：董事会与党组织的关系

国有企业党组织的政治核心作用是董事会治理的特色，也是国有企业治理的传统优势。正确处理董事会和企业党组织的关系，涉及治理中心和政治核心，如何形成"两心变一心，一心谋发展"的国有企业独特发展优势是非常重要的理论和实践问题。《党章》第三十二条规定：国有企业和集体企业中党的基层组织，发挥政治核心作用，围绕企业生产经营开展工作。保证监督党和国家的方针、政策在本企业的贯彻执行；支持股东会、董事会、监事会和经理（厂长）依法行使职权；全心全意依靠职工群众，支持职工代表大会开展工作；参与企业重大问题的决策；加强党组织的自身建设，领导思想政治工作、精神文明建设和工会、共青团等群众组织。

《党章》规定十分清楚，保证和监督党和国家路线方针政策在企业的贯彻执行，坚持党的政治思想指导是企业党组织的首要任务；其次，加强国有资产的管理，维护国有资产的安全，促进国有资产的保值增值，也是企业党组织的重要责任；再次，建立现代企业制度和法人治理结构后，企业职工的权利和权益需要靠企业党组织领导和组织职工来行使和维护。

李源潮 2009 年 8 月指出："国企党建是国企改革发展的重要内容和重要保证。确立企业党组织在公司治理结构中的政治核心地位，构建确保党组织充分发挥政治核心作用的公司治理结构运行机制，是中国特色现代国有企业制度的鲜明特征和本质要求。"

在董事会和党组织的关系上，是非常明确的"支持和被支持"关系。处理这种关系的关键是如何发挥企业党组织的资源和传统优势，支持董事会依法行使职权。在董事会治理的实践中，国有企业积极探索"围绕中心做工作，进入管理起作用"，采用"职能融合、机构融合、观念融合"等支持董事会行使职权的有效形式。归纳起来党组织支持方法主要如下。

1. 党组织正确引领发展思想

企业党组织的政治优势集中体现在政治影响力上，党的政治核心作用在国有企业发展中主要是发展思想的正确引领，党委成员按照法定程序进入董事会和其他治理机构，党组织通过进入董事会的党员董事发挥作用，教育党员董事不断提高思想素质和业务素养，牢固树立科学发展观，促进决策的科学化、民主化，在企业发展中平衡各方利益，支持董事会提升正确决策和科学决策的领导力。

2. 党组织着力倡导治理文化

《党章》第三十一条规定：党的基层组织是党在社会基层组织中的战斗堡垒，是党的全部工作和战斗力的基础。它的基本任务包括：监督党员干部和其他任何工作人员严格遵守国法政纪，严格遵守国家的财政经济法规和人事制度，不得侵占国家、集体和群众的利益。教育党员和群众自觉抵制不良倾向，坚决同各种违法犯罪行为作斗争。《中央组织部、国务院国资委党委关于加强和改进中央企业党建工作的意见》也提出，要"适应现代企业制度的要求，将党的工作与经营管理工作相结合"，"以加强企业领导班子思想政治建设为关键，以建立健全企业党组织充分发挥政治核心作用的有效机制为重点，把维护出资人利益、企业利益和职工群众合法权益统一起来，为实现国有资产保值增值、促进国有资产管理体制改革和中央企业改革发展稳定提供有力的政治保证和组织保证"。因此，企业党组织要保证进入治理结构的党员干部树立正确的权力观、人生观和价值观，以德率才、规范用权，拒腐蚀、永不沾，这是对董事会治理最大的支持。

3. 党组织带领党员积极响应

企业党组织要通过党员队伍带头执行和支持董事会决策的贯彻落实，企业党组织的优势就是要紧紧围绕企业生产经营活动，把党的工作机制与企业的运行机制结合起来，突出企业发展的战略要求，抓好组织落实，发挥党员队伍的先锋队作用，立足岗位开展争先创优活动，带头响应董事会的决策，带头落实董事会的决议实施。企业党组织的群众优势是民心资源，是做好工作的深厚根基，群众中孕育着无限的创造力。党组织通过对工会、共青团和其他群众组织的领导，支持工会、共青团等群众组织依照法律和各自的章程独立自主、创造性地开展工作，充分发挥群众组织联系群众的桥梁和纽带作用，激发广大职工群众的积极性、创造性，引导党员和职工共谋企业发展，支持董事会治理。企业党组织还要广泛通过宣传、教育、传播、感化、文化建设和提高队伍素质，不断提高"软实力"，为董事会治理奠定深厚的群众基础。

（六）共享发展利益：董事会与员工、职工代表大会及工会的关系

相对于国企以往"以产品、质量为中心"、"以销售为中心"、"以顾客为中心"的管理理念而言，董事会治理应对内部员工关系应予以格外的重视和关注，树立并贯彻实施"以员工为中心"的理念，以此作为董事会治理的基本价值观，员工不仅是企业最重要的利益相关者、董事会治理的参与者（派出代表参与），而且是企业发展成果的共享者。董事会要以这些治理文化、理念和认识影响员工观念和员工行为，进而影响顾客和其他利益相关者，这也是支撑企业持续发展的不竭动力。

针对董事会如何建立"提高员工参与程度的机制"，经济合作组织 OECD 在《公司治理准则（2004 版）》中指出："在公司治理中员工的参与程度，依赖于国家的法律和实际状况，并且可能在公司和公司之间也有所不同。在公司治理的环境中，提高参与程度的机制使得员工掌握公司特殊技能的途径更简化便捷，从而使公司直接和间接地得益。员工参与机制的例子包括在董事会中的员工代表，以及在某些关键决策中考虑到员工观点的、像劳工理事会那样的治理程序。至于提高参与性的机制，员工持股计划、或其他利润分享机制在许多国家被建立。养老金投入对于公司与过去及现在的员工之间的关系来说也是一个基本要素。这类投入包括建立一个独立的基金，它的托管人应该独立于公司的经营管理层，并为所有的受益人管理基金。"[1]《国有企业治理指引》更详细地指出："在国有企业中，这些机制包括推动独立的员工股东参与程度，比如鼓励透明地从员工股东那里收集代理投票权的机制。在许多国家，职工往往是为数最多的个人股东，这在一部分私营企业中体现得尤为明显。这种机制的适用性和合理性应当被企业高度关注，对此的重视正是基于特别的人际关系和保持人力资本的重要性之上的。""利益相关者关系对国有企业来说甚至可能更重要，只要它们存在，就成为必须履行的公共服务义务。""利益相关者，包括个别员工和他们的代表，应该能够自由地交换他们关于对董事会违法和不道德行为的看法，在做这些时他们的权利不应受到损害。""公司官员的不道德和违法行为可能不仅侵害了利益相关者的权利，而且也在财产信誉期限和增加未来金融责任风险上对公司和其股东造成了损害。相对于因违法和不道德行为而被员工亲自或者他们的代表、或被公司外部的其他人起诉，公司和他们的股东建立一套程序和安全措施将是有利的。在许多国家，董事会被法律或其他准则鼓励，保护这些员工个人和他们的代表人。"[2]

综上所述，可以帮助我们梳理董事会与员工、职工代表大会（以下简称职代会）及工会的关系：员工是企业最重要的利益相关者；是董事会治理的参与者，

---

[1] 见《公司治理准则（2004 版）》第四章第 3 款注释。

[2]《公司治理准则（2004 版）》第四章第 5 款注释。

是企业发展的参与者；员工在经理的领导下，立足岗位创造性劳动，实施董事会确定的经营目标，为公司创造财富，是企业发展的第三级动力，也是企业发展利益的共享者。董事会在员工这个最重要的利益相关者的关系处理上要把握好"四个度"。

1. 董事会治理的职工参与度

通过职代会选举的职工董事履职渠道，实施职工参与企业重大决策，了解员工对公司发展、战略规划和实施的响应度。职代会是职工董事的选举机构，工会是支持职工董事履职的日常工作机构，这些机构是协同做好职工董事履职的条件保障。

2. 资本利得和员工收益的分配平衡度

董事会在企业发展决策中，在资本利得和员工薪酬福利待遇的重大分配和制度决策中，通过了解员工的民意和诉求，关注劳资关系是否和谐，平衡劳动与资本之间的利益关系，保持企业发展的活力和动力；依靠职代会和工会对涉及员工利益的重大决策事项进行组织讨论，下情上陈，疏通诉求渠道，共建和谐劳动关系。

3. 员工自主管理的活动投入度

自主管理是现代企业的管理方式，主要通过员工的自我约束，自我控制，自我发现问题，自我分析问题，自我解决问题，以变被动管理为主动管理，进而自我提高，自我创新，自我超越，推动企业不断发展与前进，实现企业的愿景目标。董事会在对决策执行进行监督时要关注员工情绪，以及职工参与自主管理的活动热情和积极性，营造由企业文化统御的价值创造氛围，确保董事会决策目标的顺利实施。

4. 企业和员工的共同发展度

董事会在进行投资决策中，要关注人力资源投入，加强员工队伍的培训、教育，共建员工和企业同步发展机制。要坚持"以人为本"的理念，自觉维护员工权益，创建和谐的企业文化，在企业发展同时，给员工发展构建一个有尊严的工作环境、优美的生活环境、抒发心志的创新环境，激发员工劳动生产的积极性，不断拓展员工的发展空间。

案例：抓住规范与效率——中国诚通控股集团有限公司董事会试点实践

中国诚通控股集团有限公司（简称"中国诚通"）是国务院国有资产监督管理委员会监管的大型企业集团，总资产600多亿元。中国诚通是国务院国资委首批中央企业建设规范董事会企业，是服务中央企业布局结构调整和战略重组的重要资产经营平台。

中国诚通是1992年由原物资部直属物资流通企业合并组建的。它在计划经济时期，担负着国家重要生产资料指令性计划的收购、调拨、仓储、配送任务，在国民经济中发挥了重要的流通主渠道和"蓄水池"作用。1998年，中国诚通与成员企业建立了以产权为纽带的母子公司体制。1999年，中国诚通进行了整改、重组，2000年划归中央企业工作委员会管理。2006年，中国诚通全方位实施了公司制改造，更名为"中国诚通控股集团有限公司"。

2005年12月1日，国务院国资委召开了中国诚通董事会试点工作会议，会上国资委聘任了新一届董事会的11名董事，会后即召开了新一届董事会第一次会议，标志着董事会试点工作正式启动。诚通集团是国资委建立和完善国有独资公司董事会和国资委国有资产经营公司"双试点"单位。在新一届董事会中，非外部董事5人（其中职工董事1人），外部董事6人，外部董事超过半数。

一、重点是工作"两手抓"

在试点工作实践中，中国诚通董事会在运作方面，重点把握工作的规范和效率。

1. 规范方面：一是会议形式规范，二是决策程序规范

董事会主要以会议形式运作和履职，按照董事会各项议事规则。执行规范的会议制度是董事会规范运作的重要内容。为保证董事会全年有序运作，年初公司董事会根据全年基本任务编制了董事会及专门委员会全年定期会议安排，列出会议时间、讨论议题，在办公网上公布，作为董事会全年会议运作的基本框架，也便于经理层了解董事会的时间、议题安排，有计划地做好准备。在会议程序方面，公司实行了提前1个月发会议预通知、提前10天发正式通知的制度。这样做，一方面便于董事安排时间和经理层准备议题，另一方面是为了保证充分时间安排新增议题。会议材料随正式通知发出后，董事会秘书会根据议题事项分别征求董事意见，根据董事要求补充材料，或请经理层专项说明，以使议题在会前得到充分酝酿。表决票、董事委托授权书会随着会议通知一并发给董事。所有董事有义务亲自出席董事会会议，确有原因不能参加，需于董事会会议3天前向公司解释原因并书面委托其他董事代为行使职责。会后，董事会办公室负责整理形成会议记录、纪要、决议，送董事签字留存。

在保证会议形式规范的同时，董事会重点强调决策程序的规范。董事会对常务委员会和总裁进行了授权，明确了重大事项决策权限层级，董事会关注重心放在应当由董事会审核的环节，保证董事会审重点、抓关键，始终准确把握职责定位。

2. 效率方面：完善授权决策，探索多种形式提高决策效率

中国诚通做到了分层授权，即根据公司决策内容和频率，董事会分别授权常务委员会、总裁在限额范围内对投资、融资，资产处置等方面行使决策权；根据中国诚通资产经营接收问题的紧迫性，授权董事长和总裁紧急情况先行决定，后报董事会。

采取了通信会议的形式，对程序性批复事项，采用书面材料分别审议，书面通信表决的方式进行决策，提高了效率。

实现了统筹决策，在批复预算方案时，对年度集团内授信、担保、在建项目

投资等事项一并批复，分别形成决议，使经理层日常有序依据执行。

二、中心工作是"朝前看"

试点启动前，董事会召开了预备会，专门研究探讨董事会的职责定位。会议形成的共识是：董事会成立的使命是忠实履行出资人代表的职责，履职重点是管战略、管考核、管风险，带领企业提高竞争力，实现国有资产保值增值。董事会最重要的意义和价值在于前瞻性把握公司发展方向，发现并把握公司发展和赢利的机制，帮助管理层确立风险规避方案和可持续发展计划，正确引领公司可持续发展。为此，董事会坚持聚焦核心职责，把握履职重点，日常经营事务全部交由经理层执行，董事会只进行指导、监督和评价。

1. 管战略：一是确定战略，二是提高战略执行力

资产经营工作既是国资委赋予中国诚通改革探索的一项新任务，也是中国诚通战略转型的方向。随着资产经营试点工作的起步，董事会着力研究公司发展战略，推动战略转型。

公司明确了发展战略定位，全体董事多次实地对公司现有业务和资产经营项目进行深入调研，全面听取了二级公司和重要子企业经营状况和发展战略的汇报，与经理层共同研究、分析集团现状、未来发展形势和任务，先后召开三次战略研讨专题会议，最终确定了诚通资产经营公司的发展战略。

公司注重提高执行能力，在明确战略定位后，董事会工作重点转向推动、帮助经理层坚定做好资产经营试点工作的信心，提高战略执行的能力。现阶段资产经营工作与现有业务如何配套衔接，资源如何协调调度等问题是经理层工作的难点，也是董事会与经理层一起研究的工作重点。董事会与经理层在全面听取子公司工作汇报，深入调研各业务板块运作模式的基础上，对集团物流、商贸业务竞争力进行了评估和分析。据此，确立了集团总部功能定位和业务发展定位。

2. 管考核：核心是确定科学严格的考核指标

董事会在确定年度考核指标时，充分考虑到了当年资产经营工作的艰巨性以及资金不到位情况下资产经营工作对产业经营的影响，但为了促进公司提高资产收益率、加快发展，还是决定主要经营指标按照一定比例增长制定，并以预算指标作为考核目标值，提高了考核指标，强化了预算的严肃性。如2006年财务年度结束后，董事会对经理层进行了全方位考核，董事会听取总裁述职和重点工作完成情况。在此基础上，董事会听取了党委副书记、副总裁、总会计师述职。另外，二级单位总经理、党委书记、总部部门经理要对经理层副职从"敬业、能力、实绩、潜力"四个方面给予打分评议。董事会根据经理层经营业绩完成情况和总裁、党委书记的意见，决定经理层的薪酬。

3. 管风险：一是推动建立全面风险管理体系，二是严格控制重大事项决策风险

2006年，董事会在加强风险管理方面推动了以下工作。一是建立全面风险管理体系。总部专设了风险管理部，子公司也按要求设立了专门机构，审计、法律实行统一管理。二是董事会重点关注了重大投融资事项的风险控制。在投资方

面，董事会强化预算管理，并实行按照性质、数量分层级决策的投资管理制度。在融资管理方面，进一步加强了担保业务审核及管理工作，董事会审议通过了集团担保管理办法，建立了严格的担保管理制度，并实行了担保业务动态监控制度。在资金管理方面，实施了资金一体化管理。三是按照董事会的要求，集团公司在对二级企业风险管理情况进行全面调研分析的基础上，拟定了全面风险管理推进计划，强化了日常审计和专项审计。

中国诚通认为，国有独资公司建立和完善董事会制度是推进国有企业深化改革的重大举措，对国有企业建立现代企业制度、提高竞争力具有重要意义。国有企业董事会运作的探索无止境，需要在实践中不断总结，不断完善。

参考文献

[1] 拉姆·查兰. 高效的董事会 [M]. 北京：中信出版社，2006.

[2] 张文魁. 中国国有企业产权改革与公司治理转型 [M]. 北京：中国发展出版社，2007.

[3] 上海市国有资产监督管理委员会，上海市经济管理干部学院. 公司董事会建设的理论与实践 [M]. 上海：上海人民出版社，2010.

[4] 秦永法. 中央企业董事会试点及其发展 [J]. 国有资产管理，2007 (3)：21-23.

[5] 安林. 国企董事会试点亟待直面的九大问题 [J]. 董事会，2008 (2)：74-76.

[6] 郑谦. 论我国国有企业董事会建设的完善 [J]. 昆明冶金高等专科学校学报，2008 (7)：44-45.

[7] 孙兵，董轼. 国企董事会建设须把握好的七个方面 [J]. 董事会，2009 (7)：78-79.

[8] 安林. 董事会建设如何从试点走向规范 [J]. 上海国资，2010 (8)：18.

[9] 安林. 规范董事会建设之考量 [J]. 上海国资，2010 (3)：18.

[10] Tricker R I. Corporate Governance [M]. Brookfield：Gower Publishing Company Limited，2004：236-252.

[11] Hermalin，Weisbach. Restructuring and Corporate Control [M]. New York：Prentice-Hall，2004：400-417.

[12] Burkart. Large Shareholders，Monitoring and the Value of the Firm [J]. Quarterly Journal of Economics，2006，112：693-728.

[13] Kahn，Winton. Investor Protection and Corporate Governance [J]. Journal Financial Economics，2006，58 (1-2)：3-27.

提高监督效率
——国有企业监事会体制改革的实践与创新

■ 监事会是股东（出资人）监督的常设机构，监事会制度纳入国有资产监督管理体系是我国国有资产监督管理体制改革的创新实践。

■ 监事会制度是现代国有企业治理的重要特征，国有企业监事会监督模式的多样性是探索股东（出资人）监督权在治理制度建设中的实践成果。

■ 国有企业监事会体制改革的目的是要加强股东（出资人）权益的保护和资产的安全运行，制度创新的方向是通过实现"制度化、标准化、规范化"，增强股东监督制度的有效性。

一、构建制度体系：国有企业监事会制度建设的探索与实践

中国共产党十一届三中全会拉开了中国经济体制改革的序幕，1979 年 7 月中国第一部有关利用外商直接投资的《中外合资经营企业法》公布实施，一些国有企业与外商合资经营后的企业也成为有限责任公司，改变了原来国营企业的产权特征。特别是，随着国有企业经济体制改革的不断深入，越来越多的国有企业根据现代企业制度的产权组合形式进行改制。从 1984 年到 1991 年底，全国试点的股份制转制国企已有 3200 个，并从 1992 年开始扩大股份制试点。1992 年，为了积极稳妥地推进改革，国家经济体制改革委员会印发关于《股份有限公司规范意见》和《有限责任公司规范意见》的通知。《股份有限公司规范意见》第六十三条规定，"公司可设立监事会，对董事会及其成员和经理等管理人员行使监督职能"。《有限责任公司规范意见》第三十八条规定，"公司可以设立监事会。监事会为公司经营活动的监督机构。监事会的工作方式由公司章程规定"。

众所周知，公有制是社会主义制度的经济基础，国有经济是共产党执政的物质基础，当国有企业不再是"国营"的时候，建立监事会制度来监督企业依法经营，维护国有资产的权益就变得十分需要和尤为重要。1983 年，国家经济委员会、国家经济体制改革委员会开始酝酿起草公司法。1992 年 9 月，全国人大常委会法制工作委员会从国务院接手起草《公司法》，1993 年 12 月《公司法》草案被通过。《公司法》的具体法律条文中，吸纳了《有限责任公司规范意见》、《股份有限公司规范意见》中的部分规定和中共十四届三中全会决定中的一些表述。1994 年颁布的《公司法》，第一次在我国确立了公司监事会的法律地位和法定职责。

（一）国有企业监事会制度体系的探索

回顾我国国有企业监事会制度体系的建立与完善，主要经历了以下几个

时期。

1. 国家有关部门派出监事会时期的制度体系

这一时期的监事会监督具有较强的探索性，并没有形成系统的制度体系。1994年7月国务院发布《国有企业财产监督管理条例》后，国家经济贸易委员会于次年4月印发了《关于印发〈关于监督机构对国有企业派出的监事会工作规范意见〉的通知》，对条例中规定的内容进行了细化，这在当时来讲是相对具有可操作性的规范性文件。1996年7月，国家经济贸易委员会和国家国有资产管理局联合举行座谈会，决定当年将依据《国有企业财产监督管理条例》向144个中央企业派出监事会。但由于人们对于国有企业改革和国有资产监管的认识不尽一致，监事会又是多头领导体制，因而有关部门的决定并没有得到有效执行，实践中也不可能形成具有操作性、系统性的制度体系，制度建设仅仅停留于条例和规范意见的层次上。

2. 稽察特派员制度时期的制度体系

随着国有企业改革的不断深入，国有企业活力不断增强，但同时也存在着所有者缺位、内部人控制、国有资产流失以及国有企业财务会计信息严重失真等问题，迫切需要构建一种制度来加强监督国有资产运营状况，有效防止国有资产流失。中共十五大明确提出建立有效的国有资产管理、监督和运营机制，保证国有资产的保值增值，防止国有资产流失。中共十五届二中全会和九届全国人大一次会议通过的《国务院机构改革方案》，正式提出建立稽察特派员制度。1998年5月7日，国务院印发了向国有重点大型企业派出稽察特派员的方案。1998年7月3日，国务院发布《国务院稽察特派员条例》，规定了稽察特派员由国务院派出，代表国家对国有企业行使监督权力，对国务院负责，以财务监督为核心，维护国家作为所有者的权益，建立起国家对国有企业实施监督的体制。

稽察特派员制度建立后，我国第一次拥有了一支专司国有资产监督的队伍。这支队伍经过两年实践，依据《国务院稽察特派员条例》，结合稽察工作实际，研究制定了稽察基础材料、稽察工作方案编制、稽察工作报告编制、稽察工作底稿编制，以及稽察工作联络、信访、保密、档案管理、公文处理和行政保障、福利待遇等近30个制度和办法，为监督检查工作的规范化、制度化奠定了良好基础。稽察特派员时期的制度建设虽然时间较短，许多制度还不深入，来不及在实践中做进一步验证，但却为后来国有企业监事会制度建设提供了有益素材和参考。

3. 国有重点大型企业成立监事会时期的制度体系

国有重点大型企业监事会成立以来的10年，是监事会制度体系建设的丰收期。这一时期截止到目前可分为三个阶段。

第一阶段：向国有重点大型企业派出监事会至国务院国资委成立前（2000～2002年）。依据《监事会条例》规定，在总结稽察特派员制度工作经验的基础上，结合监事会开展工作的实际需要，初步形成了包括监事会工作联络制度、保密制度、信访制度、档案管理制度、公文处理细则、专职监事的考核奖惩制度、监事会人员的回避制度，以及监事会工作规程等在内的制度体系，为监事会成立初期规范开展有关工作奠定了基础。由于刚刚由稽察特派员制度过渡而来，监事会初期的制度体系明显打下稽察特派员时期的烙印。

第二阶段：国务院国资委成立至《企业国有资产法》公布施行前（2003～2008年）。国务院国资委成立后，监事会监督成为出资人监督的重要形式。

2005年10月，修改后的《公司法》被十届全国人大常委会第十八次会议通过，我国立法机构第三次对这部法律做出修改，也是修改幅度最大的一次。修订前的《公司法》规定的监事会职权范围过窄，具体规定过于原则、缺乏可操作性，实践中监事会的有效性被人质疑（一些专家提出取消监事会）。相对董事会、经理层来说，法律修改篇幅最大的是强化了监事会作用，强调了监事会监督的权利。从修改后的规定来看，其中：①监事会有权向股东会提出罢免董事、经理的建议，列席董事会会议并对董事会决议事项提出质询或者建议等；②监事会发现公司经营情况异常，可以进行调查，必要时，聘请会计师事务所等协助其工作，费用由公司承担；③如果股东要对违反法律法规公司章程的董事、高管提出诉讼，股东可以提请监事会提起诉讼；④规定监事会中职工监事的比例不得低于1/3。从以上规定可以看出，《公司法》强化了监事会监督的权利。

2006年9月，国资委发布《关于加强和改进国有企业监事会工作的若干意见》（以下简称《若干意见》），监事会由事后监督调整为当期监督，实现了工作方式的重要转变。为适应当期监督要求，依据《若干意见》，先后出台了一系列配套制度、办法和工作规则，按照统一和规范化的要求确定监督检查的内容、基本程序、工作方式方法和职责分工，促进了监事会监督工作的规范化、程序化和标准化。

第三阶段：《企业国有资产法》公布施行以来（2008年至今）。2008年10月，十一届全国人大五次会议通过《企业国有资产法》，并决定于2009年5月1日起施行。2008年12月，张德江副总理在全国国有资产监督管理工作会议上提出"三个探索"，监事会发展进入新的阶段。《企业国有资产法》与《公司法》相衔接，规定国有独资公司、国有资本控股公司和国有资本参股公司依照《公司法》的规定设立监事会。国有独资企业由履行出资人职责的机构按照国务院的规定委派监事组成监事会。依据《企业国有资产法》和《公司法》，按照"三个探索"要求，国有重点大型企业监事会进一步改进了监督方法，对监事会监督与现代企业制度相结合进行了初步探索，开展了整体改制上市企业监事会监督试点、集中重点检查试点和境外国有资产监督试点，同时积极推进《监事会条例》修订工作，为适应现代企业制度要求、进一步完善监事会制度体系奠定了基础。

（二）我国国有企业监事会监督类型的比较

在国有企业公司制改革过程中，由于企业组织结构和产权结构的多样性，治理结构中监督制度的法律规范不同，构成了我国国有企业监事会监督类型的多样性和差异性。归纳起来主要有两大类：一类是由企业的主管机构派出的；一类是由公司制企业的权力机构选举设立的，选举设立的监事会按照成员组织的特点不同又可以再细分类型。

1. 外派监事会监督体制

为适应国有企业转制改革的需要，由政府机构向国有大中型企业派出的监事会工作机构，习惯上被称为外派监事会。外派监事会的产生是为了弥补《全民所有制工业企业法》的不足。依照《全民所有制工业企业法》规定，在国有独资企业中实行厂长（经理）负责制，在企业领导层中没有设立监督机构，企业领导制度实际上执行的是"一把手负责制"，它缺乏对经营管理权力制衡的制度安排。《全民所有制工业企业法》明确规定：政府或者政府主管部门依照国务院规定任免、奖惩厂长，根据厂长的提议任免、奖惩副厂级行政领导干部，考核、培训厂级行政领导干部。国有企业"必须遵守国家关于财务、劳动工资和物价管理等方面的规定，接受财政、审计、劳动工资和物价等机关的监督"。所以，从政府和国有企业的关系来看，向国有独资企业派出的监事会实际上是行使政府监督权的代理机构，监督和被监督的关系就是政府和企业的关系，两者关系完全一致。对于国有独资公司，《公司法》做出了特别规定，指出监事会由国有资产监督管理机构委派监事会成员（除职工监事）。但在实践中，国资委把委派的成员组成一个监督团队进入企业，作为一个外派的监事会机构代表政府加强对国有独资公司的监督检查。所以，从历史形成的过程来看，对国有独资企业和国有独资公司派出监事会的监督体制是根据改革需要、在一定时期符合我国国情、行之有效的制度安排。

外派监事会体制目前主要适用于国有独资企业和国有独资公司，特别是关系国计民生、国家安全的大型国有企业。现行的外派监事会体制在框架上主要有两层，一层是国务院国资委管理下的中央企业的派出监事会，另一层是地方国资委管理下的地方企业的派出监事会。十几年来，外派监事会牢牢把握职责定位，不断完善监督制度体系，充实监督内容，改进工作方式，提高检查质量，促进了企业健全制度、强化管理、完善治理，有效防范了经营风险，遏制了国有资产流失。同时，在长期的监督实践中它形成了证明行之有效的几个特点：一是"外派"，监事会由政府或国资委派出，与任职企业无经济利益关系，使得监事会监督保持高度的独立性；二是"高配"，派出成员具有公务员身份、代表着国家对企业的监督，成员的高行政级别配置也增强了监督的权威性；三是"专职"，监事会成员大部分以学有专长的专职人员配置，形成一支"懂企业、会查账、作风硬、可信赖"的专职队伍，保持了监事会履行监督检查必需的时间和精力。这为进一步深化股东监督制度改革与创新监事会体制打下了良好的基础。

2. "内部型"监事会监督体制

"内部型"监事会依照《公司法》规范设立，其监事会成员全部都由企业内部成员出任，大部分为兼职，监督机构的运行成本比较经济。但由于监事会成员从提名、选聘到利益关系等方面独立性弱，往往受到来自董事或经理层一定程度的控制性因素影响，难以充分独立行使股东委托的监督权。例如，金融国资企业过去采用的也是派出监事会制度，在这些企业整体改制上市以后，撤销了外派监事会，上市公司依据《公司法》设立监事会，原部分外派的监事会主席和专职监事转为内部监事，监事会成员中的国有股东代表全部为企业身份。企业设立监事会后依照有关法律和《公司章程》的规定履行职责，向股东（大）会负责，保障出资人权益和依照《公司法》规范处理关联公司治理的内部监督关系。相比过去，这种模式降低了监督成本，强化了激励机制，在一定程度上提高了监督的时效性。但是，从国有资本控股的金融上市公司实践情况来看，虽然依照上市公司治理规范的要求实现了决策、监督和执行权利的分设，由于国有股权监督代表身份实现了企业化，金融上市公司的高水平年薪制度使得监督者和所监督主体的利益关系十分紧密，于是在监事会和监事履职评价标准、评价技术和评价体系还不完善的情况下，完全内部化监督体制容易出现弱化和独立性差的问题，这样就不利于治理的制衡性和监督有效性。现在"内部性"的监事会大量存在于国有企业再投资形成的子公司及其投资链延续的经营实体之中，股东监督的力度和有效性都很有限。

　　3. "内外结合型"监事会监督体制

　　"内外结合型"监事会是由国有资产管理机构委派或提名监事会主席或专职监事，依法进入监事会任职；担任监事会主席和专职监事的外派监事是国有股东监督权行使的代表者，与其他股东代表监事，包括职工监事成员共同组成监事会，履行《公司法》和《公司章程》赋予的监事会职责。国资管理机构委派或推荐的外派监事承担着双重责任，除与其他监事一样对股东（出资人）承担受托责任，还要向其委派或推荐机构即国资委承担代表责任，并向国资委报告国有资产监督工作的有关情况，形成"内外结合型"的监事会体制。

　　"内外结合型"的监事会体制，是对外派监事会制度改革的成果，也是监事会体制与现代企业制度相结合的积极探索，建立与公司制企业相适应的监督机制，可以融合监督优势，加强国有资产的监督。例如，地方国资委在面对监管企业时，不仅对于国有独资公司，而且对于整体上市和股权多元化的国企，积极改革创新监事会监督体制，让外派监事依法定程序进入地方国资委出资企业，但由国资委保持对其派出成员的考核与薪酬管理，把派出监事的独立性与企业设立监事会的灵活性、实时性结合起来，既优化了公司制国企监事会组成结构，提升了监督效率，又创新了派出监事会监督模式，延伸了企业国有资产监督链条。应当说，这种"外派进入，内外结合"的监事会监督模式，是地方国资委探索外派监事会制度与现代企业制度相结合的重要成果。

　　"内外结合型"监事会体制具有很强的普适性，既适合于国有独资公司和有限责任公司，也适用于资本开放度大的股份有限公司，无论是集团母公司整体上市，还是主要子公司的分拆上市，都可以按照公司治理制度的要求规范运行，是监事会制度和《公司法》、《证券法》和《企业国有资产法》全面接轨的实践模式，这尤其对中央企业监事会制度的改革创新具有一定的适用价值。中央企业在加快股份制改革的进程中，如果实现整体改制上市，主营资产和业务将下沉到上市公司，上市公司成为资产运营的主体和利润的主要或唯一来源，而集团公司则逐渐空壳化，现有外派监事会现有的监督模式面临何去何从的选择。因此，面对国有企业资本市场化、资产证券化的发展趋势，对监事会监督体制的改革创新是势在必行。

4. 国有企业监事会体制特点的比较

综上所述，无论是外派监事会、依法设立监事会（包括内部型和内外结合型），都是国有企业在产权制度变革中加强监督制度建设的宝贵实践，并按照所有权和经营权分离和股东权益保护的原则，结合权益发展的实际所进行的改革创新，形成了相对固定的监督制度和模式，也发挥着各自的作用。不同类型监事会监督运行的特征，按照监督机构的独立性、监事会成员构成的特点、监事会监督的权威性和监督成本的大小等因素情况，它们之间的比较见表 4-1。

表 4-1　不同类型监事会监督运行特征比较表

类　型		监督机构的独立性	监事成员的专职性	监事会的权威性	监事会的运行成本
外派监事会	外部型	独立性很强	除职工代表外，外派监事会主席和专职监事，很强的专职性	专设派出机构"高配"外派的特点，具有政府机构代表的权威性	运行成本很高
设立监事会	内外结合型	独立性强	外派监事会主席和专职监事，较强的专职性	"高配，外派"的特点，外部权威性强	运行成本比较高
	内部型	独立性弱	内部监事居多，难以独立监督，监督的有效性差	因"下级"或"同级"的关系，难以监督董事和高管的履职行为	运行成本比较低

5. 省市国资机构所管监事会的体制改革和统计比较

2005 年前后，多数省市参照国务院向中央企业派出监事会的做法，坚持"外派、高配"的组织原则，向直属管理的国有企业派出监事会，行使出资人赋予的监督权。如辽宁省国资委设置了 6 个监事会工作机构，即 1 个监事会工作处和 5 个监事会办事处，共配备 25 人，其中监事会主席 5 人，专职监事 20 人。重庆市国资委从 2006 年底开始，逐步调整转换监事会体制，从外派监事会制度逐步调整转换为依《公司法》设立的监事会制度。上海市从 1998 年起开始实施国有企业监事会制度，将国有企业监事会作为企业法人治理结构的组成部分，把国有企业监事会当作出资人监管的重要载体之一。

省市国资机构在总结派出监事会工作经验的基础上，进行监事会体制改革和创新。如上海市国资委截止 2010 年 6 月底，对出资监管的 44 家企业中，除承担政府性投资的公司外，已规范设立董事会的公司有 27 家，设立监事会的公司有 24 家。在这 24 家公司监事会中，属于外部型的没有，内外结合型的有 10 家，内部型的有 14 家。按照上海市委 2008 年 9 号文件《关于推进上海国资国企改革发展的若干意见》精神，上海市管国企的监事会体制建设强调外派监事多于内部监事，依照《公司法》创设了"外派为主、内外结合"的监事会监督体制。

经对中国 36 个省市的国资管理机构管理的监事会情况进行的统计分析，截至 2009 年底，各省市（不包括西藏）在派出监事会或监事企业中，按照《企业法》注册的有 47 户，占 6.67％（见图 4-1）；按照《公司法》注册的有 658 户，占 93.33％，其中，国有独资公司 497 户，国有资本控股公司 151 户，国有参股公司 10 户。

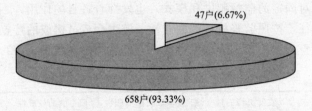

图 4-1　省市国资管理机构管理的国有企业情况
□ 按《企业法》注册；■ 按《公司法》注册

截至 2009 年底，36 个省市国资委共有监事会 579 个，其中按照《监事会条例》派出监事会 360 个，依照《公司法》设立监事会 219 个（见图 4-2）。经统计共有监事会主席 273 位，其中按照公务员身份管理的有 194 位，其中按事业单位成员身份管理的有 6 位，按企业成员身份或其他身份管理的有 73 位；有专职（外派）监事 635 名，其中按公务员身份管理的有 539 名，按事业单位成员身份管理的有 28 名，按企业成员身份管理的有 68 名。

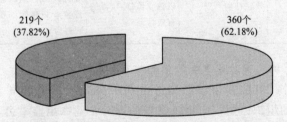

图 4-2　省市国资管理机构管理的监事会情况
□ 按《国有企业监事会暂行条例》设立；■ 按《公司法》设立

以上统计分析可知，不同的监事会监督体制是由监督法律依据不同、监督者的身份不同、监督责任机制不同、监督成员的管理方式，以及薪酬激励和动力机制不同所导致的，由此也可以找到监事会监督体制改革创新的切入口和实施途径。

（三）国有企业监事会监督体制建设的实践经验

国有企业监事会监督经过多年的宝贵实践，已经形成了相应的监督体制，并积累形成了以下指导性的经验。

1. 立足中国国情，不断完善出资人外部监督体制

实践证明，要根据社会主义初级阶段基本国情，适应中国特色社会主义建设

的发展需要，始终把握国有企业监督体制改革发展的正确方向，坚持国有企业监事会制度中"外派、高配"的核心内涵，维护外派监事会的权威性、独立性和客观性。监事会监督作为出资人监督的重要制度安排，有效纳入国有资产监督管理体系，是中国国有资产监督管理体制的重要发展。加强监事会与国资委职能部门的有机融合，充分发挥出资人统筹国有资产监督管理的体制优势，不断完善出资人外部监督体制。要通过监事会监督体制的有效运行，建立一条独立于企业的监督信息传送渠道，为出资人正确决策和国有资产运行政策的制定提供重要决策参考。

2. 紧跟国有企业改革进程，不断加大监督力度

实践证明，要紧密结合国有企业公司制股份制改革的不断深化和现代企业制度的不断完善，始终把握出资人监督职责，按照企业国有产权结构的变化有序调整监督制衡机制，积极探索实践外派监事会监督的有效实现形式，逐步从监督国有企业向监督国有资产和国有资本转变，实现对不同组织形式企业国有资产的分类监督，切实维护出资人权益，使出资人监督日趋到位。做到监督准确到位、反应灵敏及时、权责明确规范，保证监督检查有效运行。

3. 坚持与时俱进，不断改进和优化监督机制

实践证明，要适应监事会体制变化和分类监督力度差异，不断与时俱进，注重建立实时动态监督机制，加强对企业重大决策和重要经营管理活动的监督，对重大异常变化做出敏捷反应，增强监督的灵敏性；注重建立快速反应机制，及时向出资人报告企业重大决策、重大事项和风险预警等信息，提出相关处理意见和政策建议，增强监督的时效性；注重建立监督成果运行机制，对需要企业自行纠正的问题或需要提醒企业关注的事项，按照有关程序与企业交换意见，督促整改，跟踪落实，促进企业加强管理，完善治理，增强监督的实效性，逐步形成监事会监督机制闭环体系。

4. 加强监事会队伍建设，不断夯实监督工作基础

实践证明，要建立培养一支专职、高素质的监事会队伍，为履行监督职责打下良好基础。监事会管理机构要积极推动监事会改革进程，不断健全制度、加强组织、强化保障，完善选拔任用机制、考核管理机制、激励约束机制，逐步形成有进有出的监事会成员管理的闭环体系。

（四）国外国有企业监督体制的理论实践及启示

1. 国外国有企业监督体制的理论与实践

（1）委托代理理论与法国监督模式

为解决出现代理人损害委托人利益、造成逆向选择和道德风险的严重问题，委托人需要设计一种体制，使委托人利益最大化的实现能够通过代理人的效用最大化行为来实现。法国政府在长期的实践中摸索出了一套较为科学的监督评价体系，而该体系的核心就是国家稽查员制度。通常一个稽查员负责一个大企业或数个大企业，但重要的监督与评估岗位则以国家稽查组的方式进行，国家稽查组由多名国家稽查员组成，并由一名国家稽查长领导。在人员的选派上，规定由在经

济财政部门工作多年、具有丰富经验的资深官员担任。它是一种独立于企业之外的主体，不形成企业的组织结构，不参与企业的生产经营。为了保证获得企业足够的信息，法国稽查员采取了常驻企业、密切贴近企业负责人的一系列措施。为支持国家稽查员独立、公正地履行职责，担任国家稽查员的公务员要比同职级的企业职系的公务员多拿 20％～30％ 的工资，并享有工资津贴。在对国家稽查员自身的监督和约束行为上，法国主要采取内外部监督相结合的做法，内部监督主要通过工作评估进行，外部监督主要有审计法院对国家稽查员的工作做出评价和刑事法官对国家稽查员个人行为的检查工作。

（2）分权制衡理论与德国监督模式

公司内部的"分权制衡"主要通过三方的职责实现，即公司的重大问题决策权由作为公司权力机构的股东大会行使；公司的经营管理权由作为公司业务决策机构的董事会行使；公司的监督检查权由作为公司监督机构的监事会行使。德国法律规定，监事会是德国国有企业直接的监督机构，国有企业的业务活动都受它的监督。监事会成员由国家出资人代表的财政部聘任。相对法国的"外派"机制，德国的监事会是一种"内设"机制，它是公司组织机构的一个重要组成部分，参与公司的重大决策。德国监事会具有很高的地位，它凌驾于董事会之上，掌控董事会成员的"生杀大权"，特别是具有任命董事会成员和批准某些特别交易的权力，使监事会实际上已拥有了几乎控制董事会的权力。德国公司监事会的监督是完全意义上的监督，包括制定政策目标、挑选人员执行政策目标、监督目标的执行过程、对执行结果进行评价等。职工参与公司治理结构是德国公司治理结构的最大优点，而职工是通过参与监事会来达到对公司治理的。

（3）管理的控制职能与日本监督模式

控制就是监控组织活动，纠正组织偏差，保证组织按计划运行，以确保实现组织的目标。管理控制的过程包括事前控制、事中控制、事后控制。事前控制是指在战略制定过程中的控制，包括战略信息收集、战略形成、战略调整以及进行战略规划；事中控制是指在战略实施过程中的控制，包括预算制定修订、运作与衡量、沟通与调解以及改变运行状况等；事后控制是指战略完成后的控制，包括评估战略、处理遗留问题、评估风险等。根据日本监事协会监事监督准则要求，日本公司监事作为接受股东委托的独立机构对董事会成员的企业行为进行监督，监督内容包括业务监督与会计监督，对确保企业健康持续发展，建立社会信赖和良好的企业管理机制负有责任和义务。为了履行上述职责，监事要出席董事会及其他重要会议，核实董事会成员及经理提交的报告内容，对公司的业务及财产状况进行调查，并及时采取必要措施，向董事会成员及经理阐明建议性的意见，停止董事会成员的行为等。

（4）利益相关者理论与英美国家的监督模式

企业在创造利润的同时，要承担对股东、员工、消费者、供应商和社区等利益相关者的社会责任。利益相关者理论认为，公司不再仅仅是管理者与股东之间的信托关系，而是利益相关方面的利益共同体，与之相适应的公司治理机制也不仅局限于以治理结构为基础的内部治理，而是利益相关者通过一系列的内部、外部机制来实施共同治理。在英美国家，公司机构中不设监事会，但并不意味没有监控的存在，其监控主要是通过董事会中下设相关委员会和其中的外部独立董事以及外部市场监控来实现的。独立董事功能的发挥主要通过参与董事会下设的各种专门委员会，如审计委员会、提名委员会、薪酬委员会来实现。审计委员会主要对公司进行财务监督；薪酬委员会和提名委员会通过制定内部董事和经理人员的薪酬政策、方案和提名董事会、经理人选，对其起到监督与督促的作用。股东通过股东大会监督公司的董事会和经理层，或者在股票市场上"用脚投票"对公司经营管理者施加压力。还有，英美国家充分竞争的经理人员市场也会对公司的经营管理者产生压力，从而起到监督与督促的作用；英美国家完善的股东诉讼制度也是一种有效的机制。

2. 国外国有企业监督体制的若干启示

（1）公司治理相关监督理论的启示

从公司治理的角度看，因为存在逆向选择和道德风险的后果，通过监督机关的制衡力量可以尽量避免代理人损害委托人利益的现象发生，实现委托人利益的最大化；从企业管理的角度看，企业以战略目标表明工作要达成的目的。但在实现目标的过程中，需要管理控制流程不断监督目标与活动是否和谐、预算是否合理，如果在目标评估中发现有偏差要进一步修订和改善。

要保证监督的有效，基于公司治理或是企业管理的理论要求做好以下几项重要的工作。

① 选拔优秀适格的人才。例如一个好的管理控制师应具有会计系统知识，抽象与形象思维能力，计划与解决问题方法的专门技能和良好的沟通技巧等。

② 及时发现问题，全面控制风险。例如监事会监督模式要实现从事后监督转向当期监督，要增强监事会监督的灵敏性、及时性，及时和有效地发现国有资产运行过程中的风险和问题。

③ 整合监督资源，提高监督效能。德国管理控制师学院的创始人戴勒博士曾说："德国的资源非常有限，所以对每一点资源都必须精打细算。这也正是德国管理控制比美国更为企业所重视的原因。"❶ 一个组织的内外存在着各种执行监督职能的机构，各自为政和缺乏沟通与协调会造成监督力量分散，无法发挥应有的效能。

④ 科学、有效的激励机制。一系列管理控制活动可以激励管理者为实现企业战略目标更好地发挥作用，它提供正确的激励因素，促使不同的管理者能够根据企业的使命制定出与企业战略目标相一致的战略决策。管理控制系统可以为管

---

❶ A. L. 戴勒. 管理控制和控制师［M］. 上海市经济管理干部学院译. 上海：上海市经济管理干部学院，2004.

理者提供公平获得相应报酬的依据，为管理者的劳动付出、管理能力以及建立在决策效益与效率基础上的奖惩体系提供相关数据。

（2）国外国有企业监督不同治理模式的启示

虽然各国的公司治理模式不同，但监督体制机制都与其所处的经济社会制度及其发展阶段、公司的规模与股权结构、法制化程度、资本市场的发展状况以及其他外部市场相联系相适应的。进入 21 世纪，在经济全球化、高科技革命和产业结构调整的大背景下，不同治理体制下的公司治理相互吸取优点，从而导致公司治理结构上的趋同。例如，美英公司开始借鉴德日模式，注重"用手投票"，而德日公司开始借鉴美英公司治理模式，注重"用脚投票"。美国的安然公司、世通公司事件爆发后，曾有美国公司治理人士慨叹："看来仅有董事会审计委员会还不够！"美国金融风暴的发生，也让公司治理越来越关注监督的独立、有效与及时，各个国家纷纷下"重药"完善监督制度。

国外企业监督体制机制的运营模式给我国加强国有企业监事会监督体制机制建设提供了以下启示。

① 坚持依法监督。市场经济发达国家监管国有企业的一个很重要方面是注重从立法上明确监督职责和监督程序，健全完善相适应的法律、法规制度。如法国在立法上对国家稽查员的监督职责有明确规定，并要求国家稽查员严格按照相应的程序来行使监督检查行为，不得违反；依靠健全完善的法律体系保障国有企业的经营活动是德国国有企业制度的一个重要特色；英国规定了"金股制"，"金股"的最基本含义就是对企业的决策具有最后的否决权；新加坡淡马锡公司独立董事由社会与企业的精英组成，严格的法律制约整个公司治理的过程。

② 规范监督制衡。虽然国外公司监督体制机制的运营模式各有不同，但是权责对等、职责细化和沟通制衡机制的设计较为清晰，只有明确分工、制衡合理，各机构才能有效地发挥作用。对国有企业，无论是法国的"外派"监督，还是德国的"内设"监督，其监督人员都是由国家主管国有资产的财政部派出，法国的监督人员一般由资深官员担任，德国的监督人员除了有政府官员，也可选派资深的企业家或学者。他们的作用就是代表政府维护国家资产的权益，同时利用他们的身份转达国家对经济发展的意向，以及政府对企业的指导和监督。

③ 强化监督责任。监管国有企业的人员或是由政府派出，或是由总统、议会任免，对委派机构承担履行监督职权的责任。建立健全报告制度，定期和不定期直接向政府和议会报告工作，对政府和议会承担责任，实行重大事项报告制。对派出监督人员渎职，追究相应责任。

④ 引入市场机制。英美国家的企业虽不设监事会，但它们充分利用外部市场机制，包括经理人市场、控制权市场、产品市场等实现对企业治理的绩效评估和调整。我国市场体系发育相对稚嫩与缓慢，无论公司经理人市场、控制权市场、产品市场及债权市场等企业市场治理机制的发育均不同程度地体现了这点，而市场体系发育的相对弱势又会强化国有企业治理的行政主导模式。

二、 形势与挑战：国有企业监事会体制改革的目标和任务

（一）国有企业监事会监督体制的现状与问题

据国务院国资委统计，从 1998 年以来的 10 年中，中央企业的外派监事会监督检查涉及资产 70.32 万亿元，占履行出资人职责企业资产总额的 75.8％；向国务院以及国资委报送监督检查报告（稽查报告）和专项报告 1622 份，揭示重大事项 2684 件，突出反映了企业经营管理和改革发展中的主要矛盾和深层次问题，揭示了涉及国有资产流失的违法违纪违规事件，客观评价了企业领导班子及主要负责人履职情况，对 3239 位企业主要负责人提出奖惩任免建议。[1] 监事会监督检查已成为党中央国务院以及有关部门了解企业真实情况的重要渠道和进行决策的重要参考。从监事会所取得的成果来看，它的确在发挥着重要的作用，这也是其他机构所无法取代的。

但是，由于国有资产是分级管理的，中央和地方国资管理机构直接管理的国有企业不到 800 家，随着国有资产资本链的延伸，国有企业子子孙孙延续的数量成千上万，其中不少国有企业的监事会处于低效运行的状态，股东监督的常设机构形同虚设，以至有的专家认为不应将公司的监督职能赋予监事会，建议取消监事会。从对一些监事会的调查情况来看，影响监事会工作有效性的问题是多方面的，一般主要包括以下几个方面。

1. 监事会组织建设不健全

相对董事会的组织建设来说，监事会的组织建设比较滞后。以上海为例，目前国资委出资监管的企业中，只有 24 家企业设立了监事会，仍有 20 家企业没有设立监事会，大部分国有企业监事人数低于法定人数，也没有设立必要的工作机构，一些企业只有一个主席和一个秘书的问题没有得到根本改变，监事会工作基本靠监事会主席个人的努力。在设立监事会的企业，监视工作也缺乏连续性，一旦出现原任主席到龄退休，继任主席还未到位的情况，监事会工作就处于真空期，监事会无法正常换届，更不用说正常开展工作。随着董事会建设的进一步推进，监事会主席工作方式发生了变化，一个监事会主席要监管两个以上单位，责任更重大，要求也更高，但是外派监事的力量却没有相应增强，外派监事年龄结构老化（多数即将退休），一般仅有一名监事会主席与一名专职监事组成团队。内部型监事会还占着不小的比例，这种情况特别在大量的国企集团的子公司中存在。国有企业监事会低效、形同虚设的现象在内部型监事会中尤为突出。类似上海的情况在其他地区也比较普遍存在，目前整个监事会的建设还处于比较落后的状态。

2. 监督检查所需信息的对称度低

在实践中，公司的经营信息掌握在董事会和经理人员手中，监事会往往被动

---

[1] 李荣融．履行监督职责　促进国有资产保值增值［EB/OL］．［2009-08-17］．http://www.sina.com.cn．

地获取信息，处于信息上的弱势。在信息不对称与契约不完全的情况下，管理层的两类行为会影响到监管的有效性，也涉及到董事会决策的有效性。一类是不完全或歪曲的信息披露，尤其是有目的的误导、歪曲、掩盖和混淆的信息；另一类是非欺骗性的信息误导，或信息提供的滞后、不及时。此外，监事会列席董事会会议的制度也不健全，监事仅仅临时到场、"带个耳朵听听"，得到的信息显然是被动、不完全的。

3. 兼职监事的能力、时间和精力难以保证

在现实中，大多数监事长期从事行政管理工作，监事身份一般为股东代表、职工、党委成员，大多无经营管理经验，也无法律、财务等知识，能力的欠缺会导致对信息处理加工的不足，影响对问题的察觉与判断。同时，由于监事会成员中大部分为兼职，人都是公司中层岗位的负责人，他们往往忙于专职岗位上的工作，无法参加各种形式的监督，对当期监督的日常工作和深入监督检查的时间和精力投入明显不足，而增加外派人员的数量受到干部任命、监督成本等方面制约，造成监督力量事实上的不足。

4. 监事会成员的激励与约束措施缺位

外派监事由出资人的管理机构负责管理，派出监事和推荐的监事会主席所承担的工作压力和责任并不亚于企业的董事、经理等高级管理人员，但其薪酬仅限于公务员工资，由管理机构支付的工作津贴比外部董事的津贴低许多；其他监事的报酬一般由董事会提出议案，由股东大会形成决议或由董事会直接决定，董事会往往根据自己的态度来对监事的表现进行评价并提出报酬；此外，公司股权激励计划也一般与监事无关。监事履行监督职能所需的费用要经过公司董事、经理同意才能领取。在这样的情况下，感到被轻视的监事其工作热情肯定是会受到挫折的。另一方面，在约束上，他们本身也缺乏应有的责任制约。《公司法》中有关于董事要承担法律责任的规定，而对于行使监督职责的监事却没有相应的规定。由于缺乏积极性和缺少制度约束条件，监事容易成为"花瓶"监事、"人情"监事。

5. 股东监督和专业监督的合力难形成

由于我国法人治理结构实行的是独立董事制度和监事会制度并存的二元结构监督模式，在完善与强化监事会与独立董事职责的同时，在一定程度上就很容易发生两者工作内容的重复问题。有的企业监事会反映，两者都对公司中报、年报进行审核，并发表审查（审阅）意见；都召开听证会，听取财务部门相关报告，且时间集中、内容相同，造成重复汇报；都对公司常年会计师事务所的聘任提出建议；都对关联交易进行监督等。这会产生一些负面效应，要么过分强调独立董事而弱化或架空既有的监事会职能，导致监事会的独立性和完整性遭到破坏；要么独立董事"顺水推舟"，干脆做个"花瓶"董事，把监督的职责"甩"给监事会，两个机构之间互相扯皮、推诿，会降低监督绩效。同时，由于企业内部工会、纪委监察、审计部门等与监事会在设置基础和运作目标上的不一致，也会产生协调上的矛盾，影响监督的有效性。

6. 监事会监督履职的法律规定过于原则

一些法律条文对公司监事会职权的设计仍然十分原则、简略、抽象，现行法律对监事会职权、职责缺乏具体的、可操作性的规定，使监事会实际工作的开展面临一定的尴尬局面。比如在《公司法》中，对财务检查权、业务监督权的规定模糊，对于独立董事职权与监事会职权范围如何界定、职权如何行使没有明确规定。《国有企业监事会暂行条例》已经实施 10 年了，其中有些规定已经与实际情况不相符，有些提法也已经与新的法律规定如《公司法》、《证券法》、《企业国有资产法》不相一致，这在一定程度上影响了国有企业监事会的建设与完善。

另外，据上海证券交易所上市公司治理问卷调查反映，国有控股和参股公司监事会功能不能完全实现的原因，可归结为以下几点。

① 国有股、国有法人股一股独大。所谓的"股东大会"变成了"大股东会"。股东大会作为公司的最高决策机关，应该体现大多数股东的意向，但由于这种特殊的股权结构使其失去了原来的意义。

② 董事会中心主义一时无法消除。董事会和董事是监事会的主要监督对象之一，由于有的上市公司董事会权力膨胀，董事会和监事会的权力出现了失衡。我国现行《公司法》也规定，监事会职权仅限于业务的监督权，客观上助推了这一现象的发生。

③ 监事会失去了应有的独立性。我国《公司法》规定："监事会由股东代表和适当比例的公司职工代表组成，具体比例由公司章程规定，监事会中的职工代表由公司职工民主选举产生，董事、经理和高级财务负责人不得兼任监事。"但据上海证券交易所上市公司治理问卷调查，73％的公司监事会主席是企业内部提拔上来的，绝大多数公司监事会副主席和其他监事会成员也是企业内部提拔上来的。在这种情况下，由于监事会成员在身份和行政关系上不能保持独立，其工薪、职位基本上都由董事长或经理来决定。

④ 监事会成员的素质普遍较低。据上述调查，69％的公司监事会主席、一半以上的公司监事均为大专学历，另外许多公司监事会成员也多为政工干部，并无法律、财务、技术等方面的专业知识。

⑤ 公司高层人员的职称比较。与董事、高层经理相比和与董事长、总经理相比，监事和监事会主席中拥有政工师职称的比例远远超过董事和董事长、高层经理和总经理，这种专业职称构成极大地制约了监事会监督职能的发挥。但是另一方面，会计师职称的比例比较均衡，说明财务监督得到了较大程度的重视。

⑥ 公司高层人员的持股数比较。与董事、高层经理相比，与董事长、总经理相比，监事与监事会主席持股的平均数、最低数、最高数都是最低的。在缺乏其他激励机制的条件下，持股数较少会造成监事的激励不足，弱化他们进行监督的积极性。

归纳以上分析，可以看出我国国有企业公司治理制度中监事会监督职能弱化的原因，不仅有监事本身的原因，还有制度的因素以及治理模式从政府主导的

"行政管控"到市场导向的"公司治理"的过渡性因素。这些既是监事会监督有效性的主要影响因素，也是监事会体制改革创新中需要着力解决的重点和难点。

（二）国有企业监事会监督体制面临的新形势、新情况

1. 股权多元化，凸显外部监督体制依法调整的必要性

国有企业进行公司制股份制改革后，资产总量不断扩张，资产链延伸形成母子公司结构，企业优质资产或主要经营资产向重要子公司集中，外派监事会顺着资产链延伸到集团下属企业行使监督权的重要性和必要性增强。对于改制形成的股权多元化程度较高的国有资本控股公司，出资人外部监督的合法性、规范性遇到新的挑战，监督的重点和方式面临相应调整。有的地方不再派出监事会，而是采取外派监事进入企业内设监事会履行监督职责的做法，这尽管规避了法律风险，但由于在监事会成员中处于少数地位，且相关配套保障措施不到位，增大了监事的履职风险和发挥作用的难度，难以扭转企业监事会的内部化倾向。

2. 资本市场化，企业融资扩张推进股权多元的必然性

在我国资本市场化的推动下，公司制企业在资本市场融资发展的能力不断加强。国资委成立后，积极推进国有企业建立现代企业制度进程，对符合条件的企业加快推进整体上市，先后出台了《国资委关于推进国有资本调整和国有企业重组的指导意见》、《关于规范上市公司国有股东行为的若干意见》等文件，积极支持资产或主营业务资产优良的企业实现整体上市，鼓励已经上市的国有资本控股公司通过增资扩股、收购资产等方式，把主营业务资产注入上市公司，推动上市公司资源整合。国有企业整体上市后，国有资产流动性增强，出资人监督的难度增大。如何保证国有股东行使监督权力和有效维护国有资产安全，如何规范外派监事会和内设监事会制度体系，是亟须通过监事会体制机制创新解决的问题。

3. 治理规范化，董事会试点增强了监督制衡的重要性

2004年6月，国务院国资委印发了《关于中央企业建立和完善国有独资公司董事会试点工作的通知》，明确了出资人、董事会、监事会、经理层各负其责、协调运转、有效制衡的治理机制。国资委代表国务院向国有独资公司派出监事会，监事会依照《公司法》、《国有企业监事会暂行条例》的规定履行监督职责，明确了监事会在公司法人治理中的职责和地位。2009年3月，国务院国资委印发了《董事会试点中央企业董事会规范运作暂行规定》，进一步规范中央企业董事会的运作，对董事会、专门委员会、董事、董事长、总经理的职责做了明确规定，董事会应与监事会建立联系工作机制，督导落实监事会要求纠正和改进的问题。必须看到，规范董事会制度建设对监事会监督体制和监督方式提出了新的要求，以外部董事占大多数的规范董事会是公司制企业的决策中心，对公司法人财产实行实际控制权，承担国有资产保值增值的责任。监事会监督体制机制也需要根据治理制度的变化同步调整，监事会对董事和高管的履职监督被提到了重要位置，同时监督方法也要适应防范董事、高管的道德风险，以确保分权制衡、有效监督。

4. 经营国际化，高风险业务亟须增强监督的协同性

在经济全球化的背景下，国有企业走出国门设立海外子公司，充分运用海内外两个市场、两种资源，海外资产规模扩大。跨时空的全球经营模式对监事会监督体制机制也提出了新的要求。同时，企业以追求利润的最大化为营运目标，海外资源的战略性投资和远期合约、期货交易、金融衍生产品、电子商务等高风险决策和业务行为经常发生，大大增加了监事会有效监督的难度。

5. 法律法规滞后，制度建设严格依法监督的规范性

《公司法》规定国有独资公司监事会有权检查公司财务，监督公司董事、经理的行为，当董事和经理的行为损害公司利益时，有权要求董事、经理予以纠正，却没有明确董事、高级管理人员对监事会监督不配合、不按要求纠正的制裁条款。另外，《国有企业监事会暂行条例》没有及时修订完善，监事会在公司监督体系中的主导地位也无法明文规定，各项监督力量难以形成监督合力。

6. 监督任务繁重，改进监督方法的紧迫性

监事会监督重点是出资人权益相关的重大事项，这就要求监事队伍成员具有相当的履职能力和经验，监事会应当建设成为学习型团队，特别需要具备与经营管理层沟通、交流协调等方面的实务能力。在实践中，国有企业外派监事会大多采用团队工作模式，通常一个办事处（监事会作业单元）3～7人，监督3～5家大型国有企业，时间和精力的投入明显不足，而增加人员数量受到监督成本的制约。现在采用的监督方法基本上是"听、查、问、看、写"等传统方法，必须要进行监督工作机制的创新和监督技术的电子化、网络化、科技化，以保证监督信息对称，提高监督检查的及时性、灵敏性和时效性。

（三）目标和途径：国有企业监事会监督体制的改革创新

1. 国有企业监事会监督体制改革创新的目标

国有企业监事会监督体制的改革创新目标是要遵循国有资产监管规律和现代企业制度要求，依据现有法律法规，借鉴国内外企业国有资产监督体制运行的实践经验，通过改革创新完善公司治理的监事会体制，有效提升监事会监督的独立性、权威性、专业性和时效性，促进国有企业持续健康发展。

通过监督体制的改革创新，要使监事会能够更加适应社会主义市场经济体制和国有资产监管体制的新要求，更加适应国有企业进行公司制股份制改革后在组织形式、治理制度、运行模式等方面的新变化，更加适应企业国有资产监督法律法规修订制定后的新环境，更加适应反腐形势复杂严峻、监督任务艰巨繁重带来的新挑战，更好地发挥出资人监督的保障功能，更好地促进所监督企业的可持续发展。

在监督体制改革创新的过程中，其运行制度密切关系到监事会的有效监督问题，长期来运行制度的探索是各地国有企业监督体制改革创新中最具有创造性的实践活动。以上海监事会的情况为例，从监事会选聘制度来看，上海市市管国有

控股公司监事会成员由各股东方协商产生，外派监事受出资人委托，以履行监督职责的股权代表身份依法进入企业，与企业内部监事共同组成监事会，并联合企业纪检、监察、审计部门等各方监督力量，共同开展工作。从监事会工作制度来看，经过多年实践，初步形成了一套行之有效的"3＋2＋1"工作方式，即"3"种会议形式，它包括监事会会议（由全体监事参加）、监事工作例会（由驻会监事参加）和监督工作联席会议（由监事会、工会、纪委监察、审计部门等负责人参加）；"2"项报告制度，它包括监事会报告（主要是依法对全体股东、社会公众公开披露的书面报告）和派出监事报告（主要是依法向派出机构进行工作汇报）；"1"条沟通渠道，它指监事会主席与集团董事会成员、管理层领导保持有效沟通。从监事会重点监督制度来看，上海市国资委明确以"财务监管和企业领导人员经营行为"为核心，重点开展5个方面工作：①监督企业制度建立及执行情况；②对企业财务进行监督检查；③监督董事、高级管理人员的履职行为；④具有对企业开展审计的建议权，并监督审计结果整改落实情况；⑤对董事会重大事项的决策及决策执行的情况进行评估。

2. 国有企业监事会监督体制改革创新的原则

（1）依法监督的原则

依法监督的原则是指监督权利要依法规范行使，在坚持经营权和所有权相分离的前提下，依法规范加强监督权与落实企业经营自主权的关系；依法监督的原则就是要依据法律对不同组织形式的国有企业制定具体的监督制度规范，把执行国家的法律法规和企业的制度化运行两者统一起来；依法监督原则还要求加强公司制企业的法制化运作，分设的决策、监督和执行等各项职权都要公开、透明、规范行使。

只有坚持依法监督的原则，处理好监督者和被监督者之间的关系，才能够处理好所有权与经营权的关系。既要维护所有者权益，又要尊重和维护企业作为市场主体依法享有的各项权利，真正使企业成为自主经营、自负盈亏的市场主体和法人实体；既不能干预所出资企业的经营管理活动，又要有效监督有所作为，督促所出资企业实现国有资产保值增值，防止国有资产流失。

现在国有企业的监事会运作有三种类型。外部型监事会符合国资监管条例规定，这个监事会代表国务院进行监督，它与企业是监督与被监督关系，它的人员与经费都是和企业分开的。甚至出现过这种情况，尽管国有企业的产权是多元的，内部也按《公司法》设有监事会，但因其是中央企业或者是国家出资企业，外部还必须有一个监事会，形成了某种功能叠加。如交通银行是股份有限公司，其按照股份有限公司规定设有监事会，但是中央金融工作委员会对它还要再外派一个监事会。内外结合型监事会是按《公司法》设立的公司法人治理机构，监事会成员外派为主、内外结合。现在上海、山东、深圳等地的监事会都采取内部和外部结合的监事会体制。这种制度通过改革创新体制，推荐外派人员到集团企业的监事会以个人身份依法定程序进入公司，经公司权力机构选举担任企业内设监事会主席或监事，由国资委保持对其派出成员的考核与薪酬管理，把派出监事会的独立性与企业内设监事会的灵活性、实时性结合起来，优化公司监事会组成结构，依据委托代理原则延伸国有资产监督链。内部型监事会的成员是由内部人员构成的，由于内部型监事会的独立性较弱，以及随着国有企业的改革重组与整体上市的步伐加快，国有独资公司逐步向国有多元公司、国有控股上市公司转变的趋势不可避免，外派监事会的法律环境也发生了变化，它们的适用范围会越来越小。外派监事会的做法是从监管条例中派生的，《公司法》仅规定国资委作为出资人机构代表国务院派出监事组成监事会（不是派出监事会），近期颁布的《企业国有资产法》也很明确没有外派监事会的概念。从国家法律层面上来说，监事会就是一种公司内设的治理机构，是公司治理结构的有机组成部分，只不过这个监事会成员可以是外部派的，成员可以是外部和内部结合起来，所谓外部和内部的区别就在于它的成员是不是在公司里面拿薪。随着国有企业监事会监督体制面临新形势和新任务，监事会条例要做修改已是摆上议事日程的事，如何具体修改可能还有不同认识，但依据国家法律外派监事会的做法只能是暂时的，它已基本完成了历史使命。

（2）出资人监督的原则

坚持出资人监督的原则，监事会要牢牢树立受出资人委托进行监督的意识。国有资产监管机构作为依法履行出资人职责的特设机构，与政府行政部门相比，在管理身份、管理对象、管理方式和管理目标等方面都发生了根本性变化。监事会成员受出资人机构的委托行使出资人监督权，要把监事会监督和国有资产管理机构的中心任务紧密结合。监事会在资产运行的监督检查中发现倾向性、苗头性风险因素和信息时，要及时向出资人机构进行报告，增强监督检查的灵敏性和及时性。国有资产管理机构关注的重点和热点，可以成为监事会深入现场专项调查研究的课题。对于监督检查中需要由企业自行纠正或关注的问题，监事会可以从维护出资人利益的角度进行及时沟通，行使纠正权。

（3）独立监督的原则

监督的独立性原则，既是监督权行使的充分必要条件，也是保证监事会监督效能的必要前提。监事会监督权和检查权的有效实行取决于其独立性如何，因此可以说"没有独立性就没有监督"。《公司法》规定，"监事会由股东代表和适当比例的公司职工代表组成，具体比例由公司章程规定，监事会中的职工代表由公司职工民主选举产生，董事、经理和高级财务负责人不得兼任监事"，体现了"自己不能监督自己"的独立性原则。要保证监事会独立行使监督职责，就是要使监督机构在行使监督权的过程中不因受"控制性因素"的影响而放弃监督职责，这就要求在监督制度的设计和监督权运行程序中，排列并排除各种控制性因素，从监事会组织体制和运行机制上保持组织独立、意志独立、机制独立、利益独立、费用独立和运行独立，以及人员独立等，即实施外部监事或专职监事，国有股东可以派出或推荐外部监事依法进入监事会，也可以比照独立董事制度引入独立监事等。

坚持独立监督的原则，还应研究监事个人行权的独立性问题。监事个人可以行使法律规定和公司章程授予的所有权利，对法律和公司章程的规定承担负责等，这也是监事会监督体制创新中应该研究解决的实践问题。

（4）有效监督的原则

监督的有效性不仅要体现为检查出多少问题和监督检查的成果，还在于监督检查的质量和成果的应用价值。首先，要看监督是否有深度、是否抓住了关系国有资产监管的重点和关键，是否发现违规违纪、造成国有资产流失等深层隐患和相关问题。其次，被监督检查的企业，从认识和行动上是否自觉地接受监督、双方是否已形成制衡关系，企业经营风险和财务风险通过严格的制度与程序能否有效控制，企业的管理水平能否逐年提高。再次，查出来的问题是否能及时提供给国有资产监管机构掌握并督促问题的解决和整改。

监督也有一个成本和效益问题，监督成本和监督效能成反比例关系，成本涉及资源配置和功能定位，这包括获取信息的成本、投入的人力和时间、支付的报酬、维持监督体系的运营等。

3. 国有企业监事会监督体制改革创新的实施途径

（1）顺应经济体制改革的潮流，规范和调整监事会监督体制

中国经济体制改革的目标是建立社会主义市场经济体制，市场经济体制建立和完善的过程要依法规范各类社会主体，包括规范政府和企业的行为。要在基本经济制度体系下理顺企业产权关系，通过建立健全现代企业法人制度来解决和规范企业与出资人、企业与政府、企业与市场、企业与社会、企业与企业、企业与职工等方面的一系列基本关系，使国有企业真正成为市场主体和法人实体。

国有企业监事会监督体制完善的前提是把《公司法》和《企业国有资产法》有关监督的法律规定理解好、贯彻好、执行好，能和公司制企业的改革发展有机结合，在结合中具体解决依法加强出资人监督的有效途径和工作机制。例如，公司制国有企业中现行的干部人事管理制度与《公司法》和《企业国有资产法》的规定还有距离，需要随干部人事制度的改革和调整才能贯彻实施。但在建立了规范董事会的公司制企业中，监事会的人事监督评价、罢免建议等法定职权就已经具备了制度条件。

（2）适应国有资产管理体制发展趋势，勤勉尽职履行股东（出资人）委托的监督权

国有资产是发展壮大国有经济、健全和完善社会主义制度的重要物质基础。中共十七大根据国有资产管理体制改革实践，要求进一步完善各类国有资产管理体制和制度。出资人不到位、多头管理，必然造成企业中的国有资产产权代表不能真正对出资人负责；出资人权利不清晰、内部人控制的现象比较严重，必然难以形成各司其职、权责明确、相互制衡的公司法人治理结构。

监事会监督体制的改革创新是要在国有资产管理体制改革深化的过程中，建立适应现代企业制度要求的出资人制度、授权经营制度、企业负责人选拔管理制

度，依照出资人监管体制的规范要求，实行"分类监督"❶、"重点监督"❷ 和"代表监督"❸，把监事会监督和出资人监督在国资管理体制内有机相结合。

（3）监督方式实现"五个转变"，有效监督保障企业科学发展

监事会监督体制的改革创新是要促进所监督企业的科学发展，这就需要在推进企业科学管理、实现管理系统优化的实践中，努力实现监事会监督方式五个方面的转变：①从事后监督转向当期监督；②从外部力量为主转向形成监督合力；③监督关系从不直接交流转向沟通和服务，从"不得直接向所监督企业发表结论性意见和提出经营管理方面的建议"转变为针对需要由企业整改的问题，以提示、意见、建议等方式及时和企业进行沟通，并要关注和督促整改；④从注重检查形式转向注重监督效果；⑤从单一监督机构转向集团监督体系，探索形成母子公司或多级法人体系内部的监督网络体系，提高企业内部监督体系的运作效率。

三、变革和瞻望：国有企业监事会监督体制的发展研究

中国国有企业监事会制度与其他国家相比，有许多不同之处。南开大学商学院袁庆宏（2003）有以下观点。首先，在目前处于国际主流地位的以英、美为代表的"一元模式"公司治理体系中没有设立监事会，而是在董事会内部引入与之相近的独立董事制度。因此，国际上一些著名公司的公司治理评价体系均未单独涉及到监事会评价问题。其次，尽管我国公司治理体系设计在模式上更接近于大陆法系的"二元模式"，但"二元模式"最为典型的德、日等国的监事会与我国的监事会在性质和职权上也有许多差异；同时，来自"二元模式"国家的监事会制度建设的经验也极为有限。再次，我国国内一些证券机构在进行中国上市公司治理评价体系的研究中，对监事会的评价几乎没有涉及。有的研究者认为，监事会成员如果大部分是来自公司内部的政工干部和职工，这些监事在身份上受制于大股东、董事会和管理层，独立性差会导致监督效率低下。但是，独立性不足只能说明监事会监督职权行使的局限性，而不一定是无效的，只不过其履行的职责偏离了股东监督的要求。

在公司制企业设立监事会制度，是中国股东监督制度的一个特色，也是中国国有企业公司治理制度体系中的特点。监事会监督体制的建立，是国有企业适应市场经营环境的客观需要，监事会监督体制的发展也必然随着社会基本经济制度的完善而同步发展。当前，国有企业监事会监督体制发展需要研究解决的主要问题如下。

---

❶ 我国国家出资企业按照产权结构和组织形式有四种：国有独资企业、国有独资公司、国有资本控股公司和国有资本参股公司，监事会监督体制的改革创新探索按照不同的产权结构实施不同监督模式。

❷ 它包括监督范围的重点和监督内容的重点。

❸ 在多元产权结构的有限责任公司和股份有限公司中，国有股东提议的监事和监事会主席，具有双重代表的身份，其受托责任呈现股东监督和国有资产监督的交叉重叠。双重责任和身份的重合需要制定具体明确的行为准则，这是监事会监督体制改革创新中也需要解决的课题。

（一）增强股东（出资人）监督的使命感与责任感

1. 出资人进一步"到位"的监督要求

2008年在北京国际新闻中心举行的人大新闻发布会上，原国务院国有资产监督管理委员会主任李荣融在回答记者提问时说："国资委特设机构使长期困扰我们的国有企业的出资人是谁到位了，从我们管理企业来说，最重要的是责任落实。"他认为国资委成立五年来所取得的成绩，除了外部环境，更重要的是责任到位所激发出来的潜力。其实现在提出出资人"到位"的措施要求，是强调国资委作为出资人的代表要进一步尽责。具体来说，应该做到以下几点：①国资委从组织制度上明确是一个履行出资人职责的特设机构，从机构设置上真正做到行政部门、特设机构、企业法人三者相对独立；②以股东方式行使权利，通常不应当也没有权力用行政手段和方式管理企业，国有股东必须按照市场的规则来运作，把关注点更多地放在提高公司的质量上，能为股东、投资者提供持续的好的回报；③在其内部管理制度上，应该有一套全新的探索实践，例如在工作人员选聘方面，不能再简单沿用以往的行政手段和行政方式，要强调专业性、技术性和社会性的特征，实行符合市场经济要求的人员选聘制度；④国资委必须依照法律法规进行规范运作，减少国有资产监管工作的随意性。

出资人应该对监事会的激励和责任要求进一步明确；在国有企业的董事和高管考核任免中加大监事会评价的权重，合理利用好监事会监督成果；对监事会成员的教育培训机制进一步完善，使监事会不但知道要做什么，还要知道怎么做，不断提升国有企业监事会的行为能力和监督水平。

国资委作为依法履行出资人职责的特设机构，与政府行政部门相比，在管理身份、管理对象、管理方式和管理目标等方面都发生了根本性变化。国有企业监事会是出资人监督的重要方式，是国资监管工作的重要组成部分。国有企业监事会应牢牢树立受出资人委托进行监督的意识，一定要把出资人关注的事项作为监事会监督的主要内容。

2. 国有企业监事会的"出资监督、依法检查、督促整改"的定位要求

（1）出资监督

依据《公司法》和国资委的有关文件，监事会在履行检查活动时，必须坚持出资人监督原则，履行好出资人职责，切实做到不缺位、不越位、不错位。"不缺位"就是保证出资人主体到位，监督检查以维护出资人权益相关的重大事项为重点；"不越位"就是正确行使监督检查权，在监督检查过程中不干预企业的经营管理自主权；"不错位"就是国资监管机构的监管职能应与政府的公共管理职能相分离，从企业国资出资人的职责定位规范履行出资人监督。要有明确的监督依据和规定的检查程序，依法监督，有效监督。监督内容要具体，监督程序要明示，监督结果可追溯。切实加强过程性监督，不断提高监督水平，防止和避免监督形同虚设、检查如同"蜻蜓点水"、问题抓不住重点、监督走过场、监事不监督的情况，使监事会在法人治理中真正发挥好治理监督的作用。

为了保证出资监督，作为国资委或出资方在选派监事会成员时，应把好以下

"两关"。一是把好选拔关。既优秀又适合的监事人才是有效监督的第一资源，要充分发挥第一资源的作用，势必强调监事会选人用人管人的新机制。这就要求在坚持组织配置的同时，通过引入市场化选人用人管人的机制，增强监事能力素质、强化监事履职责任、激励监事勤勉尽职、建立优秀监事人才库，逐步将监事纳入后备干部培养计划中，促进优秀监事人才的专职化、专业化和市场化。二是把好奖惩关。科学、有效的激励机制是调动监事会积极性、激发监督人员队伍活力、提高监事会成员履职能力的重要手段，也是推动监事会履职时勤勉尽责的主动力源。作为行使出资人监督权的监事会应建立和完善与其履职事权相对应的忠实和勤勉的经济责任，既以经济责任约束监事和监事会规范履职，又以相对应的激励方式鼓励监事和监事会勤勉尽职。在实际操作过程中，坚持监事和董事实行"四同"，即选聘程序相同，均为出资人机构选聘；职级配置相同，保持高配优势；基本薪酬相同，差距体现在绩效考核；履职责任相同，依法依章规范。通过加大引入市场机制，以及声誉激励机制、薪酬激励机制、职务晋升机制的同步实施，提高对监事会和监事评价激励的科学性，建立起科学的监事会监督绩效考核评价体系，最终形成有利于优胜劣汰、激励监督专业人才辈出的动力机制。

（2）依法检查

监事会受出资人的委托，应立足于出资人的立场，跟踪公司各项经济数据的变化情况，及时进行分析和研究。对一般性问题，及时向董事会、经理层提醒；对可能影响出资人战略目标实现和保值增值要求的问题，按照程序以书面形式向董事会和国资委做出报告，并提出建议；如发生违法或重大事项，应及时向国资委报告。

监事会监督从事后监督转向当期监督，这就需要建设保障国有资产保值增值目标顺利实现的经营风险预警机制，形成对风险"事前防范、事中监督、事后补救"的工作规范和监督管理流程，确保出资人的监督权、决策权、执行权能同时和同过程地履行。及时和有效地发现国有资产运行过程中的各种风险和问题，实现监事会风险预警机制与企业全面风险管理体系、监事会核心职责与预警信息的紧密联系。在防范过程中，突出预防为主和"第一时间"监督到位，起到风险防范事先预知和事中控制的作用，注重处理好与董事会风险管理委员会以及企业内控制度的关系，从而达到预警、纠错和促进企业管理的目的。按照当期监督的要求，监事会必须建立能灵敏反映生产经营活动情况的快速反应机制，强化对企业内控制度的健全和制衡机制有效性的检查监督，对重大决策、重大投融资活动、产权变动、子公司改制、重大资产处置等重要经营活动以及突发事件做出快速反应。为确保快速反应，需建立严格的信息报送制度，提高信息处理、分析和应用能力，随时掌握动态信息，加强风险分析，对企业重要情况和重大事项做出及时、灵敏、有效的反映。

在依法检查中，整合监督资源、推进合力监督是有效开展国有企业监事会工作的重要支撑。如何积极优化出资人监督管理职能、科学整合社会监督资源与持续强化企业内部监督力量，是降低监督成本、提高监督效能的有效手段。这需要在国资管理体制上推进三个层面的合力监督，一是加强与人大、政府以及赋予监督职责部门的沟通、交流，充分发挥各类监督的体制优势，形成合力监督体系；二是加强与国资委相关职能部门的工作融合，建立有效的协同工作机制，形成合力监督平台；三是加强与出资人履行监督职责企业的协调，建立与企业内部审计、监察、法律、财务、投资等部门的日常工作联系，形成合力监督网络。在合力监督机制建设上，采用外部合力监督与内部合力监督相融合，形成由外及里、由里及深、内外互补的监督合力，真正把内、外各方监督有机结合起来，优化整合国有企业各种监督力量，统一规范运用各种监督资源，建立高效有序的监督机制。

(3) 督促整改

国有企业监事会是国有资产监督管理的现场防线，受国资管理机构委托行使日常监督权，是出资者监督权力的主体，代表股东（出资者）对董事会及其成员和经营管理人员行使监督职能。在实际监督过程中，既要正确认识和处理好监事会与董事会、经理层的监督与被监督的关系，处理好工作权威性与灵活性的关系，保证董事会、经理层能够充分行使自己的职权，同时又要切实落实国有企业监事会督促整改，力求监督检查有章、沟通服务有方、督促整改有力。

监事会在日常监督检查中发现的问题，如国有企业董事或高级管理人员职务行为风险程度的高低、经营活动偏离预定目标程度的大小，要以书面或口头的方式提出意见、建议、评价、警示、质询等，并且落实对所提出的意见、已要求的整改进行持续跟踪，始终不渝地履行督查权。在督查中，着重突出以出资人利益相关的重大事项为主线，监督与国有资产管理机构阶段性的中心任务以及需要企业自行纠正或关注的问题为重点。建立有效的成果应用机制是监事会监督和国资监管中心任务紧密结合的重要渠道，这既能体现监事会监督防患于未然的功能，又能与出资人监管工作无缝连接，更能形成内部协同监督的效应。同时，它也可增加监督成果的报告形式，提高监督成果的总体质量，拓展监督成果的应用范围。

(二) 加强监事会和独立董事监督功能互补的研究

随着越来越多的国有企业主业或整体上市，上市公司治理结构中的独立董事制度和监事会监督制度的互补成为国有控股和参股公司实践中的新问题。中国于2001 年 8 月颁布了《关于上市公司建立独立董事制度的指导意见》（以下简称《指导意见》），赋予独立董事以监督之责。在《指导意见》中规定了独立董事具有下列职权：①重大关联交易（指上市公司拟与关联人达成的总额高于 300 万元或高于上市公司最近经审计净资产值的 5％的关联交易）应由独立董事认可后，提交董事会讨论；②向董事会提议聘用会计师事务所；③向董事会提请召开临时股东大会；④提议召开董事会；⑤独立聘请外部审计机构和咨询机构；⑥可以在股东大会召开前公开向股东征集投票权。2005 年《公司法》修改后，明确上市公司设独立董事制度。

实际上监事会和独立董事二者在监控功能上恰好有着互补性。独立董事制度之所以有效，除了因其产生的方式所特有的独立性外，还由于其监督功能具有天然的事前监督、内部监督以及与决策过程监督紧密结合的特点。公司董事会是公司的决策权力机构，而独立董事作为决策层的重要成员，具体参与了公司重大决策的全过程，包括重大决策的事前酝酿、内部制定、最终发布等各个环节，相对监事会而言，独立董事制度的"零距离"便具有了监事会所无法具备的事前监督、内部监督以及与决策过程监督密切结合的特点。独立董事作为非执行董事或外部董事，尽管参与了决策的全过程，但它有两大缺陷无法克服：①时间上不可能得到充分保障（我国《公司法》规定董事会一年至少开两次，中国证监会则要求独立董事为上市公司工作时间一年不少于 15 天）；②对决策执行过程的具体监督及其效果评价也无法做到及时和准确到位。

相比之下，监事会的监督按我国《公司法》所赋予的产生方式、权限范围与行权过程，则表现为日常监督、连续监督、非参与决策过程监督的特点，也具备了独立董事制度所无法具有的经常性监督、连续性监督与程序性监督的特点。监事会作为一种公司专职的常设性监督机构，在公司重大决策一经制定后，便可开始日常性地跟踪监控，这种经常性的监督能够将问题的发现概率大大提高，发现时间大大提前，从而保障了决策的执行水准与效率，并尽可能地降低了纠偏成本。监事会的监督涵盖了检查、落实、评价与反馈等多种功能在内，是对独立董事制度所具有的事前监督、内部监督及其决策过程监控以外不可多得的重要补充，也是股东大会赖以对公司决策层和管理层做出评价与取舍的重要依据。至于监事会监督则更有其两层意义：一层意义表现为监事对决策层与管理层的完全超脱，监事们不必为承担决策或经营管理失误的责任而无法客观地、超脱地发挥评价与监督的职能；另一层含义则在于依据我国《公司法》，监事会成员中应有一部分是企业职工的代表（职工监事）。此外，大多数国有控股的上市公司还习惯上把一部分党务工作者（如党委书记或者纪委书记）安排进入监事会任职，这种监督的制度性安排所产生的监督功能除了其经济含义以外，可能还有独立董事制度所无法涵盖到的政治意义。

（三）完善监事会监督体制改革创新配套保障的研究

国有企业公司治理结构变革和转型是一项复杂的系统工程，监事会监督体制的完善也涉及到一系列配套条件的创设和成熟，这就需要更多的探索和思考。

1. 加强股东监督意识和监督文化建设

国有企业监事会体制的发展和完善，需要统一思想认识，树立和现代企业制度相对应的法人监督文化和理念。一是要把思想认识统一到中共十六大、中共十七大精神上来，深化对国有资产监管体制改革的认识，牢牢把握股东（出资人）监督定位内涵，积极探索国有资产监管有效实现形式，提高国有资产的监管水平，进一步增强股东（出资人）监督的使命感。二是要把思想认识统一到《企业国有资产法》、《公司法》、《证券法》以及《企业国有资产监督管理暂行条例》、《国有企业监事会暂行条例》等法律法规上来，深化对国有企业改革的认识，紧紧围绕增强监督的有效性，切实履行好监督职责，强化监督功能，进一步增强股东（出资人）监督的责任感。三是要把思想认识统一到现代企业制度建设上来，要积极倡导"有权必有责、行权受监督"的现代民主理念和监督文化，树立科学发展意识。随着国有资产监管体制改革和国有企业改革发展的不断深化，国有企业监事会监督检查的体制、机制、方式也要相应进行改革创新，要大力拓展工作思路，有效改进监督方式，进一步增强监事会监督的主动性。四是要把思想认识统一到科学的理论指导下，选择何种监督制度与该国所处的法律环境有极大关联。概括来看，以英国、美国为代表的普通法系国家多采用独立董事制度，而以德国、法国、日本等国为代表的大陆法系国家多采用监事会制度。因此，要结合中国国情和国有企业特点，要积极改革创新监督模式，合理配置组织资源，不断拓展监督范围，努力建设有中国特色的国有企业治理制度。

2. 完善"制度化、规范化、标准化"的行为规范

监事会工作深入开展需要不断推进制度规范建设，这是提高监督有效性的保障。应以监督制度规范建设为切入点，围绕法律法规、规章制度以及规范性文件的不断完善，逐步形成具有中国特色国有企业监事会监督制度体系。"制度化、规范化、标准化"的具体要求是根据相关法律法规，抓紧研究制定监事会监督有关配套规章制度，积极理顺国有资产监督体制机制，完善国有产权股权监督制度，推动国有产权交易制度建设，强化国有资本交易监督；建立健全国有资产资本金管理制度、国有资产经营责任制度、国有资产保值增值考核和重大资产损失责任追究监督制度，促进企业风险内控制度建设，确保国有资产出资人管理、营运和监督责任层层落实到位；对于股东监督职能的实现，要进一步完善相关的法律、法规、强化监事会权力并还监事以独立的身份，公正、公平地行使监督职权。虽然名义上监事会是向股东会汇报工作，接受股东大会的监督，但监事会同样也存在失职和渎职的危险。《公司法》第六十二、六十三、一百二十八条规定了监事不得违反法律、法规和公司章程，不得泄露公司秘密。为了明确责任，使权利和义务相适应，应有人或机构督促监事尽职尽责。要坚持完善国有企业监事会制度，创新监事会工作方式方法，进一步规范监督检查行为、明确监督检查责任、保证监督检查质量、提供工作评价标准；加强企业内部监督工作制度建设，建立支持和配合外派监事会工作制度规范等。

3. 建立信息沟通机制，形成内外合力的协同监督

随着我国国有企业规范董事会建设范围的不断扩大，外部董事在董事会中的比例在增加，审计与薪酬委员会由外部董事组成，他们的独立性、专业性和职业性的特点正在改变着原来董事会决策中缺乏制衡监督的格局，董事会决策的科学性、有效性增强了。同时，根据《党章》和《公司法》的相关规定，公司中党的组织要发挥政治核心作用，它具体表现为对党和国家的方针、政策在本企业的贯彻执行的保证监督作用，对党员领导人员、经营管理人员以及其他人员遵守法纪的监督作用。此外，公司治理监管的法律制度越来越健全，社会舆论越来越有力，市场体系越来越完善。可以说，有多种的力量在围绕国有企业的运转执行着监督的职能，而在实际的运作过程中，在相当长的时间中谁也替代不了他者的情

况下，如何清晰地界定与处理好多元监督相互之间的边界与关系，发挥"1＋1＞2"的作用非常关键。

在《公司法》中，无论有限责任公司还是股份有限公司，都规定了监事会或者监事行使的相同职权，它包括：检查公司财务；对董事、经理执行公司职务时违反法律、法规或者公司章程的行为进行监督及提出罢免的建议；当董事和经理的行为损害公司的利益时，要求董事和经理予以纠正；向股东会会议提出提案及提议召开临时股东会；公司章程规定的其他职权。监事会是对董事会和经理层的监督，检查他们是否有违反法律、法规或者公司章程的行为来保障股东的权益。这种监督应该是当期的、动态的，特别是针对"三重一大"❶的事项给予密切的关注，观察和检查是否有异常的情况发生。从公司治理的内部机构来看，各机构采取的一些专业监督手段可能会相同（比如审计活动），它们会因各自的需求不同而要求获取不同的信息，但这也可能导致为了获得相同的信息而重复工作，所以应尽快建立一个信息平台，建立一个信息沟通协调的机制，避免资源的浪费和实现有的放矢的错位监督。虽然国外公司监督体制机制的运营模式各有不同，但是权责对等、职责细化和沟通制衡机制的设计较为清晰，只有明确分工、制衡合理，各个治理机构才能协同有效地发挥作用。

4. 形成"素质优、业务强、水平高"的人力资源优势

社会上普遍存在着"重董事会，轻监事会"的现象，造成这种现象的原因可能有几个方面。一是董事会在公司治理结构中处于中枢地位，因为它的决策会直接关系到企业的未来命运，权力机构是无人敢怠慢的。二是监事会在公司治理结构中起着"助理裁判"的角色作用，只能"举旗"而不能"吹哨"（出资人有"吹哨"的权力），自然容易被人轻视。一些缺乏能力的监事由于不知道在什么地方、什么时候、为什么"举旗"，结果变得干脆不"举旗"或乱"举旗"。三是监事会成员的"身份"问题，内部监事的地位使得他们"人微言轻"，外派监事中以从领导岗位退下来的老同志居多，被人认为监事会是照顾老同志发挥余热的机构。其实，董事会和监事会各司其职，都是委托代理关系的制度安排，虽监事会站在"边线"，但它是执行"吹哨"功能的主裁判即股东的"耳目"，"举旗"的及时与得当与否，关系到公司治理的"游戏"能否公平、公正地进行，关系到分设的权力能否规范地运作，也关系到监督能否有效维护股东及企业和其他利益相关者的权益。

在监事会的人数配置上，我国《公司法》只规定了下限而没有规定上限，到底上限人数应为多少是一个变量，这应根据各公司的规模（以股本数衡量较佳）、股东（特别是大股东）与经营者的关系的不同而有不同，这可以在公司成立时由出资人共同决定。从各国公司监事会的情况来看，一般都不超过 10 人。如法国

---

❶ 指重大决策、重要人事任免、重大项目安排和大额度资金运作。2010 年 7 月，中共中央办公厅、国务院办公厅印发了《关于进一步推进国有企业贯彻落实"三重一大"决策制度的意见》，其中对"三重一大"事项的主要范围做了具体说明。

就规定"监事会成员的最低人数为 3 人，最高人数一般为 12 人"。

从监事会工作的性质来看，提高监事会成员的素质是势在必行的要求。应当要求监事既要懂财务、管理、审计等方面的知识，又要懂法律法规和公司依法运行的程序规则，而且监事要忠实勤勉地履行自己的义务，使监事明确地知道其所负有的义务和责任。当董事、经理等经营管理人员在执行公司职务时违反法律法规或公司章程，或其他行为损害公司利益时，监事会如未采取合适的措施，监事会成员必须因为故意或过失犯下的错误而承担连带责任，以此来强化其责任心。

监事会的履职方式应明确是全过程的监督，这既要求监事会的监督与董事会决策、经理层执行为同时同步的监督，也要求监事会不仅要有财务监督的能力，也要具备业务监督的能力。因此，监督检查的有效性也是由履行监督检查的监事会成员的责任心、监督检查能力与水平、组织方法与工作机制等综合要素决定的。所以，提高监事会自身的能力、水平、责任心和自律能力是有效监督的前提。

关于监事会成员的报酬，也一直是让理论界和实务界难以下定论的问题。其实这个问题的实质是对监事会成员因其执行监督工作而对其人力资本付出的回报如何衡量。在实际工作中，监事会包括各方面的专家和主要的利益相关者，他们的工作付出很难准确衡量，没有定量的标准可以参照。目前，大多仍是参考同行业实力不相上下的公司情况，再结合本公司的具体来做出监事的薪酬规定。监事报酬不应与企业绩效挂钩，而应以监督工作的优劣和有效性而定。

国有企业实行公司制改革后，监事作为公司制企业中专司监督的管理者，基本上是由组织人事部门按照企业领导干部的要求进行配置。国有资产监督管理机构在配置监事和监事会主席时，往往注重的是干部的行政级别、资格经历和企业工作经验，在相对封闭的人事圈内难以发挥好中选优、优胜劣汰的竞争机制。国务院国资委在选拔任用中央企业主要负责人时，已经开始面向社会公开招聘总经理等高级职位，但外派监事的社会公开招聘未见实施。要坚持监事会监督机制创新的市场化取向，要把组织配置和市场配置相结合，面向社会选聘优秀人才，不断吸引社会高素质人才，逐步建立健全市场化选人用人管人的机制，形成优胜劣汰的用人机制，加强监事会队伍建设。

5. 加大市场化选聘监事的力度，形成"优胜劣汰"的机制

监事的市场化是实现建设高素质的专业化、职业化监事队伍的根本条件，因为市场机制的重要功能，是通过市场这个看不见的手来配置社会的资源（包括监事在内的企业高管），它能使各类资源发挥最大的效用。相比报酬、津贴等因素，从市场选聘的监事会更看重自己的声誉，即社会上将如何评价其在公司治理中的表现。从一些通过市场引入独立董事的国有公司情况来看，如宝钢集团、上海电气、上海国际港务等公司的董事会中的独立董事大都来自中国香港、新加坡等境外地区，他们都很看重企聘他们为独立董事，上任后都相当到位、尽职尽责。问及原因，他们几乎都一致感言只能做好独立董事，不能失败。一旦做砸了，那

么自己的整个职业生涯也就完了，不仅国内不会再有公司聘他为独立董事，在境外也会留下一个不良的记录。可见，这是一个比绩效奖励更让他们关切的动机，也是更重要的动机，它促使从人才竞争中脱颖而出的高管不敢有丝毫怠慢。同时，监事会队伍的市场化也是保持外派监事独立性的必要条件。因为在股权多元化企业，外派监事既要向股东会负责报告，又要向派出机构负责报告，双重责任在一定情况下会产生冲突，对于那些持有公务员身份的监事而言，是以个人身份承担民事责任还是以派出单位承担民事责任，这在相关的法律法规文件中并没有明确，显然不利于激励约束机制作用的发挥。

在国企公司治理建设中，面临的最大困难是公司治理人才的匮乏，例如不少公司都把提高外部董事的比例作为建设董事会的重要举措，但哪里来这么多合格的外部董事成了问题。为解决"外部化"需要，于是有了各种各样的做法，如聘用退休不久的原国企领导、官员，以及大学或会计事务所、法律事务所的专家等去担任外部董事或监事。但这是一种救急的做法，其间真正能称得上职业化、专业化、有利于公司治理战略性变革的人才并不多。毕竟国企领导长期在体制内生存，他们对体制内的工作程序非常熟悉，运作起来如鱼得水，但要真正担当起职业化、专业化董事、监事还得从头学起。至于很多官员、专家，他们长期在体制内生存，一个特别致命的地方是他们缺少经营企业的经验，作顾问可以，作董事、监事缺少感觉。现在国有企业董事、监事的来源实施"外部化"是完善公司治理的一种举措，但"外部化"中若不以市场化为重会导致"前功尽弃"。目前有关权力机构在"外部化"选人时不太会考虑"体制外"的（尽管这几年也有不少国企采用市场机制来招聘经理层的副职，但这种措施也是点缀成分居多，与真正发挥市场机制来改革国企高管选聘工作有相当大的差距），有时往往为了政治上的放心或安排干部的一种政治待遇，不太多考虑人选能否胜任的问题，利用市场机制的优胜劣汰竞争也往往只能停留在纸面上。

其实法律和政策性文件从未在党派属性、行政级别上对包括监事在内的企业高官人员资格做过什么限定，问题是有关权力机构在决定监事等国企高官人选时要以什么作为首要标准。上海国资委 2010 年 11 月公布的《董事会试点企业治理指引》第二十六条提出：监事会对市国资委负责，重点监督财务会计的真实性，经营过程的合法合规性，董事、经理等高级管理人员履职的责任心。选聘监事，就是该看其职业道德和职业能力，是否胜任监事职责。国内有业内人士曾提出，国有企业未来的改革应该是将国有企业的利益真正归于全民，把国有企业公众化。该人士并未具体提出他的建议内容，但作为每个公民都有权利去维护全民的财产（国有资产）不受损失，自然也应该给每个符合一定条件资格的人有机会在国有企业的监事会中行使维护国有资产的权利。

解决这个问题的关键是要建立和开放包括监事在内的选聘市场，全心全意发挥市场机制的作用，从制度上使各种人才能有平等的机会进入国企监事会中发挥才能，让市场在这些专门人才的培育、选择、薪酬等方面发挥指导、调节作用。这会给组织程序指派的监事带来压力和动力，有利于更多的人才成长。也只有这样，国企监事会才有"出路"。

6. 充分利用现代信息技术，提高监督手段的科技含量

传统的监督方法是以"听、看、查、问"为主，要实行当期监督和动态监督，做到信息对称和方法科学十分关键，这对监事会监督检查的及时性、灵敏性和准确性提出新的更高的要求。另一方面，电子计算机和网络技术的发展又为监事会监督采用现代信息化手段，实行信息化监督检查，提高监督检查效率提供了实现的条件。在企业信息化建设中，监事会监督方法的创新要与现代信息技术手段相衔接：①要建立监事会工作专用电子信箱，各种需要报送监事会的经营信息要定时、定人向电子信箱报送，做到报送信息的及时、准确和完整，以制度和科技手段保证监督信息的对称性；②建立监事会电子工作平台，通过网上办公形式，既可加强与公司管理层的沟通，又可及时、方便地向出资人提供信息，提高监督效率。

监事会在报送信息的制度化、网络化基础上，要着力提高监督信息的处理和分析应用能力。处理就是要以预先设定的标准，判读系统输入的信息所反映的公司经营情况是否正常，对于公司经营情况的异常信息或者是董事、高管人员职务行为的异常信息，监事会必须启动快速反应机制。分析应用就是对筛选出来的异常信息，凭借全体监事的职业判断能力，分析异常信息蕴含的风险程度，并按照风险性质、类别和程度大小，决定监事会输出信息的种类（如提示、建议、意见、警示、质询或报告等），及时向委派机构报告重要情况和重大问题。

7. 拓展监督式民主的功能，全方位加强股东监督

国有企业资产归全体人民所有是毫无疑问的，但是监管国企资产不可避免地存在着一条委托代理链。全国人民选举产生的政府代表人民拥有国有资产，现在各级国有资产监督管理委员会作为各级政府的特设机构是国有资产出资人的代表，其中包括肩负监管国企保值增值的职责，而国资委又必须通过国企的公司法人治理制度来完成它的国企保值增值的职责给人民一个满意的交代。与政治活动中的权力监督问题有相通之处，作为国资委监管延伸的国企监事会也要充分关注与使用监督式民主的手段，体现一种自下而上运行的监督权力。现在国企的监管似乎和社会、民众毫无关系，政府必须建立各种制度让社会监督国企，让民众参与国企监督。

古今中外的社会实践早已证明，民主国家或正走向民主的国家，都非常重视舆论监督（社会各界通过包括网络等各种媒介公开报道和新闻批评）对政府建设和社会进步的巨大推动作用。舆论监督因其自身具有的独特功能已成为当代社会民主监督最有效的途径之一，它通过表达真实的民意，使权力受到民意的约束，从而克服权力运行过程中的随意性、主观性和隐蔽性。舆论监督与行政监督、法律监督等权力监督相比是一种软监督，它不具有使当事人作为或不作为的强制力，而是借助舆论监督造成的精神压力或形成的社会围观，使当事人采取符合民意的行动或促使有关部门介入更好地解决问题（例如中国石油化工集团公司对其广东分公司总经理高档酒事件的处理、哈药集团制药总厂"污染门"事件因社会

的讨伐难以蒙混过关）。澳大利亚学者约翰·基恩提出：1945 年以后至少出现100 多种设计用以控制权力的制度，这些制度在过往民主的历史上从来没有存在过，例如参与式预算、公民陪审团、最高峰会、生物区规制大会、咨询委员会、焦点团体、脱口秀等。它们结合在一起织成了一张庞大的民意网络，这一网络集中了所有的公共事务、集中了各种各样的信息、集中了各种各样的意见、集中了各种各样的方案等，公共权力只能通过这一网络而运作，应该把它称作是"监督式民主"。民主式监督理论具有其他民主理论所不具备的优点：首先是可以给公众提供更好的信息、更多样化的观点；其次，监督通过普通大众得到运作，不是一种自上而下的监督机制；第三，不论从哪个方面来看，这类监督都更与民主的本意相符；第四，它进一步强化了多元化、强化了公众的声音、强化了公众参与决策的动机；第五，它是一种最为动态的民主，一种对权力极为敏感的民主。

国企监事会要增强监事会有效性，应该主动建立与公众的联络机制、高效的舆论搜集和反映机制，对公众反映出来的问题及时介入。要实现对国企的有效监督，必须让公众及时准确地了解国企活动的各类信息，监事会在督促企业健全信息获取与披露机制方面要不遗余力。治理的有效性取决于委托人与代理人间的信息对称度，信息透明是公司治理有效性的基础保证，获取充分而又及时的信息是委托人或监管者必须解决好的首要问题。由于国资委出资企业大多以有限责任公司或国有独资公司形式存在，自然采取了现行有限责任公司的信息披露方式，但事实上这些企业比上市公司还具有更为广泛的公众性，完全应当参照上市公司的信息披露规则向公众发布信息，从而将国资监督引向深入。各级国资委也应当向同级人大提交关于国资监管及运营情况的年度报告，以接受各级人民代表大会的质询及评议。

（四）德国公司监事会特点对我国国企监事会发展的启示研究

1. 德国公司监事会制度的特点

德国公司监事会的主要特点一是双层制，二是劳资共治。

（1）双层制

德国法律规定，监事会和董事会呈垂直的双层状态，监事会和董事会有上下级之别，监事会为上位机关，董事会是下位机关。监事会是出资人委托的监管人；监事会是公司监督及重大决策参与机关。监事会不仅地位高，而且职权大，其既有监督权，还有对董事会主席和董事任免权、报酬决策权及重大经营业务的批准权，以及特殊情况下的公司代表权、临时股东会的召集权等。监事会向股东会负责并报告工作。监事会的主要职能是监督，同时也承担咨询的职能。

（2）劳资共治

根据德国法的规定，监事会成员由职工代表和股东代表共同组成。职工选举职工代表进入监事会。德国监事会由股东代表和职工代表共同组成的模式是资本与劳动对公司的共同治理的模式，体现了现代公司法理论中的"利益相关者理论"，是对传统股东本位的固有观念的修正，与 20 世纪末期兴起的"人力资本理论"不谋而合。

职工委员会选举职工代表进入公司监事会，实现对企业重大经营决策问题的参与决策。主要内容包括：监督维护职工利益的法规执行情况和劳资协议的执行情况；与资方平等地参与社会福利政策和方案的表决；享有对企业生产经营状况的知情权和质询权等。职工参与公司治理，不仅从某种角度反映了德国社会的政治和文化背景，也在相当程度上保证了职工的利益，缓和了劳资矛盾，调动了职工积极性，为保证企业有一个相对稳定的经营环境创造了条件。

2. 对中国国有企业监事会制度发展的启示

中国公司治理结构与德国等大陆法系的二元制模式不同，主要区别在于监事会和董事会属于平行的机关，监事会无权任免董事。同时，中国监事会独立性较弱、监督检查权的制约力不强是监督制度建设的瓶颈问题。借鉴德国监事会制度的特点，在发展和完善中国国有企业监事会制度方面可以有以下思考。

（1）引入独立监事和外部制度，优化监事组成结构

鉴于中国国有企业一股独大的现状，股东代表最终是大股东的代表，或是控股股东的代表，公司"内部人控制"实为大股东控制的局面，必须增强监事会的独立性。

（2）扩大职工代表作为监事会成员的范围

现行的职工代表出任监事，大都流于形式，原因是本企业职工作为监督对象的下属，如提出不利于管理层的监督意见，难免遭到不公正待遇，甚至要被解雇。与其丧失监事身份或遭解雇，不如做一个"恭顺的监督者"。可以扩大职工民主程序产生的职工代表范围（如产业工会或行业工会的适合人选等），通过订立聘约关系，增强职工监事的独立性和专业性。

（3）依据公司规模决定监事职数和委员会

《公司法》规定监事会成员数的下限为 3 人（独资公司 5 人），这个人数限制应该依据公司规模适当增加，并按照监督检查的职责下设审计、提名、报酬、诉讼等专业委员会，加强股东监督权的连续、动态的履行。

（4）加强对董事、经理和高管履职尽职监督评价

《公司法》规定的这项职权在大部分监事会内部实际上被悬空。2008 年起国有金融企业监事会在中国银行业监督管理委员会指导下开始施行，但是仍和高管的评价考核呈双轨制。《公司法》修改中新设监事会对高管的罢免建议权，也由于缺失程序而难以执行。应该强化监事会对董事、经理和高管履职尽职监督评价和细化罢免建议权行使的程序，有效制衡董事和经理层的滥用权力滥用。

（5）增强监事会监督意见和建议的制约力

现行规定监事会监督检查发现的问题，只能行使纠正权，提出的监督意见和建议缺乏制约力。今后，一是要强化监事会的质询权，让他们有权对公司经营中出现的问题进行责任追查；二是要明确规定，监事会提出的整改意见在期限之内没有改正的，又由此导致公司或股东利益受损的，监事会具有追究当事人责任的权力。

案例：上海良友（集团）公司监事会：针对性、有效性和监督能力

上海良友（集团）公司是一家国有独资企业，监事会由外派专职监事会主席、外派专职监事、公司纪委书记、公司审计部负责人、公司工会主席等5人组成，并设置了监事会办公室，配置了专职监事会秘书，组织健全，机构独立。监事会认真按照上海市国资委的要求，扎扎实实做好工作，着重在监督的针对性、有效性和监督能力上下工夫。

一、监事会在过程监督中突出重点，突出针对性

作为企业法人治理结构的组成部分，监事会成员实现"内外结合"、监事会工作突出"过程监督"。监事会监督的主要方面包括对领导班子集体决策、企业管理规范运作、集团发展战略的制定和实施、重大项目工程的建设和管理、财务及资产运作、用人及队伍建设的监督，坚持运用解读和质询财务报表情况、审阅有关文件资料、开展检查调研、参加有关会议发表看法、提出建议等方法，做好过程监督，重点监督。

二、监事会对重要事项跟踪监督，督促整改

根据出资人关注的重点，监事会对集团领导班子成员薪酬分配情况、金融投资状况、集团有关审计整改情况等事项，不但实施重点检查，还将其列为持续监督、跟踪监督的专项工作。监事会感到，虽然当时对这些事项都做了检查了解并写出了调研报告，但反映的只是阶段性状况的监督成果。从出资人监督角度出发，这些环节还应予持续关注，因此必须将这些内容列为重要事项进行跟踪监督，定期检查，促进企业严守制度，提高管理水平。

三、监事会代表出资人监督，成为出资人监督的延伸

每年年初，集团公司要向市国资委申报核销资产损失的事项，监事会按照市国资委批复要求予以专项检查。监事会对资产损失的类别、时间、对象、形成背景、发生原因、责任人、处理经过及改进措施等内容涉及的原始资料、分管领导、具体经办人员、中介机构审计报告等资料进行了详细了解和查阅、复核，提出了值得总结的经验教训，得到企业重视，出资人监管效应得到延伸。

一次当市国资委向监事会通报发现集团所属企业产权交易中可能存在国资流失的问题时，监事会用了7天时间，迅速了解情况，弄清事情的来龙去脉，基本澄清了事实：在该交易中不存在国资流失问题，主要是财务处理不规范，具体操作不妥当。在调查的同时，集团监事会提出：一是要求该企业采取切实措施，完善操作，找出凭证和协议，补充说明材料，齐全原始资料，建立经营档案；二是吸取教训，规范管理，杜绝此类情况再发生。

四、在自身建设中努力探索，不断增强监督能力

1. 在坚持学习的基础上，加强沟通交流，借鉴新办法新经验

首先，监事会成立以来，通过坚持学习提升认识水平，掌握重要文件精神和新法新政，提高业务专业知识。其次，认真参加市国资委举办的监事会主席学习研讨班、专职监事岗位培训班。第三，开展与其他国有企业监事会的交流活动，

进行工作研讨和经验借鉴。

2. 在制度基本建立的基础上，抓好执行，把国资监管落到实处

监事会制定和修订了监督工作制度共计 11 项。在基本形成了集团监事会工作制度框架后，监事会着力于执行好制度，这主要体现在做好五个坚持：一是坚持参会阅文制度，监事会主席、专职监事定期参加各种重要会议、查阅各类重要文件；二是坚持由监事会主席召集的每周工作碰头会，及时检查、研究本周工作，部署下周工作；三是坚持每季召开一次监事会工作会议，审议专项检查调研报告和有关事项，研究部署工作，按分工交流工作信息；四是坚持监事会主席与集团高层领导的不定期沟通；五是坚持对月度、季度、年度财务报表的审阅，定期请集团计划财务部的负责人对财务报表进行解读并质询。

3. 在组织健全的基础上，发挥各成员作用，有利于监督协同形成合力

集团监事会人员结构相对比较合理，既有外派的监事会主席和专职监事，也有由集团纪委书记、工会主席、审计部总经理担任的内部兼职监事。监事会在工作实践中，一是以制度的形式，明确了每个成员的职责和分工，注意发挥所有成员的积极性和工作优势；二是充分利用监事会工作平台，不仅研究监事会工作，同时根据分工，请内部监事通报有关情况，与监督形成协同作用；三是监事会的重点调研、专项检查等工作，都经监事会成员充分讨论确定，与集团监督部门的工作不重叠，信息共享。

参考文献

[1] 李荣融. 履行监督职责　促进国有资产保值增值 [N]. 人民日报，2009-08-15（07）.

[2] 孟建民. 充分发挥中央企业职工监事作用，进一步完善国有企业监事会制度 [R]. 北京：中央企业监事会职工监事培训班，2010.

[3] 张德江. 加强监管努力实现国有资产保值增值 [R]. 北京：全国国有资产监督管理工作会议，2008.

[4]《新形势下国有企业监事会监督体制机制的改革创新》课题组. 新形势下国有企业监事会监督体制机制的改革创新 [R]. 北京：国务院国资委，2010.

[5] 张磊，陈发鸿. 信息时代网络舆论监督领导干部机制发展研究 [J]. 辽宁行政学院学报，2010（1）：5-7.

[6] 郭忠华. 监督式民主：民主当代的发展趋势——著名学者约翰·基恩访谈录 [N]. 社会科学报，2011-04-07（03）.

国有企业经理
——创造企业价值的领军人才

■ 战略是方向盘、执行力是引擎。国有企业经理在公司治理框架下的定位是董事会指导下负责公司日常经营的管理机构，执行公司战略以及增加长期股东价值，是资产价值创造的执行人。

■ 中国国有企业经理制度的实践是完善国有企业法人治理结构的艰难过程，国有企业经理人在环境适应力、视野宽度和综合素质方面都面临新的、复杂经营环境的挑战，建立和完善经理人制度是国有企业培育优秀人才、适应市场竞争的必然选择。

■ 以市场化、职业化的途径形成一批具有较高知识水平、能力素质的经营管理人才和成熟的企业家，是国有企业法人治理结构建设的重要环节和艰巨任务。

一、企业经理的定位：公司价值创造的执行人

（一）经理和经理制度——企业管理职能分工细化的必然产物

1. 经理职位的起源和定义

古汉语中，"经"和"理"都是治理的意思，《史记·秦始皇本纪》："皇帝明德，经理宇内。"[1]《荀子·天论》："本事不理，夫是之谓人祆。"[2] 到清末出现了"经理"一词，多指规模较大的票号（银行）或企业中主持业务之人。现代汉语中，"经理"有两个义项：①经营管理；②某些企业的负责人。"经理"的英文表达为"Manager"，据美国出版的《MBA 词典》，其含义是指组织中负责监管他人工作的成员[3]。

公司制度是一项丝毫不逊色于蒸汽机和电子计算机技术的伟大发明，自 18 世纪以来就成为人类社会发展的强劲动力[4]。马克思曾指出，股份公司的建立使"实际执行职能的资本家转化为单纯的经理，即别人的资本的管理者，而资本所有者则转化为单纯的所有者，即单纯的货币资本家"[5]。现代企业中的经理人职位起源于美国，到今天已有 160 多年的历史。1841 年 10 月 15 日，美国马萨诸

---

[1] 宇内，指国家。

[2] 农事得不到治理，这就是认为的灾害。祆，同"妖"，灾害。

[3] Oran D, Shafritz JM. The MBA's Dictionary [M]. New York: Reston Publishing Company, Inc, 1983: 253.

[4] 谈萧. 经理革命的法学解释 [M]. 北京：中国时代经济出版社，2005.

[5] 马克思. 马克思恩格斯全集 [M]. 第 26 卷. 中共中央编译局编译. 北京：人民出版社，1975.

塞州的铁路发生一起两列客车迎头相撞的事故，社会公众反响强烈，认为铁路企业的业主没有能力管理好这种现代企业。在州议会的推动下，对企业管理制度进行了改革，改革认为公司应该选择有管理能力的人来担任企业的管理者，这一事件标志着现代企业开始了从业主式（世袭式）经营企业向聘用经理人经营企业方式的转换。同时，经理职位的产生也为现代企业决策权和执行权的分设成为可能，并进而发展为制度化。

2. 经理人制度的相关学说

(1) 经理角色学派

经理角色学派是 20 世纪 70 年代才出现的一个管理学派，其代表人物是亨利·明茨伯格（Henry Mintzberg）。经理角色理论是在现代企业组织理论基础上发展起来的，是在经营权与所有权分离以后经理成为一种职业的产物。该理论不仅对人们理解经理人的角色、工作性质、职能以及经理的培养具有重要意义，而且还对如何提高经理工作效率，特别对于改革中国国企传统的经营管理体制（如激励机制、监控机制、决策机制）具有重要的现实意义。由于经理工作极为重要、权力又非常之大、其行为的影响又非常深远，因此如何建立既不影响经理发挥职能，又能有效发挥其积极性、创造性，同时又能约束其滥用职权的制度，已是中国国企完善现代企业制度、规范公司治理的当务之急。

经理角色学派以经理所担任角色的分析为中心来考虑经理的职务和工作，以求提高管理效率。该学派所指的"经理"是指一个正式组织或组织单位的主要负责人，拥有正式的权力和职位。经理角色学派理论来源于对传统管理职能的认识，明茨伯格认为传统的管理职能和人们所认识的管理工作大不一样，传统的管理职能研究不能全面地理论结合实际，没有对经理的工作进行深入的研究、缺乏有效的证据，不能反映出经理工作的真正面貌和实质。明茨伯格从众多经理角色的扮演中提炼出经理工作的六项目标：①经理的主要目标是保证他的组织实现其基本目标——有效率地生产出某些产品或服务；②经理必须设计和维持他的组织的业务稳定性；③经理必须负责他的组织的战略决策系统，并使他的组织以一种可控制的方式适应于其变动的环境；④经理必须保证组织为控制他的那些人的目的服务；⑤经理必须在他的组织同其环境之间建立起关键的信息联系；⑥作为正式的权威，经理负责他的组织的等级制度的运行。

(2) 亨利·明茨伯格的"管理心模"

对于如何成功地组建或维持健康的团队，明茨伯格列出了"管理心模"的框架，它是由反思、分析、练达、协作和积极主动所构成。

① 反思。反思包含着"好奇、探究、分析、综合、联系"的过程，它也意味着"仔细思考、反复思索经历对于自我的意义"。明茨伯格认为，管理者日常工作一忙自然会妨碍思考，但有效的管理者知道如何从这样的工作中培养反思能力。即使管理工作很难让管理者有集中的时间思考复杂的问题，善于反思的管理者却能一边工作，一边抽空学习，断断续续、渐渐深入思考这些问题。

② 分析。通过反思去让人分析，分析可以使事情变得有序、清晰、明白。不过，明茨伯格也指出过度依赖分析的危险，"在管理中，过分强调分析会把大量的判断赶出组织，造成严重的机能障碍"。实现某种程度的平衡才是明智之举，管理需要注意两种基本认知方式，其一是正式和明示的知识，其二是非正式和隐性的知识。

③ 练达。明茨伯格认为，所有管理者都在自己的世界和他人世界之间的边缘上工作。"练达"意味着不时跨过这些边缘，进入其他文化、其他组织、自己组织中的其他职能，但最重要的是了解他人的思想，以求深入他们的世界。管理者不应停止探索，而他们一切探索的目的，是回到原点，重新认识这个地方。如果说分析接近于科学，那么练达就接近于艺术，因为它根植于具体经验和隐性知识。

④ 协作。有一个理念是："管理不是控制别人，而是让他们协作。"在明茨伯格看来，协作不是"驱动"或"授权"单位中的人，"驱动"或"授权"仅会加强管理者的权威。相反，协作是帮助单位内外的人。与此同时，管理者的权力逐步向非管理者下放，管理风格相应地从控制变为信服，从领导变为联络，从授权变为激发。

⑤ 积极主动。所有的管理活动都处于抽象反思和具体行动之间，反思过多则一事无成，行动过多则流于潦草。明茨伯格认为："管理属于热爱节奏、勇于行动、敢于挑战的人，不论来自何方，去向何处，这些品质永远伴随着他们。"在明茨伯格看来，管理者应主动采取行动，而不只是对发生的事情做出反应、采取步骤、规避障碍。有效的管理者，无论身居何位、无论受到怎样的束缚，都能抓住自己力所能及的自由，以充沛的精力自由自在地进行管理。卓有成效的管理者不会被动承受，他们是"变化的动因"，而不是"变化的目标"。

3. 公司经理的法律地位及其主要理论

西方社会有关经理的法律定义比较完备，但大陆法系与英美法系对经理的定义有所区别。

大陆法系经理的定义又可分为以下两大部门。①在民商合一的国家中，经理的定义一般规定在民法典中。如《意大利民法典》第二千二百零三条将经理定义为"接受企业的委托经营商业企业的人"；中国台湾地区《民法典》第五百五十三条规定，经理"有为商号管理事务，及为其签名之权利之人"。②在民商分立的国家中，经理的定义主要规定在商法典中。如日本的商法典规定经理属于"商业使用人"，是"给予代替营业主而行使营业中一切裁判上和裁判外行为权限的雇用人"❶；中国澳门地区的《澳门商法典》第六十四条规定，经理"系指商业企业主委任以经营企业之人，该委托得按商业习惯以任何职务名称为之"。而《德国商法典》虽然没有直接规定经理的定义，但是《德国商法典》第四十八条规定，"经理权只能由营业的所有人或其法定代理人，并且只能以明示的意思表

---

❶ 谈萧. 经理革命的法学解释［M］. 北京：中国时代经济出版社，2005.

示授予"。显然，大陆法系无论是民商合一的国家，还是民商分立的国家对经理定义的规定，都不是商人，而是受商人委托并代替商人经营企业之人。

英美法系经理的定义一般认为是公司的"高级职员"，是具体执行董事会的决策并负责公司的日常经营的人员。但是，英美法系对高级人员的外延却并不确定。如《布莱克法律词典》认为，高级职员包括公司总裁、司库、总经理等。而《美国纽约州公司法》第七百一十五条规定高级职员则主要包括总裁、副总经理、秘书、司库或财务总管。由于高级职员外延的不确定性，所以现在的立法不规定高级职员所包含的具体职务，而是由公司章程来规定。此外，1991 年《美国示范公司法》修正本也对高级职员做了规定，但是未对高级职员的具体称谓做出规定，正是基于这一原因，使经理在英美系的定义中不太确定。

根据中国《公司法》的规定："经理由董事会聘任，依照法律规定的职权或公司章程的规定，负责公司生产经营的日常管理工作。"可见，中国经理的定义无论是立法角度还是法理角度与大陆法系或英美法系对经理的定义做比较都存在着很大的差别。

纵观各国对经理的法律地位的界定，从理论上讲主要有以下几种学说。

（1）公司机关说

该学说认为经理是公司的机关，经理的行为和意思表示都看作是公司的行为和意思表示，经理的行为后果由公司承担。中国台湾地区的经理被视为"章定、任意、常设之业务执行机关"，但是该说对于同为公司业务执行机关的董事与经理有何区别，有何关系未做具体、明确说明。

（2）公司代表说

该学说认为经理在职权范围内是公司的代表人，这种职权的范围可以是董事之授权，也可以是公司章程之规定。《日本商法典》规定经理人有代替营业主人实施有关营业的、裁判上的、裁判外一切行为的权限。但是，经理的职权范围又受到董事会授权范围或公司章程规定范围的限制。

（3）代理说

该学说认为经理是公司所有者，是商人的代理人。该学说与公司代表说有严格的区别，与商人之间的代理关系却又并不能完全适用民法上的代理制度。此外，大陆法系与英美法系对该学说在阐释方面也存在一定区别。大陆法系将"代理人说"建立在区别论（The Theory of Separation）的基础之上。区别论认为委任与授权是两个不同的概念，委任是委托人与代理人之间的合同，是内部关系；授权是代理人代表委托人与第三人之间法律行为的权力，是外部关系。代理人说认为通过委任契约只对代理人的权限加以限制，原则上对第三人无约束力。英美法系将"代理人说"一般直接引用民法上的代理制度，在需要保护交易第三人利益的情形下，则一般适用"表见代理"的理论。

中国《公司法》第四十六条规定："董事会对股东会负责，行使下列职权……九、聘任或者解聘公司经理（总经理）。根据经理的提名，聘任或者解聘公司副经理、财务负责人、决定其报酬事项……"《公司法》第一百一十二条对股份有限公司经理也做了类似的规定，即经理由董事会聘任或解聘。由此可见，中国所指的经理是董事会的代理人，而不是公司的代理人。经理在执行职务时，对内与股东会、董事会的关系未明确规定；对外也只能代表董事会与第三人发生业务关系，但是对外所发生的法律后果又由公司承担。

中国根据发展市场经济的需要，设立了法定代表人制度。1986 年，《中华人民共和国民法通则》（以下简称为《民法通则》）颁布，第一次以基本法的形式确认了法人制度和法定代表人。《民法通则》第三十八条规定，依照法律或者法人组织章程规定，代表法人行使职权的负责人，是法人的法定代表人，同时还规定了法定代表人行为法律后果的归属：①法定代表人的行为引起民法上的后果由法人承受；②如果法人的违法行为还导致了刑事责任和行政责任的，法定代表人可能要承担刑事和行政责任。1993 年的《公司法》规定，有限责任公司和股份有限公司的董事长、不设董事会的执行董事是公司的法定代表人。可见在中国公司制度中，所谓"法定代表人"是指依照法律或者公司章程的规定，经公司登记机构核准登记注册，代表公司实施法律行为的负责人，其行为后果由公司承担。2005 年《公司法》进行修改，将董事长规定为公司法定代表人的规定，改为公司法定代表人依照公司章程的规定，由董事长、执行董事或者经理担任，这样公司股东也可让经理担任法定代表人，增加了经理代表公司法人的法定职权。

4. 经理制度法律规范及其主要内容的比较

（1）经理的权利

总经理是公司业务执行的最高负责人，通过中国《公司法》列举的方式规定的经理职权可以得知，公司的经理集立法权（除基本管理制度以外）、执行权（组织实施）、人事权（任免奖惩）和财务权等各种日常经营管理权力于一身。与外国公司法相比，中国经理的法定职权似乎更大一些，《公司法》直接将董事会与经理并列为公司的法定组织机构，也是中国公司经理制度的特征之一。

（2）经理的义务

《中华人民共和国中外合资经营企业法实施条例》（以下简称《中外合资经营企业法实施条例》）第四十条第四款规定"总经理或副总经理不得兼任其他经济组织的总经理或副总经理，不得参与其他经济组织对本企业的商业竞争"。竞业禁止义务是许多国家为保护其商业秘密而采用的手段。《法国公司法》第一百二十七条规定，"任何人不得同时属于两个以上经理室，也不得在两个以上其公司住所在法国领土的股份有限公司里担任总经理职务"。《日本商法典》第四十一条规定，"经理人非经营业主人许诺，不得经营营业，不得为自己或第三人进行属于营业主人营业部类的交易，不得成为公司的无限责任股东、董事或其他商人的使用人"。中国台湾地区民法第五百六十二条规定"经理人非得为自己或第三人经营与其所办理的同类事业，亦不得为同类事业公司之无限责任股东"。也可以说，竞业禁止义务是经理的首要义务。自我经营限制等义务是由竞业禁止引申而来的，还有一些如忠实义务和保密义务是经理的职责，经理和董事、监事相同的义务由《公司法》第六章统一规范。总之，经理义务的设置应与其享有的权利相统一。

（3）经理的职权范围

《德国商法典》第四十九条规定，经理是指被授予从事各种诉讼或非诉讼行为，以及在商事经营过程中进行法律活动的权利。同时又对经理职权做出限制，即对于不动产的转让与抵押，只有当经理人被专门授予这方面的权限时，才有权处理该事务。也只在经理被特别授权时，才有权转让不动产或在不动产上设定负担。此外还对有关经理权范围之限制对第三人不生效也做了规定。《意大利民法典》第二千二百零四条规定，如果不经明确授权经理不得转让或抵押企业的不动产。由此可见，意大利法律对经理的职权范围也做了一定限制。《公司法》第三十一条规定："经理人之职权；除了章程规定外，并得依契约之订立。"同时中国台湾地区民法第五百五十四条规定："经理除有书面授权外，对于不动产不得买卖或设定负担。"因此，台湾法律对经理权范围并未采用法定方式，而是采用意定方式，即经理权的范围由公司章程或合同的形式协商确定。中国《公司法》第五十条规定，经理对董事会负责，并采用列举式规定行使下列职权：①主持公司的生产经营管理工作，组织实施董事会决议；②组织实施公司年度经营计划和投资方案；③拟订公司内部管理机构设置方案；④拟订公司的基本管理制度；⑤制定公司的具体规章；⑥提请聘任或者解聘公司副经理、财务负责人；⑦决定聘任或者解聘除应由董事会决定聘任或者解聘以外的负责管理人员；⑧董事会授予的其他职权。另外，公司章程对经理职权另有规定的，从其规定等。

（4）公司经理的授权

《德国商法典》第四十八条规定，经理权只能以公司明确的意见表示而授予；第五十三条又规定，经理之授予必须由商事企业所有人申请在商事登记簿上登记。因此，德国在经理权授予登记的效力是采用登记对抗主义，而非登记要件主义。《意大利民法典》第二千二百零六条规定，经理委托书经认证后必须存放于企业登记机关，并进行登记，采用的是登记要件主义。中国台湾地区《民法典》第五百五十三条明确规定，经理权之授予得以明示或默示方为之。虽然也规定经理权的授予必须登记，但是并不采纳登记要件主义，而是登记对抗主义。中国经理的授权是由董事会聘任产生，但是对聘任标准、聘任方式、聘任程序未做具体明确的规定。中国经理的授权方面需要借鉴各国立法经验，应做出明确的规定。

（二）实现经营目标：经理制度的功能及其治理关系

1. 经理是公司治理中的业务执行机构

《公司法》中的"经理"含义同实践中"经理"的含义并不完全相同，现代公司治理结构中的经理是指在董事会的领导下负责公司日常生产经营管理工作的业务执行机构。《公司法》中的经理是指对公司日常经营管理工作负总责的管理人员，实践中一般称为总经理，而不是负责公司某一部门具体管理工作的所谓经理或部门经理。《公司法》对总经理的定位是公司日常工作的主持者，是董事会聘任的高级管理人员，以总经理为首的经营班子（即经理层，通常包括总经理及其聘任的副经理、财务负责人），负责执行董事会的决策，在董事会授权范围内拥有公司事务的管理权，直接处理公司的日常经营事务。总经理对公司具有日常工作管理权，他的权力体现比较明显，根据中国目前的实际情况，总经理的职权主要来源于三个方面：一是法定的职权，即《公司法》规定的经理职权；二是公司章程规定的职权，即股东（大）会通过公司章程授予经理的职权；三是董事会的授权，即由董事会授予的其他职权。公司章程有权对经理的职权做出不同于法律的规定，公司章程对经理职权另有规定的则从其规定。例如，有的国家公司法为了保护公司股东的股东权、保证公司核心财产的安全，对公司经理处分公司不动产的权利进行了限制。如《德国商法典》第四十九条第二款规定："对于不动产的转让与抵押，只有当经理人被专门授予这方面的权限时，他才有权处理该事务。也只有在经理被特别授权时，他才有权出让不动产或在不动产上设定负担。"

2. 董事会与经理的职责分工

董事会要建立起可持续的战略目标来创造长期股东价值，并指导经理层来完成这些战略目标。董事会也可以依靠经理层来提出这些战略目标，但是它们应该由董事会讨论决定并受其监督。对于董事会来说，它的主要责任是：①雇佣一位有道德和有能力的总经理；②确保雇佣其他高层经理；③监督经理层在创造长期股东价值方面的可持续战略、财务、运营目标。在履行监督职能时，董事会需注意不要事事过问以免卷入管理和执行事务的决策中去。董事会应该监督管理战略，但不应对这些战略的实际履行负责。在当今复杂的商业环境中，传统的仅仅监督上市公司的财务报告的董事会模式是远远不够的。董事会应该更多地参与公司治理的职能，建立和维护有道德的公司文化来确保公司已做好了成功的准备，并可持续创造股东的价值。为了有效地履行监督职能，董事应该在两个方面之间保持正确的平衡，即在参与公司战略决策的同时给经理层以足够的空间运营公司的顾问作用；通过检查经理层的业绩以及经理层提供的财务和非财务信息的质量、可靠性和透明度来履行其信托责任。

3. 董事会的战略决策与经理的执行力

一个企业的永续发展和竞争优势的建立与保持，首先取决于企业战略的正确与否。国际国内一个多世纪以来众多企业的发展历史充分表明了，企业的正确战略决策，以及持续多年贯彻实施战略的不懈努力，是一大批优秀企业能够基业长青的首要原因。而失败的企业，寻求其失败的原因，往往最根本的就是战略决策的失误或者是在战略的实施中出现了严重的失误。对任何一个企业来说，一个战略决策的失误会导致一个企业的失败，但正确的战略也不一定保证一个企业就一定成功，因为如果在实施战略决策的过程中执行不到位、执行过程中出了差错，正确的战略决策也无法达到其预定的目标，甚至会背道而驰。战略与执行力，其实就跟方向盘与引擎一样，战略是方向盘、确定方向，执行力是引擎、提供动力往目标走。

对公司而言，对于关系到公司的战略决策、公司基本的经营方针和政策、需要集体行动的选择则由董事会行使。除此之外，经理对公司的经营事务应有决策权。即董事会负责公司的战略决策管理，而经理负责公司的日常经营管理，是战略决策的执行机构，通过日常运营管理，实现公司的经营目标。世界著名波士顿咨询公司（下称"BCG"）的大中华区董事总经理林杰敏认为，企业价值的提升是通过投资的现金流回报和营业资产的赢利性增长两种途径实现的。前者意味着提高过低的利润，需要努力做功课提高赢利能力；后者则意味着业务增长，通过向前进扩大赢利业务来促进增长。企业价值管理是伴随着西方现代企业制度与资本市场的发展而逐步产生和确立的理论体系和实践方法。

为了创造价值，公司需要经理做好三方面的业务：①对今天的业务❶，管理层要能实现较高的当前利润率与现金流，通过扩展市场、更新产品与降低成本使核心业务得以延伸并得到强化；②对明天的业务❷，管理层要能加大营销的基础投入（包括渠道、广告、销售队伍等），通过抗击竞争对手，抢占市场良机并巩固做大；③增长期权❸，管理层要能在对各种机会的利润潜能与获得成功的可能性进行估计的基础上，挖掘出公司可以继续追踪的期权项目。

（三）公司价值创造：人力资本理论对经理地位的再认识

从 20 世纪 70 年代至今，现代企业制度不断走向成熟，职业经理人制度也随之不断趋向完善。在现代公司治理中，一个重要的问题是如何以人力资本理论为指导，重新认识公司经理的地位问题。公司治理传统的理念认为：公司经理作为所有者的代理人，接受董事会的委托；行使公司经营的权力，在公司治理的制度安排中，他并不是一个"原本结构"，而是一个"补充结构"。但在经济全球化的知识经济时代，公司经理在经营中的履职行为关系着公司的兴衰，使得人们越来越重视和依赖经理的作为，科技飞速发展的信息时代改变了公司的产权结构，经理人力资本已经成为现代企业产权结构中重要的组成部分。因此，公司治理的制度安排其实是企业各要素所有者的重新博弈，应当从人力资本角度重新审视公司经理制度安排。

1. 复杂经营环境和新兴技术发展，提高了经理履职的难度系数

市场竞争的加剧，增强了经营目标实现的不确定性，新兴技术的发展也促使经理阶层的专业化、职业化，并使公司发展目标对经理的依赖性逐渐增大，从而增强了经理在企业运行中取得的支配和控制权力。

第一，企业所要实现的经济目标在于用最小的成本取得最大的收益，盈利是企业生存的重要基础。但是，如何赢利、赢利多少，不仅取决于市场对产品的需

---

❶ 它指的是公司中的某些核心业务部门现在产生当前的大部分利润与现金流，但它们未来的增长潜能不大。

❷ 它指的是公司的明星业务，它们已被证实自身能够吸引带来利润的客户并取得增长的业务能力。

❸ 它指的是开启未来业务的投资，公司为探究新概念市场的可行性而开展市场试验、研究项目、战略联盟等活动。

求状况，也取决于企业的生产技术条件，它影响着企业的运行成本。在生产技术不发达或者企业进行生产不需要繁琐复杂程序的情况下，企业可以根据市场的供求状况进行生产运营，此时，资本的拥有量决定如何运营，在简单的商品生产条件下，企业所面临是一个融资问题。当生产技术高度发达，企业所面临的市场环境、技术环境愈加复杂，维系企业生存和发展不仅依靠物质资本要素，而且技术要素的投入对企业生产率的提高、组织成本的降低起着至关重要的作用，物质资本要素所有者个体单纯居于支配地位的优势已不复存在。

第二，新兴技术的发展对企业"指挥者"的要求更加严格，居于支配地位的人必须具有一定的知识能力，这种知识能力是经理得以产生的必备条件。知识能力是一个人经营能力与管理能力的综合。当这种知识能力与公司的经营管理职能结合在一起时，就转化为一种人力资本，即能够创造出有价值的知识。强大的社会变革使人们所处的社会日益复杂，公司经理必须要和无数个相互依赖的"关系"打交道，必须面对科学技术发展对企业生存的技术要求。因此，企业所依赖的经理必须具有一定的能力，具体来说，一是知识学习力。不仅要求其具有一定的管理知识，而且要具有所从事行业的相关知识及多学科的综合知识。二是经营创新力。它包括决断的能力、敏锐的市场洞察能力以及果敢的创新能力。三是管理领导力。管理是在董事会经营决策的基础上，将公司的各种资源有效地组织起来，为公司目标的实现而付诸的一系列执行性活动。管理是一门领导艺术，需要管理者运用一定的手段和方法，直面企业内多样化的人格特征及各种复杂的关系动态，协调人们在目标及价值观、利害关系等方面的分歧，使全体员工能够为了企业的目标而更加团结并富有进取和创造精神。四是律己自制力。这是对公司经理个人品行的要求。人需要精神鼓舞，需要榜样的力量。一个公司经理要想管理好企业，必须虚怀若谷，广纳贤才，求实敬业，严于律己，以良好的品德感染和影响部属，树立公司在公众中的良好形象。这些能力正是经理人力资本的极好体现。

第三，关键核心技术的发展使企业对经理阶层形成依赖，从而导致经理对企业的全面而有效的控制。在公司内部，由于科学技术的发展，企业的繁荣越来越依赖于技术的创新，而行为对组织的一个重要影响是企业的内部分工越来越细化，资本要素所有者对技术要素所有者的依赖更加深化，从而形成了经理对企业经营管理全面控制的局面。

2. 现代市场竞争加剧，凸显了职业经理人力资本资源的稀缺性

在现代市场经济活动中，职业经理人所具有的人力资本资源具有专用性、团队性和创新性、风险性等特征，并以其特有的方式融入公司价值创造的活动过程。

（1）专用性

较之普通人力资本，蕴藏在职业经理身上的人力资本具有很强的专用性。这种特质来自于经理的高度自信和敬业精神、坚定的意志力和竞争意识、持久的创新精神，以及敏锐的潜在利润捕捉能力。威廉姆森认为，工作中有些人具有的某种专门技术、工作技巧或拥有的某种特定信息，可以称之为企业家才能或经理人

力资本，它比物质资本显得更为稀缺，更具有专用性。拥有专用性资产的经理如若退出企业将会给本人和企业带来巨大的损失，因为失去与物质资本相结合的机会，这种专用性资产难以在企业外部发挥经济效能，而企业的金融物质资本同样失去增值的机会。

（2）团队性

经理人力资本的经济效能的充分发挥必须依赖于其他非人力资本的协作。这是因为经理人力资本的专用性导致了程度更深更广的社会分工，只有参与社会协作，经理人力资本才能更多地创造出"集体产品"或超额利润。从这个意义上讲，企业的团队特征实际是经理人力资本的团队特征，应该设计合理的、科学的评价和激励制度，使得该团队能够参与公司价值的剩余索取。

（3）创新性、风险性

经理人力资本不同于一般员工人力资本的重要属性是，经理是企业发展的创新主体，他承担着引进新产品，开发新技术，开拓新市场的重任。同时为了追逐经济生活中潜在的利润和价值，他还必须承担经营决策实施中的巨大或有风险。与此同时，职业经理人的培养和培训、认证机制不断的健全，也形成对职业经理人系统的市场和社会制约。

二　国有企业经理制度的实践：要求、问题和突破口

（一）公司制度对国有企业经理履职的基本要求

1. 董事会对经理的指导和监督

经理层可能具有不同于股东的动机，并受诸如财务回报、与其他公司治理参与者的关系的影响，当有机会时，经理层往往会以机会主义和自私自利的方式行动，而不是按公司和股东的最佳利益行动。这需要建立适当的公司治理机制来识别、管理或消除这些潜在的利益冲突，应该建立和维护公司治理机制以协调管理层与股东的利益，减少机会主义行为和信息不对称的程度。所以，在建设现代企业制度的实践中，建立董事会指导和监督的经理制度，其主要内容为经营责任的界定；运营目标的指标体系、绩效评价的科学有效；激励约束制度的明晰等。

2. 公司经理的基本履职要求

公司制企业的治理原则对国有企业经理提出了履职的基本要求，主要包括实现经营效率、提高资产质量、可靠性和财务报告的透明度，确保遵守适用的法律、法规、规定和准则等。经理层在董事会的指导和监督下，对公司创造价值的管理活动负全部责任，包括执行公司战略、保护资源、评估财务业绩、在所有重要方面公允地表述财务报告，以及增加长期股东价值。对经理层的要求可分为以下三个领域。

（1）运营

运营包括执行公司的战略计划，包括经理层为增进组织的运营效率、效果和成本结构所做的决策，以及包括对公司产品或服务的设计、生产、销售、市场营销。运营过程应该是一个价值创造的过程，以负责任和符合道德的方法创造利润

和增加股东财富。经理层作为公司治理的关键参与者，负责管理公司的日常运作，这些工作可能包括分析市场趋势、竞争、国内和全球市场以及经济指标。

（2）公司报告

公司报告比财务报告广泛得多，因为公司报告包括财务和非财务的报告。

财务报告关注于四种基本的财务报表，包括提供关于企业财务状况和经营成果的资产负债表、损益表、现金流量表和所有者权益变动表。财务报告提供财务报表的信息和其他财务信息，比财务报表的内容要宽泛，包括财务分析和财务报告涉及的内部控制。

非财务报告提供关键业绩指标（KPI），包括市场份额、新产品开发、顾客保持率、社会责任、环保业绩的背景和非财务信息，使投资者能更全面地了解公司的状况。一些公司已经采纳了某些改善公司报告质量的计划，如报告中包括前瞻性信息、管理层的评论等，使其对决策更相关、有用、可靠和透明。此外，还有全面风险管理报告、企业社会责任报告等。

（3）遵守法律法规

遵守适用的规定、法规、法律的要求和精神，包括税务和会计准则，是经理层的主要职责之一。投资界和金融市场除了继续关注公司的财务业绩外，最近公司的社会责任业绩也开始受到人们的关注。有些地方的法律规定经理层需要提供可持续性报告，关注公司是否遵守环境（E）、社会（S）、治理（G）等事项。ESG 事项会影响投资的财务业绩，因此在投资决策过程中应该作为一种因素予以考虑。

（二）国有企业经理制度建设的基本情况——实践和问题

1. 国有企业经理制度建设的三个阶段

经理制度是国有企业适应市场经济，建立现代企业制度的产物。中国国有企业经理制度的建设大致可以分为以下三个阶段。

（1）改革初期搞活国有企业后的厂长负责制

改革初期为了激活企业活力，于 1988 年颁布的《企业法》和《厂长工作条例》规定，企业实行厂长（经理）负责制，这是对传统企业领导体制的第一次重大变革。厂长（经理）是企业的法定代表人，对企业的物质文明建设和精神文明建设负有全面责任。企业设立管理委员会或者通过其他形式，协助厂长（经理）决定企业的重大问题。厂长负责制是一种以首长制为主，吸收了委员会制的某些做法的一种领导制度。厂长（经理）的权力并不是绝对的，厂长（经理）的权力受到企业党组织和职工民主管理的制约。厂长负责制的实行反映了企业作为市场主体的经营活动对集中管理指挥权的客观需要，但这仅仅是在建立现代企业制度之前的一种摸索。

（2）国有企业改制后的经理对董事会负责

以 1993 年《公司法》的出台为标志，中国的公司发展和公司立法达到了一个新的历史水平，企业领导体制发生了第二次重大改革，公司经理制度第一次在中国立法中有了比较完整的规定。与《企业法》相比较，《公司法》在企业领导体制上进行了改革：按照分权制衡的原则，采用分权制，导入了股东会、董事会、监事会的治理机构。董事会行使经营决策权，监事会行使监督职权，公司经理主持公司的生产经营管理工作，拥有公司业务执行权。同时，引入了权力监督制约机制，董事会对股东大会负责，经理对董事会负责，董事和经理均须接受监事会的监督。

（3）规范董事会制度后的公司法人治理结构

从 2005 年以来，随着中国国有资产管理体制改革的深入，国有资产出资人管理制度的依法建立，以中央企业建立和完善董事会试点为标志，进入了国有企业在明晰产权基础上，规范建设公司治理的新阶段。在规范董事会制度的建设中，围绕董事长和经理以及法定代表人之间如何正确定位角色、董事会如何科学评价和有效激励经理层等实践中的诸多难点和问题，各方进行了积极的建设性的改革。

2009 年国务院国资委按照《公司法》的要求，在建立了规范董事会的国有企业中初步尝试下放任免权至董事会，任免范围包括总经理、总会计师、董事会秘书等，探索构建出资人考核评价董事会、董事会考核经理层、经理层考核下属员工的三层次考核架构。2011 年国资委又要求已获得国资委授权董事会考核经理和高级管理人员的企业（以下简称授权董事会企业），要在总结经验的基础上进一步完善考核制度，增强考核的针对性，提高考核工作水平。董事会薪酬与考核委员会要切实承担起指导、监督经理层健全和完善业绩考核体系的职责，指导和监督经理层做好本企业各层级及全体员工的考核工作，确保国有资产保值增值责任链条不断裂。2011 年 2 月深圳市政府发布《关于深化市属国有企业领导人员选拔任用改革的若干意见（试行）》，公布了市属国有企业领导人员选拔任用改革方案，强化对企业高级经营管理人员的考核评价。根据该办法，深圳将试行企业董事会直接选聘总经理、副总经理。

2. 国有企业经理制度实践中的难点和问题

在国有企业公司治理结构中，经理、董事长、法定代表人与董事会的关系一直是影响治理效率的敏感问题。在现代企业制度的建设过程中，常常受到国有企业传统管理模式的困扰，各个主体之间关系和职务的错位导致国有企业经理成为创造企业价值执行人的角色模糊。实践中主要有以下的难点问题。

（1）国有企业经理与董事会关系中的特殊现象

一是管理对象的特殊性。在母子公司结构的大型国有企业中，集团公司的经理层所经营管理的对象一般是独立的子公司，而子公司的法人治理结构大多数也是按《公司法》的要求所设置，集团公司层面的经理往往主要担当股东（出资人）角色。因此，集团经营层管理的对象，主要是对子公司负责人的管理，在一定程度上是行使股东权利，而《公司法》所规定的经理职权却被边缘化。二是管理权限特殊。按照《公司法》第五十条规定，经理行使决定聘任或者解聘除应由董事会决定聘任或者解聘以外的负责管理人员。长期来，国有企业是按照党管干部原则对企业负责人进行任免管理的，在实际操作中，集团公司经理层副职、子公司主要负责人的任免也是由集团公司董事会聘用的，经理层基本没有决定其子公司负责人的权利，如果经理兼任董事，在董事会中也只有一票的表决权。因此，经理的用人权有限，影响了经理执行力的发挥。三是管理流程特殊。大多数集团公司的董事长往往兼任重要子公司的董事长，结果这种制度安排使得集团公司经理层在日常经营管理中很难对这些企业进行实质性的管理，集团公司经理也不太可能对子公司董事长进行授权。在这种夹缝式的工作流程中，经理很难对所管理的对象进行有效的管理。四是管理方式特殊。因为经理基本都是组织配置的（相当于一定的行政级别），组织部门随时可以将其调任或交流，也可能让岗位长期空缺。因此，国有集团公司的经理层大多数没有任期，即使有任期也仅仅限于形式，大部分董事会也没有对经理提出明确的任期经营绩效目标，这在一定程度上也是造成经理缺少经营企业内在动力的主要原因。

（2）国有企业总经理与董事长存在职位交叉错位的问题

总经理与董事长的错位问题主要体现在三个方面。首先，存在着"把手"观念、干部等级与法人治理规范的冲突问题。从国有企业领导班子的成员构成来看，国有企业一般由董事长兼任党委书记，经理兼任副书记或党委委员，董事长与经理的关系实质上成为了"一把手"与"二把手"、"上一级"和"下一级"的关系。从职能上虽然可以区分董事长与经理的职权，但是在实际运行过程中，董事长往往又会以党委书记的身份在履行参与决策、带头执行和有效监督职责的同时，直接承担或者指挥许多日常事务，这容易造成经理和董事长的职能错位。其次，法定代表人制度。由于大多数国有企业董事长兼任企业法定代表人，而出资人对国有企业负责人的审计对象是法定代表人，涉及安全生产、资产损失、社会责任等许多方面的责任追究也往往是对法定代表人提出相应的问责要求，因此，国有企业董事长从自身利益出发势必会承担更多的具体事务、更多地承担经营职责，这自然很难划清董事长和经理的职责边界。第三，代理人和股东代表身份。《公司法》明确经理对董事会负责，行使法律和章程所赋予的职权，负责公司的日常营运和管理；但在经理作为代理人的同时，经理又以股东代表身份履行对其投资企业的股东责任。在这种构架中，母公司董事长和经理都是投资子公司的股东代表，经理在代理人和股东身份关系之间的转换在日常经营管理中也常分不清你我，这也是造成董事长和经理的职责混淆的制度原因。

（3）国有企业领导干部管理方式和公司内部逐级负责制的冲突问题

《公司法》规定，董事会决定聘任或者解聘公司经理及其报酬事项，并根据经理的提名决定聘任或者解聘公司副经理、财务负责人及其报酬事项。但是，在大部分国有企业改制的公司制企业的状况是聘任或者委派董事、监事的是上级主管部门，聘任经理的是上级主管部门，聘任副经理、财务负责人的还是上级主管部门。不少公司制企业上级主管部门对董事长、董事和经理存在"同级任命"的现象。有的公司制企业虽然由董事会来行使聘任经理和高级管理人员的权力，实际上真正的决定权仍然在企业干部的主管部门手中，董事会的决议只是为了办理工商登记的"表面文章"。因此，在一些公司制的国有企业中，往往出现经理层的副职不向正职负责、正职又不向董事会负责的现象。上级主管部门对企业主要经营者的管理仍然沿袭原党政班子的管理模式，即通过对企业领导班子成员的直接任命或管理来实现对企业的实际控制。由此导致的诸种越位和错位的现象，削弱了董事会对公司经理的监督权，削弱了公司经理对副经理和财务负责人的监督权。上级主管部门越权直接聘任副经理、财务负责人，使得经理有责任完成企业经营目标，却没有权力提请董事会聘任或解聘副经理和财务负责人，副经理和财务负责人既不用对经理负责也不用对董事会负责，而是和经理一样直接对上级主管部门负责，经理对他们没有话语权和影响力，也就不能对他们的经营业绩和工作水平负责。

（4）国企领导人员相对封闭式管理和开放式市场经济的矛盾和冲突

大部分国有企业的董事长、经理等领导干部选聘的主要方式，仍是在政府主管机构的主导下的实行组织配置。首先，政府在对国企领导候选人的选聘上，较多地沿用组织部门对政府官员的评价标准，考察内容也主要是定性化的，包括"德、能、勤、绩、廉"以及级别、资历和"群众认可度"等，相比较经营能力、市场业绩和管理水平等市场化人事评估标准而言，更多地强调"以德为先"。这种行政主导而非业务主导的选聘结果，很可能牺牲了企业领导创造力、变革力和执行力等适应市场竞争的核心能力要素，从而难以真正任用有能力、有魄力、有创新力的经理人才。由于国有企业领导成员升迁主要是由上级领导机关决定，上级机关对他们的看法就显得尤为重要。国有企业高层必然弥漫着浓厚的半官方色彩，高管的行为准则会更倾向于维系人际关系、讨好和取悦于上级领导，为了维系现有利益关系的平衡而因循守旧、惰于变革；为了"不出事"而甘于"碌碌无为"，不愿冒险创新。缺乏优秀的领军人才，必然导致产业落后、产品过时、体制落后、机制僵化、管理不善、效率低下，最终失去市场竞争力。

国有企业经理制度建设遇到的难点和问题产生的原因是多方面的。一是历史原因。董事会的成员多数由原来的厂长、党委书记等组成，董事会与经理层之间有着千丝万缕的关系，其法人治理结构带有原有体制很深的痕迹与烙印。从企业改革和发展的历史来看，从原来的计划经济体制下的党委领导下的厂长负责制，到后来的厂长负责制，强调的都是经理层负责。经理层在行政干预下实行"一把手负责制"，一把手既负责决策，又负责执行，现在推进董事会建设所要克服的便是这种"行政干预下的内部控制"机制产生的弊端。由于经理层模式先期存在，现在要引进以董事会为核心的公司治理机制，这自然会遇到经理层自觉与不自觉的对抗或干扰。二是制度原因。从治理结构上来看，董事会与总经理之间的关系是公司内部制衡关系，董事会完全拥有足够的积极性去增添或削弱总经理的职权，然而国有企业的董事长和总经理的任命权属于相同上级组织部门，这就干扰了内部制衡关系。三是文化原因。在实践中，中国传统文化的中庸之道左右着管理者的行为，董事会或多或少地实际行使着部分管理职能，经理层也或多或少地行使着指导职能，这会使董事会与经理层在"日常经营工作"的边界划分上变得界定不清，从而造成董事会与经理层在部分业务上出现权力重叠、权力纷争与权力真空并存的现象。

3. 国有企业经理制度建设面临的挑战

由于中国基本经济制度尚不完善，和市场经济相关联的商业环境还不成熟，国有企业还正处于从"行政治理"向"公司治理"的转变阶段，公司治理制度还普遍不规范，造成国有企业经理人在环境适应力、视野宽度和综合素质方面都面临很大的挑战。从目前来说，国有企业经理制度迫切需要在以下几个方面进行突破和迎接挑战。

（1）国有企业经理的市场化特征不明显

企业的盈利需求使其不断寻觅能为企业创造价值、获取高回报的经理人，从而使职业化、市场化的特征成为现代经理人极其重要的特质。但目前，国有企业经理的行政化式的评聘与考核制度，导致许多国有企业经理以上级对他的评价和好恶为自己行动的准则，对"市长"负责而不是对"市场"负责，很大程度上制约和影响了国有企业经理选拔中的市场化机制的发挥、阻碍了国有企业经理职业化的步伐。

（2）国有企业经理的"官本位"思想严重

国有企业经理的选拔基本套用党政领导干部选拔任用标准和考核内容，把经营管理者与党政领导按照同等程序进行选拔。企业主管部门习惯于把国企经营管理者等同于"行政官员"。政府将国有企业当成党政领导干部交流、调动安排的"培训站"、"试验田"，甚至是退休补偿安置的"回收站"，无疑加大了国有企业的经营风险。国有企业经理组织任命方式，也使得国有企业经理把自己定位在行政级别上，以从政的思维习惯管理企业。

（3）国有企业经理的契约精神缺乏

在市场经济条件下，企业董事会与经理人之间的关系是雇佣关系和聘用契约关系，经理人要履行契约，努力创造企业价值，达到股东财富最大化。国有企业经理习惯了行政部门直接任命的做法以及由此产生的管理习惯，潜在的行政级别扭曲了他们在企业中的地位和角色，扭曲了企业和经理人之间的企业关系，难以形成真正的委托代理的契约关系。

（4）国有企业经理自身品牌特性淡化

经理人的经营管理水平是评判经理人的重要条件，他们经营企业的成功与失败、任职的诚信与道德水平都会不断地形成社会对他们的认知与声誉，并最终累积为经理人的自身品牌和社会声誉。在市场化选聘的环境中，经理人重视自身品牌建设和社会声誉，其内在动力源于自身品牌关系到职业生涯与发展前景。国有企业缺乏市场化运作机制，导致国有企业经理对其自身品牌发展的淡化，制约了国有企业经营者成长为职业经理人，这也是中国经理人市场发育受阻的根本原因之一。

（5）国有企业经理的创新动力不足

创新是对企业经理人更高层次的要求。创造新的产品、开发新的市场、创造新的组织、应用新的技术，是经理人发挥创新精神，为企业价值增值的主要渠道和方式。创新需要适当的激励和补偿，现有的国有企业经理的薪酬机制不足以支撑或补偿创新的代价和风险，导致一些经理人不求有功，但求无过，缺乏创新精神和动力。

4. 国有企业经理制度建设的突破口

（1）国有企业要保持市场竞争的活力，必须要保持高度的开放性

企业之间的竞争，归根结底是人才的竞争。开放性有利于和其他企业竞争人才，是不断提升经理人才品质的唯一办法。封闭管理模式内的经理很少通过公开招聘、内部竞聘、经理人市场竞争胜出等方式产生，更多的是来自上级领导的赏识和推荐，或是组织上的交流和安排，甚至还存在对从政府领导岗位退出人员的补偿安置，出现"御命安置"和"照顾用人"。国有企业要保持资本和人员的高度开放性，才能改变国企经理人员的来源渠道狭窄、人选遴选中"近亲繁殖"与缺乏科学的选用评价标准等现状，形成有利于国企经理职业化的成长道路。

（2）职业经理人与政府公务员的职业性质不同，必须提高国企经理管理的科学性

搏击市场风云的企业家都需要岁月的磨砺，在千锤百炼的经验积累以后，才能打造出经验丰富的、市场意识超前的企业家。职业经理人如果不经过长期历练，很难适应和胜任工作。同理，也少有政府官员能够在一夜之间蜕变为优秀的企业家。其实，政府公务员与职业经理人具有截然不同的职业性质，现实中很少有能够相互兼容的复合型人才。政府公务员的宗旨是为人民服务，评价标准是群众满意度；而职业经理人的评价指标则应该是企业经营水平。公务员与职业经理人本身就从属于不同的行业体系，应该实行科学的分类管理，才能最终培育大批成熟的企业家。

（3）科学、公正的绩效评价体系，是经理人激励约束制度的核心环节

目前绩效评价体系的不足，已经成为公司治理建设中最薄弱的环节。当前，国务院国资委已经认识到考核利润指标并不能完全反映出企业资本经营的效率和价值创造。通过引入市场机制和评价标准，完善考核办法的重点是，既要考虑利润总额和净资产收益率，也要考虑资本成本，要综合考量资本的使用效率，并逐步把经济增加值、平衡计分卡等绩效管理方法引入业绩考核体系。要引入经济增加值理念，完善价值导向的公司绩效评价体系，并设计形成出资人考核董事会、董事会考核经理和高管的制度框架，协调所有者与管理者的利益，激励管理者不断为公司股东创造财富最大化价值，最终实现企业的资本增值和长期经济效益。

（4）规范国有企业经理层与董事会委托代理关系，构建融洽沟通的合作氛围

董事会作为股东大会的受托者，以经营管理知识、经验、获利能力和敬业精神等为标准，挑选和任命适合于本公司的经理，授予其一定的经营权。经理作为代理人，有责任和义务依法管理好公司事务，经理人员的权力受公司章程规定和董事会授权范围的限制。国有企业的董事会应该通过公司章程来界定董事会对经理层的授权和委托，这是处理好两者关系的最基础性工作。在公司章程的制定过

程中，一定要认真、谨慎地进行讨论和明确，要使两者的职责边界十分清晰、不留模糊。董事会是公司的"经营决策中心"，董事会有权聘任与解聘包括总经理在内的企业经理层人员，但这不是所谓董事会领导下的经理负责制，而是一种委托代理制，他们之间没有上下级的"行政"关系。两者之间的冲突与摩擦，需要通过融洽的沟通合作氛围、相互尊重的治理文化来化解。

5. 他山之石：引入 CEO（首席执行官）制度，探索破解困局的路径

在国有企业经理制度建设的实践中，引入 CEO 制度的呼声一直比较强烈，试图通过 CEO 制度的实践，探索破解中国国有企业公司制度中总经理、董事长、党委书记和法定代表人之间复杂关系和困局的路径。

（1）美国公司的 CEO 制度

20 世纪 60 年代以来，在全球化的背景下，美国公司的业务日益扩大，公司的内部信息在决策层和执行层之间的传递出现问题，影响了公司对重大问题的决断力和执行力。美国公司开始改变传统的公司治理模式，形成了 CEO 制度下的法人治理结构。CEO 并非是一个广泛使用的法律概念，CEO 在当前美国公司法中并不具有法定职位的性质。美国公司 CEO 职位一般通过两种方式设定：一是根据公司章程设定 CEO 职位，在公司章程细则中做出规定；二是根据《商事公司示范法》设定 CEO 职位，这种情况一般在公司章程没有规定，无相关细则，又无限制的情况下出现。

CEO 与传统治理中经理和董事长的法定职位不同。首先，CEO 不是对总经理或总裁职位的简单更换，其除了拥有总经理的全部权力外，还拥有董事长的一部分权力，他的出现在某种意义上代表着将原来董事会手中的一些决策权过渡到经理层手中，避免决策层与经营层的脱节，可以改善公司治理水平。其次，CEO 由董事长领导下的公司董事会聘任或者解聘，并对董事会直接负责，作为执行官的 CEO 全面负责公司日常决策和微观管理。由于董事长兼任 CEO 会带来 CEO 权力泛滥，董事会与经理层之间的制衡力度相对较弱，所以自安然事件以来，美国企业中的董事长不兼 CEO 已成为主流，而且越来越多的公司做出规定，前任 CEO 也不能留在董事会。

（2）引入 CEO 制度的理由分析

董事会决策制和 CEO 负责制属于两个不同层面的决策范围，决策的方式也不一样。董事会的会议制方式、董事会的投票机制、董事会的民主化的程序更适合公司决策，董事会基于决策权的延伸自然享有对执行权的监督，同时体现了集体的决策权。CEO 制度实质就是一种集权的方式，CEO 通过行使业务执行权贯彻实施董事会决策，这种体制下的企业往往具有较高的工作效率，比较能够适应变化急速的市场环境，赚取更多的利润。

首先，从美国公司的发展经验来看，董事长和 CEO 之间的关系避免了公司治理中"一山二虎"的现象，可以是董事长兼任 CEO，也可以分设，由外部董事担任董事长。如美国约 80% 上市公司的董事长与 CEO 由一人兼任，而德国公司的董事长和 CEO 则是分设的，澳大利亚的上市公司董事长和 CEO 也是两人分

任的。CEO定位于公司的协调人、政策制定者和推动者，他的专业化、个人化更适合具体业务的执行，通过行使业务执行权有利于贯彻实施董事会决策。CEO既是行政一把手，又是董事会成员，也是股东权益代言人。CEO作为公司法人代表对企业经营负有根本责任。CEO既要接受董事会的监督与约束，同时，也要接受股东的监督与约束。CEO是公司价值观的缔造者，在为企业创造价值的执行过程中，CEO制度的管理团队也包括CTO（首席技术官）、CFO（首席财务官）、CIO（首席信息官）等，他们一起共同执行董事会的决策。

其次，在CEO体制下，董事会普遍发挥着"看门人"和"领航人"的作用。作为"看门人"，董事会对CEO的作用主要在于选择、考评经理层并且制定以CEO为中心的经理层的激励与约束制度，当公司的CEO不能很好地履行经营职能、带领企业发展时，董事会能有效地将之撤换。作为"领航人"，董事会对企业的重大战略决策、风险控制等具有集体决策权，并为CEO提供咨询、支持CEO工作，引导企业的长远发展。CEO体制下的董事会治理需要更规范和更专业，在美、英等国家公司董事会中设置一些专门委员会，分别负责协调董事会做好工作。随着高素质的外部专家进入，董事会的独立性与客观性越来越强。

第三，CEO制度可以破解国企董事长与总经理的双领导局面。在国企董事长兼任总经理的情况下，总经理的职位可以演变为CEO，该类公司的决策和执行权高度合一；在董事长不任总经理并在公司无执行职务的情况下，作为公司法人代表的总经理也可以看作是CEO，但如果董事长作为公司法人代表实行坐班制，他必然要介入到执行活动中，结果就会引发"一山二虎"的局面，这往往使得总经理在执行中实际上成为了"二把手"。目前国有企业的重大事项决策权并没有完全体现董事会集体决议的优势，而是在董事会、常务委员会、董事长和总经理之间划块分地，这种方式既没有体现集体决策的智慧，也没有体现执行过程的快速反应。所以，明确界定总经理的CEO地位，可以有效地提高经理层的执行力，董事长和总经理之间的关系就成为董事长负责董事会作为集体决策的会议体和总经理负责执行活动的一种个人决断关系，可以解决分权决策和集权执行的矛盾。

最后，董事会评价作为公司法人代表的CEO是否胜任，主要取决于其能否为企业创造价值。面对市场竞争，只有具有捕捉市场机会的素质和能力的CEO才会为企业创造价值增值。长期以来国企的领导一直都按照《党政领导干部选拔任用工作条例》进行选拔和任命，在党政领导干部应当具备的基本要求中并未能充分体现国企高管负有国有资产增值保值的能力要求。CEO所具有的面对市场、掌控市场和创造价值的能力，只有在经理人才市场中才可以竞出高低。在国有企业引进CEO制度的过程中，CEO的市场化素质要求会引导企业经理层由行政化向市场化和职业化转变，使国企领导层的选聘逐步从封闭转为开放，通过市场竞争的优胜劣汰使国企经理更具竞争力。同时，CEO制度的实施，对于董事会规范建设也会提出更高的要求，由于CEO制度的最大风险来源于董事会对CEO的失控，董事会必须加强对CEO行权行为的监督和加强外部约束，有效地利用

CEO 的市场退出机制防止 CEO 的权力泛滥。

（3）在中国实行 CEO 制度的可行性

1993 年《公司法》规定董事长为公司的法定代表人，这自然对 CEO 制度的操作有很大限制。2005 年修改的《公司法》中对原经理职权进行了修改，允许公司章程而不是董事会赋予经理不同于《公司法》规定的职权。同时，新《公司法》还规定法定代表人由章程明确，可以是董事长、执行董事和经理，这为引入 CEO 制度创设了一定的法律空间。

引入 CEO 制度能否发挥其有效性，主要取决于公司法人治理结构是否合理与规范。自 2005 年 10 月以宝钢集团规范董事会运作作为中央企业启动董事会试点工作为标志，截至 2011 年 6 月 28 日建设规范董事会的中央企业已达 32 家。国有企业的董事会建设不断完善，一批国企董事会建设已经基本达到规范合理的要求。外部董事在董事会中占多数席位是中央企业建设规范董事会的基本要求，其中有 5 家企业的董事长由外部董事担任。外部董事出任董事长，除了具有董事职责以外，主要组织和主持董事会会议，在公司中并无执行职务，公司的日常管理由总经理负责。如果董事会再将定期会议之间需要及时处置的部分重要事项授权于总经理，那么这个总经理就可以说是中国式的 CEO，实际上这就是中央企业规范董事会建设中引入 CEO 制度的实践。值得关注的是，在中央企业规范董事会建设的实践中，董事会专门委员会还包括授权决策的常务委员会，构成董事会、董事会常务委员会、董事长、总经理四层构架的职权营运体系，这实际上也是对公司治理准确运用分权和集权规则的有益探索。

三、完善国有企业经理制度：职业化道路和市场化机制

随着中国改革开放和市场经济的持续推进和深化，生产力的发展对与之不相适应的生产关系提出了变革的要求。从单一经济体制为主向多种经济体制共存的方向转变、公司制企业的所有权与经营权相对分离，这些现象必然对企业经营管理的科学化、理性化和专业化提出更高的要求。随着国家宏观和微观环境的不断改进，职业经理人产生的条件和环境已初步具备。在市场机制的推动下，大批国企经理人将通过职业化道路逐步成长为成熟的企业家。

（一）职业经理人、企业家及其人力资本

1. 职业经理人和企业家

所谓职业经理人，即以经营管理企业为职业，通过管理企业来实现自身价值的专职管理者。职业经理人的内涵包括两个方面，一是职业化的经理人。职业化的实质在于以职业素养、职业技能和职业行为规范为标准，职业化的经理人就是以经营管理企业为谋生手段的人，他们必须具有良好的专业素质和职业操守，既要有理论功底，又要有实战经验。二是经理人的职业化。经理人的职业化是指经理人按照市场化的方式被配置到经营管理的岗位上去，经理人位居的不再是一种"官位"，而是一种职业岗位。

在中国企业发展史上，职业经理人队伍一直处于快速增长之中。享有"打工皇帝"之称、年薪达到500万的原用友软件总裁何经华，加盟长虹的"手机狂人"万明坚，都是职业经理人中的优秀代表，他们为企业创造了巨大的财富，甚至有可能改变一个企业的命运。在广泛意义上，人们也往往把成功的职业经理人称之为企业家。

2. 职业经理人的人力资本

现代人力资本理论将职业经理人与技术创新者共同称为人力资本，也就是说，职业经理人属于人力资本范畴。作为职业经理人，必须具有较强的敬业精神、创新意识、冒险精神和竞争的冲动，坚忍不拔，自信果断，具有强烈的事业心，具有能通过事物表面看出本质的洞察能力、决策能力，具有丰富的工作经验和深厚的理论功底，具有组织协调能力以及知人善任的用人能力，知识全面。这些都是促进一个人成为职业经理人的基本条件和重要保证。

（二）国企经理提高职业素质和职业化的必要性

1. 国企经理职业化的必要性和紧迫性

第一，在全球化经济的时代，国有企业面临着经济的波动、技术的更新换代、市场的竞争加剧等一系列内外环境变化的挑战，国企经理业务素质的高低相当程度上决定了企业的兴衰成败。例如，在2010年中国钢铁行业复苏明显且效益普遍提升的情况下，上市公司华菱钢铁却度日艰难，出现了自1999年上市以来的首次亏损。过去5年来，公司投入巨资实现了经营规模和有形资产的快速扩张，但盲目扩张导致银行借款多、资产负债率偏高、财务费用支出巨大的困境，而在公司管控体系、内部管理的精细化、对市场迅速反应的能力建设上没有起色，公司控股子公司华菱涟钢亏损26.67亿元。这也说明，确实有部分国企经理缺乏全球化视野、缺乏战略眼光和驾驭全局的能力，不能适应迅速发展变化的市场竞争要求。

第二，随着经济体制转型，转型期的社会价值体系呈现多样性。国企经理不仅需要高超的市场运作本领，更需要有高尚的职业道德和职业精神。温家宝总理在一次与企业经营者座谈时曾特别指出："企业家不仅要懂经营、会管理，企业家的身上还应该流着道德的血液。"国有企业作为社会主义国民经济的基础和支柱，必须谋求其自身发展与经济社会发展相结合，把企业的经济效益与社会效益统一起来，树立正确的效益观；把企业的局部利益与全局利益统一起来，树立正确的利益观；把企业间的积极竞争与相互协作统一起来，树立正确的竞争观；把企业的义与利统一起来，树立正确的义利观。相比之下，国企经理更要有"道德的血液"，要超越把利润作为唯一目标的传统理念，强调对人的价值的关注和对社会责任的履行。目前，国企面临的经营者"道德风险"问题还十分严重，例如中国石油化工集团广东分公司总经理为自己购买159万元高档酒作为职务消费，一些上市公司高管利用"内幕人士"身份违规炒股，一些企业不顾环境安全随意排放污水等现象屡有发生。

第三，当前社会存在的腐败现象，也不可避免地出现在国企经理身上。近年来国有企业高管大案要案经常发生，例如古井集团、轻骑集团、北京城乡建设集团以及云铜集团高管的贪污受贿窝案。这些高管是企业的"一把手"，大权在握，在当前国有企业整个监管体系以及公司治理还不完善的情况下，思想稍有不慎，就很容易使国有资产遭到损失。所以，国企经理应该具有全心全意为人民服务的高尚情操，有强烈的事业心、使命感和责任感，具备优秀的思想素质和业务能力显得非常重要。

2. 国企经理职业化的能力素质要求

国企经理的基本素质不仅有道德层面的要求，更有政治层面的意义。据此，对国企经理的基本素质要求包括：以守护国资为己职，以国资增值为己任，以发展国企为使命，以社会责任为宗旨。

以守护国资为己职就是要当好国有资产的守护神，创造资产价值是国企经理的起码要求，也是其职业道德的起点。虽然能力水平是当好国有资产守护神的一个重要因素，但更重要的因素是"守护"意识是否强烈，是否像对自己资产那样地具有"锱铢必较"之心。随着国有企业改革的深入，国资在某些领域退出的步伐将会加快，其中最敏感最容易使国资遭受损失的环节就是国有资产的交易环节，国企经理要保护国有资产不受损失，以国资增值为己任，确保国有资产增值。国企经理要站在巩固社会主义经济基础的高度认识国资增值的重大意义，充分利用自己参与决策和执行决策的权力，通过做大产业、做响品牌、贯彻科学发展，使国有资产不断增值。

社会主义市场经济与一般市场经济的最大不同是"两个坚持"：一要坚持中国共产党的领导；二要坚持以公有制为主体。在中国特色社会主义市场经济的建设过程中，国有企业的作用是不可替代的，它既是国家财政税收的重要交纳者，又是国家强盛经济繁荣的"共和国长子"，公有制经济有赖于国有企业的活力与持续发展。"企业公民"的社会责任问题日益得到世人的关注，以社会责任为宗旨，成为"企业公民"是国有企业义不容辞的要求。从企业外部看，要求企业环保、绿色经营；从企业内部看，要求善待员工给员工提供安全的工作环境和有尊严的生活质量。国企经理要从执政为民的理念出发，坚持以人为本，以社会的长期利益为本，为建设"资源节约型，环境友好型"社会做出贡献。

3. 国企经理职业化的能力素质结构

美国《新闻与世界报道》杂志刊文提出，21世纪的总经理应具有下列几种人的特质❶。①全球战略家。21世纪的企业家必须懂得如何在国际环境中开展业务。未来的世界中，各国将互相依存，成为贸易伙伴，并以跨国经营、国际资本的流动形式，组成和谐的整体。企业家必须适应快速的、大规模的市场变化，能展望5～10年的形势，并以全新的指导方针领导企业。②技术的主人。公司要不断地创新，要利用新技术生产更佳产品。目前，企业信息处理费占管理费用总额的40%，企业必须具备应用电子计算机的能力，利用电子计算机可以加快文字

---

❶ 刘俏. 公司治理的实质［J］. 董事会，2011（1）：102.

处理速度，可以获取一系列有用的信息和数据。③杰出的政治家。公司越大，在全球范围的业务量也就越多，公司的主要领导人应是一位优秀的政治家。未来属于"巨型公司"或几十亿美元财团的全球联盟，其领导人要善于处理大型企业经济利益与地区性经济利益之间的一切关系。④领导者与鼓励者。要想使公司渡过激烈变更的时期，企业家必须有双倍的胆略和超人的能力。他们应是"教练"，而不是"指挥官"，对下属要有足够的凝聚力，能说服大家风雨同舟，同甘共苦。

美国普林斯顿大学莫顿提出，卓越的总经理有下列 10 条特征[1]。①合作精神。愿与他人一起工作，能赢得人们的合作，对职工不是压服，而是说服。②决策才能。依据事实而非依据主观想象进行决策，具有高瞻远瞩的能力。③组织能力。能发挥部属的才能，善于组织人力、物力。④精于授权。能大权独揽，小权分散；能抓住大事，而把小事分给部属。⑤勇于负责。对上级、下级、产品用户及整个社会抱有高度责任心。⑥善于应变。权宜通达，机动灵活，不抱残守缺，不墨守成规。⑦敢于求新。对新事物、新环境、新观念有敏锐的感受能力。有创新精神和创新能力。⑧敢担风险。对企业发展中不景气的风险敢于承担，有改变企业面貌，创造新局面的雄心和信心。⑨尊重他人。重视采纳他人意见，不武断狂妄。⑩品德超人。良好的品德为社会和企业职工所敬仰。

在经济全球化的竞争压力下，国有企业经理要能适应全球化经济的挑战，势必在能力素质上向世界一流水平看齐，具备职业经理人必备的能力，不断适应市场经济发展的需要。其能力素质结构可以简要表述如下：①决策能力，能在几个方案中选择一个较佳的方案；②规划能力，能充分调查研究，对活动事项进行计划、制定实施步骤的组织能力；③判断能力，能对事物的是非曲直进行正确判断；④创新能力，能在工作中不断提出新的想法、措施和工作方法；⑤洞察能力，能透过现象看到本质，预见事物的发展和变化；⑥沟通能力，能掌握每一类型人的性格、特点，对他人能进行说服，使他们同心协力进行工作；⑦培养下级的能力，能了解下级的需要，对下级善于进行教育，以提高他们的素质和工作效率；⑧调动积极性的能力，能采用艺术的方法使下级人员积极、主动地工作，而不是被动单纯地听从命令、指示。

（三）职业经理人制度建设的环境条件和市场机制

职业经理人是人才市场的重要组成部分，建立完善和有效的职业经理人市场，也是中国市场经济深入发展的客观要求。随着现代企业制度改革的深化，国有企业法人治理结构的不断完善，国有企业建立和完善职业经理人的制度也势在必行，建立职业经理人制度的方向是经理人的市场化、选择的市场化、流动的市场化、评价的市场化、薪酬收入的市场化以及约束的市场化。国有企业职业经理人制度建设需要解决以下一系列的问题。

---

[1] 于彦忠. 美国总经理素质的标准 [J]. 中国建筑金属结构，2003（12）：34-35.

1. 夯实国企职业经理人制度的基础

① 明晰的产权关系是建立国有企业职业经理人制度的基石。明晰的产权关系可以使产权有效地流动，其流动性可以使产权结构具有一定的开放性，产权所有与使用的分离带来专业化分工和外部性。通过产权制度的改革，多元股权结构可以使更多的外部投资者和职业经理人都有机会参与其中，有助于制定公平而有效率的交易规则，有效地约束和规范行为人的交易行为。

② 政府主管部门职能转变是建立国企职业经理制度的关键。国企职业经理人制度的核心环节是引入市场机制和市场化管理，政府主管部门实现从管理职能向监管职能转换，通过引入市场机制，才能形成由过去直接任命企业经理转为由董事会到职业经理人市场选聘经理的局面。

③ 平衡的治理关系是建立国企职业经理人制度的前提。经理层应当是在董事会充分委托授权的范围内行使职权，董事会与经理层之间的制约与平衡为职业经理人的产生和发展提供了广阔的空间。

2. 优化国企职业经理人制度的外部环境

① 改善国企职业经理人制度的法律环境。国企职业经理人制度要真正发挥作用，必须依靠法律来规范，坚持依公司法设立各项工作程序，包括对董事会与经理层的规定、职业经理人的法律责任和社会责任的规定，从法律上保证和规范经理人的激励与约束机制。

② 健全国企职业经理人的信用制度。职业经理人与股东的诉求目标的不一致，存在道德风险和逆向选择，产生的内部人控制容易危害股东利益，国企股东对从市场招聘的经理会有不信任感。所以，建立健全国企职业经理人的信用制度可以化解这种信任危机，这就要求建立职业经理人诚信档案，并建立信息共享平台，对职业经理人进行全程管理。股东完全可以根据职业经理人的信用状况，并通过雇佣合同明确双方职责与权利。

③ 建立规范有效的职业经理人市场。中国职业经理人群体的发展时间很短、其规模也很小，有关机构应通过制定一些行业规则、行业标准和道德规范培育职业经理人市场，特别是国企要充分利用市场的力量加大经理选聘的力度，从而加速建立有效的职业经理人市场。

3. 完善国企职业经理人制度的市场化机制

（1）建立国企经理人公开的竞聘机制

国企要打破封闭式的行政化管理方式，突出企业特点和市场化配置要求，对不同职位的经理和管理者实行分层分类管理，使之形成区别于党政干部和其他干部管理的鲜明特色。按照建立现代企业制度的要求，既坚持党管干部原则，又充分落实董事会、经理层的用人权，真正做到依法选任和管理，采用扩大选择范围、扩大选择领域、扩大选择体制的市场化竞争上岗政策。市场化竞争公开选聘的目的在于将国企经理的职位交给有能力和有意愿的职业经理层候选人，而经理层候选人能力和努力程度的显示机制基于经理人长期工作的业绩以及职业声誉。2008年，上海在国企改革中规定了董事会选聘经理人员要坚持公开选拔和市场化选聘的方向，一般应经过以下主要程序。①根据岗位要求，通过内部竞聘、公开招聘、市场猎取或组织推荐等多种方式进行，经董事会提名委员会审核评议后产生拟聘人选。②企业党组织对拟任人员进行预审，重点审查职业道德、诚信记录及事业心和责任感，并提出有关建议。③董事会召开全体会议，讨论决定拟聘任的经理人员。④在一定范围内对拟聘任的经理人员进行公示。⑤按照《公司法》和公司章程等有关规定办理聘任手续。⑥聘任或解聘经理人员后，需报市委组织部和市国资委党委或相关工作党委备案。如被解聘的经理人员同时还担任董事等其他企业领导职务的，应按照干部管理权限事先征得有关部门同意。

（2）建立国企经理人公平的选拔机制

按照建立现代企业制度的要求，既坚持党管干部原则，又充分落实董事会、经理层的用人权，真正做到依法选任和管理。在组织选拔与市场配置紧密结合的国有企业经理人员选拔管理过程中，企业必须准确把握今天和未来商业发展的需要，精心选拔一批经理候选人，只有这样公司才能在变革来临时从容应对。要做好经理的继任者计划，需要有一个组织来专门负责做这件事，这个组织在国外被称为高层领导力开发计划组。高层领导力开发计划应当接受董事会下提名委员会的监督。在加强企业内部领导力开发方面，企业必须在人才职业生涯发展的初期就锁定目标，全球性公司必须在其经营的所有国家搜寻有潜力的候选人。当人才被列入领导人培养计划之后，上级经理必须根据市场形势的变化，不断调整培养对象的培训和在职训练。而且，他们必须严格评估候选人在每个发展阶段的表现。培养经理候选人的最佳方式是让候选人在企业内部逐级晋升，每次都是担任某个利润中心的负责人，所负责的利润中心应当是越来越大和越来越复杂。候选人可以先管理单个产品，然后是某个客户细分市场、一个地区，最后是一个事业部。不论职位如何，每个职位的盈亏责任都是关键所在。企业如果不能提供这样的机会，它可以创造一些其他任务，如大型项目或小型内部团队，使候选人有机会在盈亏问题上得到实践经验。

（3）建立国企经理人开放的培训机制

国有企业经理的培训包括多项工作，如鼓励多元化的个人追求、加大各方面组织投入、建立科学的培训体系和搭建多方位的培训平台等。在实践中要做到以下几点。①鼓励多元化的个人追求。个人的意愿和需求是能否成为合格经理人的关键，只有从企业经理个人需求出发，制定发展规划，强化职业意识，才能成为更好的经理人。②加大各方面组织投入。在个人意愿的基础上加大组织培养力度是必需的，一是在培养资金上给予足够的投入，二是设立专门机构负责经理人的成长与培养，三是提供和设计经理人的上升渠道。③建立科学的培训体系。企业需要建立科学的培训体系对经理人进行培养和训练，采用长短期结合、知识与技能结合、专业学习和挂职锻炼结合等方式，培养一批具有较高的知识水平、战略思维和实践能力的经理人。④搭建多方位的培训平台。全面成长和不断学习是保持经理人职业生命力的必要手段，通过国资系统与社会其他培训机构、公司内部培训、高端论坛、海外游学、先进企业挂职等多方位的培训平台，为经理人学习先进理念、增强市场竞争力提供支持。

隶属于国家发展改革委员会的中国人力资源开发研究会，根据中共中央《2001～2005年全国干部教育培训规划》、《2002～2005全国人才队伍建设规划纲要》、教育部《中华人民共和国职业教育法》及中组部《关于加强和改进企业经营管理人员教育培训工作的意见》的指示精神，会同有关权威机构开展了"中国职业经理人资格培训、考试和认证"等工作。应当参照国际惯例，建立符合中国工商企业发展的中国职业经理人资格认证体系，促进职业经理人职业水平的提升和职业价值的提高。中国职业经理人资格由职业道德、知识、能力和绩效四个要素构成资格评价体系。职业道德和绩效在体系中为通用要素，职业知识和能力要求根据企业经营管理职能分为四个级别：初级（预备级）、中级、高级、特级，以此提升中国职业经理人资格的手段和方式。

（4）建立国企经理人科学的激励约束机制

职业经理人可以推动企业的科学管理，同时又可能因职业经理人与出资人目标的背离而带来道德风险、逆向选择等问题。建立科学的激励和约束制度，可促使职业经理人像出资人那样的思维和行动，创造更大的价值。

① 激励机制。首先，建立以薪酬为主的经济利益激励。企业的薪酬体系取决于公司股东的价值取向，薪酬的高低取决于职业经理人为企业创造价值的高低。薪酬结构应以长期激励为主，短期激励为辅。建立薪酬体系的四个依据分别为岗位、市场平均水平、个人业绩和个人资质。薪酬激励的方法包括货币激励、股权激励等。国外经验表明，在完善的资本市场条件下，对经理人实行股票期权，是建立职业经理人长期激励的最为有效的办法，当然，经理和高管的激励机制要与企业发展水平相适应，防止过分忽视普通员工的利益，国有企业应该建立高低有别、梯度合理的分配机制，既要调动经营管理者的积极性，又要保护职工群众的合法权益，共同构建社会主义和谐企业。其次，建立企业家精神的理念激励。一个有着远大理想的经理人在充满希望的企业里必然精神焕发，斗志昂扬。能给经理带来持续不断的发展动力的因素就是企业的愿景和使命，这种动力的主要特征往往并不是激发个人对财富积累的渴望，而是表现为激发个人创造社会价值的信念。第三，建立市场化的价值激励。要真正形成一个职业经理人的激励机制，关键是要形成一个职业经理人的市场，让市场决定职业经理人的价值，公开市场的定价包括社会地位、事业成功和声誉等，也就是说，通过市场给职业经理人的定价激励有时甚至会优于经济利益激励，它们可以为职业经理人带来更长远的发展和更高层次的满足。

② 约束机制。激励和约束是一枚硬币的两面。首先，要依据法律法规进行约束，包括国家法规条例、财会制度、公司章程、合同契约等方面的约束。从《公司法》规定来看，职业经理人行使权利要负担相应的法律责任；从合同规定

来看，公司必须与职业经理人签订正式的聘用合同，其中的重要内容是职责、权利和利益的确定；从公司章程角度来看，公司章程是对企业各利益主体的责任权利及其行为的规定，主体行为都必须遵守章程的规定、按照章程行事。其次，建立从企业架构视角出发的约束机制。要完善公司治理结构，使得董事会和监事会对职业经理人有实质性的监督和约束力，并能决定或影响职业经理人的去留。第三，建立从市场视角出发的约束机制。完善的市场会使职业经理人在市场上的流动过程中自觉地规避非规范行为或违法行为，使职业经理人能内在地对自己的行为负责和接受市场的挑选。因为职业市场中会形成经理人档案，包括受聘史及受聘业绩等方面的记录，并且包括对经理人的能力和道德水平的评价，这对于雇主和经理人来说都是重要的。第四，建立从自律视角出发的约束机制。从自律视角出发的约束主要是道德约束，它取决于职业经理人的道德修养和价值观，是其他条件约束均失效的情况下最后的约束，也是最高层面的约束。道德的高水准使得职业经理人在任职前后均能良好地处理个人利益与企业利益之间的关系，即便是维护自身利益，也会通过法律手段而不会采取损害企业利益的不道德行为。中共十五届四中全会提出，要建立企业经营者业绩考核制度和决策失误追究制度，实行企业领导干部任期经济责任审计。2010 年 12 月中共中央办公厅、国务院办公厅又印发了《党政主要领导干部和国有企业领导人员经济责任审计规定》，进一步提升了经济责任审计的地位，对于进一步加强国有企业职业经理的外部约束都有着重要的意义。

（5）建立国企经理人公允的市场定价机制

定价机制是职业经理人制度市场化最重要的核心环节，职业经理人作为劳动力市场中的特殊资源，其定价机制的市场化是必然的趋势。职业经理人的定价依据是其为公司创造的价值的大小，股东对公司价值创造的形态各不相同，国有企业价值创造的指标形态分别表现为实物量、价值量、利税、净资产收益率和经济增加值等。北京大学刘俏提出，衡量资本收益的价值创造公式是要求投入资本的回报（ROIC）大于等于投入资本的加权平均资金成本（WACC）。所以，ROIC≥WACC 意味着股东财富的增加或未缩水，否则意味着股东财富的减少，这也是真正意义上的国有资产保值增值。这是股东或董事会在选择经理人时比较客观公正的市场定价工具，既能和国有企业绩效考核指标相衔接，又能突出经理人为股东和公司创造的资产价值。

（6）建立国企经理人严格的市场退出机制

职业经理人作为一种高端的稀缺人才，他的人力资本价值应当与创造的企业价值相匹配。职业经理人不同于以往被行政任命的管理者，他是以市场配置的方式选聘到管理岗位上的，他与组织的人身依附关系相对较弱。国有企业与职业经理人之间是契约关系，对于职业经理人的退出要做出法律上的约束。出资人与经营管理者双方的权利义务要以合同约定为准，根据绩效评价决定经理人的连任、解聘、免职或引咎辞职。

（四）市场化改革呼唤企业家人才的涌现

对于企业家定义有很多，法国早期经济学家萨伊认为，企业家是冒险家，是把土地、劳动、资本这三个生产要素结合在一起进行活动的第四个生产要素，他承担着可能破产的风险。英国经济学家马歇尔认为，企业家是以自己的创新力、洞察力和统帅力，发现和消除市场的不平衡性，创造交易机会和效用，给生产过程提出方向，使生产要素组织化的人。美国经济学家熊彼特认为，企业家是不断在经济结构内部进行"革命突变"，对旧的生产方式进行"创造性破坏"，实现生产要素重新组合的人。美国经济学家德鲁克也认为，企业家是革新者，是勇于承担风险、有目的地寻找革新源泉、善于捕捉变化，并把变化作为可供开发利用机会的人。各种定义说法不一，但不难看出，企业家都有一个共同的内涵：敢于冒险、勇于创新。

企业家属于经营者范畴，他们都有一个把企业做大做强的光辉历史（有的企业家自身就是创业老板，如索尼的盛田昭夫、微软的比尔·盖茨、阿里巴巴的马云等），他们是经营者中的佼佼者。现在中国的国企经营者队伍中也有一批为数不多的企业家，他们在国企参与市场竞争的改革进程中，对旧的体制机制进行"创造性破坏"，把名不见经传的小企业培育成具有知名品牌的国际性企业，如海尔集团的张瑞敏、上海家化的葛文耀就是其中的一员。

1. 职业经理人制度是企业家成长的摇篮

企业家的成长机制与经理人的成长机制大体现同，主要包括培养选拔机制、竞聘任职机制、激励保护机制、监督约束机制等。但企业家与一般的职业经理人又有不同之处，企业家的特质主要反映在对市场不确定性承担风险的创新能力和综合的管理能力两个方面，因此企业家人才的形成更要注重市场机制、社会机制和契约机制的作用。

首先，市场机制是国企企业家人才形成的基础。在市场规律作用下，市场形成的定价机制、激励机制和约束机制，能够充分反映社会对企业家人才的认识评价及其价值。

其次，社会机制是国企企业家人才形成的关键。企业家人才的形成是一个社会发展和进步的象征，社会的包容理解和认同是创造企业家精神的土壤。企业家身份的认同主要是指市场经济发展离不开企业家的贡献与作用，在社会上要广泛探讨企业家精神和企业家素质，使得企业家人才得以在更广的范围内被社会有效合理地认同。

最后，契约机制是国企企业家人才形成的保障。契约精神是企业家必备的条件之一。基于契约既减少企业家的道德风险和逆向选择问题，也减少企业对于企业家的不公平待遇。契约机制为双方提供了良好的道德行为准则，有助于企业家人才的成长与发展。

2. 完善企业家人才成长的社会环境

企业家是商业世界中充满活力的催化剂，是一个能够改变现状，追逐卓越的思想者。企业家人才的产生需要一个环境，它包括文化环境、政策环境和法律环境。

首先，要构建有利于激发企业家动力和约束企业家行为的文化环境。从文化的视角来看，当前社会还未形成对国企企业家价值的认同，同时国企激发企业家精神的动力机制尚未形成，建立具有诚信、守则、竞争、创新等人文精神的文化环境是企业家生成的基石。

其次，构建平等、开放的，鼓励自由竞争的政策环境。官本位思想和体制残余是国企企业家人才生成和成长中的极大障碍。长期来，国企的经营者一直被党的行政干部角色所关注，经营者的头上带有行政级别的帽子，使得国企经营者关注自己的"官运"往往胜于企业家精神的发扬，自然谨慎有余、因循守旧，很难在公平开放的市场经济中奋勇拼搏，而是不断在官本位思想制约中丧失企业家精神。提倡"在商言商"，摒除官本位制度，构建平等、开放的政策环境可以使国企的经营者们放开手脚，在市场的较量中锤炼自身企业家的能力。

第三，构建体现企业家精神和价值的法律环境。企业家的创新精神和冒险精神在带来了价值的同时也带来了风险，应当在法律范畴内提高人力资本产权的法律地位，充分尊重人力资本的价值，激发企业家作为关键性人力资本的积极性和创造性。

3. 国企经理团队建设：优化企业家成长的群体环境

依据人才群和人才团队成长的理论，国有企业职业经理人才的培育还需要在加强职业经理的团队建设方面创造条件，促使更多的经理人在职业化、市场化的实践环境中，在优良团队的合作下，加速成长为搏击市场风云的成熟的企业家。

(1) 经营团队的成员互补问题

总经理与他准备聘用的副手组成的公司经营团队是实际经营和管理公司日常业务的责任者。这个团队的绩效很大程度上取决于团队成员之间的结构互补，构成一个能把每一位成员的才能都充分发挥出来的团队，要求每位成员都能在某个方面或某几个方面有专长。首先，经营团队成员的知识结构之间要存在互补，团队中应该有战略方面的专家，有营销、财务、运作、人力资源、技术等方面的专家。其次，团队成员角色之间要互补，《企业生命周期》一书的作者伊查克·爱迪思提出了角色互补的"PAEI"模式，他认为经营团队的成员要在确定好目标（perform the purpose of the organization）、规划好企业的各项活动（administer）、有创新精神为环境变化做好准备（entrepreneur）三者间整合形成一种相互依赖而又亲近的文化（integrating）来促进成员间的互补。爱迪思认为，要使企业兼顾短期和长期的效益与效率，需要由这四大角色来付诸实现。任何时候只要缺乏任何一个角色，就会出现一种可预测的有缺陷的决策模式，或称"不当的管理风格"。如果企业中，PAEI四个角色都发挥了作用，企业就会既有效益又有效率。

(2) 经营团队的配合问题

经营团队的配合问题是一个显而易见的事，问题是人们都强调配合的重要性，但实际上配合得不好的团队到处可见。戴维·鲁克与威廉·托伯特在《哈佛商业评论》上发表的"领导力的进化"一文中提出，区分不同领导者的关键并不在于他们的领导理念、个性特点或是领导风格，而是在于他们内在的"行为逻辑"。"行为逻辑"是指领导者如何对周围环境做出解释，并在权力和安全受到挑战时做出何种反应。根据鲁克和托伯特的分析，有的团队成员总是想方设法地讨好上级，同时努力回避冲突；有的生性猜疑、以自我为中心，为成功不计手段，控制欲强；有的是出色的个人英雄，总觉得合作是在浪费时间，忽视一些制度和规矩，经常惹恼团队其他成员；更多的是偏好明确的工作目标和最终期限，通常都是赶时间、抢进度，没有耐心来放慢节奏、认真反思，对创新性的做法不支持、认为"旁门左道"。他们分析认为，从长远来说具有战略家型领导文化的团队最有效率。因为战略家型的领导团队将挑战视为机遇，把困难当成个人与组织学习的机会，非常关注人际界面、组织界面和国内与国际发展界面之间的互动。他们重视组织的约束以及组织观念，但认为这些约束和观念都有商榷的余地，在处理矛盾冲突时更加游刃有余，是变革有力的推动者。

（3）企业和团队文化的认同

文化是由非正式的、不成文的，但又强大无比的规范构成的系统，这些规范来源于影响人们行为的共享价值观。文化会影响团队，即使是那些结构同一、构成相似、做着同样工作的团队也会因社会制度和信仰的差异而有不同的表现。特别是企业的经营层如果对企业的使命、愿景和价值观方面存在很大的分歧，不仅会影响到企业的运行和经营业绩，而且对每位成员来说，都不是一件舒心的事。1995 年，《财富》杂志报告了它所进行的公司声誉调查的结果，这份报告中指出"人们越来越认识到，公司并不仅仅是靠那些财务数字而生存的。那些在调查中名列前茅的公司都具有一个共同之处：有着充满活力的企业文化。在一个凝聚力很强的企业中，生机盎然的企业文化能够为一个深刻而持久的共同目标做出贡献。这种文化的活力很大程度上是基于长期以来人们通过共同合作和互相学习而编织出来的一块完整的文化'织锦'，表达了一种特殊的生活方式"。

案例："遇到天花板前找梯子"——全球化视野的中国中材国际工程股份有限公司

中国中材国际工程股份有限公司（以下简称"中材国际"）是国务院国资委所属中国中材集团旗下的上市公司。2001 年中材国际成立后，以 EPC❶ 总承包模式迅速走向了国际舞台，目前海外业务占到公司业务量的 70％ 以上，在不包括中国市场的情况下国际市场占有率第一。工程项目累计涉及 50 多个国家，基本完成了国际市场的分布，成为国际水泥技术装备、工程市场的主要服务商，公司的 SINOMA 品牌已成为国际知名品牌。2009 年 2 月 11 日，在沙特阿拉伯进

---

❶ EPC 是英文单词 Engineer、Procure 和 Construct 首位字母的缩写，它的中文含义是指对一个工程项目负责"设计、采购、施工"的活动，与通常所说的工程总承包含义相似。

行国事访问的胡锦涛主席专程视察了公司承建的沙特 RCC 日产 5000 吨水泥总承包项目，并一再勉励公司"要坚持科技创新，发挥自身优势，提高国际市场竞争力"。2009 年，当人们还在争论经济是否复苏、全球经济依然低迷的时候，中材国际的中期报告显示了其上半年实现净利润 3.17 亿元，同比增长近 115.52％，同时新签水泥工程合同总额为 94 亿元，其中海外合同 38 亿元，表现出了令人惊叹的活力与竞争力。

中材国际很早就确立了自己的国际化战略，试图依靠规模和成本控制、自主创新技术和完整产业链的业务模式，全力推进公司国际化进程，但从目标落实到形成企业的核心竞争力他们也经历了较为漫长的实践和不断试错的过程。

一、"改变才能改进，改进成就改善"

2001～2006 年，中材国际依托国内最雄厚的自主创新技术，利用强大的资源整合能力和学习创造型团队，快速地走出去并站住了脚，而走出去意味着中材国际在水泥工程业这一细分产业突破了原有市场的天花板。中材国际总裁王伟说："在国内市场绝对老大的优越感，往往带来自满情绪。和国际巨头比，我们才认识到了自己在管理、理念、品牌、研发技术上的不足。"如何锻造因为发展迅速而来不及锤炼的企业核心竞争力已成为经营管理团队深思的课题，而突破这种极限的关键就是认真制定切合企业发展需要的国际化战略。

与丹麦史密斯、德国洪堡的企业竞争力不同，中材国际利用其拥有核心工艺和研发设备的强项，对产业链进行了整合，将研发、工程设计、技术咨询与服务、设备制造、工程建设等各个分散环节，整合为一个完备的产业链，发挥集群效能。中材国际实施市场战略和业务模式再造，提出在全球范围内建立"交钥匙工程"模式，为业主提供更优服务、创造更大价值。中材国际是 2004 年底进入沙特阿拉伯市场的，现在这个市场的新建水泥订单已全部由中材国际来完成，最顶尖的竞争对手一个合同也没有拿下，这说明了中材国际 EPC 模式的科学性和实效性。在中材国际的海外合同中，80％以上来自于这种极具市场思维的 EPC 模式。在取得巨大成就的同时，中材国际的产品和服务，顺理成章地走向了高端化和精细化，企业的美誉度也随之在全球业界广泛传播。

二、"能把中材国际打垮的是中材国际本身"

在保质保量的条件下，中材国际的总承包竞标价比对手低、工期比国际竞争对手短，中材国际的这些优势在动辄数亿美元的工程面前所向披靡。但管理层没有为现在的市场份额感到兴奋，相反危机意识让他们觉得工作还没做到无暇的地步。总裁王伟一连用了三个"难道"对市场份额进行反思："市场份额最大难道就是企业价值最大化？难道就是企业的商业模式和管理模式的最佳化？难道就是企业自主创新能力和研发团队的最优化？""我们的工作肯定会有一些疏漏的地方，特别是企业高速成长的过程中，过分关注了目标的实现而疏于过程控制，现在企业运行平稳持续健康，该是认真总结、加强管理、强化意识、提升品质的时候了。"

中材国际的管理层认为世界级对手是他们的参照物，参照内容包括内部管理、体制创新、体系完善、随机整合、知识及技术的自主创新、组织结构的调整、风险控制及提高内部资源配置效率等。比较下来，中材国际还没有达到卓越的世界级公司的最低标准，和国际巨头相比也就是三流水平，说明企业还有很大的能力提升空间。中材国际的管理层认为，企业做好"家庭作业"（指企业的内功）是基点也是境界，把"家庭作业"做好了，在磨砺中应变，在发展中求变，进而就可以提升自身的综合实力。中材国际当初是依靠强大的研发制造技术挺进国际市场的，随着中材国际的成功模式不断被克隆，如果企业的成本优势、工期领先优势不能形成强大的核心优势，中材国际的竞争力将难以持续，而解决这个问题的关键——业务流程再造成为一项中材国际重要的"家庭作业"。在业务流程再造的过程中，管理层认为，成本、效率、效益是前提，规范化是目标，必须统一质量、服务、技术作业标准，这样才能建立与客户、供应商和承包商的利益关系。

中材国际完整的价值链、业务链是由若干个改制而成的子公司组成的，有的资源还在重复开发和投入，内部资源配置能力成为影响企业国际竞争力的瓶颈，垂直调整组织结构的工作也成为管理层迫切要做好的一项"家庭作业"。通过内部反思，中材国际认为企业在制度建设和体系完善方面仍然还有很多工作要做，比如推进装备制造营销一体化和售后一体化，减少重复劳动、技术研发和设计体系间存在的间隙、解决部分研发远离项目等。总裁王伟认为，"这是好事，至少说明大家具有忧患意识，在用心关注这个企业的发展，不然，不是在麻痹中死亡就是在狂欢中迷失方向"。

三、"未雨绸缪，运筹帷幄"

未来几年，国内水泥工程市场容量的年增长至少在 400 亿元以上，同时一些发展中国家的市场前景也很美好，中材国际这些年对核心竞争力的大力锻造和提升、对产品质量的执著以及对未来战略的规划，使外界对中材国际能成为领跑者抱有非常乐观的态度。公司董事长提出了一位远见型企业家的深度思考：中材国际现有的市场压力不大，但随着全球经济的增长，水泥投资市场不可能是一块永远做下去的蛋糕，接下去该怎么办，这也是企业投资者的担心。中材国际决心不随着行业的波动而收敛自己的内驱力，要根据公司未来新阶段的发展战略，以复制自身业务模式为指导思想，对国内外的优势资源进行全方位调整，向水泥装备之外的领域进行"有限、相关、多元"的审慎拓展，培养新的利润增长点、拓展新的增长空间。

对于中材国际的发展历程，中材国际的一位副总裁曾做过这样的归纳："事物的发展总有个过程，有时过程比结果都重要。中材国际从建立之初到目前的态势，其间遇到不少瓶颈，这个瓶颈并非是最终的极限，而是某个时期内无法预料的未来，就像天花板一样。唯有不断地跳跃、触摸，而超越的唯一途径就是找到合适的梯子放在合适的地方。"不断地打破瓶颈、触摸天花板，甚至在遇到天花板之前就找到合适的梯子，从而不断飞跃到新的高层，这是中材国际通过创新来适应环境的持续发展之路。

参考文献

[1] 上海市国有资产监督管理委员会，上海市经济管理干部学院组. 公司董事会建设的理论
　　与实践——董事培训教程 [M]. 上海：上海人民出版社，2010.

[2] 于彦忠. 美国总经理素质的标准 [J]. 中国建筑金属结构，2003 (12)：34-35.

[3] 孙先锋. 如何成功组建团队 [EB/OL]. [2010-08-16]. http：//www. cubn. com. cn/
　　News3/news _ detail. asp? id＝8351.

[4]《董事会》编辑部. 中材国际的国际化阶梯 [J]. 董事会，2009 (11)：46-51.

国有企业的独特优势
——党组织发挥政治核心作用

■ 党组织政治核心作用是国有企业公司治理的中国元素，是中国特色社会主义在国有企业制度上的重要体现。

■ 强调公司治理与党组织作用优势互补十分重要，只有紧紧抓住优势互补这一关键问题，国有企业党组织发挥政治核心作用的探索才有实质性意义。

■ 国有企业党组织发挥政治核心作用，要围绕"参与决策、带头执行、有效监督"，着重在工作路径和具体方法方面实现党的政治优势与国有企业法人治理结构的优势互补。

发挥国有企业党组织政治核心作用是中国特色社会主义在国有企业制度上的重要体现，是根据国有企业性质、经济地位、历史特点及其在社会、经济、政治、文化建设发展中的影响等要素做出的一种制度性设计；是国有企业公司治理的有机组成部分。改革开放以来，这种领导制度对国有企业持续稳定健康的发展，对我国改革开放发展大局，对推进中国特色社会主义事业起了不可替代的重要作用。与此同时，对于国有企业党组织发挥政治核心作用与完善公司治理结构的重大关系，各方面的看法与理解也并不完全一致。不同的国企由于规模、历史及其在国民经济中的地位不同，导致这些企业的党组织的具体运作方式也存在不同。在继续完善国有企业公司治理的过程中，需要在实践的基础上进一步统一对国有企业发挥党组织政治核心作用的认识，进一步界定其职责、明确内涵、清晰路径。

一、企业党组织政治核心作用是国有企业治理的中国元素

公司治理是现代社会市场经济发展过程中普遍遇到的课题。各个国家、各种不同所有制在选择公司治理结构模式的过程中有许多相同之处，也有许多不同之处。公司治理模式不可避免要受到国家的政治、经济与社会制度，产业结构和企业历史文化的影响。重要的问题不是简单强调一个普适原则，而是要努力找到适合自身情况的最佳治理模式。

（一）党组织政治核心作用是国有企业制度的重要特征

改革开放以后，适应社会主义市场经济的发展要求，国有企业的领导制度、组织形式发生变化。党委领导下的厂长负责制向厂长负责制转变，以后又逐步向法人治理的现代企业制度发展。在这一过程中，国有企业建立党的组织并发挥作

用的原则没有变，只是国有企业党组织从过去的领导一切向发挥党的政治核心作用开始转变。

《中华人民共和国宪法》明确中国共产党的领导地位。这一基本原则是国有企业党组织发挥政治核心作用的根本法律依据。《中国共产党党章》中"基层组织"这一部分则明确："国有企业和集体企业中党的基层组织，发挥政治核心作用，围绕企业生产经营开展工作。保证监督党和国家的方针、政策在本企业的贯彻执行；支持股东会、董事会、监事会和经理（厂长）依法行使职权；全心全意依靠职工群众，支持职工代表大会开展工作；参与企业重大问题的决策；加强党组织的自身建设，领导思想政治工作、精神文明建设和工会、共青团等群众组织。"党对国有企业党组织的明确规定是国有企业党组织发挥政治核心作用的直接依据。新修订颁布的《公司法》第十九条规定："在公司中，根据《中国共产党章程》的规定，设立中国共产党的组织，开展党的活动。公司应当为党组织的活动提供必要条件。"

很明显，党组织发挥政治核心作用在国有企业公司治理过程中，不是一个可有可无的问题，而是中国特色社会主义基本制度在国有企业中必须坚持的基本原则和要求，党组织的政治核心作用成为国有企业公司治理中的中国元素的突出体现。

（二）党组织发挥政治核心作用是国有企业发展的政治保证

企业治理的目标是要建立与企业内外环境相适应，有利于企业发展的体制结构和运行机制。国有企业党组织发挥政治核心的制度性设计是基于国有企业内外环境综合考量基础上的一种选择。

1. 国有企业在国民经济中举足轻重的地位

据有关材料，国有企业大量涉及国计民生的基础性产业，其数量少于民营企业，但经济总量举足轻重，为国家提供的财政税收占一半以上。全国国有企业拥有的资产总额，1998 年为 13.4 万亿元，2009 年达到 53.5 万亿元。国有企业党组织与巩固中国共产党的执政地位、实现中国特色社会主义的历史使命相联系，是执政党链条上的重要一环，是国民经济的重要基础。发挥国企党组织政治核心作用本质上是适应中国国情并为现阶段党的奋斗目标服务的。

2. 国有企业治理需要与国有企业政治文化相适应

国有企业的员工管理虽然实行市场化原则，由于所在企业的历史地位及现实地位的特殊性，使得他们有着强烈的主人翁情结，这种情结是一种搞好企业的积极因素，需要有与这种情结相适应的企业体制。国有企业的领导干部具有市场职业经理人的基本特征，但由于国有企业是中国共产党执政的物质基础，他们虽然也是被董事会聘用，但许多人是共产党员，需要他们从党的组织纪律和党员的要求上保证对董事会和股东负责，保证比其他企业更多地对员工和社会负责。国有企业建立党的组织并发挥政治核心作用，是国有企业公司治理结构政治文化取向的必然选择。

（三）国有企业党组织发挥政治核心作用的实践内容

1990 年 12 月 30 日，中国共产党十三届七中全会通过的《中共中央关于制定国民经济和社会发展十年规划和"八五"计划的建议》中提出："在企业内部进一步发挥党组织的政治核心作用，坚持和完善厂长负责制，全心全意依靠工人阶级。"在 2009 年中国共产党十七届四中全会上，进一步明确，国有企业党组织发挥组织核心作用路径重点是"参与决策、带头执行、有效监督"。国有企业党组织发挥党组织政治核心作用在实践中不断探索、不断发展和完善。归纳起来，主要有以下几个方面。

① 明确了国有企业领导体制改革的方向。包括党政交叉，双向兼职，党委书记兼任董事长或副董事长；党委委员进入董事会，兼任行政职务；董事会、监事会、经理层、党委会下属工作机构设置实行相互交叉和融合等。着力从组织上推动了党委发挥政治核心和法人治理结构的有机组合，着力在发挥党组织政治核心作用，提高工作效率，避免"两张皮"等方面下工夫。

② 探索了国有企业领导干部管理的新方式，努力做到既体现现代企业法人治理的要求又体现党管干部的要求。具体提出了"党管导向、管标准、管程序、管资质"等意见，建立了行政首先提出意向，党委进行考察，党政共商人选，在掌握标准的前提下，尊重行政的用人权，经党委会讨论通过，由行政进行任免。党政各自的权力得到了一定程度的尊重和落实，党政在用人方面的优势得到了一定程度的统一。

③ 推动了党组织参与重大决策的实施。党组织参与企业重大问题决策是中央关于加强国有企业党的建设明确的要求，"十一五"以来，上海市国资委所属企业普遍实行了两方面制度：一是党委书记参与重大经济问题讨论，直接了解情况，并从党委的角度提出意见建议；二是在党委会上，许多企业普遍实行行政通报近期经营管理信息与听取意见的方式，使党委成员对企业经济发展的全局有所了解，并通过党委讨论，党委中心组学习等方式对行政工作提出具体的看法。

④ 发挥了思想政治工作的传统优势。国企党组织开展了保持共产党员先进性教育和学习实践科学发展观等活动，体现了思想引领的作用。特别在企业重组、结构调整过程中，各级党委卓有成效地进行思想引领、政策指导、问题排查、矛盾协调工作，确保了国资企业的稳定和发展。

⑤ 加强了国有企业党组织的自身建设，基本形成政治核心作用。党要管党，国企党组织要切实搞好党的自身建设，已经成为国资委系统直属企业党组织比较自觉的行动。加强基层党支部建设，开展党员培训；加强党的纪律检查工作，开展党内创先评优活动；围绕中心，发挥共产党员先锋模范作用等。

市场经济是中国共产党建设有中国特色社会主义的历史性选择。这些年的实践表明，中国共产党的优势和市场经济的结合能够产生强大的发展力。对国有企业而言，明确党的组织发挥政治核心作用，使国有企业获得了其他企业不能比拟的竞争优势。尽管具体形式还需要在实践中进一步改进完善，但这一优势的理论意义和实践价值已经被这些年国有企业的发展和实践所证明。

二、 党组织在国有企业治理中发挥政治核心作用的内涵

目前中国特色的国有企业公司治理还处于一个探索积累阶段。围绕国有企业党组织发挥政治核心作用,在实践中还经常会发生一些碰撞和矛盾。在深化国有企业公司制度法人治理过程中,党组织发挥政治核心作用的探索,需要进一步深化认识,厘清内涵。

(一) 国有企业党组织发挥政治核心作用的要求

1. 保证监督党和国家方针政策的贯彻实施

这是国有企业党组织发挥政治核心作用的总要求和总原则。它要求国有企业党组织必须紧紧围绕企业的生产经营开展工作。在上级党组织的领导下,通过充分发挥党组织的作用,保证和监督党的路线、方针、政策在本企业贯彻执行。这种政治核心作用主要是依据党的路线、方针、政策,从执政党基层组织的角度,通过参与管理、加强思想政治工作、搞好党的建设等政治优势的形式充分体现出来。

2. 支持各个治理机构依法行使职权

搞好国有企业既是国有企业自身利益的需要,也是中国特色社会主义发展的任务。支持股东会、董事会、监事会和经理(厂长)依法行使职权是贯彻执行党的基本路线在企业的要求。国有企业党组织直接活动于企业生产经营管理过程中,通过党的组织体系和共产党员的先锋模范作用,给予行政管理工作具体的支持,有利于国有企业股东会、董事会、监事会和经理各种权利有效落实,并通过优势互补,转化为国有企业的竞争优势,使国有企业持续健康快速地发展。

3. 全心全意依靠职工群众,支持职工代表大会开展工作

全心全意依靠职工群众,既是中国共产党的一贯方针,又是企业改革发展实践的结论。随着深化国有企业改革,国有企业涉及的各种经济关系比过去复杂得多。股东、经营者和广大员工这三者之间的利益既是一致的,又容易产生矛盾。处理好是一种动力,处理不好可能会演化为一种冲突。保持和谐稳定的发展环境,是国有企业党组织发挥政治核心作用的重要组成部分,通过支持职工代表大会,保证职工群众的合法权益,妥善处理经营者与一般员工的关系;通过日常思想政治工作,尊重和发挥广大职工群众办好企业的积极性、主动性,有助于达到社会、资本、企业、员工各种利益关系方面的协调和统一。

4. 参与企业重大问题的决策

经济建设是现阶段党的工作中心,国有企业党组织"参与决策"是履行自己政治责任的客观要求。企业是一个经济实体,其基本任务是通过企业的经营管理实现盈利和发展。确保企业经济的发展,不仅是行政的任务,也是企业党组织的任务。国有企业党组织虽然与政府层面党的领导有所不同,但作为中国共产党的基层组织,围绕中心、服务中心,促进发展的任务性质是一致的。

5. 加强党组织的自身建设

国有企业有相当数量的共产党员,他们是企业的骨干,又是中国共产党基层

组织的一员。按照党的章程，加强党的思想政治和组织建设，保持基层党组织的有效运作，不断提高党基层组织的战斗力；通过及时地传递党和国家的路线政策主张，增强广大党员围绕中心、服务大局的党性意识，发挥共产党员的先锋模范作用；通过党内民主和各项党的基本组织制度，尊重党员在党内的主体地位，发展党的组织，保持国有企业党组织活力。加强党的自身建设，是执政党建设的题中之意。

（二）党组织与各个治理机构的优势互补

强调公司治理与党组织作用优势互补十分重要，只有紧紧抓住优势互补这一关键问题，国有企业党组织发挥政治核心作用的探索才有实质性意义。深刻认识法人治理和党组织政治核心的优势，着力使两者的优势功能协调互补，并在此基础上转化为中国国有企业优越于其他类型企业的竞争优势，是探索中国特色现代企业制度党的工作的出发点和归宿点。

1. 功能取向上优势互补

公司治理结构是一种企业经营管理的组织制度，其功能的重心是企业资源的合理配置，增加股东的财富；企业党组织功能的重心是把企业作为社会的一个组成部分与整个社会政治任务衔接落实。两者从不同侧面反映了中国现代企业发展中必须关注的问题，两者的结合将使国有企业管理更加完善和全面。

2. 组织关系上优势互补

公司治理通过董事会、经理层、监事会运营，他们受命于股东大会、对股东大会负责，本质上是一种聘用与被聘用的市场关系。而企业党组织是中国共产党的一个基层组织，通过党内选举产生，隶属于上级党的组织，服从于党的中心任务。他们与上级党组织的关系，本质上属于组织指派的关系。企业的党员，特别是法人治理结构中的党员领导，既要履行法人治理结构相应责任、企业管理责任，又要接受党的组织领导。同时，党的组织在企业中，又要尊重并履行企业各项管理制度。通过发挥党组织政治核心作用，使两者优势互补，相互支持、相互作用，促进企业更好地发展。

3. 作用路径上优势互补

公司治理主要依据公司章程授予的企业经营管理权利，以员工与企业的合同关系为基础，通过指标、制度、指令、激励、惩罚等企业权利的方式落实和考核，带有明显的雇用性；而公司党组织主要依据党的路线方针政策，依靠党员的觉悟，依靠党同员工群众的密切联系，通过思想政治工作的方式，说服人、影响人。党政结合，在严格管理的同时，切实加强做人的思想工作；在做思想工作的同时，严格组织纪律，两者构成了现代企业和谐发展的有机结合。

4. 评价标准上优势互补

公司治理的评价标准主要与经营指标的完成与否有关。包括许多安全、环保、税务等方面内容；党的组织评价与经济指标也有关系，但相对比较软性。它更多关注企业的文化、精神文明建设、领导干部的廉政勤政，以及企业稳定、守法、员工积极性的发挥等。很显然，两者在中国特色社会主义发展过程中都是非常重要的。通过发挥党组织政治核心作用，有助于企业健康持续地发展。

5. 和谐党政关系保障优势互补

国有企业法人治理结构本身是一个相对完备的组织系统，而国有企业党组织要发挥政治核心作用，大量实际工作又都是存在于经营管理活动之中。正确认识与实现国有企业党政之间的和谐关系，对实现中国特色国有企业的优势互补特别重要。

（1）把握政治核心与法人治理的区别，努力发挥党组织的思想政治导向作用

企业发展涉及多种因素，企业领导结构从一定意义上来说，是为了有效处理企业发展过程中多种因素的组织设计与选择。企业党组织更多地应当从党的主张、国家法律、政策法规方面研究评价引领企业的发展；党组织参与决策重在结合企业实际，贯彻执行党的路线方针政策，是参与决策、不是进行决策，是组织行为、不是个人意愿。

在日常工作中，党组织要着力支持法人治理结构的有效运作，深刻理解经济运行的特殊性，把支持行政依法行使职权作为一项重大的责任。不仅要十分重视发挥党支部战斗堡垒作用和共产党员先锋模范作用，发挥党组织联系群众、凝聚群众、动员群众、深入细致的思想政治工作、建设企业文化的作用，还要十分注意代表社会、员工、股东、经营者等各方面的利益，正确协调劳资关系，创造良好的企业环境，防止和避免各种利益兼顾失当、极端化等倾向，使国有企业的行政管理持续高效健康地运转。

在绩效评价方面，党组织要着力履行保证监督的责任，不能把保证与监督对立起来，割裂开来。通过权力机构，即党代会和党委会，对组织委派授权的行政党员负责人进行监督；通过纪委的双重领导体制，授予其直接监督同级党员领导干部的权限；通过巡视、督察方式，加大上级党组织与企业党组织保证监督机制的结合度。

（2）把握企业稳定与改革发展的关系，充分调动各方面的积极性

国有企业发展中不同组织、不同责任者对劳资矛盾冲突的看法和处置角度是有差异的。重要的问题不是简单地强调统一，而是要在尊重理解的基础上，形成最佳的工作思路和配套措施。对经营管理者而言，追求成本最低化、市场最大化，比较容易更多地考虑投资收益、绩效考核等要求；也不可避免地会较多强调改变一些员工市场意识淡薄、竞争能力不强等传统国有企业的痕迹。党的组织既要充分理解经营者的难度，又要充分看到国有企业员工的认识水平，兼顾股东、企业、员工的利益，着力通过相关法规和工会等群众组织妥善解决问题。这对国有企业党组织来说，是一种挑战，更是一种特殊的价值空间。

（3）把握党组织政治核心作用工作方式与行政管理指挥方式的区别，相得益彰形成合力

党组织的工作角度和作用方式与行政有所差别，前者更多是思想的、说服教育的；后者则更多带有行政命令的性质；由于党组织和行政角度、工作空间有所不同，难以避免出现信息不对称、角度不一致、方式不一样的情况。要承认其客

观性，避免其矛盾性。从优势互补的角度看，党政什么问题看法完全一致，未必是党政关系的最好状态。党组织优势和经营管理优势作用本身有所不同，正是由于两者的差异，才有取长补短、优势互补的必要性。要根据各种不同看法的不同性质，妥善处理党政工作方式的差异。在经营管理方面，要高度尊重法律权属范围内行政的自由裁量权；在战略布局方面，要高度尊重董事会集体决策的权利；在用人方面，要高度尊重董事会的最后决定权。要顺势而为，目光向下，注重发挥基层党组织的积极性和创造性，到业务经营一线去寻找工作的着力点，发现经验，总结经验。

（三）党组织政治核心作用的认识和辨析

国有企业党组织发挥政治核心作用原则是明确的，但在实践中，对国有企业党组织发挥政治核心作用理解上并不完全一致。当然其中既有传统观念的影响，也有一些误读和片面理解，但对这些看法的进一步讨论与思考，会对国有企业党组织发挥政治核心作用的理解更深刻、更全面。

1. "领导说"

这种看法认为，党组织是政治核心，而所谓政治核心就是领导核心。这种看法认为，政治是经济的集中表现，离开了经济就无所谓政治；离开了领导核心，就无所谓政治核心作用。不能否认，这种观点在强调政治核心的内涵方面有其合理性，国有企业党组织发挥政治核心作用，大量涉及企业领导范畴的问题。但是，这种观点忽视了领导核心和政治核心作用方式的区别。领导核心依靠权力，带有强制性；政治核心除了特殊情况，例如国家政治出现动荡，执政党赋予党组织特殊的处置控制性权力外，大量是以非权力方式出现的。简单把国有企业党组织与法人治理权力经济核心画等号，很容易影响和干扰经济实体的权力配置和运作活力，并容易伤害资产关系的链接，显然需要慎重使用。

2. "政治组织说"

这种看法认为，企业作为经济组织与党组织属于两种不同类型的组织。前者是市场主体，后者则和国家政治相联系。为坚持中国特色社会主义道路，在国有企业强调发挥党组织的政治核心作用是必要的，但其组织原则和活动的内容应当限制在政治组织的范畴内。其主要作用就是代表执政党，从党的路线方针政策的角度进行引导。应该说，这种观点有其正确性。党组织是政治组织，但是如果由此得出结论，企业党组织工作就是限定在脱离企业实际抽象的政治范畴，则很容易出现党归党、政归政、各成体系、自我循环、"两张皮"。贯彻落实党的路线方针政策是具体的，国有企业作为国民经济的基础，如何发展、如何处理企业与社会的关系等各个方面，都与党的领导相联系。国有企业党组织不能超脱企业之外搞所谓空泛的政治引导，必须紧密联系企业发展的实际，参与企业的决策，把握企业的全局，从整体上对企业的发展发挥政治核心作用。

3. "融合说"

这种看法认为，政治核心只有融入经济管理才能发挥作用，企业党组织要和企业经营管理系统融为一体。这种看法强调了企业党组织不能脱离企业的经营管理，是正确的。大量实践说明，对企业而言，大量的思想认识问题产生于生产经营管理之中，离开了生产经营管理，党组织必然一事无成。强调国有企业党组织发挥政治核心作用要紧密结合经济工作的实际，是完全正确的。但是"融合"是一个动词，用融合来阐述党的工作和生产经营管理的结合并不科学。实际上，许多持"党政融合"观点的单位，是以取消党组织工作的机构、淡化党组织功能价值为代价的。这种情况，从巩固和加强党的执政基础，从未来党战胜可能遇到的执政风险看，显然是不妥当的。

4. "部门说"

这种看法认为，党组织在操作层面就是企业的一个工作部门，隶属于企业经营管理层之下。这种看法，虽然承认国有企业党组织发挥政治核心作用，但在工作布局中，把党组织放在具体的管理层面上，似乎是要解决党组织的具体工作平台问题，实际上贬低了党组织的工作地位，使党组织成为附属于经营管理的一种手段。应该指出国有企业党的组织与企业管理部门不在同一层次。党组织是执政党在企业的基层组织，隶属于上级党的组织。从党的领导的角度看，它是执政党在企业的代表，虽然和法人治理的企业领导方式有区别，但也是一种特殊的领导方式。从本质上看，这种领导方式并不低于企业法人。企业的管理部门是企业法人治理的执行部门，一切服从于企业经营管理工作的需要，把党的组织等同于管理部门，客观上降低了党组织的政治核心作用地位。

5. "党建说"

这种看法认为，党组织发挥政治核心作用就是抓好党建，国有企业党组织的基本任务就是党的建设。这种看法有一定道理，党要管党，党组织当然应当把抓好自身建设作为自己十分重要的职责。千万不能"种了别人的田，荒了自己的地"。但是，必须清楚，发挥党组织政治核心作用和抓好自身建设并不是一个概念。发挥政治核心作用强调的是要发挥这一组织的作用，而不是自身建设。如果把政治核心作用理解为抓好自身建设，在逻辑上也说不通。国有企业党组织加强自身建设是发挥作用的前提，从一定意义上说，加强自身建设，就是为了更好地发挥组织的政治作用。离开了组织的作用，加强自身建设也就失去了意义。

6. "摆设说"

这种看法认为，党组织发挥政治核心作用在一般情况下就是一个摆设，需要的时候发挥作用，不需要的时候，有一个形式就可以了。这种看法虽然难以摆上桌面，但在现实生活中却常常可以听到类似的说法。诸如"国有企业党组织是雨伞，下雨需要时撑一撑"、"国有企业党组织是自行车撑脚架，停下来用用，骑车时收起来"。客观分析，如出现动乱时，国有企业党组织要承担维护社会稳定的特殊使命，相对工作位置和作用较之平时当然会更加突出，这确实是在国有企业建立党组织的一个重要因素。但是，这并不等于说，国有企业党组织只是为社会稳定巩固政权而建立的预备队。不能把特殊条件下的特殊形式绝对化。不能由此而得出结论，国有企业党组织就是一种摆设，这显然与中国特色社会主义的制度安排不一致。

需要指出的是，国有企业党组织发挥政治核心作用，在党的章程、中央有关文件中讲得很明白。重要的问题是要在实践中把中央的精神具体化，实现党的十七届四中全会向国有企业党组织提出的"参与决策、带头执行、有效监督"的总体要求。

三、党组织发挥政治核心作用的实现途径

"参与决策、带头执行、有效监督"的要求既进一步明确了国有企业党组织发挥政治核心作用的主要任务，又从操作层面更加清晰了国有企业党组织在公司治理中发挥政治核心作用的工作路径。

（一）党组织参与决策的途径和方法

1. 明确参与决策的原则和内容

国有企业党组织参与企业重大决策应把握好四个原则：一是要明确参与决策是一种组织行为，而不是代表个人决策，也不仅仅是书记一人参与决策；二是要明确参与决策是党组织提出意见和建议，不是包办或代替董事会和经理班子依法行使职权；三是明确参与决策的，是企业带有根本性、方向性、长远性、全局性的重大问题；四是明确参与决策侧重于"政治角度的参与"，主要看决策是否符合党的路线方针政策和国家的法律法规，是否符合广大职工群众的利益，是否符合民主、科学的决策程序，是否符合企业科学发展的规律。

2010 年，中央办公厅下发的《关于进一步推进国有企业贯彻落实"三重一大"决策制度的意见》中，具体细化了"三重一大"事项的主要范围。对需要参与决策的内容做了进一步的界定。如重大决策事项，主要包括企业贯彻执行党和国家的路线方针政策、法律法规和上级重要决定的重大措施，涉及企业发展战略、破产、改制、兼并重组、资产调整、产权转让、对外投资、利益调配、机构调整等方面的重大决策，企业党的建设和安全稳定的重大决策，以及其他重大决策事项。重要人事任免事项，是指企业直接管理的领导人员以及其他经营管理人员的职务调整事项；重要项目安排事项，是指对企业资产规模、资本结构、盈利能力以及生产装备、技术状况等产生重要影响的项目的设立和安排；大额度资金运作事项，是指超过由企业或者履行国有资产出资人职责的机构所规定的企业领导人员有权调动、使用的资金限额的资金调动和使用。

这里应强调的是，企业重大问题决策的核心内容是用人决策。企业党组织应把坚持党管干部原则与董事会依法选聘经营管理者以及经营管理者依法行使用人权有机结合，突出工作的着力点，规范工作流程，保证党管干部原则落到实处。

2. 落实参与决策的组织保证

国有企业党组织参与企业重大问题决策，要有组织保证，这就需要坚持和完善"双向进入、交叉任职"的企业领导体制。国有独资和国有控股公司的党委书记与党委其他成员可以通过法定程序分别进入董事会、监事会和经理班子，董事会、监事会、经理班子中的党员可以依照有关程序进入党委会。

此外，为了便于党组织参与决策，也便于带头执行、有效监督，党组织职能

机构设置上可采取与行政职能机构合署办公的做法。如企业党委办公室可与行政办公室合署，组织部、统战部可与人力资源部合署，宣传部可与企业文化部合署，纪委可与监察部合署。小型企业可以只设置一个党组织工作机构（可称为党支部办公室，与公司办公室合署）。机构合署后，必须规定部分人员重点做党组织的工作。从组织上保证党组织作为一级组织参与到企业经营的决策过程之中。党政工作机构合署办公，既有利于克服党政"两张皮"现象，又有利于减少企业机构设置，提高人力资源使用效率，培养复合型人才，降低管理成本，但注意不能削弱党的工作。

3. 健全参与决策的管理制度

国有企业党组织参与企业重大问题决策，要有制度保证，因此公司章程和董事会、经理层议事规则，应当对党组织参与重大问题决策的主要内容和程序做出明确规定，使党组织参与企业重大问题决策进入管理流程。从许多企业的实践看，建立、健全如下制度已成为党组织参与企业重大问题决策的有效形式。

（1）党委会制度

按照有关文件规定，企业重大问题决策的各项内容都可以讨论。从实践看，为了提高企业管理效率，一般情况下，除领导班子和领导人员队伍建设工作、重要人事安排之外的股东会、董事会和总经理职权范围内的企业重大问题决策，企业党委都可以通过其他途径参与。否则，难免造成讨论同一个问题的会议重复。当遇到特别重大、特别复杂的重大问题决策，而又难以统一思想时，可以通过党委会讨论统一思想。

（2）党委中心组学习制度

党委中心组学习，应当联系企业实际学习理论、方针、政策和法律法规，就企业改革、发展和稳定工作中的有关重大问题进行专题学习研讨，统一思想，提高认识，积极发挥酝酿企业重大问题决策思路的作用。

（3）董事会及其专门委员会会议制度

党委的意见可以通过依法进入董事会及其专门委员会的党委成员，在董事会及其专门委员会会议上提出。董事会的决议应当以书面形式抄告党委会。

（4）经理办公会议制度

经理办公会议是总经理依据自身的法定职权，按照公司章程和董事会授权，主持召开的重要会议。会议的一部分内容是公司日常生产经营管理和实施董事会决议方面的内容；另一部分内容则是与企业重大问题决策密切相关的内容（有的是提出决策方案供董事会决策，有的是按照董事会授权进行决策）。会议方式是听取与会者意见后，由总经理做出会议决定。国有企业党组织的意见可以通过依法进入经理班子的党委成员和列席经理办公会议的党委成员在会上提出。会议决议应当以书面形式抄告党委会。

（5）党政联席会议制度

需要企业党政共同研究、解决问题而召开的会议，可以缩短沟通环节，提高工作效率。

（6）专题工作研究会议制度

由总经理主持的专题工作研究会议，其内容与经理办公会议或党政联席会议类似，有所不同的是突出专题性。企业党组织的意见可以通过依法进入经理班子的党委成员和参加会议的有关党委成员在会议上提出。会议决议应当以书面形式抄告党委会。

（7）职工民主管理制度

按照国有企业党组织领导群众组织的规定，国有企业党组织应当研究同员工、工会和职代会参与企业有关重大问题决策的重要工作，引导员工和工会正确处理员工利益与企业利益、社会利益、国家利益的关系，正确处理眼前利益与长远利益的关系，支持职工代表大会依法开展职工民主管理。

4. 完善参与决策的规范程序

① 决策前，党组织必须在调查研究的基础上，酝酿并形成决策意见。"三重一大"事项提交会议集体决策前应当认真调查研究，经过必要的研究论证程序，充分吸收各方面意见。重大投资和工程建设项目，应当事先充分听取有关专家的意见。重要人事任免，应当事先征求国有企业和履行国有资产出资人职责机构的纪检监察机构的意见。研究决定企业改制以及经营管理方面的重大问题、涉及职工切身利益的重大事项、制定重要的规章制度，应当听取企业工会的意见，并通过职工代表大会或其他形式听取职工群众的意见和建议。董事长、监事会主席、总经理与党委书记应充分沟通，达成共识。在此基础上，党委会或党政联席会议应进行集体研究，提出意见和建议。

② 决策时，进入董事会、经理层的党委委员要认真履行职责，使党组织的意图得到尊重和体现（见图6-1）。

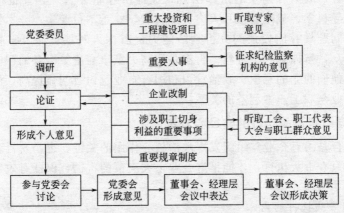

图 6-1   进入董事会、经理层的党委委员参与决策履行职责的程序

③ 决策后，党组织要发动党员团结带领职工，保证各项决策顺利实施。如发现决策不符合党和国家方针政策、存在重大经营风险或可能损害国有资产利益、社会公众利益和职工合法权益时，要及时提出意见。如得不到纠正，应向上级党组织报告（见图6-2）。

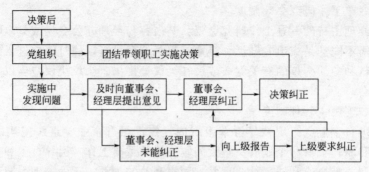

图 6-2　国有企业党组织保证各项决策的实施程序

5. 提升参与决策的实务能力

首先是提高党组织参与决策的能力。党组织参与决策要真正做到"有效、规范"，除需要一定客观条件支撑外，很重要的是党组织自身参与决策的能力需大力提高。在参与决策的问题上，要区别不同内容，把握参与程度。比如，对事关企业发展战略、经营大局等方面的重大问题的决策，党组织要重点参与，充分利用党组织自身的资源和"强项"，保证决策的正确；对企业日常经营工作中的重大问题，党组织主要是原则性参与，也就是对一些重大的事项在方向、大局上给予把握和指导，在其中的关键环节上则予以参与；对涉及到广大职工切身利益的重大问题，党组织要全过程的深度参与。并应提高决策拍板的决断力、决策资源的渗透力、决策思维的影响力、决策优选的左右力、决策执行的推动力、决策修正的说服力。其次是提高党委成员参与决策的能力。企业党委成员特别是党委书记、副书记要提高参与决策的能力，要懂政治，有一定的马克思主义理论基础，掌握党的方针、政策和国家的法律法规；懂经济和企业管理，具备市场经济意识，熟悉领导科学、战略管理和人力资源管理，熟悉本行业生产技术情况；懂哲学，对复杂问题具有比较强的分析判断能力，需深入基层、深入实际、深入党员、深入群众，掌握第一手资料。再次是提高为董事会决策服务的职能部门人员的能力，使他们的党的意识、政治意识和国有企业意识有明显提高，能正确处理好国家、企业与职工三者利益的关系。

（二）党组织带头执行的途径和方法

带头执行是国有企业党组织发挥政治核心作用的关键，也是履行政治责任的具体形式。只有带头执行，才能推进企业重大决策的贯彻，保证有效监督的落实到位。

1. 把握带头执行的内容

对带头执行的狭义理解是发动党员团结带领广大职工实施董事会做出的决策，促进企业科学发展。这无疑是不够的，要从广义上去理解，它包括四个层面的内容：①对党和国家的路线、方针、政策在本企业的贯彻执行进行保证监督；②对股东会、董事会、监事会和经理依法行使职权予以有力支持；③对企业重大问题决策进行积极参与；④对思想政治工作、精神文明建设和工会、共青团等群众组织进行正确领导。

上述四方面实际上是党组织发挥保证监督作用、支持作用、参与作用和领导作用，这正是在国企公司治理中党组织政治核心作用的具体体现。

2. 抓住带头执行的关键

国有企业党组织能否带头执行，关键在于自身的凝聚力、战斗力、号召力与影响力。因此，要按照"全覆盖、正常化、有成效"的要求加强和改进企业党组织的自身建设。首先，要做到组织的全覆盖。在国有企业调整和改革中，党员和党组织的变化比较多，要适应这种变化，及时调整、建立党组织，不让一个党员脱离党组织。要做到新建经济组织的同时建立党组织，调整经营管理组织的同时调整党组织的设置，配备经营管理人员的同时配备党务工作人员。其次，要做到正常地开展党组织活动，认真落实"三会一课"和民主评议党员等党内活动的基本制度，确保党组织活动的正常化。第三，更重要的是做到党组织活动有成效，使党的各项工作成为水平高、效果好、有吸引力和影响力的工作。党组织活动要在提高党员素质方面见实效，在加强党的群众工作方面见实效，归根结底要在贯彻落实董事会决策，促进企业改革发展稳定方面见实效。

党支部是党的最基层一级组织，党支部工作的状况最终决定党组织工作的成效。"全覆盖、正常化、有实效"的要求，必须落实到每一个党支部，要注重加强党支部建设，创新活动载体，增强工作活力，充分发挥党支部的战斗堡垒作用。要结合企业实际，深入开展创先争优等活动，加强党员的教育管理，提高党员的素质与工作能力，充分发挥党员的先锋模范作用。

加强国有企业党组织自身建设，非常需要加强党务工作者队伍建设，党务工作者应当由懂政治、懂管理、善做人的工作的优秀党员来担任，使其成为企业杰出人才的组成部分，享受与同层级管理人员相同的各种待遇。兼职的党务工作者，兼职应当适当，应当有足够的精力做党组织工作。对党务工作者和经营管理者应当进行适当交流，使其都成为复合型人才。应加强对党务工作者的培训，不断提高他们的素质。

3. 健全带头执行的保障

党组织带头执行，既需要加强对思想政治工作、企业文化建设和精神文明建设的领导，又需要思想政治工作、企业文化建设和精神文明建设为带头执行提供思想保障。

要加强和改进企业思想政治工作，按照中共中央办公厅 2010 年 10 号文转发中央宣传部、国务院国资委《关于加强和改进新形势下国有及国有控股企业思想政治工作的意见》，明确主要任务和要求，结合国有企业实际，建立健全企业思想政治工作的责任体系和保障机制，以改革创新的精神切实做好思想政治工作。要推进社会主义核心价值体系的学习教育，坚定干部职工对中国特色社会主义的信念。要强化形势政策教育，及时向干部职工阐述企业市场环境的变化和企业改革发展的新任务，介绍企业发展的长远规划和实施步骤，坚定干部职工搞好国有企业的信心。要开展社会责任教育，引导企业和职工深刻认识国有企业的特殊性质和历史使命，正确处理国家、企业、职工三者之间的利益关系，更好地履行国有企业的经济责任、政治责任、社会责任。要维护职工的合法权益，增强广大职工的主人翁意识。要注重人文关怀和心理疏导，引导干部职工用正确方式处理人际关系，表达利益诉求。

要扎实推进企业文化建设，把企业文化建设融入企业管理、思想政治工作和精神文明建设的全过程，制定并实施企业文化建设战略。要紧密结合企业实际，深入挖掘企业历史与文化资源，总结提炼并不断完善广大职工所认同的企业精神、经营宗旨、价值观念和行为准则，营造"团结和谐、奋发向上"的氛围，增强企业凝聚力，激发职工创造力。要扎实推进以爱岗敬业、诚实守信为主要内容的职业道德建设和以廉洁从业为重点的廉洁文化建设，增强干部职工的职业精神和廉洁意识。

要加强精神文明建设，通过深化文明企业、文明车间、文明班组、文明职工等精神文明创建活动，广泛开展"创建学习型企业，争做知识型员工"活动，深入开展志愿服务活动，在干部职工中形成热爱学习、积极上进、岗位建功、奉献社会的风气。

4. 注重带头执行的成效

党组织带头执行要注重务实，力求取得成效，要围绕中心，注重结合，创新方法，努力将党组织的思想政治优势、组织优势和群众工作优势，转化为企业的创新优势、竞争优势、发展优势，确保决策目标的实现。

(1) 围绕中心

这一中心就是企业重大决策形成后的贯彻落实，企业党组织要在决策执行环节上积极发挥政治优势，团结凝聚广大党员和职工群众积极推进决策实施，带头执行，以确保决策确定的目标任务全面完成。在企业调整重组过程中，企业党组织要坚持以人为本，围绕决策贯彻落实好思想发动和组织推动，既最大限度地维护职工群众的切身利益，又促进企业调整顺利完成。在完成重要任务的过程中，党组织要广泛发动广大党员率先垂范，凝聚广大职工群众，立足本岗多做贡献，支持经理高效执行，确保决策目标高质量落实，推进企业又好又快发展。

(2) 注重结合

企业重大决策落实过程中的经济工作任务大多艰巨又繁重，而党建工作自身任务也很多，因此要将党建工作与实施决策有机地结合，如将党内创先争优活动与落实决策目标结合起来，动员党组织和广大党员为推动企业科学发展争做贡献。又如结合完成企业生产经营中急、难、险重任务，组织党员以立项攻关的形式开展岗位立功奉献活动，选配素质高、能力强的党员作为项目负责人，签订《党员目标责任书》，促进党员在参与生产经营中发挥示范带动作用。

(3) 创新方式

要创新党组织活动方式和载体，如加强企业生产经营一线党支部建设，把贯彻落实重大决策、解决改革发展中的难题作为党组织活动的重点，把促进生产经营的成效作为重要检验标准，通过党员责任制、党员先锋岗、党员品牌工程、党员攻关项目等有效载体，为党员发挥作用搭建平台，使党建工作成为带头执行决策的有力举措，成为企业价值链上的重要环节，成为企业发展的内在推动力量。要注意借鉴和运用现代企业管理的科学方法和手段开展党建工作，讲效率、讲效益，使党组织活动真正为企业所需要、党员所欢迎、职工所拥护，以增强党组织的凝聚力、战斗力，增强党组织带头执行的效应。

（三）党组织有效监督的途径和方法

有效监督是国有企业党组织发挥政治核心作用的体现，也是履行政治责任的必然要求。只有按照中央的要求与国家方针政策进行监督，才能确保国有企业科学、持续、稳健地发展。

1. 领会有效监督的内容与要求

要贯彻落实《中国共产党党内监督条例（试行）》和党风廉政责任制的规定，有效发挥企业党组织的保证监督作用，必须领会企业党组织应监督的主要内容。

① 加强对企业贯彻落实科学发展观和执行国家方针政策的监督，推动企业在国民经济中发挥主导作用，在产品质量、安全生产、节能减排、环境保护、维护稳定等方面履行政治责任和社会责任。

② 深入开展党纪党规教育，着重加强对企业主要负责人和关键岗位的监督；对企业领导班子决策和用人的监督；加强对重点环节和部位的监督，主要是对企业投资、财务管理、产品销售和物资采购、工程招投标和在建项目管理、企业改组改制和产权变更与交易等权力运作重要环节的监督。

③ 要统筹兼顾国家、企业、职工三者利益，切实维护国家利益和职工合法权益，保持企业职工思想稳定，促进企业和谐发展。

总之，监督的内容可以说有许多方面。一般来说，凡属党组织要参与决策的重大问题，都是监督的内容，从企业目前经济状况出发，要监督的重点是科学决策、资金运作和用人问题，以及职工合法权益。

在监督中应注意以下几点：一是明确监督目的，要推动和促进党和国家的方针政策在企业中正确贯彻落实，支持和帮助董事会和经理班子实行民主决策、科学决策，避免与减少失误；二是要把企业改革调整与生产经营的重点、热点、难点问题作为党组织监督的重点，并把监督融入企业改革调整、生产经营的全过程。

2. 奠定有效监督的思想基础

加强监督工作，教育是基础。只有不断加强理想信念、党风党纪教育，才能切实增强各级领导人员廉洁自律的意识，提高主动接受监督的自觉性，增强职工群众参与监督的主动性，为实施有效监督奠定坚实的思想基础。

（1）要突出教育重点，形成主动接受监督的内在动力

国有企业领导人员既是实施监督的主体，也是强化教育的重点。加强思想教育，把好领导人员廉洁从业的总开关，是实施有效监督的首要任务。因此，要把加强企业领导人员的思想政治建设作为企业党组织的重要政治责任，作为各级领

导人员增强廉洁自律意识、主动接受监督的根本措施来抓。要加强对各级领导人员特别是近年来提拔的年轻干部进行党风党纪教育、艰苦奋斗教育、群众观点的教育，增强主动接受监督的意识，变被动接受监督为主动要求监督，始终把自己置于组织和群众的监督之中，筑牢拒腐防变的思想道德防线，从而充分发挥实施监督的主体作用，带动监督工作的开展。

（2）要加大宣传力度，营造广泛参与监督的良好氛围

广大职工群众是推动国有企业改革发展的根本力量，是加强党风建设和反腐倡廉的依靠力量，也是实施有效监督的重要基础。加强国有企业的监督工作，就要切实加大党风建设和反腐倡廉工作的宣传力度，进一步增强广大职工群众主动监督的意识，提高参与监督的能力，确保广大职工群众充分履行监督的权利，从而形成职工广泛参与监督的局面，营造有利于监督的良好氛围，促进监督工作的开展。

（3）要培育廉洁文化，形成自我监督约束的道德规范

从更高的层次上实现有效监督，就要促进反腐倡廉与企业文化的深度融合，实现廉洁理念与企业文化的对接，使监督建立在企业各级领导人员严格自律、加强自我约束和控制的道德规范基础上。因此，要大力倡导"以廉为荣、以贪为耻"的廉洁文化，努力培育廉洁从业、诚信守法、行为规范、道德高尚的文化理念，使廉洁理念内化于心、固化于制、外化于行，推动监督工作的开展。

3. 建立有效监督的工作格局

在国有企业公司治理中，既要保证法人治理结构有效运行，充分发挥内部制衡监督的作用，又要充分发挥党组织的政治核心作用，切实履行有效监督的职能。强化党委的监督职能，就要根据实施党对企业的政治领导和加强国有资产监管的要求，积极探索建立健全有效监督的工作格局。

为了建立健全有效监督的工作格局，首先要建立和完善与法人治理结构相适应的有效监督的领导体制，进一步完善"双向进入、交叉任职"的领导体制，既要让同级党委的主要成员进入企业的董事会、监事会和经理层，又要让党委的政治核心作用在法人治理结构中得到充分发挥，使党委实施有效监督的作用得到充分体现。其次，要坚持"党要管党、从严治党"的方针，建立健全教育、制度、监督并重的惩治和预防腐败体系，落实党风廉政建设责任制，把党风建设和反腐倡廉工作纳入企业的工作全局，纳入领导人员的目标责任制，与企业管理融为一体，做到同部署、同落实、同检查、同考核，使有效监督的责任落到实处。"党要管党、从严治党"最为重要的是，加强党员干部廉政建设，《中国共产党党员领导干部廉洁从政若干准则》对国企党员领导干部提出了52个"不准"，这比《公司法》对董事、监事、高管的10个"不得"更规范、更严格、更具有操作性。从党风廉政和党的纪律要求国企党员领导干部，可以有效制约和规范董事、监事和高管中的党员。同时，强化权力制约和监督，建立健全决策权、执行权、监督权既相互制约又相互协调的权力结构和运行机制，推进权力运行程序化和公开透明。再次，要形成有效监督的整体合力。要认真探索正确处理纪委和监事会

关系的有效方式，实现纪检监察监督与监事会监督的有机统一；要认真探索发挥纪检监察组织作用和发挥企业财务、审计、职工民主监督作用合力的有效方式，实现企业监督资源的全面整合，构建企业监督体系一体化的工作格局。

4. 探索有效监督的工作途径

现代企业制度的建立，既为实施有效监督提供了体制机制保障，又对实施有效监督提出了新的更高的要求。因此，要适应新的体制机制的要求，积极探索实施有效监督的途径和方式，切实增强监督工作的实效性。

(1) 积极探索发挥党委监督作用的有效途径

要适应法人治理结构的要求，进一步健全和完善党组织参与企业重大问题决策的议事规则、工作制度和决策程序，理顺党委与董事会、监事会和经理层的相互关系，畅通发挥监督作用的渠道。对企业重大问题的决策，坚持做到"五必上"，即重大决策必上董事会、干部问题必上党委会、职工切身利益的重要问题必上职工代表大会、上董事会和职工代表大会的重要问题必上总经理会，所有上会的重要事项党政主要领导事先必须达成共识，从而保证党组织政治核心作用的充分发挥。

(2) 积极探索发挥出资人监督作用的有效途径

要积极探索完善法人治理结构、加强国有资产监管的途径和方法，向所属成员企业下派外部董事、外部监事，逐步扩大外部董事、外部监事的比例，提高外部董事、外部监事独立决策和监管的权威性，形成科学决策、有效监管的制衡机制。

(3) 积极探索发挥内控体系监督的有效途径

要适应市场经济要求，不断完善企业内控体系，有效规避和防范风险。要把战略风险、财务风险和法律风险作为防范和监督的重点，加快建立企业董事会发展战略研究机构，加强对企业发展规模的科学控制；加强对国有资产经营管理的监督，加大对重大项目投资、固定资产投资、对外担保投资和大额资金使用的监管调控，严格风险控制；向重点工程、重大项目委派财务人员，向重要子公司委派财务总监，加大对所属企业或独资、控股公司的监控，确保国有资产保值增值；健全和完善总法律顾问制度，加大对企业依法经营的监督，为企业改革发展提供法律保障，确保企业又好又快地发展。

(4) 依靠上级党政制衡监督

在一般情况下，以上级党政的领导为责任对象，通过汇报沟通，评价企业生产经营状况，使上级党政了解企业的状况，通过对干部使用的建议，对本单位的干部保持一种制衡关系；在出现企业党组织与行政发生重大分歧的情况下，通过上级党政及上级国有资产管理部门的妥善处理和抉择，可以确保国有企业应有的发展方向和原则。

(5) 对接监事会有效监督

党组织纪律监督要实现有效监督，必须创新监督机制，构建职责明确、职能互补、整体联动的监督模式。可以通过制度设计，为以党内监督为主的党组织纪律监督和以财务监督为主的监事会监督提供对接的平台，使两者的监督有机地融合在一起，并保证监督机构的相对独立性，形成长效机制，体现"1＋1＞2"的合力和整体优势，从而使国有企业的监督工作日趋规范化、制度化。对接中要着眼于"两个规范"，即规范企业的经营行为，规范企业领导人员的从业行为，在工作实践中协调处理好党组织与董事会的关系，协调处理好纪委与监事会的关系，建立依据有关法律和章程办事，既相互协调又相互制约的工作机制，建立合理的工作流程，按程序进行监督，做到信息共享、职能互补，充分发挥监事会监督和党组织纪律监督的合力作用，保证各项工作按照制度有序高效地推进和落实。

比如在参与方式和程度上，可根据不同决策内容，区别对待：对事关企业发展战略和重点经营决策上，监事会重点对决策的程序、事前和事后监督上发挥作用。而企业党组织则从党组织的自身优势出发，以保证重大决策的正确性和科学性；对企业日常经营中的重大问题，党组织主要是原则性参与，做好服务和保障工作，在内容和程序上进行规范完善，提高决策和执行效率；对公司治理和企业两种制度都有明确的重大问题，采取相互融合的渗透方式，比如干部选拔任用上，党组织重点在用人标准、民主程序上进行把关。

在职能互补方面，具体而言，就是增强两个监督主体的监督力度。注重把党委监督和内部审计监督结合起来，加强对企业领导人员在重大决策、财务支出、干部任用、廉洁自律等方面的监督。监事会要依法对企业负责人、企业重大事项和国有资产运营，加强监督管理和绩效考核，完善经营责任审计制度，推进党委、纪委依照法定程序进入董事会、监事会，以及加大纪检监察的力度。对领导干部收入申报制度、重大事项报告制度落实情况要定期进行检查。将审计问题的整体情况纳入年度业绩考核，纪委、监事会对被监督对象都有任职建议权、责任追究权，实现监督职能的互补，就能较好地完成各自和总体的监督目标。

（6）扩大党内民主，促进党内监督

党内民主是党的生命。发扬党内民主，加强党内监督，对于进一步强化对国有企业领导人员的监督，具有重要意义。要在严格执行党员领导干部报告个人有关事项、述职述廉、诚勉谈话、民主生活会等党内监督制度的基础上，进一步扩大党内民主，尝试推行党代表常任制，探索党员代表大会闭会期间发挥代表作用的途径和方法。各级党组织要定期向党员报告工作，各级领导班子要定期征求党代表的意见，进一步落实党员的民主权利，保障广大党员对企业改革发展和党的建设情况的知情权、对改进企业经营管理和加强党的建设的参与权、对党内重大问题决策和企业重点工作的建议权、对基层党组织履行职责和领导人员廉洁自律情况的监督权，以扩大党内民主，促进党内监督。

总之，国有企业党组织只要明晰了"参与决策、带头执行、有效监督"的工作途径与方法，扎扎实实地开展工作，就一定能在公司治理中充分发挥政治核心作用，促进企业加快科学发展。

案例：宝钢集团党委充分发挥政治核心作用，适应完善公司治理结构的要求

宝钢集团是我国制造业和竞争性行业第一个进入世界 500 强的企业。2005年 10 月以来，宝钢集团在国务院国资委领导下，抓住建立现代企业制度的关键，在中央企业率先进行规范的董事会试点，完善具有中国特色的公司治理结构。宝钢集团党委把有效发挥政治核心作用与支持董事会、经理班子和监事会分别发挥决策、执行、监督职能有机结合起来，把国有企业独特的政治优势转化为企业的核心竞争力，促进了宝钢集团按照科学发展观的要求更好更快地发展。

一、健全"双向进入、交叉任职"的领导体制

宝钢集团是国有独资公司，国务院国资委行使股东会的职权，董事会是决策机构，实行了外部董事占多数的董事会制度（在 11 名董事中，外部董事有 7名），总经理依照董事会的授权行使部分决策权。宝钢集团党委成员与董事会和经理班子成员"双向进入、交叉任职"，公司党委书记和党委其他成员通过法定程序进入董事会和经理班子，党委书记兼任副董事长；董事会的 4 名非外部董事，有 3 名是党委常委；总经理和 2 名副总经理是党委常委。公司改革发展稳定等重大议题，党委常委会先讨论，达成统一意见后，通过党委成员在董事会或总经理办公会上提出，使党组织的主张得到体现。

二、完善党委参与决策的运行机制

宝钢集团党委参与重大问题决策主要通过党委会及其常委会会议、党委中心组学习、董事会及其专门委员会会议、总经理办公会、领导班子务虚会、专题性工作研究会议和职工民主管理（通过工会和职工代表大会）等七项制度性安排来实施，同时注重党委书记、副书记与董事会成员（特别是董事长）和经理班子成员（特别是总经理）之间的沟通协调，实现党委工作与董事会和经理班子工作的有效衔接。在宝钢集团，领导人员管理、人才工作、维护稳定工作等重大事项均经过党委常委会讨论。党委中心组学习和领导班子务虚会定位于"学理论、议大事、谋全局、出思路"，起到了酝酿决策思路的重要作用。中心组曾针对宝钢集团在应对国际金融危机中暴露出来的问题深入研讨，领导班子务虚会认真总结历史经验，达成了以市场、用户为导向推进管理变革的共识。在此基础上，总经理提出了公司总部机构改革的方案，董事会采纳了方案。总部管理部门和管理岗位精简了 1/3，强化了战略管控职能，提高了管理效率。

三、提高党委参与决策的针对性和实效性

按照政治核心的定位，宝钢集团党委参与决策主要从四个角度提出意见和建议：看决策是否符合党的路线方针政策和国家的法律法规；是否符合广大职工群众的利益；是否符合科学、民主的决策程序；是否符合企业发展的规律。党委成员平时注重理论和业务知识学习，增强参与决策的本领。决策前，经常深入到现场和市场，深入到党员和群众中，调查研究，集思广益，提高参与决策的效率。董事会试点以来，在复杂多变的市场环境中，宝钢集团没有发生大的决策失误，

党委参与决策发挥了重要作用。

四、从制度流程方面把党管干部原则落到实处

企业重大问题决策的核心内容是用人决策。宝钢集团把坚持党管干部原则与董事会依法选聘经营管理者以及经营管理者依法行使用人权有机结合，突出工作着力点，规范工作流程，保证党管干部原则落到实处。

首先，完善程序，抓好选拔。宝钢集团按照"党委会严格把握人选资质，董事会或总经理依法聘任"的原则，对党管干部的内容和流程做出明确规定。重要人事安排，必须经过党委常委会讨论、提出建议，再由董事会或总经理按法定程序聘任。酝酿人选时，充分听取董事会和经理班子成员特别是董事长和总经理的意见，董事长或总经理不赞成的人选不上党委常委会讨论。

其次，注重能力，抓好培养。公司党委适应企业市场竞争和科学发展需要，进行领导力研究和开发，建立了宝钢集团领导力核心要素模型，揭示了社会主义国有企业的要素优势，提出了七个核心要素，即争创一流、钢铁报国的使命感，追求品德高尚、能力高超的自我管理，持续提升企业核心竞争力的文化创新能力，富有远见的决策能力，基于系统优化的协同高效的执行能力，以人为本的人力资源发展能力，着眼于解决问题的领导方法应用能力。在此基础上开发了具有特色的宝钢集团领导力课程，对各级领导人员进行系统培训。同时，宝钢集团十分注重领导人员的经历开发，合理安排领导人员进行岗位交流和挂职锻炼，逐步建立起课堂培训与实践培养相结合的领导力发展体系。

再次，坚持标准，抓好评价。宝钢集团党委既尊重董事会和经营管理者的用人权，又严格把好资质关，实行"双优化"。在优化领导人员个体素质方面，坚持德才兼备、以德为先标准，看人既重业绩，更重价值观。党委从工作业绩和综合素质两个方面对领导人员进行年度评价，评价结果与薪酬、职位调整挂钩。每年评价为优秀的掌握在20%以内，评价为不称职的则果断地调整岗位、降职安排。在优化领导班子群体结构方面，着眼于班子整体功能，分类制定二级单位领导班子结构配置标准。2007年以来，对所属20家二级领导班子和11个专业板块的经理人进行了系统分析，按照标准改善和优化了二级单位领导班子结构。

五、以党的先进性提升企业的执行力、竞争力

党的基层组织是党的全部工作和战斗力的基础，也是国有企业执行力的基础。党员队伍是企业具有坚定信念和严密组织的先进人力资源。宝钢集团党委积极适应形势变化，既防"淡化"，又防"僵化"，推进党建工作创新，发挥党组织的引领和党员的带头、带动作用，激发广大职工的内在活力，实施好董事会和总经理的决策，促进企业的改革发展稳定。

宝钢集团坚持"组织全覆盖、活动正常化、工作有实效"要求，坚持"三同时"原则，做到新建经济组织同时建立党组织、调整经营管理组织同时调整党组织设置、配备经营管理人员同时配备党务工作人员。近几年，宝钢集团先后并购新疆八一钢铁、广东钢铁和宁波钢铁，都做到了同时建立党组织和调整党组织、同时配备党务工作人员，并有效地开展活动。公司党委着力加强和改进党支部建设，紧紧围绕成本改善和产品经营，充分发挥党支部在加强基层建设、基础管理中的战斗堡垒作用。

宝钢集团深入开展了党员"登高计划"活动。从1995年起，宝钢集团开始实施"三高一流"（党员要做到思想觉悟、业务技能和工作业绩高于群众，培养一流的党员队伍）活动。先进性教育活动以后，宝钢集团总结"三高一流"活动经验，全面开展了"党员登高"计划活动，引导党员不断实现自我超越，发挥广大党员在生产经营中的模范带头作用和对职工群众的带动作用。越来越多的基层组织做到了"党内三先"，即有关重要工作党员先知道、先讨论、先行动。党组织拓宽党员服务群众的渠道，深入开展"党员责任区"活动，动员党员作员工的第一知情人、第一关心帮助人和第一带动责任人，尽心尽力做好群众工作。

宝钢集团坚持公司党委主导，党政工团形成合力，同时注重以人为本，建立健全"尊重人、了解人、关心人、提高人、规范人、激励人、依靠人、凝聚人"的工作机制，激发广大职工的创造活力。宝钢集团深化职工民主管理和自主管理，深入开展群众性的技术创新活动，钢铁主业一线职工的高技能人才比例从2000年的8.9%提高到2008年的37.7%，2008年宝钢集团获得授权的专利中有36.2%是一线职工创造的。为应对国际金融危机，宝钢集团全面开展了"最佳实践者"活动，发现、培养、宣传各个岗位上的最佳实践者，进一步调动广大职工的积极性、主动性和创造性，保证了宝钢集团在应对危机中保持全国同行的业绩最优。

六、以从严治党带动从严治企

加强对企业各级领导班子成员和管理人员的监督管理，是国有企业党组织的重要职责。宝钢集团党委注重综合协调内外部监督资源，强化纪律、法律和民主监督，确保各级领导人员廉洁从业，促进企业健康发展。

宝钢集团注重健全监督机制，形成监督合力，积极构建以"一个基础和三道防线"为主要内容的风险管控体系。"一个基础"是指健全公司治理结构；"三道防线"是指业务单元防线、纪检监察防线和内部审计防线。宝钢集团监事会由国务院国资委派驻，履行出资人监督职责。公司党委积极支持监事会独立负责地开展工作。同时，发挥纪委的组织协调功能，支持监察、审计等部门的工作，并选派优秀的纪检监察和审计干部担任子公司监事，加强对子公司的管理监控。积极营造讲法律、讲制度、讲程序的氛围，支持经营管理者规范经营行为，防范风险，确保国有资产保值增值。近年来，在钢铁主业和资源开发、钢材延伸加工、工程技术、煤化工、金融、生产服务等相关业务板块整合优化的过程中，没有发现违法违规问题。

宝钢集团坚持"三严"，实施"五阳光"工作机制。"三严"：一是教育严，对不廉洁的倾向性问题，进行不留情面的批评；二是制度严，对违反制度的行为，坚决予以纠正并作为"不诚信"行为记载，不搞"下不为例"；三是查办严，对违纪违法行为，及早发现、主动查办、严肃查处。宝钢集团党委立足于让权力在阳光下运作，初步探索了"五阳光"工作机制：一是阳光用人，建立并实施组织人事、纪检监察、审计部门互相配合、共同把关的领导人员任用考核办法；二是阳光管理薪酬，做到全部收入"进卡"；三是阳光使用公款，定期开展专项检查和整改；四是阳光采购销售，建立健全采购销售管理信息系统，努力实现"权力在系统中体现，交易在系统中运行，资源在系统中受控，信息在系统中留下痕迹"；五是阳光推进工程项目，形成了争创工程优质、干部优秀的"创双优"工作机制。近几年，宝钢集团每年有300亿元以上工程建设投资，直管以上领导人员中没有发生违纪违法案件，公司连续3年荣获全国"最佳诚信企业"称号。

发挥党组织政治核心作用，是国有企业完善公司治理结构的中国特色。宝钢集团的实践证明，这一特色是中国国有企业的独特优势。

（资料来源：宝钢集团有限公司党委书记、副董事长刘国胜同志的撰写材料。）

参考文献

[1] 李源潮. 以改革创新精神推进国有企业党的建设，把党的政治优势转化为企业科学发展优势 [J]. 求是，2009 (17)：3-8.

[2] 中国中铁股份有限公司. 工作经验：坚持"六个结合"，健全约束机制，积极探索国有企业监督工作的有效途径 [EB/OL]. [2008-03-05]. http://www.crecg.com/tabid/461/InfoID/10409/frtid/424/Default.aspx.

[3] 天津市国资委党委. 发挥党组织政治核心作用，促进国有企业科学发展 [J]. 企业党建论坛，2011 (2).

[4] 宝钢集团有限公司党委组织部，党委宣传部. 中国国有企业的独特优势：党组织的政治核心作用 [M]. 北京：人民出版社，2009.

职工参与治理
——国企治理的制度性安排

▓ 职工参与治理的前提和基础是企业民主管理，核心是形成和完善国资监管部门、董事会、监事会、经营管理者和职工参与的共同治理机制。

▓ 职工参与治理，在维护职工合法权益、激发职工积极性和创造性、提高企业经济效益、有效监督经营管理者、促进国有资产保值增值等诸多方面能够发挥重要作用。

▓ 职工参与治理，可以通过职工代表进入董事会、监事会，通过职工代表大会、厂务公开、集体协商以及通过职工自主管理，实现源头参与、过程参与和全员参与。

　　企业民主管理❶，是企业董事会、监事会和经营管理层，依法通过民主化的决策程序、管理行为和制度安排，确保职工❷在企业经营、参与治理过程中行使民主参与、民主管理、民主决策和民主监督的权力，保障职工合法权益。显然，建立和完善现代国有企业制度和治理结构，需要进一步加强和完善企业民主管理，这既是一种政治、经济和社会的法律制度安排，也是基于出资人、股东和经营者之间委托代理关系的公司治理结构及其运行监督机制的深化，又是实现职工参与治理的有效途径和方法。企业民主管理与职工参与治理的内在联系如图 7-1 所示。

---

❶《中华人民共和国宪法》第十六条第二款：国有企业依照法律规定，通过职工代表大会和其他形式，实行民主管理。

《中华人民共和国劳动法》第八条：劳动者依照法律规定，通过职工大会、职工代表大会或者其他形式，参与民主管理或者就保护劳动者合法权益与用人单位进行平等协商。

《中华人民共和国工会法》第六条第三款：工会依照法律规定通过职工代表大会或者其他形式，组织职工参与本单位的民主决策、民主管理和民主监督。

《中华人民共和国公司法》第十八条第二款、第三款：公司依照宪法和有关法律的规定，通过职工代表大会或者其他形式，实行民主管理。公司研究决定改制以及经营方面的重大问题、制定重要的规章制度时，应当听取公司工会的意见，并通过职工代表大会或者其他形式听取职工的意见和建议。

《企业国有资产法》第二十条：国家出资企业依照法律规定，通过职工代表大会或者其他形式，实行民主管理。

❷ 目前在中国企业等组织中，其称谓有"职工"和"员工"之说：职工指职员（机关、企业、学校、团体里担任行政或业务工作的人员）和工人；员工指职员（企业中的管理人员）和工人，职工和员工存在着交叉关系，员工包含于职工。我国相关法律中的"职工"是指与用人单位存在劳动关系（包括事实劳动关系）的各种用工形式、各种用工期限的劳动者。在有关国外企业管理著述中将其称为"雇员"。为便于本文的论述，本文采用"职工"。

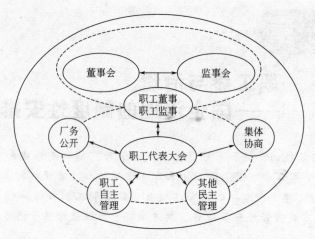

图 7-1   企业民主管理与职工参与治理的内在联系

一、职工参与国企治理的实践和时代特征

(一)职工参与国企治理的实践

国有企业职工参与治理,与原来的职工民主管理❶相比,无论是在法律环境、理论研究、制度安排和实践操作等方面,都有了很大的进步和发展。以职工代表大会(以下简称职代会)为基本形式的民主管理制度,在维护职工合法权益、激发职工积极性和创造性、提高企业经济效益、有效监督经营管理者、促进国有资产保值增值等诸多方面发挥了重要作用。职工董事监事制度的实施,使职工参与进入了企业治理的核心领域,拓宽了职工参与公司治理的空间。

随着我国社会主义市场经济改革目标的确立,人们对在社会主义市场经济条件下,加强职工参与治理制度建设的重要性与必要性有了进一步的认识,探索实践中形成的一系列法律规章和指导性文件,有效地引导了具有中国特色的国有企业治理的探索和实践。

1.设立职工董事监事制度,不断完善公司治理结构

(1)职工董事监事制度建设的初期实践

1994年《公司法》明确,公司在工商注册登记时,董事和监事中要有职工身份的人选。虽然在名称上还没有出现职工董事和职工监事,但客观上已成为国有企业职工董事监事制度的雏形。1995年11月中华全国总工会制定了《关于加强现代企业制度试点企业工会工作和职工民主管理的若干意见》,在坚持职代会基本制度的基础上,对其内容、职能进行调整,以适应政治经济体制改革、经济发展和建立现代企业制度的需要。1996年4月,中华全国总工会又与国家经贸委、国家体改委联合下发了《关于国务院确定的百家现代企业制度试点中工会工

---

❶ 所谓职工民主管理,是指职工依法参与企业管理活动、对企业决策和经营管理提出建设性意见和建议、实施有效监督、维护自身合法权益的一系列活动和行为。

作和职工民主管理的实施意见》，增加了集体合同、选举职工董事和职工监事、监督经营管理等内容。2005 年底重新修订的《公司法》，对组建工会开展活动、设立职工董事监事等职工参与制度的相关规定进行了合并、归纳和新增，使之更加充实、具体和全面，标志着职工参与公司治理的法律制度建设进入了一个新的发展时期。2006 年 5 月至 2009 年 3 月的三年内，全国总工会、国务院国资委相继分别下发了《关于进一步推行职工董事、监事制度的意见》、《国有独资公司董事会试点企业职工董事管理办法》和《董事会试点中央企业职工董事履行职责管理办法》，对中央企业和地方国有企业如何搞好职工参与治理都具有指导意义。

（2）职工董事监事制度建设的探索实践

国有企业职工董事监事制度是伴随着国有企业实行现代企业制度的改革实践而不断推进和逐步完善的，经历了一条从自发到自觉、从形式到内容、从点到面、从个别试点到逐步推进的探索过程。从 1994 年起，上海开始了以国有资产授权经营为中心内容的国有资产管理体制改革的探索，当时改革的重点任务是通过国有资产的授权经营，把政府主管部门塑造成国有资产的产权运营主体，公司法人治理结构建设还相对滞后。为了切实加强国有资产运行监督，1998 年上海市国资办开展了国资授权经营公司监事会的试点工作，并在《上海市国有企业监事会管理暂行规定》中明确，国有公司监事会成员应由不少于 3 人的奇数组成。监事会成员一般应包括以下人员：一是出资者的代表（或股东的代表）；二是有关方面的专家；三是职工代表。这是上海政府部门文件中对国有企业职工监事的首次书面表述。

在国有公司监事会成员组成中，也设有一部分内部监事，一般在公司党委、纪委和有关监督部门的负责人中产生，因内部监事首先是公司内部职工，因此内部监事一般也可视作职工监事。在试点过程中，上海不少企业集团进行了积极探索，如上海纺织控股集团公司等建立了监事工作委员会，有的集团还将集团公司监事会的实践延伸辐射到下属公司，有的集团还设置了专职监事，为国有资产管理体制改革进行了十分有益的探索。

（3）职工董事监事制度确保职工源头参与治理

2006 年下半年以来，国有企业加快了积极探索职工董监事制度建设的进程。据上海市总工会 2009 年统计，1138 个工会所在的国有企业、国有独资公司和国有控股公司中已经建立了董事会，共有董事 5727 人，其中职工董事 601 人，占总数的 10.5％，工会主席进入董事会的有 353 人，占职工董事总数的 58.7％；建立监事会的有 951 个，共有监事 2473 人，其中职工监事 687 人，占监事总数的 27.8％，工会主席进入监事会的有 336 人，占职工监事总数的 48.9％。

2008 年 10 月 28 日中华人民共和国全国人民代表大会常务委员会（以下简称全国人大常委会）通过的《企业国有资产法》第 22 条明确规定"国家出资企业中应当由职工代表出任的董事、监事，依照有关法律、行政法规的规定由职工民主选举产生"。2010 年 1 月，上海市总工会、市国资委党委和市国资委共同制定了《关于本市国有企业深入推行职工董事监事制度的通知》，进一步阐述了建立职工董事监事制度的意义，保障了职工源头参与治理，明确了职工董事监事的权利和义务，尤其是提出了建立职工董事监事工作制度的要求，涵盖了有关职工董事监事调查研究、民主评议、学习培训和资格认证、议事参谋等方面的内容，具有很强的指导性、针对性和操作性。

2. 健全职代会制度，奠定职工参与治理的民主基础

中国国有企业在经历了较长时间的民主管理实践之后，民主管理的基本形式及相应的制度规范基本形成。截至 2010 年 9 月，全国已建工会的企事业单位实行职代会制度的有 224.9 万家，比上年增加 41 万家，增长 22.3%[1]，国有企业职代会建制率为 65.60%[2]。目前全国已有 26 个省、市、自治区制定了 31 部有关《企业职工代表大会条例》或《企业民主管理条例》等地方性专项法规。全国性的《企业民主管理条例》已纳入立法计划。

在上海市委、市政府的领导下，企业职代会制度建设在探索实践中发展。2000 年以来，上海市总工会制定的《上海市职工代表大会工作规范》等一系列指导性文件，对推进职代会的全面建制、加强职代会的职权建设和规范职代会的有效运行，起到了很好的引领和指导作用。例如，上海电力建设有限责任公司坚持通过搭建公司级、基层单位以及工地、项目部、车间级等三级职代会运作平台，实施职工代表巡视制度、民主管理调研检查制度和职工代表评估评鉴制度，强化了职代会对企业重大事项的审议或决定权，推进了企业民主管理[3]。截至 2010 年 9 月，全市已建立职代会 36246 个，覆盖企事业单位 120438 家，其中 4820 家国有及国有控股企业了建立职代会，覆盖职工 155.86 万人[4]。多年的实践表明，职代会制度无论是对维护职工合法权益、构建和谐劳动关系[5]、建立健全现代企业制度，还是对推动国资国企改革、加强基层民主政治建设、促进经济社会健康发展，都发挥了不可替代的机制性作用。

为进一步巩固已被实践证明行之有效的成功经验，并对职代会制度建设中存在的薄弱环节予以规范，2010 年 12 月，《上海市职工代表大会条例》（以下简称《上海市职代会条例》）经上海市人大立法讨论通过，于 2011 年 5 月 1 日实施。《上海市职代会条例》进一步明确了职代会依法行使审议建议、审议通过、民主选举、民主评议、审查监督等"五项职权"，体现了职工对企业重大决策和重要

---

[1] 全国厂务公开协调小组办公室. 第六次全国厂务公开民主管理工作调研检查总报告 [EB/OL].[2010-03-29]. http://www.cwgk.org.

[2] 全国厂务公开协调小组办公室. 2010 年全国厂务公开民主管理工作总结 [EB/OL]. [2010-01-21]. http://www.cwgk.org.

[3] 上海工会 2011 年法律和民主管理工作会议经验材料.

[4] 上海市总工会 2010 年统计年报.

[5] 在中国，法律意义上的劳动关系是指用人单位招用劳动者为其成员，劳动者在用人单位的管理下提供有报酬的劳动而产生的权利义务关系。在美国，广义上称为产业关系，狭义上理解为雇佣关系；在日本称为劳使关系。为叙述方便，如无特殊说明，本章在不同语境出现上述词语时，均采用"劳动关系"。

事项的知情权、参与权、表达权和监督权，明确了对直接涉及职工切身利益的规章制度或重大事项不能由企业行政单方决定，应提交职代会审议，充分听取意见，并修改和完善方案；规定了企业与工会集体协商后形成的集体合同草案或专项集体合同草案必须提交职代会审议表决；强调了企业在改革改制履行民主程序时，必须将改革改制方案提交职代会审议，同时须将改革改制中的职工安置方案提交职代会审议表决。《上海市职代会条例》的颁布实施，必将从法律制度上进一步保障职工参与治理，促进企业和谐稳定发展。

　　3. 积极开展平等集体协商，促进和谐劳动关系

　　改革开放以来，《中华人民共和国劳动法》、《中华人民共和国工会法》、《中华人民共和国公司法》、《中华人民共和国劳动合同法》和《集体合同规定》等法律法规相继出台，与职工一方签订集体合同已成为企业必须履行的法定责任。

　　近年来，集体协商三方（政府主管部门、工会、企业方）协调机制得到强化，在维护职工权益、企业发展和社会稳定中发挥了积极作用。2009 年国际金融危机不仅给实体经济带来了冲击，也考验着劳动关系的和谐稳定。国有企业和工会组织运用集体协商机制，广泛开展以"不裁员、不减薪，少裁员、少减薪"为主要内容的"共同约定行动"，取得成效明显。各地还按照国家协调劳动关系三方会议的部署，大力推进集体合同制度，实施"彩虹计划"和"要约行动"，力争用三年时间（2010～2012 年），基本上在各类已建工会的企业实行集体合同制度。东风汽车公司在实施国际化战略重组过程中，充分认识到企业产权结构、经营机制、管理方式、利益关系和职工身份发生的变化，坚持执行党的依靠方针，坚持职工是国家的主人和在企业的主体地位，坚持企业民主政治建设和维护职工权益，创建了总裁与工会主席定期会晤、总裁向职工定期通报、劳动管理情况通报协商、职业健康安全情况通报等四项制度，确立了工会与企业在工资集体协商中的平等地位，形成了共同推进工资集体协商制度的合力，夯实了职工与企业在工资集体协商中利益一致、互信共赢的良好基础，形成了比较科学合理的工资集体协商工作机制❶。东方电气在签订集体合同的基础上，通过制定并实施《工资平等协商试行办法》，开展工资平等协商，推进了企业民主管理❷。截至2010 年年底，包括国有企业在内，上海市集体合同总数已达 23432 份，覆盖企业 90883 家，覆盖职工 426.28 万人，同比分别增长 9.2%、17.6%、4.7%；工资专项集体合同 12084 份，覆盖企业 48253 家，覆盖职工 244.17 万人，同比分别增长 14.5%、34%、15.2%❸。集体协商和集体合同制度不仅成为建立现代企业制度、完善公司治理结构的重要基础，而且也成为企业和职工理解互信、利益

---

❶ 湖北省机冶建材工会、省工会民管部调查组. 搭建平等协商平台，构筑和谐劳动关系——关于东风汽车有限公司推行民主管理"四项制度"的调查报告 [EB/OL]. [2011-03-23]. http://www.cwgk.org/template/10001/file.jsp? aid=1737.

❷ 中国机冶建材工会全国委员会，全国机械冶金建材系统工资集体协商现场经验交流会——经验材料汇编，2011 年 5 月.

❸《上海工会 2011 年法律和民主管理工作会议资料》等文件.

共享、风险共担、劳动关系和谐的稳定器和调节器。

4. 推进厂务公开制度，不断拓展企业民主管理

20 世纪 90 年代，伴随着我国经济体制改革进入攻坚阶段，一些企业在经营管理中遇到了前所未有的困难。同时，企业改革发展同广大职工切身利益的联系越来越紧密，广大职工了解企业改革进展情况、参与企业生产经营管理的要求越来越迫切，由此，国有企业率先开展了厂务公开制度，逐步形成了依照有关法规规定，将企业发展与广大职工切身利益密切相关的事宜，通过适当形式向广大职工公开，吸收广大职工参与决策、管理和监督的民主管理制度。

推进厂务公开至今已有 13 个年头。整个推进工作，大致可分为三个阶段：试点和全面推进阶段，巩固和拓展延伸阶段，发展和持续深化阶段。经过三个阶段的推进，形成了"党委统一领导、党政齐抓共管、有关方面各司其职、职工群众广泛参与"的工作格局和运行机制，并在四个方面取得了比较明显的进展和突破：一是厂务公开的实施面不断拓展，从公有制企业的试点起步，到全面推进，实现了公有制企事业的全覆盖和非公有制企业的广覆盖；二是厂务公开内容不断深化，目前已经涵盖企事业单位的重大决策、经营管理、领导干部述职述学述廉、职工民主权利和经济利益等各个方面，促进了现代企业制度的建立和完善，促进了国企改革改制的顺利进行，促进了党风廉政建设和干部队伍建设，促进了职工合法权益的维护；三是厂务公开的形式不断创新，职代会、劳资恳谈会、劳资共商会等形式应运而生并得到推广；四是厂务公开民主管理工作的制度体系逐步完善，全面推行厂务公开责任制，坚持调研检查等工作制度。

据全国厂务公开协调小组办公室统计，截至 2010 年 9 月底，全国已建工会的企事业单位单独建立厂务公开制度的有 211.3 万个，比上年增加 36.1 万个，增长 20.6%，而 2006 年建立厂务公开制度的仅有 53.1 万个。厂务公开的基本形式得以确立，内容不断丰富，制度逐步完善，领导体制和工作机制基本形成，已成为国有企业普遍实行、非公有制企业逐渐推行、职工群众广泛参与的基层民主实践活动。推进厂务公开，有力地推动了企业民主管理和职工参与治理，调动了广大职工的积极性，营造了企业劳动关系和谐、共建共享互利双赢的良好局面，有力地促进了企业的改革和发展。

5. 履行社会责任，推动企业和谐可持续发展

为了全面贯彻党的十七大精神，深入落实科学发展观，推动中央企业在建设中国特色社会主义事业中，认真履行好社会责任，实现企业与社会、环境的全面协调可持续发展，国务院国资委于 2008 年 1 月颁发了《关于中央企业履行社会责任的指导意见》，要求企业在追求经济效益的同时，对利益相关者和环境负责，实现企业发展与社会、环境的协调统一。"营造和谐劳动关系，实现企业与职工、企业与社会的和谐发展"，"完善公司治理，科学民主决策……维护职工合法权益。尊重职工人格，公平对待职工，加强职代会制度建设，深化厂务公开，推进民主管理"。国务院证监会等政府主管部门对上市公司如何做好信息披露、履行社会责任也有明确的原则规定和具体要求。深圳证券交易所和上海证券交易所也

分别发布了《上市公司社会责任指引》。中国企业发布社会责任报告（CSR）的数量快速增加，据不完全统计，在中国企业联合会可持续发展工商委员会（CBCSD）会员企业中，2006 年仅有数家企业发布 CSR，2007 年年底已有国家电网、中石油、中国远洋、宝钢集团、神龙汽车等 57 家企业发布 CSR。2010 年在中国发布 CSR 的本土企业超过 600 家❶。2011 年 5 月 30 日，中国工业经济联合会集中发布了南方电网、玉柴机器、浦东路桥等 43 家企业的 CSR，其中央企、地方国企和国有控股企业共 33 家，民营和外资企业 10 家。

国有企业履行社会责任，必须充分发挥企业职工的主体作用，坚持立足于我国基本国情和企业发展实际，深入研究国际组织制定的有关标准和规则，着眼构建和完善中国特色的现代企业制度、治理结构和社会责任体系，着力政府指导、行业推动和企业实施，着手解决突出矛盾和问题，突出重点、有序推进，为我国经济发展和和谐社会建设做出新的更大贡献。

（二）职工参与国企治理的时代特征

从全球视角来考察，经济全球化形成了世界经济发展的新格局，全球公司治理准则的趋同化和普适性越来越明显。从构建中国特色的社会主义和谐社会来思考，"以人为本"的执政理念和民主政治建设要求必须加快国资国企改革，进一步完善公司治理结构。这些都需要企业职工作为利益相关者进一步参与公司治理，这是构建和谐社会与和谐企业的本质要求，也是企业履行社会责任、不断完善出资者、经营管理者和职工参与的共同治理机制的必然要求。

1. 尊严生活、体面劳动成为全球共识

体面劳动❷是 20 世纪末国际社会为应对经济全球化的挑战，消除其带来的负面影响，促进社会公平正义而倡导的理念。在 1999 年 6 月举行的第 87 届国际劳工大会上，国际劳工组织新任局长胡安·索马维亚作了题为《体面的劳动》的报告，提出把"权利"、"就业"、"社会保护"和"社会对话"作为实现体面劳动的四项战略目标，强调通过政府、有代表性的工人组织和雇主组织共同参与的三方协调机制，加强社会对话，扩大劳动者的知情权和参与权，以保障劳动者实现体面劳动和其他劳动者权益。2005 年联合国大会确定了把体面劳动作为联合国推动实现的千年发展目标之一。全世界 123 个国家的工会组织曾将 2008 年 10 月 7 日定为"争取体面劳动世界行动日"。

2008 年 2 月，在中国举办的"经济全球化与工会"国际论坛，其主题是"可持续发展、体面劳动、工会工作"。国家主席胡锦涛在大会开幕式致辞中提

---

❶《财富》（中文版）编辑部．中国企业社会责任 100 排行榜［J/OL］．［2011-03-15］．http://www.fortunechina.com.

❷ 来源于中央理论编译局网站 http://www.cctb.net。国际共运史学会顾问、研究员钱大东在《体面劳动：当前国际劳工界关注的焦点》中解释为："体面"一词的英语原文是"decent"，是国内许多专家学者参照各语种的译法经过反复推敲而确定的。这一词的德语翻译为"尊严"，俄语选用词的意思是"恰当、合适、当之无愧或公正"，日语则是直接使用外来语。

出，"让广大劳动者实现体面劳动，是以人为本的要求，是时代精神的体现，也是尊重和保障人权的重要内容"。2010 年 4 月 27 日，胡锦涛总书记在全国劳动模范和先进工作者表彰大会上发表讲话时提出，要加强保护劳动者权益，切实发展和谐劳动关系，让广大劳动群众实现体面劳动。温家宝总理在 2010 年 3 月 5 日召开的全国十一届人大三次会议开幕式所做的《政府工作报告》中，代表政府做出郑重承诺，要让人民生活得更加幸福、更有尊严，让社会更加公正、更加和谐。

让广大劳动群众实现体面劳动，让人民生活得更加幸福、更有尊严，它体现了一种极其重要的执政为民理念：要把人民群众的利益真正放在心里，用完善的制度保证公民的各项基本权利。体面劳动尊严生活，反映了社会主义的本质要求，是人的全面发展的基础和动力，与推进社会、经济、文化发展和改善人民物质文化生活互为前提和基础。就企业层面而言，实现尊严生活体面劳动，不仅需要改善劳动环境和作业条件，而且更需要妥善协调各方利益关系，优化公平正义、促进企业和职工可持续发展的制度环境，保障职工群众利益，让职工享有更充分的知情权、参与权、表达权和监督权。

2."以人为本"彰显和谐社会建设的本质

2006 年 10 月，中国共产党十六届六次全会通过的《关于构建社会主义和谐社会若干重大问题的决定》明确提出"社会和谐是中国特色社会主义的本质属性"，第一次把"社会主义"与"和谐社会"结合起来，清晰地阐述了民主法治、公平正义、诚信友爱、充满活力、安定有序、人与自然和谐相处等社会主义和谐社会的六个基本特征，体现了民主与法治的统一、公平与效率的统一、活力与秩序的统一、科学与人文的统一、人与自然的统一，强调了"以人为本、科学发展、改革开放、民主法治、正确处理改革发展稳定的关系、在党的领导下共同建设和谐社会"等"必须坚持"的六大原则，阐明了进一步完善健全民主制度，丰富民主形式，扩大基层民主，完善厂务公开民主管理制度与构建和谐社会的内在联系，有机统一了马克思主义关于社会建设的基本思想、中国特色社会主义发展规律的根本要求和社会主义现代化建设的实际需要，从而进一步丰富和发展了中国特色社会主义理论。构建社会主义和谐社会，需要进一步推进社会主义政治文明建设，扩大基层民主，营造公平、公正、开放的制度环境，为企业职工参与治理创造实践平台。"构建社会主义和谐社会的过程，就是在妥善处理各种矛盾中不断前进的过程，就是不断消除不和谐因素、不断增加和谐因素的过程。"❶

构建和谐社会需要和谐企业支撑，和谐企业最本质的特征就是和谐的劳动关系，它是构建和谐社会的基本要素。党和政府、企业和社会组织越来越清晰地认识到，劳动关系已成为目前我国经济社会发展中最普遍、最重要的社会关系。因此，营造企业内部资本与劳动和谐相处的氛围，无疑为和谐社会建设奠定坚实的

---

❶ 胡锦涛．在省部级主要领导干部提高构建社会主义和谐社会能力专题研讨班上的讲话//中共中央文献研究室．十六大以来重要文献选编（中）[M]．北京：中央文献出版社，2006：714．

微观基础，而国有企业作用的发挥更为重要。国有企业既要为创建和谐社会提供坚实的物质基础，又要在市场竞争中做维护公平正义的表率，坚持以人为本，以促进经济发展和社会进步为目标，依法、合理和有效地配置要素资源，尊重职工参与治理的主体地位，依法保障和维护职工权益，鼓励职工技术创新和管理创新的工作热情，使和谐劳动关系成为实现尊严生活、体面劳动、职工权益保障的基本条件，成为促进企业和职工可持续发展的不竭动力。

3. **必须健全按要素贡献参与分配的制度**

在中国社会主义市场经济条件下的劳动、资本、技术、管理等生产要素中，技术和管理具有两重性，一方面，在企业的生产经营活动中，科研成果、专利技术和管理经验可以通过市场化法则与劳动者自身分离，使之成为物质要素；另一方面，产品研发、技术创新、市场营销、财务成本、生产现场等具体管理活动，则难以与劳动者自身分离，使之成为劳动要素❶。现阶段，劳动要素具有的动力性、自我选择性、个体差异性和非经济性等特征依然存在，有时表现更为突出。

中共十六大确立了"劳动、资本、技术和管理等生产要素按贡献参与分配的原则"，中共十七大强调要"健全劳动、资本、技术、管理等要素按贡献参与分配的制度"。中共十七届五中全会通过的《关于制定国民经济和社会发展第十二个五年规划的建议》，对进一步合理调整收入分配关系做了全面部署，强调初次分配和再分配都要处理好效率和公平的关系，再分配更加注重公平。同时对深化国有企业改革、完善国有资产管理体制、健全覆盖全部国有企业分级管理的国有资本经营预算和收益分享制度、合理分配和使用国有资本收益等，提出了实质性的改革要求。这既是有效配置资源和有偿使用各类要素、加快完善收入合理分配制度的内在要求，也是激励技术管理创新、增强企业综合竞争力的必然要求，更是推动科学发展、加快转变经济发展方式的迫切需要。

4. **充分尊重职工价值创造的主体地位**

劳动创造了价值，劳动创造了财富，劳动者应当按劳动、资本、技术、管理等生产要素参与劳动成果的分享，包括收入分配和企业剩余分配在内。但从目前情况来看情况不尽如人意。从收入法核算的 GDP 来分析，我国在初次分配中劳动报酬占比，从 1995 年的 51.4％持续下降到 2007 年的 39.7％，而同期资本所得（固定资产折旧＋营业盈余）则从 36.3％持续提高到 46.1％，政府生产税净额占比已从 12.3％提高到 14.2％；17 个行业中，除农业和金融保险业的劳动报酬占比有所提高外，其余 15 个行业的劳动报酬占比出现了不同程度的下降，行业之间收入差距很不合理，劳动要素在产业中的地位普遍下降❷，这与国际上一些工业化国家在重化工阶段和战后恢复经济过程中的初次分配占劳动报酬比的差

---

❶ 叶维弘. 完善劳动要素参与分配的实现方式［J］. 工会理论研究，2009（1）：27-29.

❷《〈中共中央关于制定国民经济和社会发展第十二个五年规划的建议〉辅导读本》［M］. 北京：人民出版社，2010：210.

异明显❶。究其主要原因，一是要素价格市场改革滞后，要素市场不能真实反映市场供求和资源稀缺程度，由此导致企业低成本扩张，既挤压了劳动力价格的提升，又阻碍了经济、产业和产品结构升级；二是适应市场经济的国民收入分配制度改革滞后，职工工资增长机制不健全，缺乏规范的、有效的工资集体协商机制；三是有些企业无视劳务用工"临时性、辅助性、替代性"的规定，长期、大量和过度使用劳务工，在一定程度上阻碍了劳动力价格的提升，扭曲了资本要素和劳动力之间的比价关系；四是对垄断行业及其经营者的收入调控不到位，对过高收入和非法收入的监测、控制缺乏有效手段。显然，作为企业最重要的利益相关者的职工利益并未在分配中得到充分体现，尽管政府主管部门采取措施，连续几年通过政策调控增加职工收入，完善社会福利，但仍需采取切实有效措施，继续通过政策调控和市场机制，改革完善企业职工收入分配制度，从而进一步尊重、体现和激励职工在价值创造过程中的主体地位和贡献。

中共十六届三中全会《关于完善社会主义市场经济体制若干问题的决议》提出，"建立健全现代产权制度，建立健全国有资产管理和监管体制，完善法人治理结构，探索现代企业制度下职工民主管理的有效途径，维护职工合法权益……形成权力机构、决策机构、监督机构和经营管理者之间的制衡机制"。职工董事代表职工进入董事会，代表职工作为劳动产权的主体有平等的机会参与企业重大决策的制定，表达全体职工的利益主张；职工监事代表职工平等地享有监督权，从而实现相互制衡，体现了在市场经济条件下，公司治理的过程就是资本所有者、经营管理者和劳动所有者之间利益协调的过程，体现了职工作为劳动产权主体行使剩余索取权和剩余控制权❷，既符合企业利益相关者的合作逻辑，也适应劳资共决和利益共享的发展趋势。

二、职工参与公司治理的国际比较

产业民主（industrial democracy），也称为工业民主，早见于英国学者韦伯夫妇于 1897 年出版的《产业民主》❸，是第二次世界大战以来研究公司治理制度

---

❶ 从国际上看，日本、韩国在工业化推进过程中的重化工工业阶段，劳动报酬占比虽有偏低于 40% 的年份出现，但很少出现持续下降的情况；在英、美和其他第二次世界大战后等工业化国家，初次分配中劳动报酬占比始终在各要素中最高，且随工业化进程呈上升至稳定趋势，其重要原因是内含人力资本的劳动对经济发展和国民收入增加的贡献较之以前大为增加。

❷ 吴敬琏. 当代中国经济改革：战略与实施 [M]. 上海：上海远东出版社，1999：144-145.

剩余控制权——在合约中被明确规定的权利称为特指权利（specific rights），把其余没有被明确规定的权利称为剩余权利（residual rights），或剩余控制权（residual rights of control）。

剩余索取权（residual claimant rights）——对企业货币收入在支付了各项生产要素的报酬和投入品价格之后的剩余（residual revenue）的索取权。

❸ 依据国际劳工组织（ILO）的界定，产业民主（工业民主）是一种增进劳动者参与企业决策管理之各项政策或措施的总称，旨在除去雇主或管理人员专断的旧式管理方式，而代之以让劳动者有机会发表意见或申诉，使劳动者获得雇主或管理人员的尊重。实现产业民主一方面能保护和促进雇员权益，另一方面能实行企业内的权利平衡，同时能消除劳资隔阂并增加雇员个人的成就感。

的重要课题之一，其后延伸扩展到"企业民主"，核心是"职工参与"，目的是调和劳资双方利益。之后，许多西方国家，特别是欧洲各国通过立法，或是在企业中建立职工委员会，或是在董事会、监事会中设置职工代表，或是两者同时兼备。无论是内部控制主导型或是外部控制主导型的公司治理模式，职工依法直接或间接参与公司治理，对公司重大经营事项具有一定的决策权，实现劳资双方的共同利益和公司长远发展。近年来，国内有关政府部门、社会团体、研究机构和高校与国际间专家学者的探讨交流日趋频繁，从中进一步了解各国企业民主管理和职工参与治理及其法律制度的实践和发展趋势❶。

（一）内部控制主导型公司治理模式下的职工参与

内部控制主导型公司治理模式❷，主要是法人股东、银行和内部管理层的流动在公司治理中起着主要作用，这种模式多见于欧洲大陆和日本等国家。

1. 简要概述

以其适用范围划分，分为普遍适用型和限定适用型，前者立法规定"职工参与"适用各类公司，挪威、丹麦、瑞典、芬兰、德国、奥地利、法国、卢森堡、荷兰等国采用这一类型；后者立法规定"职工参与"只适用于国有公司，如爱尔兰、葡萄牙、希腊等国采用这一类型。

以职工代表在治理机构中所占比例划分，可分为等额模式与少数模式，前者指职工代表与股东代表在董事会、监事会席位中所占比例相同或近乎相同，后者职工代表席位比例为少数，最多不超过 1/3，如德国、奥地利、挪威等国家。

以职工参与的机构类型划分，可分为监督型与经营管理型，前者指职工代表参与治理进入监事会，如德国；后者进入董事会，如瑞典。

此外，还存在介于职工参与治理（直接进入董事会监事会）制度与职工代表机构通报协商制度之间的职工参与模式，如法国和荷兰❸。

2. 德国职工参与公司治理的法律制度安排与主要特点

通过选举企业职工委员会的工人代表参与企业生产管理的这一想法，最初于1848年法兰克福制宪会议上提出，被认为是最早规定劳动者参与权的立法❹。第二次世界大战后，随着资本所有权和经营权的分离，德国职工参与意识明显增强，德国政府先后颁布了一系列关于职工参与治理的法律制度。资料分析表明，德国的职工利益代表体系为双轨制，一是通过工会实现的跨企业性的、行业层面的利益代表；二是由企业职工委员会体现的企业性的利益代表，见表7-1。德国

---

❶ 朝宏斌，傅榆成. 欧洲的产业民主——扩大的欧盟企业决策中雇员参与制度与实践 [EB/OL]. [2009-04-17]. www. law. ruc. edu. cn.

❷ 高明华. 公司治理学 [M]. 北京：中国经济出版社，2009.
将公司治理模式划分为内部控制主导型和外部控制主导型两种类型。

❸ 刘俊海. 公司的社会责任 [M]. 北京：法律出版社，1999：212.

❹ 李亮山. 德国产业民主研究 [J]. 经济论坛，2009，(5)：56-57.

工会联合会（DGB）是德国工会组织的联合体，由全国八大行业工会联合组成❶，其集体谈判自主权❷的法律基础是《集体协议法》，在《德国宪法》或称为《基本法》中拥有较高的等级，其排列仅位于选举权之后。该法规定，只有工会才能与单个雇主或雇主联合会签订集体协议❸。企业职工委员会不是工会的委员会，而是某一企业所有职工选出的代表，但其绝大多数是某一行业工会的会员。企业职工委员会行为的法律依据是《企业组织法》，规定了其在企业中的知情权、咨询权和共决权。企业职工委员会主席在监事会里拥有席位，通过这种方法确立其与雇主、工会的直接联系。

表 7-1　德国企业职工利益代表的双轨制

级别	层面	法律框架	行为体	规制内容	解决争议的形式
第一级	行业层面	《基本法》、《集体协议法》中的集体谈判自主权	工会 VS. 雇主联合会	有偿使用劳动的条件（薪资福利、劳动时间）	双边有罢工权
第二级①	行业层面	《基本法》、《集体协议法》中的集体谈判自主权	工会 VS. 雇主/雇主联合会	有条件地做出低于行业协议的规定或标准，以换取就业和生产地保证或投资承诺	双边无罢工权
第三级	企业层面	《企业组织法》规定的知情权、咨询权、共决权	企业职工委员会 VS. 企业管理层	具体的工作条件（工作时间、收入分配、工作岗位设置、休息时间等）	双边无罢工权

　　① 行业层面的"第二级"，是近期随谈判体系分散化和劳资标准差异化而产生的，可理解为：为应对经济全球化，为促进本地就业，劳资双方所采取的妥协让步、比较积极的结果。

　　资料来源：鲁道夫·特劳普-梅茨，张俊华．劳动关系比较研究［M］．北京：中国社会科学出版社，2010：55-63.

　　　1951 年通过的《煤炭和钢铁行业参与决定法案》规定，职工可以向监事会

---

　　❶ 德国主要有 8 大行业工会，分别为建筑-农业环境工会、矿山/化学/能源工会、教育和科学工会、食品和餐饮业工会、公共交通工会、警察工会、服务业工会联合会和五金工会。五金工会是德国目前最大的产业工会，会员超过 240 万。

　　❷《德国利益代表的双轨制：结构与当前发展》的作者莱茵哈特·巴恩米勒博士（Dr. Reinhard Bahnmüller，德国蒂宾根大学劳动技术与文化研究所创始所长）认为，集体谈判自主权以及由此产生的集体联合的权利，对职工而言，具有保护、分配和参与三大功能；对企业而言，具有卡特尔、维持秩序、维护和平等三大功能。

　　依据《百度百科》解释，卡特尔为法语 cartel 的音译，原意为协定或同盟。生产同类商品的企业为了垄断市场，获取高额利润而达成有关划分销售市场、规定产品产量、确定商品价格等方面的协议所形成的垄断性企业联合。它是资本主义垄断组织的一种重要形式。1865 年最早产生于德国。根据美国《反托拉斯法》，卡特尔属于非法。

　　❸ 莱茵哈特·巴恩米勒博士（Reinhard Bahnmüller）认为，近些年来，随着谈判体系的分散化和劳资标准的差异化，集体协议中的"例外条款"常被采用，劳资双方不仅在行业层面上订立协议，而且平行地在企业层面也订立协议。

选送经选举产生的利益代表。1952 年又制定了适用于除煤炭、钢铁企业以外的《企业组织法》，该法规定企业监事会成员中的 1/3 必须是职工代表。1976 年颁布的《参与决定法》，进一步规定职工人数超过 2000 人的企业，其监事会中职工代表须占 1/2，同时董事会中必须有一名成员专门负责人事和劳工问题，其通常也由职工代表担任。在法律地位上，德国企业监事会是董事会的上位机构，董事会成员由监事会任命，监事会可以随时要求董事会报告企业重要业务的执行情况。据欧洲政策研究中心的统计，在德国最大的 100 家企业中，工会和职工代表在监事会中占据了 50% 的席位，在一些次重要的企业中，工会和职工代表在监事会中的比例略低。

德国职工参与公司治理的主要特点如下：一是企业职工委员会通过依据《企业组织法》的组织行为，力图增强企业与职工之间的协同、互信和合作，劳动关系总体上稳定，职工参与程度较高，和谐程度在其他欧盟国家之上；二是职工参与制度建立在原有公司治理结构之上，相关法律立法之前公司监事会与董事会就已存在，职工参与制度引入后，原有公司治理结构未变，改变的只是监事会和董事会的组成方式；三是职工享有的参与权范围广，层次高，职工不仅对企业内有关职工福利及劳动条件等社会事务享有参与权，而且对企业内人事、生产、财务及销售等经济事务享有参与权，形成了"劳资共决"机制；四是针对不同类型的企业分别立法，法律制度体系比较系统和完整。

3. 日本职工参与公司治理的主要特点

公司经营者能够独立行使经营决策权，执行也通常由内部人员承担，公司高层管理者几乎都从职工中选拔。公司经营管理层，往往将其所在公司看作为具有人格的祖传家业，将其视为"共同体"。

在采用"人本主义"体制的日本公司中，优秀职工往往被视为与经营管理者一样，都是公司的主人❶。形成这一模式的主要原因在于日本文化长期重视家庭观念与决策的一致性，由此形成了一种重视职工利益的公司治理文化，其突出表现就是日本较多的公司都实行终身雇佣制，职工一经公司录用，没有特殊情况一般都可工作到退休年龄。所以，职工在公司中的地位高，职工不仅对公司经营管理有发言权，而且对公司经营所获利益享有优先分配权。据日本证券经济研究所 1997 年的资料分析，95.7% 的上市公司和不少非上市公司实施职工持股计划，其目的主要在于帮助职工积蓄财产、提高职工的经营参与意识、促使形成"稳定股"❷。正是在这种环境下，职工能够对公司经营起到一定的控制和监督作用，并将"合理化建议"、"持续改善"、"质量管理小组"、"精益管理"等制度和活动长期坚持，效果明显，特色鲜明。

---

❶ 今仁贤一，小宫隆太郎. 现代日本企业制度［M］. 陈晋等译. 北京：经济科学出版社，1995：2-5.
　其认为："人本主义"是日本学界在探讨日本现代工业体系的本质特点时使用的概念。日本企业以职工为中心，工作权限划分和企业经营成果分配是分散的，经营活动是在有组织的市场中进行的。
❷ 周超. 职工参与制度法律问题研究［M］. 北京：中国社会科学出版社，2006：186-193.

（二）外部控制主导型公司治理模式的职工参与

外部控制主导型治理又称市场导向型治理，董事会中独立董事比例较大，外部市场在公司治理中的作用明显，其职工参与治理形式与内部控制主导型公司治理模式相比有所不同。

1. 美国职工参与公司治理的基本形式与主要特点

一种是属于咨询机构性质的劳资委员会，它主要解决一些集体合同涉及不到，而劳资双方又共同关心的问题，旨在改善职工工作条件，提高职工生产积极性，促进企业经营发展。另一种是劳资集体谈判，自从 20 世纪 30 年代《美国劳工法（National Labor Relations Act)》颁行后，美国工会依法获得了代表工会会员就工资、工时和其他雇佣条件，与雇主进行谈判和签订集体合同的合法权利。经过近 80 年的发展演变，不少跨国公司比较注重履行企业社会责任，劳资集体谈判形式多样，谈判内容不断扩大，拓展了职工参与治理的渠道。由于国际国内市场竞争加剧、技术革命和公司重组，美国的各类职工参与制度开始逐渐增强，诸如"职工参与机构"、"整体质量管理计划"、"自我管理机构"、"安全健康委员会"、"信息共享制度"、"共同任务力量"、"劳资共同委员会"、"职工持股计划"、"职工董事制度"等参与制度和形式，分别在一些大公司和有些中小企业中得到实施❶。

美国职工参与公司治理的主要特点如下。一是职工参与覆盖面比较广，自由度高，多由企业自发组织，法律并未做出特别强制性规定，各公司多从自身经济效益出发，采取不同的参与治理方法，将职工吸纳到具体的管理过程中，以提高职工的积极性、创造性。二是既有管理者（决策者）参与，也有资本参与，职工持股计划（employee stock ownership plans，ESOP）是美国职工参与制度的显著特色。ESOP 主要不是作为职工参与公司治理的制度来设计安排的，而是侧重于职工的利润分享和社会保障功能，但由之形成的职工实际参与公司治理的格局，有其特殊意义。三是职工参与机制与其他配套制度衔接比较合理，如劳资双方信息共享，工会领导人与公司经营者主动改善劳资关系，有的企业 CEO 还与工会领导人在一起办公，强化了双方的沟通和合作机会，提高了沟通效果和参与效率。

2. 英国职工参与公司治理的演变过程

英国是最早产生公司、最早产生工会组织的国家之一❷。在英国公司形成、发展的几百年历史中，公司治理从最初孕育到发展成熟，经历了一个对其内部各种责任和权力不断调整的漫长过程，目的是为了通过各种权力之间的制衡、维护利益相关者的利益，保证管理层决策的科学性，最终使企业得到发展。在《英国劳资关系法实施细则》中，十分强调"企业与职工代表和工会之间的交流和协商

---

❶ 刘俊海. 公司的社会责任 [M]. 北京：法律出版社，1999：193-194.
❷ 韦伯夫妇. 英国工会运动史 [M]. 陈健民译. 北京：商务印书馆，1959：19.
据考证，英国最早的工会组织是"大不列颠及爱尔兰帽业工人工会"，其大约成立于 1667 年。

在一切机构都是重要的","改革进行的方式,既要注意企业的经营效率,又要考虑职工的利益。有 250 名以上职工的企业,应对行政管理与职工代表的定期接触做出系统的安排"。

(三) 北欧国家公司治理中的职工参与

1. 简要概述

北欧的挪威、丹麦、瑞典、芬兰和冰岛等五个经济比较发达的国家,受国民的公平意识、尊重规则和视野开阔的历史文化渊源影响,其包括公司治理、职工参与等在内的企业文化,明显地具有以人为本、遵纪守法和开放包容的国际观等特点。在其相应的公司法等相关法律中,早就明确规定职工代表参与公司治理。2004 年以来,挪威、丹麦、瑞典等国家相继分别颁布了公司治理实践准则、公司治理推荐准则和公司治理准则,2006 年芬兰还颁布以非强制、完全基于志愿执行的《非上市公司的治理结构指引》。此外,逐步趋于统一的北欧国家治理准则,更体现了北欧地区的市场要求、相关利益者的共同利益和职工参与,影响着欧盟公司治理的相关规定。监视世界各国清廉行为的非政府组织(NGO)——透明国际组织(Transparency International,简称 TI),在其颁布的 2010 年全球 178 个国家清廉度排行榜中,丹麦位列第一、芬兰和瑞典位列第四、挪威和冰岛分列第十和第十一,其中有效的公司治理功不可没。

2. 挪威企业职工参与治理的主要特点

《挪威宪法》立法确认、《股份公司法》和《工作环境法》等明确规定:职工在企业中享有共同决定权。除此之外,挪威工商业联合会与挪威工会于 1994 年签署的《基本协议》也规定了相关职工参与的法律机制[1]。挪威公司职工参与治理有如下特点。

(1) 职工参与同公司规模相关

职工人数越多,其规则和结构就越全面。根据《股份公司法》规定,采取职工董事制度时,凡在前三个会计年度中职工超过 200 人的公司,应当设立公司大会。公司大会的人数应当由股东大会确定,但不应少于 12 人,且能被 3 整除,其中 1/3 以上的公司大会成员由公司在职工中选举产生。

(2) 职工参与制度的灵活性

如已建立 3 年、职工超过 200 人的公司,公司大会就是职工参与公司治理的法定机关,实行公司大会制度主要是为了确保职工参与公司治理的方便性与效率性。但这项制度并不是强制性的规定,如果公司有正当理由可以选择或是实行公司大会制度,或是采用职工董事制度。究竟采用何种参与模式,完全取决于公司的规模和职工的意愿。

(3) 实行观察员制度

观察员由公司职工在职工中选举产生,并在公司大会或者董事会上常设席

---

❶ 刘俊海. 公司的社会责任 [M]. 北京:法律出版社,1999:214.

位。一旦公司大会或者董事会中的职工代表出现空缺，观察员即可予以补位。观察员有权出席董事会，并在会上发言提出议案，有权要求对某一事项进行辩论和表决，但自身无权表决，也无权请求召开董事会会议。

（4）集体协议与相关法律具有同等重要性

公司设有专门的劳资关系委员会负责职工参与制度的实施，通常情况下该委员会由7人组成：2名由工会推荐任命，2名由挪威工商联合会推荐任命，3名（包括主席）则独立于上述两个组织之外。

总之，挪威的职工参与公司治理，比较充分地体现了法治和人本精神，既强调职工通过参与董事会的方式参与公司治理，又创新规定了公司大会以及观察员制度，拓宽了职工参与治理的途径，体现了职工参与的广泛性和灵活性。

（四）国际公司治理模式的职工参与制度借鉴

通过以上几个典型的国外公司治理模式的职工参与制度比较，可以看出，虽然各国公司治理模式中的职工参与都有着特殊的历史、文化、法律和经济背景，但经过漫长的实践发展，各种治理模式正逐渐趋同化，其中经合组织公司治理准则的影响较大。实现职工参与公司治理，关键在于如何把适应经济全球化和国际准则普适化，与贯彻执行本国法律制度有机结合起来，持之以恒、不断完善。

国际公司治理模式的职工参与制度有以下三点值得借鉴思考。

1. 法律支撑是职工参与公司治理的基本保证

职工参与制度的建立，意味着公司不再是股东利益的单纯结合体，公司目标也不再是股东利益最大化，公司利益中要包括和体现职工利益。职工参与治理是整个国家政治、社会和经济法律体系的重要组成部分，没有完善的法律体系支撑，职工参与治理就不可能持续、有效，完善的法律制度是保障职工参与治理的重要前提。德国相对完备的立法使其成为职工参与制度最成熟的国家，是法律的"巨手"推动和规制了职工参与治理的制度安排并使之日趋完善。

2. 职工参与制度以现代公司治理结构为基础

职工参与制度建立在现代企业治理结构的基础之上，而不是对企业治理结构的重构。实践证明，由公司股东会、职工代表进入的董事会、监事会（监察人）和管理层分权制衡的治理结构，较好地实现了所有权和经营权的分离，较好地兼顾各利益相关者的利益，能够适应市场经济竞争，促进管理现代化和决策科学化，提高企业的竞争能力。

3. 参与过程中形成劳资共决和利益共享机制

职工参与不仅要制度参与，而且要利益参与和利益分享。职工代表进入公司权力制衡体系，使职工利益代表和股东利益代表一起成为决策主体，共同参与公司的治理，形成一种相互制约、相互协调和相互促进的机制。在董事会、监事会成员构成比例及日常参与治理中，只有通过机制和制度规制，才能避免片面追求职工利益而对公司的经营活动过分干预，或只顾股东利益而忽视职工利益的情况出现。

三、职工参与国企治理的问题及对策

职工参与国企治理，包括职工董事监事制度、职代会制度、厂务公开、集体协商等民主管理工作取得了很大进展，但仍然存在一些不容忽视的问题，除了发展不平衡，思想认识不到位、轻视民主制度建设，甚至搞形式、走过场等问题以外，还存在一些影响较大的共性问题，亟须人们着力研究并在实践中解决之。

（一）问题分析

1. 职工董事监事队伍建设相对滞后

虽然这几年职工董事监事制度建设有了很大的进展，但目前职工董事监事队伍建设相对滞后。根据对部分国企的调查，现有的问题包括以下几方面：一是多数企业职工董事监事缺位，已配置职工董事监事的集团公司分别为总数的29.5％和20.5％；二是职工董事监事产生方式不符要求，非职代会选举而以委派任命方式居多；三是部分职工董事监事在公司兼职有悖规定，有的未担（兼）任工会主席、副主席的高级行政管理人员亦作为职工董事监事；四是职工董事监事工作制度建设尚处于起步阶段。

2. 职代会的作用尚未得到充分发挥

随着改革发展、民主管理、现代企业制度的深入推进，多数国企职代会制度也随之不断完善，但还存在如下不容忽视的情况：一是制度建设进展不平衡，有的还未建立职代会制度，有的虽然建立了职代会制度，但实施还未完全到位，有的虽已制定了部分制度，但未能得到落实和细化；二是运行质量有待提高，有的企业在职代会内容安排和程序上走形式，有的企业年度职代会内容与年度党政干部大会内容基本雷同，针对性不强，有的以职代会主席团联席会议替代职代会审议表决"敏感"问题，存在民主程序"缩水"现象；三是议事表决方式面临挑战，职代会如何让职工代表更充分、更民主地表达自己的意愿，还有待完善；四是企业领导干部考核与职代会民主评议结合不够紧密。

3. 以收入分配为核心的集体协商机制有待完善

一是认识问题，认为国企开展工资集体协商实质性意义不大；二是由于工作制度不健全、信息不对称，工资集体协商还未形成常态化工作机制；三是企业工会应有的作用有待于进一步发挥，工会"不愿谈、不想谈、不敢谈、不会谈"等情况时有存在。

4. 过度使用劳务工有悖职工参与治理的制度安排

不少企业忽视"三性"规定大量使用劳务工，劳务工已基本上成为一线岗位上的主力军。但劳务工与企业合同制职工在薪酬分配、福利待遇等方面存在着"同工不同酬"的现象，劳务工代表列席职代会的不多，作为正式代表参加职代会的更少。随着和谐企业与和谐社会建设的要求不断提高，劳务工维权意识日益增强，依法维护劳务工的劳动经济权益、民主政治权益和文化发展权益，必须提到国有企业经营管理中的重要议事日程上来。

（二）主要对策

职工参与公司治理，可通过三个渠道，实现三个层面的参与（图 7-2）。一是通过民主程序选举职工代表进入董事会或监事会，依法履行职工董事或职工监事的权利和义务，参与公司的决策和监督，实现源头参与。二是通过职代会、厂务公开民主管理和集体协商，保障职工行使民主权利，参与公司的经营管理，实现过程参与。三是通过合理化建议、规范标准、技术创新和自主管理，参与公司的日常专业管理和基础管理，实现全员参与。

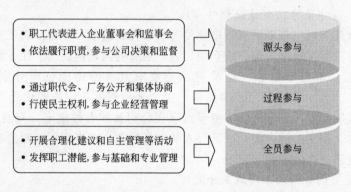

图 7-2　职工参与治理的三个层面与途径

"十二五"时期是全面建设和谐社会的关键时期，随着社会主义民主政治建设、政治体制改革和国资国企改革的深入推进，职工依法参与治理的内在要求也会越来越强烈。因此，必须把握机遇和工作重点，找准结合点，积极探索和实践国有企业职工参与治理的有效途径和方法，把职工参与治理的法制化引向深入。

1. 充分发挥企业党组织的政治核心作用

中共十七大强调要坚持全面落实党的全心全意依靠工人阶级的指导方针，依法保障职工行使民主管理的权利，支持职工参与管理，维护职工合法权益。加强和完善企业民主管理和职工参与治理，是一项复杂的系统工程。中国特色国有企业治理的探索实践表明，坚持党的领导是做好企业民主管理和职工参与治理的重要保证，发挥好企业党组织政治核心作用所形成的凝聚力，是任何组织或行为都无法替代的。只有企业党组织发挥好政治核心作用，才能支持职工依法选举职工代表进入企业董事会、监事会，为职工董事监事提高履职能力和水平创造良好的环境氛围；才能不断完善和推进职工代表大会制度，确保职工代表行使职权，依法维护职工群众的劳动经济权益、民主政治权益和文化发展权益；才能形成"党委统一领导、党政齐抓共管、有关方面各司其职、职工群众广泛参与"的厂务公开民主管理的工作格局和运行机制，使各项工作落实到实处。

2. 加强职工董事监事制度建设

职工董事监事制度，既是建立健全现代国有企业制度的重要组成部分，又是职工参与治理的法律制度安排。依法保障职工行使民主管理的权利，支持职工参与治理，维护职工合法权益，对深入贯彻落实科学发展观、推进社会主义和谐社会建设，进一步深化国资国企改革完善法人治理结构，发挥职工的主体作用和工作积极性，具有重要的现实意义。

（1）职工董事监事制度建设的主要内容

一是要贯彻落实《劳动法》、《公司法》和《企业国有资产法》等法律法规，依法治企，在公司章程中，依法确立职代会制度、职工董事监事制度等职工参与制度，董事会中的职工董事与监事会中的职工监事的人数和比例必须符合规定，职工董事不少于1人，职工监事不少于监事会成员的1/3。二是必须将职工参与治理的要求纳入企业内部管控制度及相应流程，从民主程序上提高企业经营决策的合规性，降低经营风险，提高和巩固决策管理的民主化，促进企业和谐稳定可持续发展。三是建立健全职工董监事调查研究制度，形成相关部门工作协同机制。四是建立健全职工民主评议职工董监事制度，定期向职代会报告工作，接受职工代表质询。五是建立健全职工董监事议事参谋制度，为职工董事监事提供信息咨询和指导服务。六是建立健全职工董事监事学习培训和资格认定制度，不断提高其工作能力和自身素质。

（2）坚持履职要求，支持依法履职

由于职工董事监事以职工代表的身份进入董事会或监事会，除了享有与其他董事或监事同等的权利并承担同样的义务以外，职工董事被赋予兼顾出资人和企业以及职工利益关系、关注和反映职工合理诉求、代表和维护职工合法利益的特别职责。职工监事的特别职责则体现在：发挥职工代表和监事会的双重监督职能作用，根据法律、法规的有关规定，对企业的财务活动和经营管理行为进行监督，确保国有资产和职工利益不受侵犯。

必须明确职工董事、监事任职的能力要求。国务院国资委2006年3月和2009年3月分别印发了《国有独资公司董事会试点企业职工董事管理办法》和《董事会试点中央企业职工董事履行职责管理办法》。上海市总工会、市国资委党委和市国资委于2010年1月联合下发了《关于本市国有企业深入推行职工董事监事制度的通知》，对职工董事监事任职条件提出了明确的要求，可概括为以下五个方面：①依法与本企业建立劳动关系的职工；②具有良好的品行和较好的群众基础；③熟悉本企业经营管理情况，有较强的参与经营管理决策和协调沟通能力；④符合《公司法》等法律法规规定的其他条件；⑤必须经过职工民主选举。工会主席、工会副主席应当作为职工董事监事的候选人，未担（兼）任企业工会主席、副主席的企业高级行政管理人员以及《公司法》规定不得担任董事、监事的人员，不得担（兼）任职工董事和职工监事。

应当依法按民主程序选举、罢免、增补相关人员。职工董事、监事候选人应由企业工会或职代会、职代会联席会议提名或职工自荐提名，报所在企业党组织审核。候选人确定后，经职代会或法律及公司章程规定的其他形式，以无记名投票方式选举，获得应到职工代表半数以上赞成票的方可当选。职工董事、监事选举产生后，应按照管理权限上报党组织和工会备案。职工董事、监事的任期应当与其他董事、监事的任期相同，任期届满，连选连任。在任期内遇到劳动合同到期，其劳动合同期限可自动延长至任期届满。

职代会有权罢免职工董事监事，有下列情形之一的，应当作为罢免依据：①有 1/3 以上的职工代表联名对其提出罢免提案，并有明确的罢免理由；②职代会对其民主评议的不称职率高于 40％；③职工董事、监事不按照职代会相关决议发表意见、不向职代会报告工作，或不能正确履行职责；④职工董事监事以权谋私、泄露企业商业机密、有意损害企业利益，或存在违法行为。对此，有关职工董事、监事有权在职代会或职代会联席会议上提出申辩。罢免应经过职代会无记名投票表决，以应到职工代表半数以上通过，形成罢免决议。罢免决议经企业党组织审核，并报上级国资管理部门或有关部门以及工会备案后，由企业履行相关手续。

职工董事监事离职的，其任职资格自然终止。因离职、罢免等原因造成的职位空缺时间一般不超过 3 个月，期间应及时进行补选。

应当明确职工董事、监事任职的外部条件。企业党组织应支持职工董事、监事依法履职，确定工会主席、副主席人选时，应考虑其是否兼备职工董事、监事的履职能力。通常情况下，工会正、副主席应作为职工董事、监事的候选人，以利于提高职工董事、监事开展工作，以利于与职代会、工会和集体协商之间的工作衔接。企业党组织应定期与职工董事、监事交换意见和沟通情况，支持职工董事、监事开展调查研究，深入了解职工思想、学习、工作和生活情况。

企业经营管理层应根据《公司法》、《工会法》和公司章程等有关规定，在研究涉及职工切身利益的重大问题时，应当提前通知或邀请职工董事监事参加或列席相关会议；接受职工董事监事的履职约谈，如实沟通交流相关信息和情况；满足职工董事监事调查研究、查阅资料等履职活动的合理要求；为职工董事监事履职所需提供必要的办公条件、经费预算和工作时间；职工董监事因履行职责而减少正常收入的，应当给予相应补偿。职工董事监事的劳动合同，应当给予特别的保护，不得因其履行职责的原因与其解除劳动合同，或采取其他形式进行打击报复。

企业工会作为职代会的工作机构，应向职工董事监事及时提供职代会或职代会联席会议的议题、议案、建议和决议执行情况等书面材料，按照职工董事监事履职要求，全面、及时地向职工董事监事反映职工的有关意见和建议；职代会下设的各专门委员会（小组）应协助职工董事监事开展专题调研和巡视检查。通过采用"智囊团"等形式，集成企业内外专家资源，为职工董事监事提供咨询服务和有关法律支持，帮助职工董事监事了解和掌握涉及职工切身利益的事项和收集整理职工利益诉求的信息，为职工董事监事在董事会和监事会等相关会议上发表意见和投票表决提供依据。

（3）强化职工董事监事履职的责任规范

由职工通过民主选举产生的职工董事监事，自进入董事会或监事会起，除了同其他非职工董事监事一样，享有同等权利、承担同等义务外，还要承担职工董事监事的特别义务和责任。

职工董事监事负有双重责任。职工董事监事应当遵照国家法律法规和公司章程的规定，对企业负有忠实勤勉和保守商业秘密的义务，对职工负有忠实代表和维护其合法权益的义务，全面准确地反映表达职工的诉求和意愿，自觉接受出资人、职代会和职工群众的监督评价。但主要责任就是依法维护职工的合法权益。公司章程、董事会及监事会议事规则中应对职工董事监事的双重义务、责任和评价考核做出明确的具体规定。

职工董事的特别职责包括：必须兼顾股东和企业以及职工利益关系，关注和反映职工正当诉求，代表和维护职工合法权益。职工董事的特别职责一般可分为两类：董事会决议事项和向董事会通报事项❶。

董事会决议事项主要包括企业劳动用工、薪酬制度、劳动保护、休息休假、安全卫生、培训教育和生活福利等涉及职工切身利益的基本管理制度的制定和修改。

向董事会通报事项主要包括民主管理和民主监督方面的诉求、意见与建议，以及涉及职工利益的有关诉求意见或倾向性问题。职工董事在董事会讨论涉及职工切身利益的重要决策时，应如实反映职工要求，表达和维护职工的合法权益；在董事会研究确定公司高级管理人员时，应如实反映职代会民主评议企业经营管理人员的情况。

职工监事的特别职责主要是发挥职工民主监督职能和监事会监督职能的桥梁纽带作用，在参与治理过程中，依法通过检查、建议、批评、检举、揭发、罢免等形式手段，对企业经营管理层在经营决策、聘用任免、遵纪守法、勤政廉洁等方面进行监督，重点有以下六个方面：企业重大决策的合法合规性；董事会决策、企业重要规章制度和职代会决议的执行情况；企业生产经营管理活动中的预算执行和风险控制情况；经营管理层勤勉尽职、遵纪守法及绩效评价情况；职工民主权利落实情况；党风廉政建设情况。职工监事还要定期监督检查职工各项福利保险的提取缴纳，以及职工工资、劳动保护、社会保险、福利等制度的执行情况。

职工董事监事必须经常或定期深入到职工群众中听取意见和建议。在董事会、监事会研究决定公司重大问题时，应认真履行职责，代表职工行使权利，充分发表意见，有权向上级工会、有关部门和机构反映有关情况。职工董事监事应定期向职代会报告履职情况报告，接受职工代表民主评议和质询。

（4）职工董事监事履行特别职责的基本方法

根据职工董事监事履行特别职责的要求，职工董监事要加强学习和调查研究，善于发现新情况，着力解决新问题，提高工作的针对性和有效性。

就职工董事而言，一是经常就履行特别职责的相关事宜，除参加职代会及有关活动、听取企业、车间部门等工会基层组织的意见外，还应与企业相关职能部

---

❶《董事会试点中央企业职工董事履行职责管理办法》第二章第六条，2009 年 3 月。

门定期或不定期地沟通，利用各种有效方式直接听取职工的意见与建议，从而建立多维的信息沟通交流平台和沟通交流机制。二是充分发挥职代会专门小组（委员会）在民主评议、提案落实、巡视检查等日常民主管理活动中的作用。三是就职工利益诉求方面的情况与董事会其他成员保持经常性的沟通和交流，通过会议等形式，听取其他董事的意见和建议。四是参与董事会涉及特别职责内容的议案讨论和拟定时，应充分理解职工的积极建议或合理诉求，在董事会审议表决涉及特别职责的事项前，应及时提请召开职代会审议表决相关议案，在董事会召开会议时，应充分反映和说明职工的意见和诉求，提供相应的调查报告或信息资料，并根据职代会审议通过的决议发表意见进行投票表决。五是定期向董事会专题报告关于职工对企业经营管理的建议、职工相关利益诉求和倾向性问题等方面的通报性事项。若存在不同的认识和分歧，力求在事前充分协商和反复协商中达成一致和统一。

就职工监事而言，一是要结合调查研究，定期就涉及职工切身利益等事项向有关职能部门了解情况、掌握最新动态，并注重与职代会专门小组（委员会）活动、职工代表巡视检查、厂务公开民主管理调研检查等活动有机结合。二是职工监事应加强与职工董事、企业内审机构及纪委的紧密联系沟通，通过各类沟通形式，做到信息互通，资源共享，确保信息的及时性、真实性和客观性。三是通过沟通了解和巡查，职工监事应将涉及特别职责内容的重大情况及时向监事会主席或者专职监事反映。在特别情况下，也可直接向上级工会或有关部门反映，以达到监督的目的。

（5）职工董事监事履行职责应把握好的几个关系

从实际来看，职工董事监事在履行特别职责过程中，需要着重把握和处理好以下三个方面的关系。

一是正确处理好根本职责与特别职责的关系。职工董事、监事必须始终牢记自己尽职的双重属性：作为董事、监事，必须维护出资人权益，对出资人负责，在促进企业改革发展、提高企业竞争力和确保国有资产保值增值等方面尽责，这是职工董事、监事的根本职责；作为职工代表，必须维护职工合法权益，这是职工董事、监事的特别职责和主要任务，着力维护职工的民主政治权益、劳动经济权益和文化发展权益，关注涉及职工切身利益的有关福利政策、生产安全、劳动保护措施等各项权益的落实情况，统筹兼顾，既要做好企业改革发展稳定的坚定支持者，更要做好职工切身利益的忠实维护者，为实现出资人利益与职工利益的统一尽职工作。

二是正确处理好与职代会的关系。职工董事、监事制度，是职工代表大会等民主管理制度的发展和延伸，是连接职代会与董事会、监事会的主要渠道，职代会又是职工董事、监事履行特别职责的支撑平台。因此，职工董事、监事必须对职代会负责，审时度势、依法合理地定位、把握和运用好职代会与职工董事、职工监事的相关职责和职权，关注职代会、依靠职代会，发挥工会作为职代会工作机构的作用，按照职工董事、监事履行特别职责的要求，通过董事会和监事会更好地实现职代会的目标，使职工董事、监事及其制度成为连接职代会与董事会、监事会的桥梁与纽带。

三是正确处理好与其他董事监事的关系。职工董事、监事在日常工作中，既要把握企业长远改革发展目标，又要关切职工切身利益，应用系统思考、换位思考和统筹兼顾的方法，经常或定期与其他董事、监事交换意见，沟通情况，使其他董事、监事更充分地了解职工董事、监事的特别职责，更理解职工群众的意见和利益诉求。尤其是职工董事，在董事会上反映职工的利益诉求、提出意见或利益主张时，必须切合实际，符合法律法规和有关政策，符合董事会讨论决策的议事范围，且宜事先交流沟通，避免临时突发动议；宜在提出问题的同时提出建议，避免只提问题没有解决办法，提高源头参与的质量和效率，共同承担企业发展和职工发展的社会责任。

3. 完善职代会制度规范运行

职代会是企业实行民主管理的基本形式，是协调劳动关系的重要制度，是职工行使民主管理权力的机构。在企业党组织领导下，企业经营管理者作为落实职代会制度的"第一执行人"，工会作为职代会的工作机构，这种制度安排，既是一种"权利制衡"，更是一种"双赢制度"。

（1）切实落实职代会五项职权 ❶

从上海来看，随着《上海市职工代表大会条例》的贯彻实施，国有企业必须进一步保障职代会依法行使审议建议、审议通过、审查监督、民主选举和民主评议等五项职权，保障职工依法享有知情权、参与权、表达权和监督权，保障职工代表在职代会上的选举权、被选举权和表决权；进一步规范职代会的组织制度、议事规则、职工代表提案、巡视检查和职代会质量评估等日常民主管理制度；进一步细化集团公司、所属子公司及非独立法人、规模较小的业务单元（分厂、车间、管理部门）等多级职代会的职能，让职工和职工代表在决策管理、专业管理和基础管理中发挥应有的作用。

第一，审议建议权。它是指关系到企业发展和职工利益的重要事项以及企业工会与企业协商的重要事项，应由企业或工会向职代会报告，接受职代会审议，听取职工代表的建议。该权利以知情、参与为目的，虽不具有决定性权限，但对审议的事项可以提出建议。审议建议权涉及的具体事项及实施见表 7-2。

表 7-2　审议建议权涉及的具体事项及实施

审议建议权涉及的具体事项	职工代表大会		
	集团公司	子公司	业务单元
1　发展规划、年度经营管理情况和重要决策	●	●	●
2　制定、修改、决定直接涉及职工切身利益的规章制度或者重大事项	●	●	●

---

❶ 上海市人大内务司法委员会．《上海市职工代表大会条例》释义［M］．上海：上海人民出版社，2011：30．

续表

审议建议权涉及的具体事项		职工代表大会		
		集团公司	子公司	业务单元
3	职工工资调整、经济性裁员、群体性劳动纠纷和生产过程中发生的重大事故隐患或者职业危害等事项进行集体协商情况	●	●	◎
4	职代会工作机构工作情况和联席会议协商处理的事项	●	●	◎
5	企业财务预决算，重组改制方案和重大改革措施，申请破产或者解散等重要事项	●	●	
6	审议业务招待费提取、使用情况[①]	●	●	
7	审议教育培训经费提取、使用情况[②]	●	●	
8	审议依法缴纳职工社会保险金情况	●	●	
9	审议职工福利基本制度	●	●	
10	审议职工福利费提取使用情况	●	●	
11	审议执行劳动安全环保卫生措施等情况	●	●	◎
12	法规规定或企业与工会协商确定的其他事项	●	●	●

① 监察部、国家经贸委、全国总工会《关于国有企业实行业务招待费使用情况等重要事项向职代会报告制度的规定（监发［1998］4号）》。

② 7～11项内容，源自《中共中央办公厅、国务院办公厅关于在国有企业、集体企业及其控股企业深入实行厂务公开制度的通知》（中办发［2002］13号）、《关于进一步深入推进本市厂务公开工作的实施意见》（沪委办［2004］14号）等文件规定。

注：1. 业务单元主要指非独立法人、规模较小、生产经营研发相对独立的实体。

2. ●表示应履行；◎表示根据企业情况选择实施。

第二，审议通过权。它关系到职工切身利益的重要事项及其方案、草案，应由企业或工会向职代会报告，由职代会审议通过。审议通过权涉及的具体事项及实施见表7-3。

表7-3　审议通过权涉及的具体事项及实施

审议通过权涉及的具体事项		职工代表大会		
		集团公司	子公司	业务单元
1	涉及劳动报酬、工作时间、休息休假、保险福利等事项的集体合同草案	●	●	◎
2	劳动安全卫生、女职工权益保护、工资调整机制等专项集体合同草案	●	●	◎
3	薪酬制度、福利制度、劳动用工制度、职工教育培训制度和改革改制中职工安置方案等涉及职工切身利益的重要事项	●	●	
4	法规规定与工会协商确定的其他事项	●	●	●

注：●表示应履行；◎表示根据企业情况选择实施。

第三，审查监督权。经过职代会审议通过以及经职代会决定的事项，其落实情况应由企业或工会向职代会报告，接受职代会审查、监督。审查监督权涉及的具体事项及实施见表7-4。

表 7-4　审查监督权涉及的具体事项及实施

	审查监督权涉及的具体事项	集团公司	子公司	业务单元
1	职代会提案办理情况	●	●	◎
2	职代会审议通过的重要事项落实情况	●	●	◎
3	集体合同和专项集体合同履行情况	●	●	
4	劳动安全卫生标准执行、社会保险费交缴、职工教育培训经费提取使用等情况	●	●	◎
5	法规规定与工会协商确定的其他事项	●	●	◎

注：●表示应履行；◎表示根据企业情况选择实施。

第四，民主选举权。按照法律法规规定以及企业与工会协商确定，应在职代会上由职工代表民主选举产生有关人员。民主选举权涉及的具体事项及实施见表7-5。

表 7-5　民主选举权涉及的具体事项及实施

	民主选举权涉及的具体事项	集团公司	子公司	业务单元
1	民主管理专门小组（委员会）成员	●	●	◎
2	董事会和监事会中的职工代表	●	●	
3	法规规定与工会协商确定的其他人员	●	●	◎

注：●表示应履行；◎表示根据企业情况选择实施。

第五，民主评议权。按照法律法规规定以及企业与工会协商确定，在职代会上，应由职工代表对企业领导人员及有关人员进行民主评议。民主评议权涉及的具体事项及实施见表7-6。

表 7-6　民主评议权涉及的具体事项及实施

	民主评议权涉及的具体事项	集团公司	子公司	业务单元
1	董事会和监事会中的职工代表	●	●	
2	领导班子成员以及经营管理人员	●	●	●
3	法规规定与工会协商确定的其他人员	●	●	◎

注：●表示应履行；◎表示根据企业情况选择实施。

（2）发挥职工代表的履职作用

以学习宣传贯彻《上海市职工代表大会条例》为契机，实施职工代表素质提升工程，对进一步提高职代会质量、依法参与治理、强化全体职工理性维权意识，有着十分重要的现实意义，重点要做好以下四个方面的工作。一是把握好职工代表条件和选举程序，强调思想品德和职业道德、爱岗敬业、关注企业发展、愿为职工服务，细化选举产生办法，实行职工代表常任制，引入竞选产生机制，保证选举公平、公开、公正。二是强化职工代表履职能力培训，按照职工参与治理、加强企业民主管理的新要求，编写新一轮职工代表培训教材，与此同时，要在开展师资培训的基础上，对职工代表进行任职培训和年度轮训，使职工代表在提高自身政治思想素质和职业素质的同时，进一步增强责任意识，进一步了解和掌握有关法律法规，熟悉参与治理和民主管理知识，真正做到能履职、会履职、敢履职、履好职。三是完善职工代表保障激励机制，严格依照相关法律规定，不断完善职工代表履职工作制度和工作条件，切实保障职工代表依法履职和自身利益，积极创造条件，为职工代表之间交流履职经验搭建交流沟通平台，评选表彰优秀职工代表。四是建立职工代表履职测评机制，职工代表对所在选区职工负责，每年要向其报告履行职责情况，接受所在选区职工测评，半数以上职工对职工代表不满意的，按照程序予以撤换或罢免。

（3）完善组织制度和议事规则

要根据《上海市职工代表大会条例》及相关规范，健全和完善各级职代会的组织制度和议事规则。首先要按照《上海市职工代表大会条例》规定的组织制度，明确职工代表名额、职代会每届任期、主席团组成、年内职代会召开次数、民主管理小组（委员会）的设置及活动、职代会经费预算及列支等事项。其次，严格职工代表比例的构成。职工代表应当以一线职工为主体，中、高层管理人员不超过 20%，跨地区、跨行业的大型集团公司的比例，按照有关规范的规定可以适当提高，女职工代表比例一般与本单位女职工人数所占比例相适应。技术研发等领域的企业，职工代表应当以直接从事专业技术工作的人员为主体。第三，职代会主席团人数不得少于七人，其中一线职工代表的比例不得少于 50%。第四，把握好三个环节：职代会召开前的议题和议程确定以及审议讨论和意见收集，召开时有关审议通过事项须采用无记名投票表决方式，闭会后有关决议的公布方式，从组织制度和议事规则上保证职代会的有效运行。

（4）规范民主评议企业领导干部

根据 2011 年 1 月中纪委、中央组织部、国务院国资委、监察部、全国总工会和全国工商联联合下发的《关于进一步做好职工代表大会民主评议国有企业领导人员工作的意见》，必须充分认识新形势下进一步做好职代会民主评议企业领导干部工作的重要意义，加强企业党风廉政建设和领导班子建设，完善规范有效的内部监督和约束机制，防止企业领导干部行为失范、权力失控、决策失误，维护好、实现好、发展好职工群众的劳动经济权益、民主政治权益和文化发展权益。

职代会民主评议企业领导班子和成员（包括职工董事和职工监事）的重点内容包括：企业"三重一大"事项（重大决策、重要人事任免、重大项目安排和大额度资金运作）决策制度的执行情况、企业领导干部廉洁从业情况、涉及职工切身利益重大事项的决策及执行情况、重要规章制度的制定及执行情况，以及实行厂务公开情况等。

企业党组织书记、董事长、总裁（总经理）是企业职代会开展民主评议领导干部工作的主要责任人。在企业党组织的领导下，在上级组织干部部门的指导和监督下，由职代会主席团主持，职代会民主评议专门委员会（小组）负责具体评议事项及监督检查民主评议结果落实情况。根据要求和企业实际，民主评议企业领导干部应每年进行一次。民主评议时，领导干部向职代会报告履职、廉洁从业情况，接受职工代表质询，职代表采用无记名投票方式测评，其结果应根据干部管理权限，报上级组织干部部门或董事会，同时抄报企业监事会。企业工会作为企业职代会的工作机构，要协同纪委和组织干部部门做好民主评议的实施办法和操作规程，不断提高民主评议的工作质量和水平。

4. 加强集体协商和集体合同制度

平等集体协商机制是社会主义市场经济条件下劳动关系双方重要的利益协调机制。全面推进平等集体协商机制建设，有利于维护企业和职工双方合法权益，畅通职工利益诉求渠道，保障职工依法参与治理，促进企业和社会和谐发展。

（1）完善诉求表达、权益保障、利益协调机制

一是通过完善企业职代会、平等集体协商和第三方参与等其他形式，畅通企业内部职工利益诉求表达和协商渠道。二是通过完善各级工会组织逐级反映"民情"的预警预报制度，及时分析、反映群体性、倾向性、动态性的问题，从整体上把握不同时期"两个维护"的重点和方法。三是通过完善由市总工会、政府职能部门和企业家联合会或工商联合会组成的劳动关系三方协商制度，联合组织调研、联合收集整合信息数据、联合推进平等集体协商、联合监督检查、联合评选表彰，共同推进和谐劳动关系建设。四是借助全国人民代表大会、中国人民政治协商会议等参政议政渠道，将民生问题列为每年人大、政协会议的必议议题，审议有关民生和职工利益诉求等议案，通过立法巩固和深化平等协商制度，促进企业民主管理和职工参与治理的法治化。

（2）突出集体协商的主要内容

要以劳动报酬为重点，围绕工作时间、休息休假、保险福利、职工培训、劳动纪律、劳动定额等涉及职工切身利益的规章制度或重大事项开展集体协商，签订工资专项集体合同，健全和完善企业工资分配共决机制、职工工资正常增长机制和支付保障机制。实行经营管理者年薪制的企业，在上级主管部门的指导下，实现收入分配"有人管、有方案、有程序、有挂钩、有考核、有监督"，促进形成规范的、符合社会主义市场经济运行规则的企业经营者收入分配制度；要通过协商完善职工基本福利项目，形成合理的企业福利制度；要切实保障职工取得合理劳动报酬的权益和休息权，严格特殊工时制的审批制度；要规范"辅助性、替代性和临时性"的劳务用工形式，积极探索和研究集体协商和集体合同的适用范围，加快覆盖劳务工的实现途径和方式，不断促进和谐劳动关系，促进企业与职工在共建中实现共享。

（3）有效实施检查和舆论监督

要充分发挥人大法律监督、政协民主监督、人力资源社会保障部门行政监督和工会劳动法律监督的作用，对集团公司推进集体协商的情况及所属企业集体协

商机制的建制情况、集体合同的签订和履行情况进行监督检查，对违法违约行为及时予以纠正和处理。要进一步创新宣传方式和宣传活动组织形式，充分运用广播、电视、报刊、互联网、企业内部的局域网、生产现场触摸屏、企业报、宣传栏、班组园地等各种传媒手段，加强推进集体协商机制建设的宣传力度，形成正确舆论导向，并通过经验交流会、成果展示会和现场观摩会等方式，及时总结推广集体协商的工作经验。

5. 推进和深化"厂务公开"

(1) 强化领导体制、责任意识和工作机制

要进一步坚持和巩固在实践中形成的厂务公开民主管理工作的领导体制和工作机制，强化企业党政和纪委、干部、人力资源、工会及其他行政部门的职责。要进一步细化三个工作制度，即细化年度工作计划及相应的监督检查制度，包括重点工作的推进、厂务公开内容的及时性、真实性和完整性、民主权利和程序履行等情况；细化厂务公开实施的方法、内容、效果及职工群众意见的评估制度；细化对企业党政领导开展厂务公开工作考核评价、责任追究制度。上级主管部门要加强调查研究和分类指导，明确总体要求和阶段目标，有效组织督促检查和经验交流，把厂务公开民主管理不断推向深入。

(2) 促进"厂务公开"向制度化、常态化方向发展

为了切实保障职工的民主权利，维护职工合法权益，促进劳动关系和谐稳定，加强权力运行监督，促进反腐倡廉建设，推动国有企业深化改革和经济平稳较快发展，必须继续深入推进厂务公开民主管理，确保权力在阳光下透明运行。要进一步梳理、充实和融合国有企业的资产监管、上市公司的市场监管、职工群众的民主监管和党组织的纪律监管的制度要求和内在联系，将厂务公开民主管理融入现代企业制度框架，借助信息管理系统等科技手段，拓展公开渠道，创新公开方式，既深化公开内容，又注意保护企业商业和技术秘密；既扩大职工知情权、参与权、监督权，又保障经营者的依法经营权和管理权，共同优化管控程序和流程，形成一个有机结合、公开到位、运作规范的风险管控体系，使经过多年实践积累下来的经验通过制度化、常态化得到巩固和发展。

(3) 在实践中不断创新"厂务公开"方法和措施

厂务公开民主管理在13年的实践中，传承了优秀传统，融合了科学管理，积累了可贵经验，成为中国特色现代国有企业制度的重要组成部分。"十二五"期间，经济发展方式转变、经济结构战略性调整和国有企业深化改革，必将涉及企业和职工方方面面的现实利益和长远利益。要继续发挥厂务公开民主管理在改革和调整中的作用，企业改制政策、改制方案、资产评估、债权债务和涉及职工切身利益的其他重大事项，必须及时向职工公开、接受职工监督；必须依法规范、全面落实职代会对企业改制方案的审议权、资产的监督权；必须将企业转改制方案中涉及职工切身利益的重大事项提交职代会审议通过。要依靠和相信职工群众，坚持和完善厂务公开制度，保证和扩大职工的知情权，增强理解互信和共建共享、同舟共济的意愿，推动劳动关系和谐、企业创建活动持续深入，确保经

济发展方式转变、经济结构调整和国有企业深化改革顺利推进。

6. 结合实际倡导职工自主管理

职工董事监事进入企业治理结构，实现决策源头参与治理，这既是国资国企改革的重要目标之一，也是现代企业制度管理的重要内容。在不断深化、优化制度管理的同时，更需要从企业实际出发，积极倡导全体职工通过自主管理❶，实现全员有效参与基础管理、专业管理和创新管理。在强调以人为本、加强社会主义基层民主、着力建设和谐社会的大环境和大背景下，倡导职工自主管理，既是职工自我实现❷的需要，也是强化职工通过民主管理参与治理的需要。

（1）共同践行企业愿景与价值理念

企业董事会、监事会和经营管理层，应当会同企业党、工、团组织，致力于学习型企业建设，把长期发展目标、企业文化、人才队伍建设、应尽的社会责任和义务等纳入到企业战略管理范畴，形成出资人、企业决策管理层和全体职工共同为之奋斗的愿景❸和价值理念。

企业共同愿景及其核心价值理念，应当经过自上而下、自下而上的广泛讨论而形成，让企业决策经营管理层了解和掌握职工对企业发展的期望和信心，让全体职工近距离地理解企业决策经营管理层的"职业期许"，让职工比较清晰地看到企业和职工自身发展的前景与空间，成为企业凝聚职工的文化核心，成为企业民主管理和职工参与治理的文化氛围和制度基础。应当采用职工群众乐于接受的方式进行宣传和弘扬，着力提升职工对企业愿景的认知度和认同感，从而促使职工自觉地把自身发展与企业命运紧密连在一起，着力构建企业效益与职工利益相协调、企业可持续发展和职工职业发展相一致的共赢格局，使共同愿景成为企业发展与职工进步的"引力"和动力。应当通过企业领导身体力行的践行，在全体职工中达成共识，在实践中不断把愿景和价值观的内涵与要求，渗透和融入到企业各项制度和管理流程，影响和引领全体职工的行为规范。

（2）完善内部组织结构及充分授权

随着"以人为本"的和谐社会发展和职工参与治理意识的增强，单纯以制度管控、职工"被"参与管理的模式将越来越不适应转型发展和创新管理。多年的国资国企改革探索实践表明，就产业集团层面而言，企业内部组织结构要适应改

---

❶ 自主管理就是指在不同程度上让职工和下属参加企业组织的决策过程及各级管理工作，让下级和职工与企业的高层管理者处于平等的地位研究和讨论企业组织中的重大问题，他们可以感到上级主管的信任，从而体验出自己的利益与组织发展密切相关而产生强烈的责任感；同时，自主管理为职工提供了一个取得别人重视的机会，从而给人一种成就感。职工因为能够参与商讨与自己有关的问题而受到激励。自主管理既对个人产生激励，又为组织目标的实现提供了保证。

❷ 亚伯拉罕·马斯洛（Abraham H. Maslow）提出了人的五大需要：生理需要、安全需要、社交（包括归属和爱）需要、自尊需要和自我实现需要，自我实现需要是最高层次的需要。

❸ "愿景"一词最早出现在中国内地官方文件，是在2005年4月29日胡锦涛与原国民党主席连战的会谈公报中，后收录于《现代汉语大辞典》第五版。企业愿景（corporate vision）有很多定义与诠释，主要内涵是：愿景是企业决策经营管理者和全体职工共同奋斗并希望达到的目标的意愿表达，包含了未来发展方向、使命和核心价值。

革发展趋势和市场变化，投资管理层次不宜过多，这有利于提高职工参与治理的组织效率、减少企业民主管理的组织成本。为了适应转型发展，企业内部组织结构要扁平化，业务流程要简化，有利于形成职工自主管理的组织基础，为企业持续发展提供组织保证和不竭动力。

授权管理是现代企业制度的重要特征，也是企业基业长青的重要手段。事实上，在竞争激烈、情况瞬息万变的市场经济环境下，经营管理者无法事无巨细、事必躬亲，只能通过合理、充分授权，实行有效的分权管理。实施合理、充分的授权和分权，有利于增强企业整体的领导力和执行力，有利于增强职工的成就感和归属感，有利于各级企业领导的培养和权力的更迭和平稳过渡。

（3）鼓励职工持续改进和创造佳绩

宝钢集团首创的"最佳实践者"❶活动，是一项弘扬职工主人翁精神、发挥职工主体作用的生动实践。宝钢认为：公司治理和经营管理的有效性在于创造最佳实践，管理者的责任在于发现最佳实践。只要职工比昨天、比同行做得好，宝钢就认同职工创造了最佳实践。最佳实践不在于职工的岗位差异，不在于职工所创造成果的大小，而在于每位职工在自己的本职岗位上都有可能成为最佳实践者。从特定角度来看，"最佳实践者"活动也是职工参与治理和经营管理的最佳实践。

开展职工自主管理活动必须从企业实际出发，坚持循序渐进、持之以恒、持续改进和考核激励相结合的原则，统筹考虑，整体规划，分阶段实施和逐步延伸，力求考核有内容、评价有标准、奖励有办法；必须明确职工个人和班组团队开展自主管理的基本内容，在企业统一目标和规范共同价值取向的前提下，注重发挥每一个职工的自主精神、创造潜能和主人翁责任感，通过文化氛围、流程引导、制度激励，鼓励职工在不同岗位上主动进行技术创新、管理创新和岗位奉献，让其在承担工作责任的同时享有与之相对应的权利，力求责权利三者相统一；必须运用物质激励和精神激励等多种方法，鼓励职工在沟通、协作、创新和竞争中，积极开展合理化建议和"五小活动"，主动追求最佳方法、最优效率和最大效益，实现企业与职工共同发展，共享发展成果。

案例：上海汽车工业（集团）总公司推行"人人成为'经营者'管理模式"

一、"经营者"管理模式产生的背景

精益生产方式，是日本丰田汽车公司在 20 世纪 70 年代面临石油危机冲击、汽车工业受到"多品种少量生产"的市场制约的严峻形势下独创的一种生产管理方式。"人人成为'经营者'"管理模式，就是上海汽车工业（集团）总公司（以下简称上汽集团）学习日本丰田汽车的精益生产方式，历经精益生产、精益管

---

❶ 宝钢集团的定义是：每一位职工在执行公司决定、履行岗位职责、完成工作任务时以最佳的精神状态、最佳的工作方法、最佳的工作业绩创造最佳实践，为企业应对危机、为社会创造财富而克服困难贡献智慧和力量。这样的实践者就是最佳实践者。

理、精益经营三个发展阶段而产生的管理创新成果。

二、"经营者"管理模式的主要特点

"人人成为'经营者'"管理模式，最早由上海三电贝洱空调压缩机有限公司（原上海易初通用机器有限公司）探索实践，至今推行已逾10年。其基本特点是：最大限度导入市场机制，最大限度量化资源有偿使用，最大限度划小经营核算单位，最大限度运用信息管理系统，最大限度实现以人为本、全员民主参与。通俗地说，就是"把市场搬进企业，让每一个职工都当家理财"，使企业经营管理活动最大限度地实现透明、公开和公正，人财物等企业资源得到了合理的配置，其权限受到了有效监督，促进了厂务公开和党风廉政建设。

三、"经营者"活动深化了职工参与

职工自愿通过企业授权进行管理经营，成为真正意义上的生产管理经营的主人。"经营者"活动把职工从生产者转变为生产者和"经营者"，从"被"参与管理转变为主动"经营"，"经营"收入与"经营"业绩直接挂钩，使传统意义上的生产班组、研发、管理团队转变为相对独立的"经营体"，成为自己命运的主人，积极性和创造性得到了充分发挥，为企业精打细算的合理化建议连续不断，降本增效持续显现，推动了企业快速稳定可持续发展，在实现企业与职工的"共建共享"的同时，也维护了职工的劳动经济权利、民主政治权利和文化发展权利。

四、"经营者"管理模式的实际效果

推进"经营者"管理模式后，原先的"班组"转变企业内部市场的"经营体"，同时也是职工践行"我当家、我经营、我共享"的有效载体。其成果有目共睹：三电贝洱每年的成本下降8％～10％，早先学习推行"经营者"管理模式的一些企业成效也十分明显。目前这个模式已在上汽集团全面推行，并在上汽所属沪外企业中成功得到复制。原先仅在生产型企业推行的这种模式，现在已开始向服务贸易型、研发型企业和团队延伸。在推进过程中，丰富和拓展了"经营者"管理模式的内涵，并得到中华人民共和国工业和信息化部的充分肯定。

五、推行"经营者"管理模式的典型事例

南京依维柯汽车有限公司变速箱分公司产品开发经营体，现有成员10人，主要负责新型变速器的开发设计，属于研发型经营体。他们确立的经营格言是：确定目标、展开调研，排查风险、制定方案，全面实施、按期实现。某款车变速器是公司2010年十大重点项目之一。由于该变速器是个全新的产品，开发过程包含自制件试制开发、采购件选点定价试制和新增设备采购等，开发周期相当长。如果按部就班，难以确保2011年3月装配样机的时间节点要求。

怎么办？经营体对其成员进行了分组分工，各项工作交叉开展。其中，自制件有18个品种，需要消化产品图纸，编制零件工艺文件，定购刀具工装，零件调试等。经营体在消化产品图纸的同时，将需要使用的刀具、夹具清单提供给制作厂家，先期确定方案进行设计。工艺人员编制完具体工艺尺寸时，刀具、夹具厂家的设计图纸已经完成，工艺人员可以进行审核会签。这样就节省了很多时间。再比如，自制件零件的锻件，需要经过采购的选点、定点、定价、评审等一系列流程，如果等工装锻件到位后，再进行工艺验证，将没有时间重新试制样件。为此，他们采取先临时采购自由锻零件，用于验证刀具、夹具及工艺，这样就赢得了时间，规避了风险，使自制件顺利按节点完成。

经过经营体 10 个人的团结合作，通过节点控制及风险控制，使该变速器开发项目进展顺利，为后期顺利配套整车、打开新的市场奠定了良好的基础。去年，该经营体先后在内部又成立了 5 个小项目经营体，全面展开新品研发。经过大家的共同努力，4 个新产品项目基本完成，各小项目经营体也获得了很好的收益，人均收入比 2009 年平均提高了 20%。

参考文献

[1] 高明华. 公司治理学 [M]. 北京：中国经济出版社，2009.

[2] 上海市国资委，上海市经济管理干部学院. 公司董事会建设的理论与实践——董事培训教程 [M]. 上海：上海人民出版社，2010.

[3] 茆荣华. 构筑和谐劳动关系——上海职工权益维护的理论与实践 [M]. 上海：华东师范大学出版社，2010.

[4] 上海市总工会民主管理部. 坚持在服务大局中推进和深化厂务公开民主管理——上海厂务公开民主管理工作十年巡礼. 2010 年 7 月.

[5] 上海市职工代表大会条例. 2010 年 12 月.

[6] 周超. 职工参与制度法律问题研究 [M]. 北京：中国社会科学出版社，2006.

[7] 刘俊海. 公司的社会责任 [M]. 北京：法律出版社，1999.

[8] Rudolf Traub-Merz，张俊华. 劳动关系比较研究（中国-韩国-德国/欧洲）[M]. 北京：中国社会科学出版社，2010.

[9] Kochan T A 等. 美国产业关系的转型 [M]. 朱飞等译. 北京：中国劳动与社会保障出版社，2008.

[10] 冷溶. 科学发展观与构建社会主义和谐社会 [M]. 北京：社会科学文献出版社，2007.

[11] 吴敬琏. 当代中国经济改革：战略与实施 [M]. 上海：上海远东出版社，1999.

[12] 詹婧. 企业民主参与动力研究——基于劳资双赢的经济学视角 [M]. 北京：首都经济贸易大学出版社，2010.

[13] 郭占红. 职工参与公司治理法律制度研究 [M]. 北京：中国社会科学出版社，2009.

[14] 刘长庚. 联合产权制度及企业内部治理结构研究 [M]. 北京：人民出版社，2007.

[15]《〈中共中央关于制定国民经济和社会发展第十二个五年规划的建议〉辅导读本》编写组.《中共中央关于制定国民经济和社会发展第十二个五年规划的建议》辅导读本 [M]. 北京：人民出版社，2010.

[16] 杲占强. 企业愿景是一种伟大的力量 [J]. 当代经理人，2006（10）：107.

[17] 张丽霞. 浅谈企业如何建立共同愿景 [J]. 探索与求是，2003（23）：67.

[18] 单修霞. 浅谈企业工会组织如何在促进个人愿景与企业愿景实现和谐统一中发挥作用 [EB/OL].［2010-10-14］. http://www.cnhubei.com/200705/ca1349956.htm.

[19] 裴中阳. 使命与愿景——企业历久不衰的真谛 [J]. 现代企业文化：综合版，2010（1）：66-70.

[20] 宋敬. 伟大的企业离不开"愿景" [J]. 企业文化与管理，2005（9）：50.

[21] 张慧玲. 愿景，企业利润之上的追求 [J]. 中外企业文化，2004（10）：43-45.

优化治理机制
——构建国有企业可持续发展的内生动力

■ 优化治理机制，可以有效确保治理机构按照制度规范的程序运行，提高整体治理效率和降低治理成本，促进国企发展战略的实施。

■ 治理机制的核心内容是形成企业发展的动力和活力。在经济形势、社会环境和企业内部之间形成以内生动力和市场动力相结合的动力系统，利益相关各方在发展理念的指引下各尽其力，为国有企业的可持续发展提供机制的保障。

■ 基于科学的绩效评价、激励和约束机制，是激发经营者和利益各方的积极性与创造性的关键环节。治理机制的创新和优化，为国有企业提供了可持续发展的不竭动力。

一、治理机制：提高治理效率和保障资本收益的制度安排

（一）国有企业治理机制概述——制度、体制和机制

1. 制度、体制和机制的基本概念

按照《现代汉语词典》中的词义，"体制"指的是国家机关、企业、事业单位等的组织制度，如学校体制、领导体制、政治体制等。"机制"指的是有机体的构造、功能和相互关系，泛指一个工作系统的组织或部分之间相互作用的过程和方式，如市场机制、竞争机制、用人机制等。体制和机制两个词的中心语和使用范围不一样，"体制"指的是有关组织形式的制度，限于上下之间有层级关系的国家机关、企事业单位；"机制"由有机体喻指一般事物，重在事物内部各部分的机理即相互关系。

从宏观层面来看，"制度"通常指向社会制度，是指建立在一定的社会生产力发展水平基础上，反映该社会的价值判断和价值取向，由行为主体（国家或国家机关）所建立的、调整各个主体间以及相互社会关系的、具有形式性和强制性兼具的规范体系。按照制度的性质和范围，总体上可分为根本制度、基本制度与具体规章制度三个基本层次。根本制度是与特定社会生产力发展阶段相适应的经济基础和上层建筑的统一体，如政治、经济、文化制度等。基本制度包括社会的具体组织机构，如外交、金融、税收、政党、军事、司法、教育、科技、保障制度等。具体规章制度是各类社会组织和工作部门规定的行为模式与办事规则，如公务员考试制度、学位管理制度、劳动工资制度等。

广义上讲，体制和机制都从属于制度的范畴，既相互区别，又密不可分。一方面，靠制度制约体制与机制，另一方面，体制与机制又对制度的巩固与发展，

起着积极的促进作用。体制和机制之间，在制度的框架下，起到各自定义内应有的作用。具体来说，体制是制度形之于外的具体表现和实施形式，制度决定体制内容并由体制表现出来，体制的形成和发展要受制度的制约。一种制度可以通过不同的体制表现出来。例如，社会主义经济制度既可以采取计划经济体制的做法，也可以采取市场经济体制的做法。中国特色社会主义市场经济体制从以上定义出发，应当是属于中国根本制度中的经济制度，是中国经济制度的重要内核。在一定条件下和一定范围内，基本制度、具体规章制度和体制可以互相转化。

2. 机制和治理机制——国企建立治理制度的视角

机制有多重含义，例如用机器制造的；机器的构造和工作原理；有机体的构造、功能和相互关系；也可以泛指一个复杂的工作系统和某些自然现象的物理、化学规律等。与人们常说的机制相近的含义是指做事情的方式、方法。但又不等同于这个意思。简单地说，机制就是制度化了的方法。机制是从属于制度的。机制通过制度系统内部组成要素按照一定方式的相互作用实现其特定的功能。机制和运行规则都是人为设定的，具有强烈的社会性，如竞争机制、市场机制、激励机制等。

成思危认为制度实际上包括了体制和机制。体制讲的是结构，机制讲的是程序，比如上市公司的董事会需要有三名独立董事，三位独立董事是怎么产生的，条件是什么？职责是什么？他辞职有什么规定？这都是程序。"如果我们只讲结构不讲程序，实际上制度是不完善的。"再深入地来看，首先，机制本身含有制度的因素，并且要求所有相关人员遵守。例如监督机制，不仅指人人必须遵守的制度，而且应该包括各种监督的手段和方法。第二，机制是经过实践检验有效的方式方法，并进行一定的加工，使之系统化、理论化，这样才能有效地指导实践。第三，机制一般是依靠多种方式、方法来起作用的。例如，建立起各种工作机制的同时，还应有相应的激励机制、动力机制和监督机制来保证工作的落实、推动、纠错、评价等。

从国有企业建立治理制度的实践来看，制度、体制、机制这三个名词不仅是三个有所区别的名词，而且是分析国有企业治理问题的三个维度，这三个名词共同构建了国企公司治理的分析框架。

① 制度。制度以外部环境为主题，主要涉及企业的各个利益相关者从外部影响国有企业的途径和方式，受到整个国家乃至世界的外部环境变化的影响，国家在政治、经济、文化、法律各方面的制度对于国有企业都有深刻的影响，发挥作用的方式主要通过制度成本和制度收益的平衡来实现。

② 体制。体制以产权为主题，以治理结构为主要内容，以组织体系为载体，解决的是企业的利益格局问题。具体内容包括：企业组织架构，股东会、董事会、监事会、总经理层的议事规则，管控模式等。发挥作用的方式主要是通过职责安排来实现。

③ 机制。机制以营运为主题，以激励（约束）机制为主要内容，解决的是

企业的动力和活力问题。企业运行机制以经营为主题，以激励（约束）机制为主要内容，以各利益相关者（部门、岗位）相互作用的方式为载体，解决的是企业的动力和活力问题。具体内容包括工作机制、激励机制、约束机制等。工作机制包括沟通机制、指挥机制、流转机制。激励机制包括利益机制、成长机制。约束机制包括制衡机制、监控机制、考评与奖惩机制、问责制等。发挥作用的方式包括沟通、协调和平衡。

国有企业加强治理建设的实践也证明，好的制度，确保战略执行到位；好的体制，确保好的战略决策；好的机制，确保好的战略执行。三者有机互动，促进企业良性经营、可持续发展。从以上分析可见，国有企业法人治理是对企业进行管理和控制的一种制度安排，是一种在合作与博弈中逐步形成的，用于制衡和协调企业股东及各种利益相关者之间的权利。企业治理的核心就是出资人如何分配和行使对企业的控制权，具体到企业经营管理层面，就是如何规范地建立法人治理结构，如何选拔、考核、评价、监督董事会、监事会和经理层，如何针对这些治理主体的治理功能，设计和实施有效的治理机制，建立完整动力、激励和约束机制。尤其重要的是，如何通过优化治理机制，探索企业获得可持续发展的动力和活力。建立治理机制并不是企业的终极目标，而是为了通过科学的绩效评价、激励约束措施，为企业可持续发展提供动力和制度保障。

（二）优化治理机制：提高治理效率和降低治理成本

1. 治理机制的主要内容及其功能

在各国长期的公司治理实践中，治理制度不断完善，并形成了一套相互联系的公司治理机制体系。根据公司治理机制的功能划分，主要有以下几种治理机制。

（1）决策运行机制

从法律意义上讲，股东除了自己行使的权利外，几乎把管理公司的主要权利都赋予了董事会，国有独资公司的出资者甚至可以将部分股东会的权利授予董事会。因此，董事会是国企的决策中心。国企董事会要将公司日常经营管理权委托给经理层，而更关注战略性、中长期的、全局性的重大问题。委托代理关系的一个基本问题是要求提高效率。从国企治理收益与治理成本对比的角度来看，无论是治理体系的构建还是治理机制的运行，都需要花费成本，也应该取得收益，可以称之为治理收益。治理成本是指在一定的公司治理体系下发生的与公司决策运行活动有关的所有成本，包括代理成本、激励成本、决策成本和治理体系的维护成本。决策成本包括开会讨论、董事会讨价还价等发生的成本，维护成本指维持公司决策机制运行所发生的支出。从成本与收益的角度，可以认为最优的国有企业治理效率是以最小的决策运行成本取得最大的治理收益。

国有企业的决策运行机制就是要强化董事会的科学决策功能，不是简单地将管理权力和代理股东职责的权利交给董事会，而是在科学决策的基础上，优化董事会科学决策的能力，降低代理成本，公司治理效率水平在科学决策的基础上得到深化；将国企治理中的科学决策程序优化，减少不利的内外部因素的干扰，形成各治理主体共同科学决策的合力。

（2）监督制衡机制

监督制衡机制是国有资产所有者对国企经营管理者的经营决策行为、结果进行有效控制的制度。国企公司治理的监督机制包括内部监督机制与外部监督机制。其中，内部监督机制是指股东大会、董事会、监事会等监督机制；外部监督机制指媒体、中介机构等的监督机制。国有企业的内部监督机制主要表现在两个方面：一方面是股东（股东大会）、董事会对经理人员的纵向监督；另一方面是监事会、外部董事对董事会、经理人员的横向监督。为加强国有企业董事会的独立性，维护股东的利益，越来越多的国有企业开始在董事会中设立外部董事制度。监事会是公司内部的专职监督机构，对股东（大）会负责，监督董事和经理的公司职务行为，检查公司财务，一旦发现违反公司章程或其他损害公司利益的行为，可随时行使提请纠正、督促改进等监督权。

（3）绩效评价机制

绩效评价的目的就是促进国企公司实现治理目标，绩效评价是评价主体运用数理统计和运筹学方法，采用特定的指标体系，按照一定的评价标准和程序对董事、监事和高级管理人员的业绩分别做出客观、公正和准确的价值判断的过程。因此业绩评价系统包括评价主体、评价客体、评价目标、评价指标、评价标准和标准报告等六个部分。评价指标是对评价客体实施评价的重要依据，评价标准是评价的参照系数，业绩评价报告就是业绩评价价值判断的结果。在国企所有者与经营者的委托代理链条中，由于所有者与经营者不相一致的效用函数，使得委托代理双方的目标在不同程度上产生了差异，甚至是完全相反，从而就出现了代理者的道德风险问题。为降低代理成本，对经营者的经营成果进行评价就成为必然。

（4）激励约束机制

"无激励即无动力；无约束即无刹车。"激励约束机制实质上是委托人如何设计一套有效的方法、措施，以引导代理人自觉地采取适当的行为，实现委托人的效用最大化。从整个企业的范畴来看，包括国有企业在内，激励约束机制包括报酬激励、剩余索取权和剩余控制权激励和声誉激励。报酬激励是给予经营者的最基本的激励措施，它包括固定薪金、奖金、股票期权等；剩余索取权激励是给予经营者和劳动者分享企业剩余收益的激励措施，对剩余控制权的分享也是激励经营者和员工的有效机制。剩余控制权除了表现为剩余决策权外，还表现为经营者具有的职位特权；声誉激励是指为经营者提供较高的社会地位以及获得社会赞誉、同行好评的机会。必须指出的是，国企公司治理过程中的激励对象包括所有董事、监事、经理和员工等，应注意当期与长期的结合、物质激励和精神激励相结合、激励和约束相对应，坚持正向激励为主，目标导向为主。

（5）外部接管机制

按照市场竞争的规律，如果国企公司经理人员利用职权为自己谋取私利，造成公司经营业绩不佳，就有可能被其他公司或利益相关方收购（收购方的所有制身份一般而言不会成为重要的影响因素），导致控制权易手，这就是外部接管机制。外部接管机制对于各种所有制企业的管理层都有着巨大的潜在约束力。外部接管机制对公司治理的作用主要表现在两个方面：一方面，由于资本市场的激烈竞争，任何公司若经营不好都有被收购的危险，公司的经理人员有"下岗"的职业风险。为了维护自己的利益，公司经理人员会较好地维护广大股东的利益。另一方面，外部接管机制的启动运作，可以通过替换不称职的经理人员，并对被收购的公司进行重组，从而使公司业绩得到改善。外部接管机制的存在，会在很大程度上约束经理人员的行为目标，使之不与公司价值最大化目标发生明显偏离。这种治理机制被认为是保护广大股东利益、约束管理层不当行为的一种有效的公司治理办法。对于国企公司治理机制而言，外部接管机制类似于悬在国企各类治理主体头上的"达摩克利斯之剑"，从外部角度促使各类治理主体为了国企的发展恪尽职守、尽心尽力。外部接管机制的有效发挥，在于针对现有国资监管体系的革新，在于政府作为国有资产所有者的实际代理人的长远眼光，在于合理利用现有的资本市场和产权市场，将外部接管机制的制度建设和机制建设落到实处。

（6）代理权竞争机制

在现代公司中实际上存在着股东与董事会、董事会与经理层的双重委托代理关系。代理权争夺发生在第一重委托代理关系之间，股东大会将决定是谁取得第一重代理资格，即代理权。获得了代理权就意味着控制了董事会，从而就掌握了对公司经营者的聘用权。由于小股东的实力有限，代理权争夺一般在持有一定数量的股份、具有一定影响力的大股东之间进行。在代理权争夺过程中，参与争夺的各方为了征集到足够的委托投票权，他们都必须提出有利于中小股东利益的政策，这样，广大中小股东的监督约束权力可以通过代理权竞争机制深入到上市公司内部，能够在一定程度上迫使管理者采取有利于股东利益最大化的经营政策和投资计划。同样，针对那些股权多元化的国企而言，代理权竞争机制的有效运行，也可以成为国企公司治理机制的重要推动力，成为国企利益相关者参与国企公司治理的有效途径和平台，促进国企代理权链条体系的明确和细分，促进国企各个治理主体在利益边界的明确划分，有利于治理效率的提升。

另外，还有股东财产取得机制、债权人参与治理机制等，与上述各项机制共同构成公司权力运行和利益调整的运行程序。

2. 治理机制是协调相关方利益关系的程序规范

良好的公司治理，可解决公司各方利益分配和协调问题，决定公司能否保持治理效率、是否具有竞争力，起到决定性的作用。现代企业内部一般都存在着三类基本的利益主体，即所有者、经营管理者和劳动者。它们都通过治理制度实现各自的利益要求和利益诉求的途径和程序。其中，所有者是企业财产利益的代表者，其经济利益的实现和增进表现为企业资产的增值和资产收益的增加；经营管理者是以自己的专业知识、管理能力和信誉服务于企业，其利益除了货币收入外，还包含非货币收入，如因企业规模扩大和利润率提高所带来的地位、声誉的提高；劳动者的利益则主要体现在货币收入及其他福利待遇上。

治理机制就是协调、完善各方主体利益关系的程序。治理机制主要包括三方面的内容。一是对市场的决策应变能力。产品随市场的变化而变化，销售随市场的变化而变化，服务随市场的变化而变化，决策也随市场的变化而变化。二是内在的发展动力。加快企业的发展、可持续的发展，有一种自在的、主动的、不懈的活力。三是调动人的积极性的机制。绩效评价机制、激励机制、用工和分配机制、奖惩和约束机制都有利于调动人的积极性，奖勤罚懒，优胜劣汰。

协调各方主体利益关系的目标是通过调动各方面的积极性和创造性，保持企业发展的内驱动力。企业发展动力也是国有企业治理的目标之一，绩效评价、激励和约束机制都要围绕完善和提高国有企业的发展目标来实现。发展动力又为后者提供了很好的内在引领性目标和约束性指标。可持续发展作为国有企业治理机制的终极目标，为绩效评价机制和激励、约束机制提供了持续改进的能量，也是衡量这两类机制是否完善和有效的指标。发展动力体系的构建和完善需要相应的运行规则，运行规则受到企业所在内外部环境以及内部动力承载各主体的影响，运行规则的核心在于破除束缚和阻碍动力机制内生和外生变量的各种因素，通过与考核评价机制和激励约束机制的有机结合，促成发展动力机制在规则下的有序运作。激励约束机制与绩效评价机制是互为因果的关系，并因此构成协调各方利益关系，促进企业发展的动力因素。

科学的绩效评价机制是国有企业经营者和职工行为结果的认定程序，包括产权代表在内，为国有资产监督管理者提供经营管理者良好行为的预期，是激励和约束机制的依据，是为企业发展做贡献的实证论据。考核评价机制的运行规则针对不同主体考核评价，细分股权结构企业的评价，划分清楚政府机构与企业治理机构之间的评价和薪酬权利的边界。

完善的激励约束机制是利益分配的规范程序，也是直接作用于人力资源的最有效的工具。尤其是在现阶段国有企业委托代理链冗长而低效的情况下，激励约束机制的优化能够比较好地解决国企常见的"代理人模糊"、"所有者缺位"、"内部人控制"等问题。激励约束机制的运行规则在于认识到激励和约束是"硬币的两面"，从激励和约束的角度来看都是激发企业人力资源个人内在的动机和潜能，实现股东价值的最大化。从中国国企现有的生存环境来看，激励约束机制受到外部环境的影响较大，既有普通民众对国企角色定位不清，内部运行机制不透明导致的负面情绪的影响，也有政府在国有企业治理过程中由于自身立场和利益关联性等问题导致对国企的激励约束"进退失据"的影响，另外，还受到中国传统文化以及现有经济社会发展水平的影响。激励约束是企业治理机制的最重要的一环，对于国企激励约束涉及到的个体而言，"经济人"假设这一前提必须在激励约束中得到深刻的体现，"契约精神"在激励约束的过程中应当得到严格的遵守。激励和约束不是目的，通过制度的安排充分调动个人的动机，进而影响期望行为的发生、经营绩效的持续改进才是根本。

3. 治理机制设计："整体制度目标"、"帕累托最优"和降低治理成本

在国企公司建立治理制度的实践中，股东会（出资人机构）、董事会、监事

会和经理，以及员工等各方治理主体相互影响、相互制约，共同构成国企公司治理体系。在整个体系的框架范围内，各个治理主体参与通过公司治理机制在各个层面发挥着自己的作用。公司治理机制的影响相比各个治理主体而言是整体性的，同时也是受到内外部环境的影响而动态变化。所以，分设的各个治理机构明确职责，各司其职的内在联系和协调运行，取决于治理机制的优化设计和有效运行。

制度经济学家加尔布雷思提出了"整体制度目标"的概念，他把整体制度目标分为经济价值目标和文化价值目标，而社会追求的公共目标就是经济价值和文化价值综合起来的"生活质量"。这一时期制度学派提出了价值判断标准。应当说，整体大于个体的简单加总，这无论在哲学上、逻辑上还是事实上，都是成立的。更重要的事实是"个体加总"总是构成"整体"的主体部分。一般地讲，个体的特征是整体特征的集中反映，个体的性质决定了整体性质的主要方面或基本方面。"整体制度目标"正是设计治理机制的出发点。

治理机制的设计在既定的法律、经济和市场环境条件下，通过合理的组合与配置，决定着治理效率的关键。对国企公司治理效率的研究可以从治理机制的组合状况、治理收益与治理成本的比较加以分析。如果把国企追求的治理目标（企业最大化）看成是一种效用目标，则国企公司治理体系的效用可以表示成各种具体治理机制的函数。然而，国企公司治理体系的效用并不是体系中各种治理机制的简单相加，在不同的法律、经济和市场环境条件下，尤其在当前的社会经济发展阶段、国资国企深化改革的背景下，各种国企治理机制要素发挥的作用和贡献度是不一样的，有些治理机制之间还存在着相互冲突。这就意味着一个国企公司治理体系并不是包含的治理机制越多越好，而是要根据实际情况加以选择，制度经济学中"帕累托最优"就是机制设计和选择的理论依据。"帕累托最优"是一种表示资源配置效率的概念，表示资源分配的一种理想状态，即假定固有的一群人和可分配的资源，从一种分配状态到另一种状态的变化中，在没有使任何人境况变坏的前提下，也不可能再使某些人的处境变好。换句话说，就是不可能再改善某些人的境况，而不使任何其他人受损。

"整体制度目标"和"帕累托最优"正是治理机制优化的重要理论依据。如果在一个国企公司治理体系中，不能通过改变各种治理机制要素的组合，使得至少一个利益相关主体的效用水平有所提高，同时又保证其他利益相关主体的效用水平不会下降，那么就可以称这个公司治理体系具有了帕累托治理效率，设计和优化治理机制的目的，就是要使国企治理状态达到整体效率最高和内部实现"帕累托最优"，进而提高国有企业治理水平，提升国有经济的控制力、影响力和活力。

二、发展动力：回顾、比较和治理机制优化的潜力

（一）国有企业发展动力体系和构成要素

1. 国有企业的发展动力和制度效应

一般认为，企业发展的动力主要来自外部市场的压力和内部的驱动力。在市

场经济的竞争环境下，企业发展的外部压力来自于企业经营环境外部，对企业发展产生外部动力的诸因素，主要包括技术力量、市场需求、市场竞争和政府的推动作用等；而企业发展的内部动力则存在于企业内部，是企业参与市场竞争和进行自我发展的内在需要，企业发展的根本目的是实现资本收益的最大化，主要包括出资人利益驱动、公司治理导向、企业家创新精神和创新文化（见图 8-1）。在传统经济体制下，我国行政主导资源要素配置的模式形成了"体制性懒惰"，不少国企能依靠体制内资源的配置甚至是垄断利润得以"舒适地"生存和发展，驱动发展的外部市场压力严重不足。

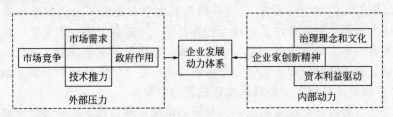

图 8-1　企业发展动力结构与动力要素

现代企业制度的建立，尤其是公司制和股份制的确立，为国有企业生产要素的进一步解放开辟了道路。现代企业制度需要规范的公司法人治理结构，股东（大）会、董事会、监事会和经理层各司其职，根据分权制衡的原则相互配合、相互制约。在公司制改革背景下，政府对国有资产的管理转变为国家作为出资人寻求国有股权的保值增值，国家是企业"出资人"，强调国家对国有企业的权利行使要在《公司法》规定的股东法定权利和公司章程规定的股东或股东大会权利范围内进行，这在制度设计层面最大限度地降低了行政权对所有权的侵害，从而有效避免了由于政企不分导致的资本配置效率低下。将国有资本中的核心资产从原企业中剥离出来，进行重组、首发和上市，以吸引民间投资资本和战略投资者；而将非核心资产、不良债权、富余人员等其他历史负担保留在原有企业中，以保证新设立的企业在账面上有良好的财务业绩和上市的可能性。同时在股权多元化趋势的推动下，公司法人治理结构内生于现代企业制度，为进一步发挥资本配置效率提供制度保障。

纵向来看，国有企业现代企业制度的建立，使得 1993 年之后的国企改革更加崇尚务实且更加尊重经济发展的客观规律。通过公司制改革，部分国有企业不仅走出经营困境，而且获得了发展的强劲动力，日益成为经济社会中提高生产率和盈利能力的市场主力，1998 年以后企业利润大幅提升（参见图 8-2）。全国国有工商企业实现利润从 1997 年的 800 亿元增长到 2007 年的 1.2 万亿元，增长了14 倍；其中中央企业实现利润 7681.5 亿元，上缴税金 6822.5 亿元。2006 年，中央企业销售收入超过千亿元的就有 21 家，利润超过百亿元的有 13 家。在当年公布的中国企业 500 强排行榜名单中，国有及国有控股企业共 349 户，占69.8%；实现年营业收入 14.9 万亿元，占 500 强企业收入的 85.2%。2007 年，《财富》全球 500 强中，中国有 30 家，其中内地企业 22 家（比上年增加 3 家），全部为国有控股企业[1]。以上充分说明了国有企业在公司制，特别是股份制改革以后，获得了丰厚的"制度红利"。

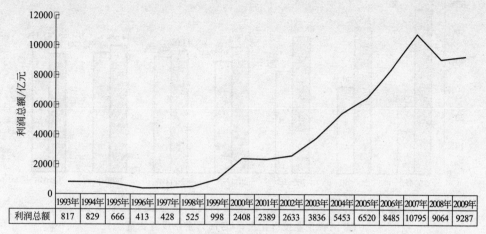

	1993年	1994年	1995年	1996年	1997年	1998年	1999年	2000年	2001年	2002年	2003年	2004年	2005年	2006年	2007年	2008年	2009年
利润总额	817	829	666	413	428	525	998	2408	2389	2633	3836	5453	6520	8485	10795	9064	9287

图 8-2　国有及国有控股工业企业利润总额

1997 年（含）以前的是国有独立核算工业企业；数据来源于《中国统计年鉴》1998 年、2010 年

从国有企业发展的动力因素来看，以投资收益的资本利益驱动为主的内部动力因素显著增强，从 2004 年到 2010 年中国国有企业投资强度来看，虽然 8 年来投资强度逐年有所下降，仍然维持在 40% 以上，但是，和民营企业逐年上升趋势相比，特别是 2010 年已经超出国有企业达到 45.1%，显示了民营企业强劲的发展势头。

2. 横向比较：国企发展动力及优化治理机制的潜力

在我国多元经济成分共同发展的潮流中，呈现了"百舸争流"的竞争态势，尤其是民营企业和外资企业，发展的动力机制强劲，发展速度和效率都有上乘的表现。国有企业作为国有经济的主力军，承继了传统的发展优势，嫁接了现代企业制度的优势。从纵向相比，虽然已经取得了长足的发展，但是横向比较，无论在发展速度、动力机制和资本效率等方面，都显现仍然具有进一步挖掘的潜力。

首先，看不同所有制成分企业的投资规模和比重：在 2004 年以后，国有企业投资比重的下降和民营企业投资比重的上升[2]；2010 年的民营企业投资比重则历史性地超越国有企业（见图 8-3）。

其次，看不同所有制成分企业的工业增加值增速比较，表现了各方市场竞争主体在发展动力、经济增长的质和速度上的不同。图 8-4 表明私营企业的工业增加值增速远高于国有及国有控股企业，运用 2005～2010 年季度统计数据计算发

[1] 张卓元 . 30 年国有企业改革的回顾与展望 [J] . 企业文明，2008（1）：6.

[2] 值得注意的是，2009 年理论界和金融界出现的"国进民退"观点与图 8-3 中 2009 年国有企业投资比重重新上升密切相关，这实际上是政府为应对金融危机而采取的应急措施，并不会改变"国退民进"的趋势。李迅雷和汪进（2010）把国有投资比重再次上涨的原因归结为 4 万亿救市计划，随着政府政策刺激效应的减弱，国有企业投资比重在 2010 年仍将持续下降。

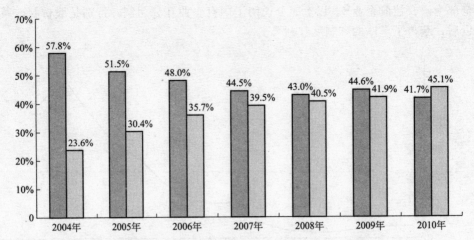

图 8-3   2004～2010 年国有企业和民营企业投资比重变化

■ 国有企业投资比重；■ 民营企业投资比重

资料来源：李迅雷，汪进．国退民进步入时间窗口．国泰君安通讯，

2010（4）：3-7；2009 年和 2010 年民营企业投资占比为估计数据

现，按工业增加值增速由高到低排序的不同性质企业依次为私营企业、股份制企业、股份合作企业、国有及国有控股企业、集体企业，平均增速分别是 21.7%、16.2%、13.8%、10.8%和 10.3%。

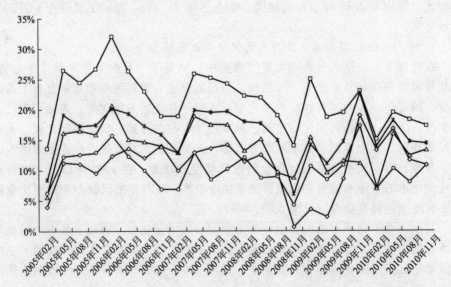

图 8-4   2005～2010 年不同性质企业工业增加值增速比较（季度数据）

—◇— 国有及国有控股企业；—□— 私营企业；—○— 集体企业；—△— 股份合作企业；—※— 股份制企业

数据来源：国研网宏观经济数据库

第三，再看资本利用效率和投资报酬的情况：1998 年以来私营企业的资金利税率和利润率均高于国有及国有控股企业，特别是 2007 年以后两者之间的差

距呈现进一步扩大（见图 8-5）。

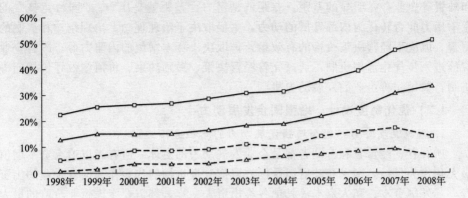

图 8-5　1998～2008 年民营和国有工业企业资金利税率和资金利润率的比较

—□— 私营企业资金利税率；　—△— 私营企业资金利润率；

‑‑□‑‑ 国有及国有控股企业资金利税率；‑‑△‑‑ 国有及国有控股企业资金利润率

数据来源：2010 年《中国统计年鉴》

　　第四，还可以和外资企业的发展情况做横向的比较。外商投资和港澳投资企业和国有及国有控股企业在工业经济效益上的比较表明，1998 年以来外商投资和港澳投资企业的资金利税率、利润率均高于国有及国有控股企业（见图 8-6）。如果再把民营资本的资金利税率和资金利润率纳入比较的范围，那么可以得到一组与所有制有关的反映资本效益的序列，即民营资本的效益略高于国外资本（2003～2004 年度两者相当接近），而国外资本的效益又高于国有资本。但是需要指出，国有资本效益低不等价于国有资本的重要程度低，在一些非盈利性行业，国有资本仍然负有承担国计民生的重要职能。

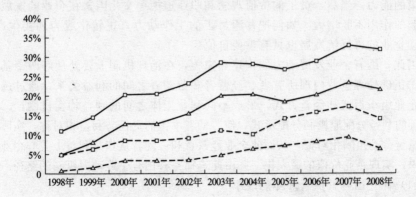

图 8-6　1998～2008 年外资和内资（国有）

工业企业资金利税率和资金利润率的比较

—□— 外商投资和港澳投资企业资金利税率；　—△— 外商投资和港澳投资企业资金利润率；

‑‑□‑‑ 国有及国有控股企业资金利税率；‑‑△‑‑ 国有及国有控股企业资金利润率

数据来源：2010 年《中国统计年鉴》

以上横向比较的结论就是，在同样的社会经济环境下，国有企业相比于民营和外资等企业存在明显的差距。差距就是潜力，差距就是压力。"同台竞技"的竞争压力能否转化为内部发展的动力，主要取决于治理理念、治理结构和机制的完善，取决于经营决策机构的有效运营，取决于资本增值的内驱力等。国有企业应该进一步优化治理机制，通过完善经营决策、激励约束、价值绩效评价导向等机制，关键完善企业的发展动力机制。

（二）优化制度设计，增强国企发展动力

1. 深挖制度潜力：国企增强发展动力的路径选择

所有者、经营者和劳动者都是企业发展动力的主体。所有者以追求资本增值最大化作为目标。国家和政府以及国有资产管理机构的代表作为国有企业的出资者，与外国资本、私人资本等其他各类出资人一样，都需要实现企业价值的最大化。然而，国有企业还承担着更多的特殊社会责任及义务。所以，国家和政府作为国有企业的出资人，迫切要求企业能够实现利润最大化的生产经营目标，从而在实现资产保值增值的前提下完成社会目标。经营管理者的人力资本是创造企业价值的主要源泉，在市场经济条件下，经营管理者作为股东的代理人，通过企业制度激励和约束职工，使其产生能动力。可见，经营管理者是影响企业绩效的关键因素。企业经营管理者所构建起来的人力资本，不仅会成为企业具备主动性的生产要素，而且还会对企业产出的增长形成越来越重要的促进作用；企业员工是实现企业目标与价值的基础力量，劳动者是生产力基础各要素中最为积极和活跃的因素。普通员工执行的是企业的具体生产经营战略，进行的是日常产品生产、流通及营销等工作，其具备的科学文化素质、职业素养、对工作的热情及创造性发挥，是企业实现发展的重大因素之一。随着科学文化因素在国有企业发展中的作用日趋显现，企业员工智力因素的高低，决定了他们在企业现实生产中执行企业决策的能力。当然，员工的价值观念和职业道德等文化因素在企业的发展进程中所起的作用不断增大。如何把普通员工的工作动力真正转化成为现实生产力，对推动企业的可持续发展也具有重要价值。

因此，国有企业发展动力的构建和完善，在治理机制上要处理好两个基本环节：①正确处理企业内部所有者、经营者和劳动者之间的利益关系，通过选择适当的企业组织形式和经营方式，形成不同利益主体之间的利益均衡机制；②要选择合理的利益分配原则和分配形式，使劳动者承担的责任与利益相对称，实际劳动投入量与劳动报酬相对称，从而使企业经营者和劳动者从切身利益上关心企业的经营成果，实现企业价值的最大化。并由此选择完善国有企业动力机制的路径。

（1）深化国有资产管理体制改革

国有企业与所有企业一样，同是市场竞争性主体，都要遵循价值规律和优胜劣汰规律。为有效激发国有企业的动力与活力，要加快实施国有资产管理体制改革，克服国有资产管理体制中产权主体代表模糊、责任不落实的问题。国有产权的法定机构有效代表国家和政府履行纯粹的出资人的职责，并享受企业股东相应的各项权益，董事会应当真正由资产人格化的代表出任，以资本的市场价值导向

企业的发展，解决国有企业发展原动力缺失问题，更好地调动企业经营管理者的积极性与主动性。

（2）加大经营管理者制度改革力度

准确定位国有企业经营管理者的地位与作用，结合企业实际，精心设计富有成效的激励约束机制，解决经营管理者的动力问题。在取消国有企业经营管理者行政级别的基础上，建立起职业经理人与企业家市场，设计完善的激励约束机制，实现将经营管理者的收益和其业绩相互挂钩，对不同类型的国有企业采取各不相同的激励制度。同时，还应重视经营管理者的精神激励与约束，要形成物质激励与精神激励共同协调发展的国有企业经营管理激励与约束机制。

（3）培育先进的企业文化和共同发展的价值观

先进的企业文化是国有企业的旗帜，指引着前进与发展的方向。加强对员工社会责任感、理想信念等方面的教育，并以共同发展的理念统一核心价值观，可以提升全体员工的自信心与自豪感，并激发出国有企业更为持久的发展动力和创造力。

2. 制度建设和创新：国企发展动力的环境条件

国有企业的发展动力除了明确所有者的发展动力，以及提高各类主体的发展驱动力之外，内外部的环境因素也是必须要考虑的。各类环境因素的主导是追求利益最大化的主体，从中国国企的社会属性而言，政府、社会民众、职工是内外部环境的主体，尤其在中国特色社会主义市场经济体制中，国有企业时常会感受到企业内外部因素的牵绊，这是中国国企社会化性质的体现，也是政府主导型经济发展模式在企业微观层面的表现形式。

按照新制度经济学的理论，制度创新能够提供强大的发展动力，促进制度内外相关主体的发展，制度创新的动力又在于利益集团的驱动。国企发展动力环境问题的根本在于如何通过国企所处环境的制度创新和治理机制的优化，提供国企发展的动力。

政府作为能够全面影响国企发展动力的环境因素，其与国企的关系应当有所改进，改进的结果将进一步从环境因素的角度为国企发展提供动力。徐传谌（2009）指出，中国国有资本制度创新的动因应当适用创新的成本收益分析，只有在收益大于成本时，创新才有动力；并且，推动我国国有资本制度创新的相关行动集团是制度创新的首倡者，其创新的目的也是为了增加收益。国有资本制度创新第一行动集团往往是来自各个基层的国有企业与国有资产管理部门，而制度创新的推广则由政府倡导完成。徐传谌（2009）还指出，国有资本运营制度创新的动力在于利益集团的驱动，更深层次原因在于政府与各层次行动集团的成本收益比较，只有进行制度创新的收益大于成本，才会对行动集团产生激励，政府才会推动制度创新的实现，这也是一切制度创新的动力基础。

由此可以看出，国企要想优化外部环境因素，提升自己的发展动力，应当从制度经济学的角度加以分析，政府作为典型性因素与国企的关系调整，可以被看作是一种国企协调其他环境因素的范本。国企要想从外部环境获得发展动力，必须进行制度层面的创新和治理机制的优化，只有进行制度创新的收益大于成本，才会对诸如政府（出资人机构）在内的行动集团产生激励。从政府作为国有资产所有者代理人的身份考虑，政府也应当秉持制度创新的收益大于成本才能有制度创新发生的原则，扶持和鼓励国有企业在环境因素层面获得企业发展所需的动力。

三、发展导向：国有企业绩效考核和评价机制及其演进

（一）国有企业绩效评价机制的阶段性特点

从中国国企改革发展的历史过程来看，随着国企改革和国有资产监督管理体制的不断完善，国有企业绩效评价体系呈现出不同的时代特点，大体可划分为三个阶段。

1. 承包经营制下的绩效评价（1978～1992 年）

承包经营制作为一种早期的国企绩效考核制度具有鲜明特征。首先，将企业业绩评价与对个人的激励机制真正地联系在一起。其次，个人承包指标构成了企业业绩评价指标的主要内容。要合理评价承包人经营业绩并兑现其应得奖金，就必须在承包合同中明确规定承包指标包括绩效评价内容，以判断其合同履约情况。再次，承包指标具有鲜明的盈利导向性，突出企业盈利的评价考核导向。最后，这种基于承包制的业绩评价考核局限在国企经营业绩的量化考核，对于过去而言当然有进步，但是考核指标过于单一。

2. 以国有资本金为核心指标的绩效评价（1993～2003 年）

1993 年颁布的《中共中央关于建立社会主义市场经济体制若干问题的决定》，指出社会主义市场经济体制是社会主义基本制度的重要组成部分，同时明确了国有企业改革的方向是建立"产权清晰、权责明确、政企分开、管理科学"的现代企业制度。在 1993 年 7 月财政部颁布实施的《企业财务通则》基础上，初步建立起与现代企业制度要求相适应的国有企业财务会计制度，并在此基础上于 1999 年颁布了《国有资本金效绩评价规划》和《国有资本金效绩评价操作细则》，初步建立了对于国企绩效的全面考核指标体系，这一企业绩效评价指标体系按照"内容全面、突出重点、客观公正、操作简便、适用性广"的基本思路制定，以资本运营效益为核心，采用多层次指标体系和采取多因素逐项修正的方法，运用系统论、运筹学和数理统计的基本原理，实行定量分析与定性分析相结合，改变了过去考核评价只是重视企业盈利的弊病，初步建立起了一套适合中国特色社会主义国有企业的考核评价体系。2002 年，财政部会同国家经贸委、中央企业工作委员会、劳动和社会保障部和国家计划委员会等部门对国有企业绩效评价体系做了进一步修订，重新颁布了《企业效绩评价操作细则（修订）》，使企业绩效评价指标体系日趋完善，指标涉及更为科学合理，评价内容更加全面。

3. 以国有资产保值增值为核心指标的绩效评价（2003 年至今）

2003 年的中国共产党十六届三中全会通过了《中共中央关于完善社会主义市场经济体制若干问题的决定》，明确了完善社会主义市场经济体制的主要任务，

并提出"督促企业实现国有资本保值增值，防止国有资产流失。建立国有资本经营预算制度和企业经营业绩考核体系。积极探索国有资产监管和经营的有效形式，完善授权经营制度"。同一年成立的中央国资委在实践中创新发展了原有的国企绩效评价体系，归纳总结出了国有企业业绩考核评价的一些基本原则：①国有资产价值增值原则，即按国有资产保值增值、国有资本收益最大化和企业可持续发展的要求，考核国企负责人的经营业绩；②分层分类业绩考核原则，即结合不同行业、国有资产经营水平及业务特点，分类进行业绩考核；③权责利统一的相融原则，激励的基础根植于企业绩效评价的结果，激励的结果对于今后的业绩评价也产生相应的指导作用；④全面综合发展原则，即按照科学发展观要求，推动国有企业提高战略管理、自主创新、资源节约和环境保护水平，不断增强企业核心竞争能力和可持续发展能力。

4. 考核经济增加值（EVA）：激励国企科学发展的"金鞭子"

基于以上原则，国务院国资委于 2003 年通过了《中央企业负责人经营业绩考核暂行办法》，指导相应的国企绩效考核工作，2006 年通过了第一次修订，2009 年又通过了第二次修订。这些修订体现了现实要求和理论研究的最新成果，对于国企的考核内容突出了年度经营业绩与经营人员任期业绩相结合，同时跟踪世界范围内企业业绩评价的最新成果，在国企内部引入了一些重要指标（如经济增加值 EVA）的考核，突出了股东价值增值在国企业绩评价中的地位与作用。国资委在 2004～2006 年和 2007～2009 年两个时期，本着企业自愿原则，在中央企业中进行了 EVA 考核试点，同时鼓励中央企业使用 EVA 指标进行年度经营业绩考核。为引导中央企业适应新规则，中央国资委从 2007 年开始，先后在鞍钢集团、武钢集团、中核集团、东方航空等中央企业中试行 EVA 考核试点，已有近百家中央企业参与了考核试点。

根据最新的《中央企业负责人经营业绩考核暂行办法》规定，从 2010 年 1 月 1 日起，国资委监管的 129 家中央企业全部实行 EVA 考核，EVA 指标取代净资产收益率指标，并占到 40％的考核权重。从全球的范围看，各界人士都意识到，EVA 不仅仅是衡量和评估公司价值增值的指标，同时也是一种企业管理和激励的机制。企业发展的核心就是增长，增长的关键是能够利用新技术降低成本，包括降低资金的使用成本。同会计利润相比，经济增加值不仅仅是一个全面衡量经济效益的指标，而且利用经济增加值原理，企业还能够选择最佳的发展战略，随着经济增加值在中央企业的全面铺开，EVA 这一工具将在国企公司治理中扮演更为重要的考核评价角色。

特别需要指出的是，中央国资委于 2006 年通过了《中央企业综合绩效评价管理暂行办法》，第一次将针对企业的评价和针对企业负责人的评价在法规层面区别开来。2009 年，中共中央办公厅、国务院办公厅印发了《中央企业领导人员管理暂行规定》，这个规定从中央企业实际出发，着眼于建设"政治素质好、经营业绩好、团结协作好、作风形象好"的领导班子，以完善领导体制和健全选拔任用、考核评价和激励约束机制为重点。同时，为贯彻落实这个规定，中共中央组织部、中央国资委党委还联合下发了《中央企业领导班子和领导人员综合考核评价办法（试行）》，这个办法在经营业绩占 50％权重的基础上，进一步深化了对政治方向、社会责任、科学管理、企业党建等方面的考评，运用多维度测评、定量与定性相结合等方法，对中央企业领导班子和领导人员进行综合的考核，旨在加强领导班子建设和领导人员管理监督，深化人事制度改革，完善激励约束机制，促进国有资产保值增值，引导中央企业全面履行经济责任、政治责任、社会责任，加快建设资源节约型、环境友好型企业。

（二）现行国有企业绩效评价机制的治理功能评价

1. 绩效评价的有效性：影响绩效考核效果的主要因素

从历史的维度来看，针对国企的业绩考核基本延续了原有体制，突出了各级党组织和各级行政机构中的不同部门对不同层级国有企业的考核。对于国有企业来说，考核的主体过多，考核的内容过于庞杂，由此会影响针对企业绩效考核的效果。虽然从现阶段中国国企的性质来看，国企并非是单纯的竞争性市场主体，国有企业的存在不仅仅是为了弥补市场失灵，同时还承担了调控经济、社会保障和稳定社会的功能，是对"政府职能的部分替代"。所以，对国企业绩的评价必然内容庞杂，不是以单一经济业绩的考核为主。但是，随着国有企业从政府治理走向公司治理，从政府企业逐步走向公共企业，新的针对国企的绩效考评体系必然会有内容上的调整，内容将更加突出国有企业的企业属性，同时考核的主体也会相应有所调整，由综合类的考核主体逐步过渡到单一的业绩评价的主体。

2. 绩效评价的科学性：按照治理职责细分绩效评价标准

从实践来看，现有国企绩效考评体系并没有将针对企业的考核和针对企业领导人（按照公司治理分权明责、各司其职的要求）的考核科学地完全区别开来，即便是基于经济增加值（EVA）的考核，也很难对国有企业领导人进行全面考核，说到底引入诸如经济增加值的考核只是在国有企业业绩考核层面的一种工具创新而已，并非体系层面的创新。工具的应用相比整个考评体系的完善来说，还是处于比较低的层面。但是，工具的应用相比体系的创新来说，更有其在实践中的可操作性，相比体系创新的全局性意义来说，新工具的采用同样要面临与原有考评体系的衔接问题。经济增加值作为一种财务工具，得益于财务标准的国际统一性，所以在实践中的应用可以逐步推开。必须指出的是，建立新的考评体系所需要的其他一些工具的运用，相比经济增加值来说更加需要配套措施的完善，需要考评体系为一些新工具、新方法预留足够的适用的"接口"。

这一问题同样出现在针对国企董事、监事等人员的考核中，即在实践中很难将具体的人员考核和人员所在的岗位考核完全区别开来，而按照绩效考评理论的观点，对于人员的考核和对于岗位的考核应当分开，否则很难在业绩考核的基础上分别针对人员和岗位职责进行调整。针对国企的情况进一步分析下去，国有企业的经营成果是外部环境、资源禀赋条件、企业内部环境和企业领导班子及领导人员等共同作用的结果，而企业财务绩效定量评价的对象是企业，不是企业领导班子和领导人员，其评价结果反映的是国有企业在一定期间的盈利能力、资产质量、债务风险和经营增长状况，财务绩效评价的结果反映了某个企业在本行业内所处的竞争位置。在不考虑企业历史发展状况、内部环境、企业领导班子及领导人员主观努力程度的因素下，单纯的财务绩效评价会导致那些所处外部环境和资源禀赋好的企业定量评价结果良好，这些企业内的领导班子和领导人员的得分相应也会高，而那些所处行业、资源禀赋、历史发展状况欠佳的企业财务定量评价分数则会较低，导致这些企业的领导班子和领导人员的得分就低，这样势必会弱化和挫伤身处这两类企业任职领导人员的积极性，产生不利的影响。由此引申出来的问题是，如何在新时期建立针对不同发展阶段、不同资源禀赋的国企的考核内容，以及针对这些企业的治理主体，如董事、监事、经理层确定人员考核内容以及岗位考核内容。例如，针对不同类型和历史发展阶段的企业，应当有不同的企业考核内容；监事的考核就不应当与企业的业绩考核挂钩；针对董事个人的考核与董事在董事会内应当履行的岗位职责应当分开考核等。

3. 绩效评价的差异性：区分国有企业的产业类别和竞争特点

现有国企绩效考评体系虽然提出国企要分行业评价不同的业绩，在考核制度的设计中增加了经营难度系数、对资本成本率按照不同情况设置了差别化比率标准，但是，却忽视了国企所处竞争性领域的不同，对国有企业基本采用统一的以经济业绩为主的指标进行评价。对竞争性国有企业绩效的评价应当以经营业绩为主，同时兼顾考察国有企业履行科学发展观的水平，这样来看现行的国企绩效评价体系就是合理的。处于非竞争性领域的国有企业主要是为了弥补市场失灵，向社会提供市场、私营企业不能或不愿提供的产品和服务，或者是为了保障、控制国家的经济命脉而设立，这类企业的存在本身就不是以效率或利润为必要条件，因此，在绩效评价中就不能以经营绩效为主进行考核，而应当以社会效益为主兼顾国有资本的保值和增值。

无论是考核突出经营业绩的竞争性国企和还是考核突出社会业绩的非竞争性国企，这些企业身上的国企性质都决定了必须慎重选择业绩分项指标权重的比例。如果经济业绩考核权重过大，企业领导人员自然会追逐业绩考核目标的完成，甚至会"扭曲"财务报表，由于经济绩效评价的基础数据来源于财务报表，这样的做法必然会影响绩效评价结果的真实性，导致其导向性出现偏差。从理论上说，绩效评价以企业某个时间点的价值为出发点，运用定量评价和定性评价相结合的方式全面评价企业在一定时期的经营绩效和管理绩效，通过财务定量评价结果引导企业的经营行为，通过管理绩效定性评价实现企业的可持续发展，这是一个有机的整体，如果单独采用财务定量评价结果必将影响考评体系整体作用的发挥。

（三）分类建立国有企业绩效考核评价机制的理论探讨

1. 建立回归经济本色的市场评价指标体系

我国的国有企业数量大、类型多。从产业特质的分类来看，可以区分为自然垄断型、国防安全型、完全市场竞争型和国家发展战略型等，另外，还有历史传承下来种种无法归类的国有企业。所以，分类建立国企绩效考核评价机制，首先是要对考评的主体进行分类。现有的体制下，针对国企的考评主体过多过散，考评主体针对国企的考评侧重点差异太大，缺少考评体系的兼容性。考评主体之间由于行政职能和政治职能的区别，导致考评客体——国有企业在面对不同的考核主体时应接不暇，顾此失彼。有鉴于此，应当针对国企考评的主体分类，在考评功能的划分上进行科学的分类。在这个划分国企考评主体的过程中，实际上是一种让国企回归经济本色的过程，考评主体分类后，针对国企的考评内容相应会发生变化，国企的行为模式也会发生变化，国企的经济主体的地位将在这种考评主体的变化中得到巩固。在考评主体科学分类的同时，主体内部的参与考评人员的素质提高问题也必须强调，考评的流程优化问题、考评工具的科学化问题、考评内容的衔接问题都要在这一过程中得到改善。

2010 年国务院国资委修订后的《中央企业负责人经营业绩考核暂行办法》对中央企业全面引入经济增加值考核体系，即以企业价值最大化为主要参照坐标，对央企经营业绩进行考核。新的考核办法和指标体系将突出企业价值创造，遏制央企非主业投资冲动，合理控制风险，不断提升股东回报和投资效益，确保国有资产保值增值。按照权责利相统一的要求，建立企业负责人经营业绩和激励约束机制相结合的考核制度，即业绩上、薪酬上，业绩下、薪酬下，并作为职务任免的重要依据，这体现了出资人以资本市场的同一标准，对出资企业的经营目标导向，是建立科学的绩效评价和考核导向制度重大实践。素有"央企行为导向指挥棒"之称的业绩考核，或将迎来一场根本性革命。但是，从 2010 年的施行结果来看，还存在着许多有待于实践改进的地方，首先是中央企业的基本情况多样性和考核指标统一性之间的矛盾，尽管设置了难度系数和例外条款，但对于考核基础的不一致性仍对新办法提出了挑战；其次是考核主体保留了较多的调整权力，不仅会影响考评绩效的公允性、评价指标的客观性，而且还容易滑入政府行政性考核企业的旧有轨道；第三，从现有的考核标准体系来看，距离按照公司制企业分层负责、分级考核的原则仍有较大距离，依旧有待于国有资产管理、企业领导人管理制度的深化改革，才能和《公司法》和《企业国有资产法》真正接轨。

2. 按照企业定位分类设置绩效考核体系

从实践来看，国企考评主体多元化的问题并不能在短时期内彻底改善，但是有一点是明确的，国资委在国企考评的过程中必须发挥主要的、关键性的作用。赵虹君（2009）指出，国资委应当按照企业功能定位，分类设定绩效考核体系，增强考核的针对性。

对于履行政府公共服务职能的企业，同时考核社会效益和经济效益，并合理分配两者的权重，对承担公共产品责任的企业建立健全政府补偿机制。

对于产业集团性质的企业，除了以经济效益指标为考核重点，还重点考核其整合上下游资源的能力和发挥自身产业优势的作用，以及是否能够形成有特色、有竞争力的产业链和产业基地，而经济效益指标不仅包括考核利润、净资产收益率或者经济增加值等年度指标，还考核任期内收入增长率、国有资产保值增值率等长期指标。

对于金融类企业，既考核金融资产安全和运营效益情况，也按照不同功能定位，考察发挥资本经营和股权运作的杠杆作用，通过提供金融工具和衍生服务，引导国有资本合理流动，通过股权关系发挥国有资本的活力和控制力，实现国有资本的保值增值。

对于承担政府投融资职能的企业，重点考核产业结构的优化作用和投融资主体的运作效率，以体现出政府的产业政策导向，改善国有企业经济结构，提高国有企业资产质量。

为了更加客观、全面地评价企业经营成果及领导人员业绩，在上级主管部门进行专业考核的基础上，也应着重关注企业内在管理水平、长期发展质量、社会影响和职工满意度的问题。一方面，可以细分测评内容，由掌握不同信息的职工分别进行测评，以求测评结果更加客观公正；另一方面，对于公共服务类企业可委托中介机构，以抽样调查方式，征询社会对这些企业所提供的公共产品的满意度，从而更加准确地评价其公共服务职能的发挥效果。

四、动力机制重构：国有企业激励约束机制的价值功能

随着国企现代企业制度的建立，企业的所有权与经营权分离，产生了经营者与委托人利益上的矛盾、国企内部人控制以及经营者利用职权损害委托人利益的风险。因此，对国企经营者的激励与约束问题一直是理论界与社会各界关注的一个热门话题。2007 年的诺贝尔经济学奖授予了为机制设计理论奠定基础的三位美国经济学家赫维茨、马斯金、罗杰.B. 迈尔森。迈尔森在颁奖当天举行的新闻发布会上表示："我们认识到不仅资源的制约很重要，激励的制约也很重要，现在这些已经被理解为经济问题的基本组成部分。"激励约束机制这一概念部分解释了许多发达国家在过去一个世纪的成功，也部分地解释了中国近 30 年来所取得的成就。如何能在委托代理的前提下，使经营者的利益与企业的利益相一致，促进国企的长期发展，这便是经营者激励与约束机制需要解决的问题。就国企改革的基本路径和方向而言，优化治理机制和市场化人才机制、承认经营者的人力资本价值是激励和约束机制的核心价值和治理功能。

（一）国有企业激励机制的框架结构和治理功能

国有企业经营者的激励问题，近年来受到社会广泛关注。在 2006 年 3 月17～18 日举行的"首届公司治理大讲坛"上，原国务院国资委企业分配局局长熊志军曾指出，国有企业进入的市场和对其保值增值、追求效益的要求与其他市场主体是一样的，只是所有制不同。他认为，市场经济中一切行之有效的激励机制都可以借鉴到国有企业中来。国有企业公司治理的激励机制的框架可以划分为两个层次，底层是物质激励，上层是精神激励。

1. 多元形式的物质激励机制

在马斯洛的需求层次理论中，物质是人的第一需要。从国企 30 年来改革和制度变迁的进程来看，国企负责人的薪酬涉及国情、体制乃至公司治理机制残缺

等一系列的复杂问题，这种复杂性导致国有企业在激励机制上一直呈现不能自圆其说的扭曲状态：一是没有任何激励的"大锅饭"，经营管理者的人力资本价值得不到真正体现，导致国企经营人才的大量流失和部分高管的贪污腐败和逆向选择，红塔山集团褚时健等晚节不保的知名企业家成为这种机制的牺牲品，被称为"五十九岁"现象；另一个是不顾国企本身的治理效率、用人机制和竞争状况，盲目地照搬美国等国家中企业高管动辄千万元水平的年薪制度，无限制地、缺乏科学评价依据地对国企经营者进行各种激励措施，导致激励不当和负激励机制，造成国有资产的流失和内部人控制下经营者和普通员工之间收入差距过大的现象，在这方面，国泰君安就是一个典型的例子。上海仪电控股集团董事长蒋耀曾表示❶，目前国有企业机制中很大的一个缺陷是对经营者的评价和激励方面存在不足，"我们希望经营者市场化，而当经营者市场化后，激励机制如果不能实现市场化，便会扭曲和不可持续"。就这个视角而论，对国企经营者的薪酬等物质激励予以规范，构建多元化的物质激励机制，不仅合乎情理，更合乎国企公司治理残缺的现实。

（1）经营者年薪制及年薪制的完善

目前中国国企经营层的薪酬体系普遍存在薪酬水平较低、薪酬结构不合理、薪酬产生的方式不科学等问题。这些不合理因素在一定程度上造成部分企业经营者通过违规或犯罪的方式获得不正当巨额利益的严重后果。正是因为这种国企公司治理上的缺陷，导致国企的激励机制完全沦为了伪激励机制，造成了企业机制的扭曲和公平的丧失。按照国有企业的治理结构、行业特点、竞争状况等一系列因素，合理确定国有企业高管的薪酬，是基于国企现实的理性思考和选择。

实行经营者年薪制，是企业改革发展的必然趋势，是建立现代企业制度的必然要求，国有企业应该完善年薪制并使年薪制成为高层管理者的主要薪酬形式之一。年薪制使经营者的收益与企业利润直接挂钩，当企业经营不善时，经营者的报酬将大大减少。由于经营者的工作业绩要通过企业的经济效益来体现，企业的经济效益要有一定的周期才能体现出来，实行经营者年薪制，可以更好地体现经营者的工作特点。年薪制的最大特点是企业经营者作为一种人力资本，其价格主要体现为经营者的年薪，由企业出资人根据经营者能给自己带来的资产收益来决定。

完善年薪制应从以下三点入手：①建立职业经理人市场，否则，在目前我国绝大多数企业还没有真正职业经理人的情况下，又何来经理人的"年薪"；②国有企业产权应当明晰，不然，"所有者缺位"，实行年薪制即使解决了国有企业的激励机制，国有企业仍然不能有效地运行；③年薪制应有现实的社会分配基础。

（2）经营者经济责任制和超额奖励基金

在保证资产者权益的前提下，以公司年度经营目标为基准，以年终会计师事

---

❶ 证券之星编辑. 上海仪电董事长蒋耀力捧股权激励　称力度要加大 [EB/OL].［2010-01-28］. http://www. stockstar. com/zsh/SS2010012830089201. shtml.

务所审计报告为依据，进行经营业绩考核。如果实现年度经营目标（税后利润指标），提取税后利润的一定的百分比（例如1％～2％）作为基本奖励金。

为调动经营者的积极性，可依据超额完成税后利润指标，区分超额区间，分段提取，逐步累进作为超额奖励基金。例如，某公司在其"公司经营者群体和业务骨干激励方案"中做出如下规定：超额10％（含10％），提取超额部分的30％；超额10％～20％（含20％），再提取此区段的40％；超额20％以上，再提取此区段的50％（以50％为限）。

（3）参与剩余分配：以股权激励为主的长期激励机制

股权激励最早出现于20世纪50年代的美国。时至今日，美国约有90％的高科技企业和80％以上的上市公司实施了股权激励。股权激励运用之妙在于企业与激励对象所达成的长期心理契约，激励双方共同致力于企业愿景与管理层以及员工人生价值的实现。对于大多数国企来说，现金支付总是有限，只有当企业管理层和员工对企业愿景真正认同并达成与企业长期发展的心理契约，才可能实现国企的长期战略目标，股权激励则是达成这种心理契约的纽带。当年，各路精英就是以放弃高薪拿期权的方式加盟阿里巴巴的电子商务事业。股权上市后的财富放大效应将大大提高国企的薪酬竞争力，开放的股权体系将成为国企汇聚人力资源的平台。

概括起来，现有的企业股权激励模式主要有以下两种形式。

① 股票期权激励模式。股票期权制度是指授予公司内以高管为主的经理层按某一固定价格在未来某一段时间购买本公司股票的选择权。拥有这种权利的经理人员有权在一定时期后将购入的股票在市场上出售，购买股票的价格与出售股票的市场价格之间的差额就成为经理人员的收入，但股票期权本身不得转让。其实质是把经理人员获得的利益同公司发展的现状和前景紧密联系起来，促使经理人员从公司的长远利益出发，努力提升公司经营效率和利润水平，谋求股东权益最大化，促进经营者管理行为的长期化，避免以基本工资和年度奖金为主的传统薪酬制度下经理人员的短期化行为。

目前在我国推行股票期权制仍存在不少问题，我国应借鉴发达国家成功的实践，探索出一套有中国特色的成熟的股票期权制制度。具体可从以下几方面入手：首先，国家有关部门应抓紧制定和颁布相关的法律、法规和文件，保证股票期权制的顺利推行；其次，建立发达的资本市场，进一步完善成熟理性的股票市场；最后，培养充分竞争的职业经理人市场。优秀的经理人不会看重每年的固定收入，他们更关心与企业业绩增长相关联的期权收益，把其个人利益与企业的经营业绩真正结合起来，股票期权计划才能真正发挥其激励作用。

② 限制性股票激励模式。其是指激励对象按股权激励计划规定的限制条件，从公司获得一定数量的本公司股票。公司在授予激励对象限制性股票的同时，会在股权激励计划中规定激励对象获授股票的业绩条件、禁售期限等限制性解锁条件。对公司激励对象而言，股权激励具有不确定性和挑战性。如果不能满足解锁条件，如业绩考核不过关，管理层的股权激励将无法兑现。

"中等薪酬＋股权激励"的模式已经为越来越多的新兴企业和民营企业所采用，成为企业吸引并激励人才的利器，但不能将股权激励简单等同于加薪计划。《国有控股（境内）实施股权激励试行办法》对此做了相关规定："上市公司全部股权激励计划所涉及的股票总数，累计不得超过公司股本总额的10％；任何一名激励对象通过激励计划累计获得的股票不得超过股本总额的1％。在股权激励计划有效期内，高管预期收益水平，应控制在其薪酬水平的30％以内。"这一规定，低于目前已出台的境外企业中长期激励办法中40％的上限。该试行办法还对实施股权激励的条件做了比较严格的规定，明确要求外部董事要占董事会成员的半数以上，且薪酬委员会必须由外部董事组成。

股权激励必须与预先制定的股东总回报或每股盈利等指标挂钩。在国务院国有资产监督管理委员会公布的《关于规范国有控股上市公司实施股权激励有关问题的补充通知（征求意见稿）》中，要求严格规范股权激励实施条件，实行股权激励收益与业绩指标增长挂钩浮动，股权激励收益将奉行"上限"原则。因此，公司内部建立科学的考核指标体系是非常必要的；否则，股权激励将缺乏效率。考核公司业绩主要有两类标准，一是绝对标准，例如，主营业务利润率、总资产报酬率、净资产收益率以及每股盈利增长或五年内股东回报增长率等标准；二是相对标准，在通常情况下，企业同行之间相对业绩比较才有效率，例如，行业平均利润率、行业平均增长率、地位相似的同业股份市值平均上升水平等。在制定股东总回报或每股盈利等考核指标的基准后，如果管理层未来几年能超出上述基准的平均数，则获得股份奖励；否则，不获得相应奖励。

（4）降低代理成本：管理层收购（MBO）的试水

MBO（management buy-out）即管理层收购，是指公司的经理层利用借贷所融资本或股权交易收购本公司的一种行为，是杠杆收购（LBO）的一种，由英国经济学家麦克·莱特（Mike Wright）于1980提出。管理层收购从某种意义上正是对现代企业制度中委托-代理成本过高状况的一种纠正，通过实施MBO，可以有效地解决现代企业中代理成本过高、经理层存在"道德风险"等问题。企业实施MBO以后，一方面，企业的管理者同时也成为了企业的所有者，实现了所有权与经营权的统一，其经营业绩与其报酬直接挂钩，企业的特定控制权、剩余控制权和剩余索取权全部归管理者所有，可以在最大限度上激励管理者；另一方面，由于管理者拥有绝对比例的剩余控制权和剩余索取权，因此也会在实践中自发地促使管理者强化自我约束，从而实现了对管理者激励与约束的有机统一。

MBO在中国仍属于新型的企业并购方式，在目前法律法规不健全、市场机制不完善的情况下，很多方面有待规范。针对目前国有企业在实施MBO过程中产生的诸多问题，应当从以下几个方面着手加以改革和完善，以促进中国MBO的健康发展：首先，要确立合理的国有资产评估以及收购价格评定机制，防止国有资产的流失；其次，促进金融市场的发展，为MBO的实施开发多种形式的金融工具以拓宽收购者的资金来源渠道；再次，完善相关的法律法规，使MBO有法可依；最后，应加强对 MBO 实施过程的监管。

（5）挖掘人力资本价值：适当延长杰出经营者任期和退休年龄

对于经营业绩一直很好的经营者，其任职年限不受现行任期和退休年龄的限制。在激励对象健康状况允许的前提下适当延长任期和退休年龄，这在某种意义上相当于为激励对象提供了高额退休金，这也会激励经营者为国企创造更多的价值，有利于保持国企经营的连续性，促进国企的长远发展。例如，青岛双星集团总裁汪海超过 30 年非常规的任期，给了他足够的时间带领双星从生产单一的解放鞋的国有企业，发展成为跨国界、跨行业、跨所有制的国际型企业集团，形成了鞋业、轮胎、机械、服装、热电五大支柱产业及包括印刷、绣品、三产配套在内的八大行业。现已年届 70 的汪海，仍然活跃在国企转型发展的最前沿，成为中国乃至世界上不多见的长寿企业家。

2. 体现社会价值的精神激励机制

美国治理学家 Tom Peters 曾指出："高额的物质奖励会带来副作用，因为高额的奖金会使大家彼此封锁消息，影响工作的正常开展，整个社会的风气就会不正。"因此，企业只用物质激励还远远不够，必须把物质激励和精神激励结合起来才能真正地调动经营者的积极性。

激励理论的创建人麦克利兰认为，人的行为是由于需要而产生的，满足这些需要，就能产生相应的行为反应。他将人的非物质需要分为成就、权力和情谊需要三种类型，并强调非物质需要对具有较高人生目标的经营者的激励作用更为显著。构建国有企业经营者非物质激励机制，可以从控制权激励、声誉激励、职务消费激励和道德激励四个方面入手。

（1）社会地位与尊重激励机制

国有企业高层管理人员作为一个特定的社会群体，是一种特殊的人力资本，与其他形式的人力资本有很大的区别，是不同于劳动者的另一个企业主体，是具有独立利益，从事专门职业的特殊的群体，对企业经营的影响程度也有相当大的不同。只有充分认识到经营者人力资本的特殊性，才能正确地对待具有卓越经营管理才能的经营者。他们所具有的特殊经营知识和管理才能是社会稀缺资源，经营者正是依靠这种人力资本而不是资产所有投入生产，使企业得以生存与发展。因此，企业经营者对整个社会的巨大贡献应得到广泛的承认，社会各界应营造有利于企业经营者成长的良好氛围，提高他们的经济地位和社会地位。

（2）控制权激励机制

控制权是经营者排他性地利用企业资源开展生产经营活动的权力，有特定控制权和剩余控制权之分。特定控制权是指事前能够通过契约加以确定的控制权权利，这些权利通过契约（国家法律法规、公司章程等）授予经营者后，成为企业的经营决策权，包括日常的生产、销售、雇佣等权利；剩余控制权是指事前不能通过契约明确界定的控制权权利，它通常由所有者拥有，包括聘任和解雇经营者、重大投资等战略性决策权。

控制权事实上是公司为经营者提供的施展个人才华的平台，这种平台是金钱买不到的。控制权是一种巨大的激励力量，它能为经营者带来成就、地位、声誉，是非物质激励的基础和前提。控制权激励力量的大小取决于它给经营者带来的满足程度，一般情况下，经营者拥有的控制权越大，给他带来的满足程度越高，激励的强度也越大。满足程度受剩余控制权对特定控制权制约的影响，亦即所有者对经营者制约的影响，控制权激励的核心问题是将控制权在两者之间进行合理有效的分配。国有企业经营者控制权激励需要解决以下问题。

第一，落实特定控制权。实践证明，任何试图削弱经营者控制权的做法都会压抑他们的积极性，造成企业效率的损失。落实特定控制权，首先要落实公司法赋予经营者的权力，将法律规定由他们行使的职权全部下放。其次要落实公司章程、有关制度规定由经营者享受的权力。这些权力是企业股东、制度制定者经过慎重考虑后决定授予的，符合企业实际，不能随意收回。维持这些权力有利于保证经营者开展工作，也有利于维护章程、制度的严肃性。落实特定控制权的目的，就是要使之与经营者承担的责任相对应。只有这样，经营者才能对自己的决策后果负责。

第二，适时调整控制权。控制权激励的关键是对经营者掌握控制权的动态调整，包括解除、继续授予或授予更大控制权。解除、继续授予或授予更大控制权的条件是他们的努力程度和业绩大小。对于工作努力、业绩突出的经营者，就要继续授予或授予更大的控制权，聘任他们到权利更大的管理岗位中去，为其提供新的发展机会，让他们站在更高的平台上施展自己的才能和抱负；对于工作不努力、业绩一般的经营者则应该解除控制权。

第三，加强对控制权的制约和监督。随着控制权由所有者向经营者的转移，经营者手中的权力会越来越大。尤其是一些优秀的经营者，将出现特定控制权和剩余控制权都向他们集中的现象。在这个过程当中，如果对权力的制约和监督不力，容易形成"内部人控制"问题，导致经营者行为发生偏离，损害投资者利益。因此在下放权力的同时，必须加强对权利的制约和监督。由于中国市场发育尚不成熟，而市场的发展又是一个长期的过程，所以在未来很长时间内，对控制权的约束应该内外结合，通过不断完善企业法人治理结构和政府的法律法规来实现对权力的制约和监督。

（3）声誉激励机制

声誉是依附在控制权上的一种激励手段。经营者获得控制权的一个目的是为了干事业，获得成功，他们希望在企业的管理中实现自己的人生价值，渴望自己的能力和贡献得到社会的认可。对良好声誉的追求是经营者的"成就需要"，是马斯洛需求理论中更高层次的需要。单纯物质激励的作用是有限的，当财富达到一定水平后，人们更多的是追求精神方面的满足，货币报酬不能替代良好声誉带来的心理满足。声誉激励需要解决三个问题：①怎样把经营者长期形成的声誉标示出来；②怎样保证评价经营者的声誉信息客观、准确；③如何把声誉与经营者的长期利益结合起来。强化声誉激励可从以下方面入手。

首先，建立声誉档案，划分声誉等级。档案记录是实行声誉激励的基础，它能为声誉评价、分级等工作提供可验证的信息，并对经营者构成一种长期的激励与约束。建立声誉档案，要实行分期记录，分期考核。所谓分期记录，就是要划分记录期间，按期将经营者个人情况、经营业绩和所在企业情况记录在册。所谓分期考核，就是定期对声誉状况进行考评，考评主要参照档案记录，将声誉水平划分成不同等级，如地市级、省部级、国家级不等，分别颁发荣誉证书。声誉档案与评级采取自愿的形式，档案记录及评级结果在一定范围内公布，供利害关系人查询。

其次，建立评价机构，完善评价体系。声誉评价机构是对经营者声誉水平进行鉴定的权威机构，是声誉评价活动的组织者。评价机构的设置情况是建立声誉档案，开展评价活动的关键一环。可以在政府或企业主管部门的推动下设立，承担经营者声誉评价职责。为了保持独立性、公平性与客观性，可将评价机构设置为社会中介组织，由政府通过立法规范它们的行为，使之对评价风险承担相应的法律责任。

再次，完善声誉评价体系的关键是评价程序和方法的完善以及评价指标体系的完善。对于评价程序和方法，重要是做到公开、公正，其中公开是公正的前提，只要评价工作在公开的环境中进行，接受群众和利害关系人监督，公正的问题就不难保证。评价指标体系的信息来源于档案记录，评价信息的真实、准确、完整取决于档案信息的采集和记录，对评价信息的规范就是对档案信息的规范。充分的市场竞争是保证声誉质量的有效途径，员工与经营者朝夕相处，最了解他们的声誉情况，综合市场、民主测评及企业经营中形成的信息，经过加工整理形成的评价指标体系应该是比较完整的。

（4）职务消费激励机制

职务消费是依附在控制权上的另一种激励手段。规范职务消费，是建立经营者非物质激励机制的重要环节。近年来，在国有企业中出现职务消费混乱的现象，不是职务消费本身造成的，有体制、机制等多方面的原因。反观国外在职务消费方面的成功经验，我国完全可以通过逐步规范，还它以本来面目。

首先，构筑职务消费的制度基础。建立现代企业制度，完善以股东会、董事会、监事会为代表的企业法人治理结构，在企业内部形成有效的监督、制衡机制。在具体制度规定上，明确支出项目、支出范围和支出标准。根据企业规模、经营业绩等指标，结合企业承受能力和当地消费水平，测算出经营者所处岗位的职务消费额度，纳入年度预算。重视制度和预算的执行，维护预算的刚性。

其次，推行职务消费公开化。实行职务消费报告制度和公示制度。职务消费报告制度就是将职务消费标准和执行情况向董事会、监事会或职工代表大会报告；公示制度是将职务消费情况作为企业政务公开的内容，定期向员工公布，接受职工的监督。

最后，试行职务消费货币化。对于经常发生、用途明确、标准易定的职务消费项目，以货币的形式包干发给个人，由其统筹使用，便于节约支出，增加职务消费的透明度。对于实行货币化的职务消费项目，取消会计账簿中的相关科目，不再以报销等方式在企业列支。

3. 人力资本价值的"挖掘机"：激励机制设计原则和实施要点

（1）激励机制的设计要确保其公平、精确、合理

激励制度要以公平原则为基础。激励制度的设计要结合企业的规模形态和经营者的需求水平。要把制定激励制度的考察范围扩展到行业而不仅仅是在企业内部。在设计激励制度时要附加相应的考核制度，这将激发经营者的竞争意识，使这种外部推动力量内化为经营者自我努力工作的动力。同时，在制定制度上还要体现科学性，制度条款及工作守则要细化、可操作。

（2）激励机制的设计要多种具体方式相结合

企业所有者可以根据自己的特点采用不同的激励手段。例如，经营者及其他员工共同参与激励制度的设计和改革，通过这种参与，利于形成经营者对企业的归属感、认同感，可以进一步满足自尊和自我实现的需要。另外，还可采取荣誉激励的方式。例如，通过对经营者工作效果的肯定，将经营者的工作业绩公布并给予一定的荣誉，能够有效地刺激经营者对荣誉和事业进取的需求，会取得良好的激励效果。

（3）将企业的物质和精神相结合的激励制度上升为企业文化

制度若要具有长效性，必须形成一种文化，在潜移默化中影响人的行为。成功的企业治理在一定程度上就是用文化来塑造人，当这种文化能够真正融入每个人的价值观时，他们就会把企业的目标当成自己的奋斗目标。在企业中推行合理有效的物质和精神相结合的激励机制，能使经营者及各级员工深切地感受到他们在企业中有所作为，有所收获，形成一种向上的动力。因此，在设计激励机制时，既要考虑制度的相对稳定性，又要不断地对其进行完善，以保证制度成为文化并具备稳定性与合理性，使该制度长期有效并且适合企业的不断发展。

（二）国有企业约束机制的框架结构和治理功能

1. 规避代理风险的"防火墙"：经营者行为的约束机制

根据中国企业家调查系统 2003 年的调查报告，对于不同类型的企业，最能有效监督约束企业经营者行为的部门也有所不同。对于国有企业来说，上级主管部门和职代会所起的监督作用最大，其比重分别为 31.7％和 24.8％；外商及我国港澳台投资企业和有限责任公司起主要监督作用的是董事会，比重分别为 67.5％和 30.1％；而股份制企业则以董事会和股东大会作为主要的监督部门。这说明，与其他所有制企业相比，国企经营者较少受到规范的法人治理结构的制约，有效的国企法人治理结构还未真正建立。国企普遍存在的所有者缺位、代理链冗长、多层多头监督和委托-代理关系中中间人的双重身份，尤其是监事会监督制度的弱化和虚化，造成对国企经营者的监督逐级弱化。因此，在强化对国企经营者激励机制的同时，还应建立健全对经营者的有效约束机制，以防范国企治理中的委托风险和代理风险。

约束机制是指为规范组织成员行为，便于组织有序运转，充分发挥其作用而经法定程序制定和颁布执行的具有规范性要求、标准的规章制度和手段的总称。

约束包括国家的法律法规、行业标准、组织内部的规章制度，以及各种形式的监督等。按照经营者约束形成的机制，可以分为外生性和内生性两种。外生性约束机制是在经济、金融运行外部形成的；内生性约束机制是在经营活动运行过程中自然形成的。

2. 外生性约束机制：经营者规范行权的他律准则

(1) 制定企业家市场建设、运行规则和信誉机制

通过对职业经理人或企业家市场的监管和资格认证制度，保证职业经理人和企业家人才的基本素质，为国企提供高素质的经营者和企业家人选。对进入市场的经营者，要建立全面、真实、持续公开的业绩信用记录，要通过市场机制，清除信誉记录不良者。只有市场信誉和职业声誉记录优良的企业家才能得到市场的承认和优待。经营业绩不佳的企业家，以优胜劣汰原则实施淘汰制。

(2) 强化社会舆论监督约束机制

社会舆论作为一种具有价值导向性的群众性意见，一旦得以产生和传播就会对相关责任人产生监督和约束作用。舆论监督与法律监督相比，具有运用广泛、社会透明度高和非强制性等特点，体现了社会监督的广泛性、民主性和公开性。这些特征也给社会舆论在监督国企经营者行为上带来很大作用。国企经营者的良好职业操守的树立，离不开社会舆论的支持和监督。通过新闻舆论使经营者的行为充分暴露在众目睽睽之下。加强群众监督，有效落实信访制度，充分发挥各种形式的群众监督机制，为群众参与监督提供更多的便利条件，并从法规上保护群众参与监督的积极性和主动性。完善和健全各种中介服务机构，比如利用"会计师事务所"、"税务师事务所"、"法律事务所"和"管理咨询公司"等中介服务机构，从资产评估、产权交易服务和交易信息收集与发布等方面配合国有企业的各项改革，并促进各要素市场的建立，最终形成对国企经营者有效的社会舆论监督和约束机制。

(3) 建立国企经营者经营责任追偿制度

凡给企业和股东利益造成严重损害的经营者，不能因为其退休或转换工作就不承担责任，违法者更要追究其法律责任，以保证经营者的长期行为。如偷税漏税、超标排污、参与走私、制售伪劣商品、拖欠克扣职工工资、造成重大生产事故等，不能只对相关企业进行罚款，还应加强法律查处，充分发挥法律的监督约束作用，追究相关经营者个人的法律责任、经济责任和行政责任。同时，要重视发挥商业银行对经营者的债务约束机制。

国务院已于 2010 年 7 月印发了《关于进一步推进国有企业贯彻落实"三重一大"决策制度的意见》，对经济责任追究制度做出了如下规定："建立对决策的考核评价和后评估制度，逐步健全决策失误纠错改正机制和责任追究制度"；"国有企业领导人员违反'三重一大'决策制度的，应依照《国有企业领导人员廉洁从业若干规定》和相关法律法规给予相应的处理，违反规定获取的不正当经济利益，应当责令清退；给国有企业造成经济损失的，应当承担经济赔偿责任"。

（4）加强治理机制和职务消费等制度建设

按照国资委的考核分配办法，企业经营者薪酬水平由考核结果决定，该高的高，该降的还要降。在强化激励的同时，还要建立健全约束机制，规范职务消费的制度建设。对诸如烟草、石油、电力等完全垄断的行业，应该参照公务员的薪酬管理而不是企业的薪酬，这符合行业竞争的现实。而对于那些治理有效、竞争化的、按照市场方式招聘的高管，则可由企业董事会自主决定其薪酬，这样，才能真正破解国企薪酬问题上的"囚徒困境"。

（5）建立科学合理的外部考核监督制度

首先，要建立一套能真实反映长期和短期经营绩效的企业考核指标体系。其次，要完善外部监督考核方式。现行的监督考核方式，主要有外派监事会、地方政府向地方所属企业派驻企业财务总监或稽查特派员等方式，同时依靠会计、审计等中介机构对企业进行审核。但必须看到，来自企业外部的非市场的企业家约束机制，并不能完全排除其与"内部人"合谋的可能性。只有通过积极推进国企改革，大力培育外部市场治理机制，规范国企内部治理结构，才能从根本上建立有效的经营者激励约束机制。

（6）建立经营者保险基金或风险基金

在经营者激励方案的设计中，可增设由公司统一托管的风险基金，使经营者的收益与风险相对等。在奖励基金中，增设由公司统一托管的风险基金，确保激励与约束并存、收益与风险对等。例如，某公司在激励方案中做出如下规定：年度税后利润低于指标 10％（含 10％），按上年度经营者收入扣减 30％；年度税后利润低于指标 10％～20％（含 20％），扣减比例为 40％；年度税后利润低于指标 20％～30％（包括 30％以上），扣减比例为 50％（以 50％为限）。对于在合同期内违约离开公司，或有严重错误行为而使公司遭受损失的受益个人，公司有权酌情减少直至取消应向该个人返还的奖励基金。

3. 内生性约束机制：经营者勤勉尽职的自律准则

（1）营造崇尚荣誉、珍视荣誉的治理文化和环境

为了满足经营者的精神需求，需要营造崇尚荣誉、珍视荣誉的环境。一方面，经营者通过长期的工作业绩形成自己的职业声誉，良好的职业声誉又为他们带来更大更长远的发展空间、更多的物质满足以及自我价值实现的成就感；另一方面，不好的职业声誉将断送他们的职业生涯。因此可以通过文化建设，利用文化潜移默化的作用，在企业内部形成全员积极向上、讲求诚信、追求进步的良好氛围。也可以通过在不同范围、不同渠道的宣传，在社会公众面前树立优秀经营者的良好形象，使他们切实感受到自己的贡献得到社会认同和自身社会地位的提高。对与个人利益密切相关的升迁、报酬等事宜，可以通过完善规章制度，将之细化到制度条文中，以书面形式约定下来，为声誉与长期利益的结合提供保障。

（2）强化经营者的商业伦理道德约束

在强化外部监督的前提下，国企经营者自我的道德约束也非常重要。中国古

代的儒家哲学提倡所谓的"治心"，实际上是以道德力量来做自我约束，就是用儒家的道德要求来约束自己的行为。中国自古以来是权威社会，受传统的影响，国有企业的经理人员也自然以企业的大家长自居，实际上可以约束他们行为的直接因素就是道德。在现行的国有企业的委托-代理框架下，委托人的素质决定着委托风险的高低，特别是对委托人的思想素质和道德素质的培养，有助于国有资产的保值增值。在约束机制中，委托人的自律是其核心机制，因此要使外在的约束机制有效，就必须以健全的委托人自我道德为基础，从而达到自我约束（自律）与社会约束（他律）的有机结合。

（三）激励约束机制的治理功能：提高治理效率、控制治理成本

强化国有企业的激励和约束机制，是贯彻落实以人为本、全面协调可持续科学发展观的必然要求，也是弘扬企业价值观、引导企业树立现代经营理念、充分发挥治理机制的效用、促进企业科学发展的主要工作。强化国有企业的激励和约束机制要做到以下几方面。

1. 激励与约束机制相辅相成，二者不可或缺、不可偏废

激励机制特别是物质激励，通过将经营者的长短期利益与国企的经营绩效直接挂钩，从正面引导经营者的行为，促使其努力工作；约束机制的主要作用在于监督和制约经营者的行为，确保国企的利益不因为委托代理问题而受到损失。因此，激励与约束的平衡非常重要，从某种意义上来说，激励越大通常意味着约束也越大。但是，如果只强调激励机制而忽视约束机制，会导致经营者的机会主义行为，最终损害国企股东利益。同样，如果只强调约束机制而忽视激励机制，则会挫伤经营者的积极性，阻碍国企的发展进程。因此，激励与约束机制相辅相成，二者缺一不可，用激励机制调动经营者的积极性，用约束机制监督经营者的行为，及时发现问题采取措施，从正反两方面来规范经营者的行为。

2. 约束机制和激励机制并重，激发经营者的积极性与创造性

薪酬激励机制本质上是一个公司治理问题，而不是分配问题，而公司治理问题起源于公司的两权分离、委托代理。这个问题的核心是解决委托代理关系，也就是所有者与经营者的关系，解决这一问题的难点在于分权制衡和激励约束的问题。分权制衡的问题就是授权充分还是不充分的问题，分多少，怎么分，集权集给谁，到什么程度。对于代理人（经营者）的管理，过去国有企业的做法，即通过派监事会，或通过审计窗体顶端、窗体底端，无法解决委托代理关系，最多解决约束的问题而不能解决激励的问题。企业是创造价值的实体，要创造价值，需要依靠经营者创造性的劳动，这是激励出来的，而不是监督出来的，激励比约束更重要。西方几百年来的历史形成的公司治理也是不完善的，也是在一个进化的过程中。激励与约束机制中有很多问题，最主要的就是如何最大限度地调动经营者的积极性，同时确保这种积极性是和所有者的利益是完全一致的。薪酬激励问题之所以越来越复杂，是因为每一种激励方式都有它的漏洞、局限。包括长期激励在内，只能解决某一方面的问题，有了局限，就可能出现"钻空子"的现象，就得不断地去调整薪酬的结构。

3. 效率与公平相结合，健全企业家报酬激励措施

伴随收入分配差距扩大，收入分配问题矛盾也日益突出，在这样的背景下，往往很难形成对该问题的共识。尤其在国有企业改革本身不到位，垄断性的、竞争性的企业没有做科学的区分的情况下，外界讨论国有企业领导人的薪酬问题时，往往拿垄断性的薪酬来说事。垄断性的薪酬有一定道理，但是中国绝大多数的国有企业是竞争性的企业，这就要求其参与市场竞争，追求市场效益最大化。可是在薪酬问题上，又要求国有企业领导人照顾到社会公平。如何协调两方面的矛盾，这是国有企业建立激励约束机制所面临的特殊问题。

4. 短期与中长期激励相结合，抑制经营者的短期行为

在两权分离的情况下，要解决出资人和经营者的问题，需要在两极之间寻求最优化的解决方式。出资人和经营者两个不同的利益主体，他们之间的利益会出现两种极端的状态：一种是利益完全一致，一种是利益完全不一致。公司治理的作用在于促使他们的利益尽可能地接近一致，但无法达到完全一致。在这种治理关系中，公司治理的有效性取决于激励机制和薪酬结构，国有企业中长期激励的问题是国有企业改革必须要解决的问题。

5. 优化经营者选拔方式，实现报酬和激励形式的多样性

应根据不同类型企业的具体情况，分别采取不同的选择方式，尽量逐步减少行政任命的范围和数量，逐步扩大市场化选择的比重，并根据企业家的不同产生方式，决定其报酬形式和激励水平。凡是市场化选聘产生的经营者，实行市场化的激励方式；凡是延续行政任命方式的经营者，以精神鼓励和物质利益相结合为主要激励方式。

案例：光明乳业股权激励方案的出台

在上海国资证券化整合的内在驱动下，一直停滞不前的国资股权激励开始重新启动。作为上海市国资委试行股权激励改革的"第一单"，光明乳业股份有限公司（以下简称光明乳业）于2010年1月21日公告了其股权激励草案：公司将以"半价"向104名管理者和中层骨干授予不超过869.53万股的限制性股票。这是继2006年9月上海家化公布第一份正式的股票激励计划后，上海国资委批准的"国企股权激励第一单"。有赖于三方的共同努力——上海市国资委的支持态度、光明集团的改革意识以及公司薪酬委员会的牵头工作，使得光明乳业的方案最终顺利出台。

上海市国资委相关人士表示："其实股权激励不是由国资委直接去操作的一项工作，而主要由公司董事会、股东根据企业的发展目标和对核心人才的激励需求去组织实施，国资委作为监管机构，更多的是对相关政策的引导和把握。"

在2010年1月12日举行的"2010年上海国资国企工作会议"上，上海市国资委主任杨国雄曾表示："今年，我们对已明确3年行动规划并实行任期业绩考核的企业领导人员实施中长期激励，选择2～3家主业明确、法人治理结构健全、经营稳健的国有控股上市公司同步试行股权激励。"

早在王佳芬担任董事长期间，光明乳业便曾做过类似股权激励的相关尝试。有数据显示，光明乳业早在2002年上市之初就设立了管理层激励基金，专项用于公司管理层激励。2002年度、2003年度分别一次性计提600万元和560万元管理层激励基金计入年度管理费用。2004年，光明乳业使用管理层激励基金1000多万元，从二级市场购入897497股流通A股奖给了4位高管。

根据2010年1月20日晚光明乳业发布的公告，光明乳业对股权激励早有准备。作为限制性股票激励计划授予限制性股票的业绩条件，2009年度光明乳业营业总收入不低于79亿元，归属于母公司的净利润不低于1.2亿元。公司2009年三季报数据表明，1～9月营业收入60.82亿元，净利润1.16亿元，这也预示着光明乳业2009年营业总收入等要达到授予条件并不太难。

光明乳业股权激励方案由上海申银万国证券研究所承担设计。该研究所对上海的一些上市公司进行了综合筛选之后，发现光明乳业在剥离可的超市资产之后主业非常突出，也获得了不错的业绩发展，是国内乳业细分行业中上海国企的唯一代表性企业，在充分竞争的乳制品行业位列前三甲。

其实，在国内乳业三大巨头当中，伊利集团、蒙牛乳业集团早已率先推行股权激励计划，这一中长期激励机制的建立对两家企业的快速发展起到了巨大的提升作用，而对光明乳业团队稳定和经营发展则构成了巨大威胁，曾经是中国乳业老大的光明集团压力巨大，公司坦言"不追赶不行"。从三家公司的财报来看，2009年前三季度，伊利累计实现主营业务收入192.22亿元，净利润5.51亿元；蒙牛半年报显示，2009年1～6月份累计实现主营业务收入120.97亿元，净利润6.64亿元；而光明前三季度实现营业收入为60.8亿元，净利润1.08亿元。乳业市场的竞争日趋激烈，提升光明乳业的业绩是公司管理层当前面临的最重要问题。

光明乳业在达能退出和管理层调整之后，调整了战略方向，并根据新的战略规划，制定了相应的绩效考核办法。另外光明集团在外部董事数量、建立薪酬委员会、完善内部控制制度等方面的工作也符合国务院国资委相关规定的要求。在这些条件的基础上，承担股权激励项目设计的上海申银万国证券研究所与光明食品集团相关部门进行了沟通，现有方案与光明食品集团贯彻国资委关于进一步深化国企改革的意图不谋而合，这一提议也获得了光明乳业薪酬委员会的积极响应并由他们牵头激励计划的工作。最终，在市国资委、光明集团、公司薪酬委员会三方的共同努力下，光明乳业的方案最终顺利出台。

草案显示，股权激励下的业绩考核与审批手续非常严格，激励门槛与解锁条件高，同时极具风险和挑战性。根据草案，光明乳业将向104人授予不超过869.53万股的限制性股票，即公司总股本的0.84％。此次限制性股票激励计划的授予价格为10.10元/股，购买价格为4.70元/股。由此，有部分投资者认为，此次股权激励对于光明乳业的激励对象而言价格较低。

鉴于国企的性质，股权激励经常被认为是白送的"金项链"，而不是与业绩挂钩的"金手铐"。此次光明乳业的股权激励计划也同样招来了类似的质疑。不少投资者认为，光明乳业的股权激励是"半卖半送"。和君股权激励研究中心分析师李明宇认为："参照现行《上市公司证券发行管理办法》中有关定向增发的定价原则，'发行价格不低于定价基准日前 20 个交易日公司股票均价的 50％'，光明乳业的购买价格是政策规定的最低限，合法合规。"李明宇特别强调："评论一个方案是否合理，不能光看它的价格是高还是低，最重要的是要看它的业绩考核条件，股权激励的最终目标是通过股权激励对象推动公司业绩实现增长。"

上海申银万国证券研究所作为参与光明乳业股权激励方案的设计者，同时也参与设计了宝钢集团和上海家化的股权激励方案，对于每一家公司的激励机制，该研究所都是在制度框架下根据行业特点、公司特征个性化定制的。该研究所负责人曾表示，尽管这 3 家公司的方案是在不同时间段推出的，但是这几个方案在合规合理性的把握尺度上基本一致。相比之下，光明乳业的股权激励方案推出较晚，相对的考核尺度也更严格。

根据光明乳业披露的信息，光明乳业该限制性股票激励计划的有效期为 5 年，包括禁售期 2 年和解锁期 3 年。第一个解锁期的解锁条件是：2010 年、2011 年营业总收入分别不低于 94.80 亿元和 113.76 亿元，净利润分别不低于 1.90 亿元和 2.28 亿元，净资产收益率不低于 8％，扣除非经常性损益的净利润占净利润的比重不低于 85％。第二个解锁期解锁条件为：2012 年营业总收入不低于 136.51 亿元，净利润不低于 2.73 亿元，净资产收益率不低于 8％，扣除非经常性损益的净利润占净利润的比重不低于 85％。第三个解锁期解锁条件为：2013 年营业总收入不低于 158.42 亿元，净利润不低于 3.17 亿元，净资产收益率不低于 8％，扣除非经常性损益的净利润占净利润的比重不低于 85％。

解锁期内，若达到光明乳业预先设定的业绩条件，激励对象在 3 个解锁日依次可申请解锁股票上限为该期计划获授股票数量的 40％、30％ 与 30％，实际可解锁数量应与激励对象上一年度绩效评价结果挂钩。若未达到限制性股票解锁条件，激励对象当年不得申请解锁。未解锁的限制性股票，光明乳业将在每个解锁日之后以激励对象参与本计划时购买限制性股票的价格统一回购并注销。

光明乳业的财务报告显示，从 2006 年到 2008 年，这家公司的主营业务收入分别为 74.4 亿元、82 亿元和 73.5 亿元。这就意味着光明乳业的主营业务收入需要在 4 年内几乎要翻一番。相关人士表示，对于光明乳业的股权激励方案不能光看购买价格，还应该看业绩条件，此次方案中设定的考核指标还是相当具有挑战性的。

事实上，对公司管理层而言，要兑现股权激励并非易事，也存在拿不到股权激励的情况，例如，管理层或是辞职，或是业绩考核不过关，导致股权激励无法实现，即便像万科集团这样的大公司都有无法兑现股权激励的情况。所以，股权激励是很好的激励方式，但它也是有条件的，并不是免费的午餐。从这个角度说，5 年后光明乳业管理层能否拿到股权激励兑现的真金白银，具有不确定性，是有挑战性的。

面对压力与挑战，2010 年 1 月 27 日，光明乳业总经理郭本恒向外界表示：

"既然定了这个目标，就要愿赌服输，一定要达到目标才能解锁，对于企业经营者包括员工来说，应该有这种勇气和能力完成指标，如果完成不了那就不解锁。"

参考文献

[1] 上海市国有资产监督管理委员会，上海市经济管理干部学院．公司董事会建设的理论与实践——董事培训教程［M］．上海：上海人民出版社，2010．

[2] 赵虹君．北京市属国有企业分类监管研究［J］．北京行政学院学报，2009（6）：80-84．

[3] 柏宝春．关于建立经理股票期权制的冷思考［J］．商业研究，2007（7）：51-52．

[4] 张维迎．企业理论与中国企业改革［M］．北京：北京大学出版社，1999．

[5] 徐传谌，惠澎．国有资本运营制度创新的动力与逻辑基础研究［J］．经济纵横，2009（5）：30-32．

[6] 刘震伟，洪梅初．国有资产监管体制和国有企业治理结构的演变——以上海国有企业为例［J］．华东经济管理，2008，22（1）：11-15．